KB127258

익명의 소녀

# AN ANONYMOUS GIRL

# An Anonymous

## 익명의 소녀

그리어 헨드릭스·세라 페카넨 지음

이영아 옮김

Girl

ⓘNFLUENTIAL
인 플 루 엔 셜

# • 차례

An
Anorymous
Girl

1부

여러분을 초대합니다.

뉴욕 시의 저명한 정신과 의사가 진행하는 윤리 및

도덕성에 대한 연구에 참여할 18~32세 여성을 찾고 있습니다.

고액의 사례금 지급. 익명 보장.

더 자세한 사항은 전화로 문의해주세요.

타인의 선택을 평가하기란 쉽습니다. 프루트 룹스 시리얼과 더블 스터프 오레오 쿠키를 쇼핑카트에 한가득 싣고서 아이에게 꽥꽥 고함을 질러대는 어머니. 값비싼 컨버터블을 몰면서 더 느린 자동차의 진로를 방해하는 운전자. 조용한 커피숍에서 휴대전화로 시끄럽게 수다를 떠는 여자. 바람피우는 남편.

그런데 만약 그 어머니가 바로 그날 직장에서 해고당했다면 어떨까요?

그 운전자가 아들의 학예회에 가기로 약속했는데, 퇴근 직전 상사 때문에 어쩔 수 없이 회의에 붙들려 있었다면요?

커피숍의 그 여자가 그녀 마음을 아프게 한 연인으로부터 전화를 받았다면요?

바람피우는 그 남편이 아내에게 늘 잠자리를 거부당했다면요?

돈 때문에 낯선 사람에게 가장 사적인 비밀을 털어놓기로 결정한 여자에 대해서도 속단을 내리기 쉽지요. 하지만 섣부른 억측은 접어두세요, 지금 당장은.

우리의 행동에는 다 이유가 있습니다. 우리를 가장 잘 안다고 생각하는 이들에게 말하지 못한다고 해도. 우리 자신도 알아채지 못할 만큼 깊숙이 묻혀 있다고 해도 말이지요.

# 1

여자들은 저마다 세상 사람들에게 보이고 싶은 특정 이미지가 있
다. 45분 만에 그렇게 변신시켜주는 것이 내 일이다.

내 도움을 받은 고객들은 이전과 달라 보인다. 더 자신만만해지고
더 빛이 난다. 심지어 더 행복해 보이는 사람도 있다.

하지만 내 도움은 임시방편일 뿐이다. 사람들은 여지없이 예전 모
습으로 되돌아간다.

내가 사용하는 도구만으로는 진정한 변화를 이룰 수 없다.

금요일 저녁 5시 40분. 한창 혼잡한 시간이다. 그리고 사람들이 제
일 멋져 보이고 싶어 하는 때이기도 하다. 그래서 나는 이 시간대에는
개인 일정을 잡지 않는다.

애스터 플레이스 역에서 지하철 문이 열리면 나는 가장 먼저 내린

11

다. 힘든 하루의 끝에는 늘 그렇듯 검은 메이크업 케이스를 든 오른팔이 욱신거린다.

좁은 통로에 부딪히지 않도록 가방을 뒤로 휙 돌린다. 오늘 하루만 개찰구를 다섯 번째 통과하다 보니 마치 기계처럼 움직이게 된다. 서둘러 계단을 올라간다.

거리로 올라와서는 가죽 재킷 주머니에 손을 찔러 넣어 휴대전화를 꺼낸다. 전화기를 톡톡 두드려 뷰티버즈(BeautyBuzz)가 계속 갱신해주는 내 일정표를 연다. 내가 일할 수 있는 시간을 입력하면 예약 건이 문자로 날아온다.

오늘의 마지막 예약 장소는 8번가와 유니버시티 플레이스 교차로 근처다. 예약자가 두 명이라 시간도 두 배, 90분이다. 주소와 이름, 연락처가 있다. 하지만 문을 두드릴 때는 나를 기다리고 있는 사람이 누군지 알 길이 없다.

하지만 낯선 사람들이 두렵지는 않다. 익숙한 얼굴이 오히려 더 무서울 수 있다는 걸 배웠으니까.

나는 정확한 위치를 외운 다음 거리를 성큼성큼 걷다가, 엎어진 쓰레기통에서 쏟아져 나온 쓰레기를 피해 간다. 어느 가게 주인이 점포 앞면으로 쇠창살문을 내리자 금속이 철커덩 제자리에 끼워지는 소리가 시끄럽게 울린다. 백팩을 어깨에 멘 대학생 세 명이 내 옆을 지나가며 장난스럽게 서로를 밀쳐댄다.

목적지까지 두 블록 남겨놓고 휴대전화가 울린다. 발신인을 보니 엄마다. 벨이 울리도록 내버려둔 채 나는 작고 동그란 사진 속에서 미소 짓고 있는 엄마를 가만히 바라본다.

닷새 후 추수감사절을 보내러 집에 가면 엄마를 볼 텐데 뭐, 하고 나는 속으로 중얼거린다.

하지만 그냥 이렇게 무시해버릴 수는 없다. 죄책감은 내가 늘 지고 다니는 가장 무거운 짐이다.

"웅, 엄마. 별일 없죠?"

"별일 없어, 딸. 그냥 안부 전화한 거야."

내가 자란 필라델피아 교외의 집 주방에 있는 엄마의 모습이 눈에 선하다. 가스레인지에 올려놓은 그레이비소스*를 젓고 있는 엄마. 우리 가족은 저녁을 일찍 먹는데, 금요일에는 항상 소고기찜과 삶아서 으깬 감자를 먹는다. 그러고는 주말 밤을 위해 준비해놓았던 와인 한 병을 따겠지.

싱크대 위의 작은 창에 노란 커튼이 달려 있고, 밀방망이 그림에 '그냥 굴려봐'라는 글귀가 겹쳐져 있는 행주가 오븐 손잡이에 걸려 있다. 꽃무늬 벽지는 이음매가 벗겨지기 시작했고, 이글스*가 플레이오프에서 졌을 때 아빠가 발로 찬 냉장고 밑부분이 움푹 들어가 있다.

아빠가 보험 영업을 마치고 집에 들어오면 저녁은 준비되어 있을 것이다. 엄마는 가벼운 키스로 아빠를 맞이하고. 부모님은 내 동생 베키를 식탁으로 불러 고기를 잘라줄 것이다.

"오늘 아침에 베키가 재킷 지퍼를 잠갔어." 엄마가 말한다. "우리가 도와주지도 않았는데."

베키는 스물두 살로, 나보다 여섯 살 어리다.

"정말 잘됐네요."

가끔은 더 가까이 살면서 부모님을 도와드리면 좋을 텐데 하는 생각이 들 때가 있다. 또 어떤 때는 그렇지 않아 다행이라고 여기는 나 자신이 부끄럽다.

---

* 고기를 익힐 때 나온 육즙에 밀가루 등을 넣어 만든 소스.
* 필라델피아를 연고지로 둔 프로 미식축구 팀.

"엄마 내가 나중에 다시 전화하면 안 돼요?" 내가 말을 잇는다. "지금 일하러 가는 중이거든요."

"아, 또 새 작품 들어간 거니?"

나는 망설인다. 엄마의 목소리가 더 밝아졌다. 차마 사실대로 털어놓지 못하고 불쑥 이렇게 말해버린다.

"네, 그냥 작은 공연이에요. 기사도 많이 안 날 거예요. 그래도 분장이 엄청 세련됐고 정말 독특해요."

"정말 자랑스럽구나." 엄마가 말한다. "다음 주에 집에 오면 전부 얘기해줘."

엄마가 뭔가 더 말하고 싶어 하는 눈치지만, 목적지인 뉴욕대 기숙사에 아직 도착하지 않았는데도 나는 통화를 끝내버린다.

"나 대신 베키한테 뽀뽀해주세요. 사랑해요."


도착하기도 전에 나의 업무 수칙이 발동되기 시작한다.

나는 고객들을 보는 순간 평가에 들어간다. 눈썹을 더 짙게 해야겠구나, 코에 셰이딩을 넣어서 더 얇게 해야겠어. 하지만 고객들 역시 나를 평가한다.

첫 번째 수칙, 나의 비공식적 유니폼. 아래위 모두 검은 옷을 입으면 매일 아침 새로운 차림으로 코디하지 않아도 된다. 또 알게 모르게 권위적인 분위기를 풍길 수 있다. 아침 7시나 저녁 7시나 똑같이 새 옷처럼 보이는, 편하고 세탁기로 빨 수 있는 옷들을 선택한다.

메이크업을 해줄 때는 상대와 아주 가까이 붙어 있어야 하기 때문에 손톱은 짧고 깔끔하게, 입은 박하 향이 나게, 곱슬머리는 낮게 틀어 올린다. 이 기준에서 절대 벗어나지 않는다.

손 세정제 젬엑스를 손에 문지르고 구취 제거용 사탕 알토이즈를 한 알 입에 톡 던져 넣은 다음 6D호의 버저를 누른다. 예약시간보다 5분 일찍 왔다. 이것도 업무 수칙이다.

엘리베이터를 타고 6층으로 올라간 다음, 복도에서 시끄럽게 울려 퍼지고 있는 케이티 페리의 '로어(Rore)'를 따라가 고객들을 만난다. 한 명은 목욕가운을, 다른 한 명은 티셔츠에 통 넓은 반바지를 입고 있다. 그들이 방금 사용한 미용 제품의 냄새가 난다. 맨디라는 여자가 머리카락 몇 줄을 금색으로 물들이면서 사용한 염색약과 테일러가 흔들어대는 손에서 마르고 있는 매니큐어.

"오늘 밤 가는 곳이 어디예요?"

내가 묻는다. 파티는 클럽보다 조명이 더 강할 테고, 저녁식사 데이트라면 섬세한 작업이 필요하다.

"리트요." 테일러가 말한다. 내가 멀뚱멀뚱 쳐다보자 그녀가 덧붙인다. "미트패킹 디스트릭트에 있어요. 어젯밤 드레이크가 거기 있었대요."

"멋지네요."

나는 바닥에 흐트러져 있는 우산, 구겨진 회색 스웨터, 백팩을 요리조리 피해 간 다음, 낮은 커피 테이블 위에 있는 스키니팝 팝콘과 반쯤 빈 레드불 캔을 옆으로 치워 내 가방을 놓을 자리를 만든다. 가방 쬠쇠를 끄르니, 양옆이 아코디언처럼 펼쳐지면서 화장품과 붓이 든 칸들이 주르르 나타난다.

"어떤 느낌으로 해드릴까요?"

어떤 메이크업 아티스트들은 의욕만 앞서 하루에 최대한 많은 고객을 욱여넣으려 애쓴다. 나는 시간을 따로 내서 고객들에게 몇 가지 질문을 한다. 눈에는 스모키, 입술에는 누드 메이크업을 원하는 사람이 있는가 하면, 짙붉은 입술과 가벼운 마스카라를 바라는 사람도 있다. 초반에 그 몇 분을 투자하면 결국 시간을 절약하게 된다.

하지만 내 직감과 관찰력도 믿는다. 해변에 어울리는 섹시한 스타일을 원한다는 이 고객들의 말은 잡지 표지 속에서 러브시트에 벌러덩 누워 있는 모델 지지 하디드를 닮고 싶다는 소리다.

"전공이 뭐예요?"

내가 묻는다.

"커뮤니케이션이요. 둘 다 광고 일을 할까 하고요."

커서 뭐가 되고 싶으냐고 묻는 짜증스러운 어른에게 답하듯이 맨디가 심드렁한 목소리로 답한다.

"재미있겠네요."

나는 이렇게 말하며 수직 등받이의 의자를 방에서 가장 밝은 곳인 등불 바로 아래로 끌어당긴다.

테일러부터 시작한다. 그녀가 거울로 보고 싶어 하는 모습을 45분 안에 창조해야 한다.

"피부가 정말 좋아요."

내가 말한다. 또 하나의 수칙은 고객의 얼굴에서 칭찬할 거리를 찾을 것. 테일러 같은 경우는 별로 어렵지 않다.

"고마워요."

그녀는 휴대전화에서 눈을 떼지도 않은 채 답하고는 인스타그램을 생중계하기 시작한다.

"컵케이크 사진 진짜 질리지도 않나?" "줄스와 브라이언은 아주 좋아 죽네. 눈꼴시려." "석양 죽이는데, 그래 뭐…… 발코니에서 멋진 금요일 저녁을 보낸다니 다행이네."

내가 일하는 동안 두 여자의 수다가 윙윙거리는 헤어드라이어나 도로의 차들 같은 배경 소음으로 희미해져 간다. 테일러의 피부색에 완벽하게 어울리는 여러 파운데이션을 턱선에 두드리고, 눈동자의 황금빛 반점들을 돋보이게 해줄 구릿빛과 모랫빛 색조의 파운데이션을 내 손에다 마구 휘저어 섞느라 정신이 없다.

테일러의 뺨에 브론저를 바르고 있는데 그녀의 휴대전화가 울린다. 테일러는 하트 누르던 손을 멈추고 휴대전화를 들어 올린다.

"알 수 없는 번호라는데. 받을까?"

"받아!" 맨디가 말한다. "저스틴일 수도 있잖아."

테일러가 코를 찡그린다.

"누가 금요일 저녁에 전화를 받아? 메시지 남기겠지."

잠시 후 테일러가 스피커폰 버튼을 누르자 남자 목소리가 방 안 가득 울린다.

"실즈 박사님의 조수 벤 퀵이라고 합니다. 이번 주말에 잡힌 일정 확인차 연락드립니다. 내일과 일요일 오전 8시부터 10시까지입니다. 장소는 헌터 홀 214호실입니다. 제가 로비로 마중 나가 안내해드릴 겁니다."

테일러가 눈알을 굴리는 바람에 나는 마스카라 봉을 도로 내린다.

"얼굴 움직이면 안 돼요."

내가 부탁한다.

"미안해요. 나 미친 거야, 맨디? 술 취해서 아침 일찍 일어날 수나 있냐고."

"그냥 째버려."

"응. 근데 500달러란 말이야. 래그 앤 본*스웨터 두어 장은 살 수 있다고."

---

● 미국의 패션 브랜드.

이 말에 집중력이 흩어진다. 500달러는 내가 열 건을 뛰어야 벌 수 있는 돈이다.

"으, 아니다. 따분한 설문지를 작성하겠다고 알람 맞추는 짓은 하지 말자."

테일러가 말한다.

참 팔자도 좋아, 나는 구석에 쭈글쭈글하게 뭉쳐져 있는 스웨터를 보며 생각한다. 그러고는 참지 못하고 묻는다.

"설문지요?"

테일러가 어깨를 으쓱한다.

"어떤 심리학 교수가 설문조사에 참여할 학생들을 모집해서요."

설문조사에서 어떤 질문이 나올까? MBTI* 같은 거겠지.

나는 뒤로 물러나 테일러의 얼굴을 꼼꼼히 살핀다. 탐나는 골격을 가진 전형적인 미인이다. 45분을 다 쓸 필요도 없었다.

"늦게까지 밖에 있을 테니까 입술 윤곽을 잡은 다음 글로스를 바를게요." 내가 말한다. "그래야 오래가요."

나는 평소에 즐겨 쓰는 립글로스, 튜브에 뷰티버즈 로고가 찍혀 있는 제품을 꺼내 테일러의 도톰한 입술에 매끄럽게 바른다. 다 바르자 테일러가 일어나 욕실 거울을 보러 가고 맨디가 뒤따라간다.

"와." 테일러의 목소리가 들린다. "완전 좋은데. 셀카 찍자."

"나도 메이크업 하고!"

테일러에게 사용했던 화장품을 치우면서 맨디에게는 뭐가 필요할까 생각하다가 테일러가 의자에 남겨놓고 간 휴대전화가 눈에 띈다.

나의 끝내주는 금요일 밤은 이렇다. 버스를 타고 시내를 가로질러

---

* 이사벨 마이어스와 캐서린 브리그스가 융의 이론에 근거하여 개발한 성격유형검사.

로어이스트사이드에 있는 내 자그만 원룸까지 간 다음, 작은 잡종 테리어 리오를 산책시키고 브러시를 씻는다. 테일러와 맨디가 클럽에서 첫 칵테일을 주문하기도 전에 나는 녹초가 되어 침대에 뻗어 있겠지.

나는 휴대전화를 또 내려다본다. 그러고는 화장실 문을 힐끔 본다. 살짝 닫혀 있다.

테일러는 굳이 전화까지 해서 약속을 취소할 사람 같지 않다.

"이 하이라이터 사야겠다."

테일러가 말한다.

500달러면 이번 달 집세에 큰 도움이 될 텐데.

내일 일정은 이미 알고 있다. 정오부터 시작이다.

"눈에 힘 좀 더 줄까." 맨디가 말한다. "인조 속눈썹 갖고 왔으려나."

오전 8시부터 10시까지 헌터 홀. 그 부분은 기억난다. 그런데 교수랑 조수 이름이 뭐였더라?

하기로 결정한 것도 아닌데, 뚫어져라 노려보던 휴대전화가 어느새 내 손 안에 들어와 있다. 1분도 채 안 되는 시간에. 전화기는 아직 잠기지 않은 상태다. 그래도 음성 메시지를 찾으려면 내려다봐야 하고, 그러려면 화장실 문에서 눈을 떼야 한다.

나는 화면을 움직여 최근 메시지를 튼 다음 전화기를 귀에 꼭 갖다 붙인다.

화장실 문이 움직이고 맨디가 나오기 시작한다. 나는 몸을 빙 돌린다. 심장이 터질 것 같다. 맨디에게 들키지 않고 전화기를 제자리에 돌려놓을 방법이 없다.

벤 퀵.

전화기가 의자에서 떨어졌다고 하자. 나는 정신없이 머리를 굴린다. 주웠다고 말하는 거야.

"잠깐, 맨디!"

'실즈 박사님의 조수······ 오전 8시부터 10시까지······.'

"입술을 좀 더 짙게 할까?"

제발 좀, 나는 메시지가 더 빨리 돌아가기를 빌며 속으로 중얼거린다.

'헌터 홀, 214호.'

"그러든가."

맨디가 말한다.

'제가 로비로 마중 나—.'

내가 전화를 끊고 전화기를 다시 의자 위로 떨어뜨리는 순간에 딱 맞춰 테일러가 욕실에서 나오기 시작한다.

테일러가 전화기를 엎어놨었나? 아닌가? 기억을 떠올릴 틈도 없이 테일러가 내 곁에 와 있다.

테일러가 전화기를 빤히 쳐다보자 배 속이 죄어든다. 망했다. 테일러가 전화기를 엎어놨던 게 이제야 기억난다. 나는 반대로 올려놨다.

나는 침을 꿀꺽 삼키며 변명거리를 찾아 머리를 굴린다.

"저기요." 테일러가 말한다. 나는 느릿느릿 눈을 들어 그녀와 시선을 마주친다. "완전 맘에 들어요. 근데 입술 더 진하게 해주실래요?"

테일러가 다시 의자에 털썩 앉자 나는 천천히 숨을 뱉는다.

나는 테일러의 입술을 두 번 덧칠한다. 먼저 짙붉은 색을 칠한 다음 원래 색조로 되돌아간다. 칠하는 내내 손가락이 떨려서 선이 비뚤어질까 봐 왼손 손바닥으로 오른쪽 팔꿈치를 받친다. 마무리할 즈음엔 맥박이 정상으로 돌아와 있다.

팁 대신 건성으로 던지는 "고마워요"라는 인사만 받고 아파트를 나서면서 내 마음은 확실히 정해진다.

나는 휴대전화의 알람을 오전 7시 15분으로 맞춰놓는다.

다음 날 아침, 나는 계획을 꼼꼼하게 검토한다.

가끔은 충동적인 결정 하나가 인생을 바꿔놓기도 한다. 그런 일이 또 일어나는 건 싫다.

나는 헌터 홀 밖에서 기다리며 테일러의 아파트를 힐끔거린다. 날이 흐리고 공기가 탁한 잿빛이라 내 쪽으로 급하게 달려오는 한 젊은 여자가 순간 테일러로 보인다. 하지만 조깅하러 나온 사람일 뿐이다. 8시 5분, 테일러는 아직 자고 있는 모양이다. 로비로 들어가니 카키색 바지에 파란 셔츠를 입은 한 남자가 시계를 확인하고 있다.

"늦어서 죄송해요!"

내가 큰 소리로 말한다.

"테일러? 벤 퀵입니다."

테일러가 취소 전화를 하지 않을 거라 믿고 과감하게 모험하기를 잘했다.

"테일러가 몸이 안 좋아서 제가 대신 왔어요. 저 보고 해달라고 해서. 저는 제시카예요. 제시카 패리스."

"아."

벤은 눈을 깜빡이다가 나를 아래위로 훑어보며 유심히 살핀다. 나는 앵클부츠 대신 발목까지 올라오는 컨버스 운동화를 신고 한쪽 어깨에 검은색 나일론 백팩을 둘러메고 왔다. 학생처럼 보인다고 해서 손해 볼 건 없지.

"잠깐만 기다려주실래요?" 마침내 그가 말한다. "실즈 박사님한테 먼저 말씀드려야 해서요."

"그러세요."

21

나는 어젯밤에 본 테일러처럼 약간 따분해하는 목소리를 내려고 애쓴다.

최악의 상황이라고 해봤자 참여할 수 없다는 말을 듣는 것뿐이라고 나 자신을 다독인다.

별 거 아니야. 그냥 베이글 하나 먹고 리오 데리고 나가서 한참 걸으면 돼.

벤이 옆으로 비켜서서 휴대전화를 꺼낸다. 그가 뭐라고 말하는지 듣고 싶은데 목소리가 너무 작다.

그가 내 쪽으로 걸어온다.

"나이가 어떻게 되십니까?"

"스물여덟이요."

나는 솔직하게 답한다. 마지막 순간에 테일러가 어슬렁어슬렁 걸어들어오면 어쩌나 싶어 입구를 슬그머니 쳐다본다.

"지금 뉴욕에 사시나요?"

벤이 묻는다. 나는 고개를 끄덕인다.

벤이 두 가지 질문을 더 한다.

"다른 곳에서 살아본 적은 있습니까? 미국 말고 다른 데서?"

나는 고개를 젓는다.

"펜실베이니아 주에만 있어봤어요. 거기서 자랐거든요."

"됐습니다." 벤이 휴대전화를 내리며 말한다. "실즈 박사님이 당신을 받아주겠다고 하시네요. 먼저 이름과 주소를 확인해야겠습니다. 신분증을 보여주시겠어요?"

나는 백팩을 앞으로 옮기고 속을 뒤져 지갑을 찾은 다음 그에게 운전면허증을 건넨다.

그가 사진을 찍고는 나머지 정보를 받아 적는다.

"내일 세션이 끝나면 사례금을 보내드릴 겁니다. 벤모* 계정이 있습니까?"

"있어요. 테일러가 500달러라고 하던데, 맞죠?"

그가 고개를 끄덕인다.

"모든 정보를 실즈 박사님한테 문자로 보낸 다음 같이 올라가도록 하죠."

이렇게 간단하단 말이야?

---

• 미국의 모바일 송금 서비스.

# 2

**11월 17일 토요일**

오늘 아침에 오기로 했던 피험자는 당신이 아닙니다.

그래도 인구통계학적 기준에 들어맞고 결원이 생기는 것보다는 나아서 내 조수 벤이 당신을 214호실로 데리고 옵니다. 이 시험실은 널찍한 직사각형에 동쪽 면으로 창문들이 쭉 달려 있지요. 번쩍이는 리놀륨 바닥에 책상과 의자가 세 줄 늘어서 있고, 방의 앞쪽에는 텅 빈 화면의 스마트보드가 있습니다. 뒷벽에는 구식 원형 시계가 높이 걸려 있지요. 여느 도시의 대학에서 볼 수 있는 보통의 강의실과 다를 바 없습니다.

단 한 가지만 빼고 말이지요. 여기 있는 사람은 당신뿐이라는 것.

이곳을 선택한 이유는 한눈팔 만한 것이 거의 없어 눈앞의 과제에 집중하기가 쉽기 때문입니다.

벤이 당신을 위해 준비한 컴퓨터에 안내문이 뜰 거라고 설명해줍니다. 그러고 나서 문을 닫지요. 시험실 안에 정적이 흐릅니다.

첫 줄에 있는 한 책상에 노트북 한 대가 놓여 있습니다. 노트북은 이미 열려 있지요. 그쪽으로 걸어가는 당신의 발소리가 온 바닥에 울려 퍼집니다.

당신은 조심조심 앉아 의자를 책상 쪽으로 끌어당깁니다. 의자의 금속 다리가 리놀륨을 끼익하고 긁는군요.

화면에 메시지 하나가 뜹니다.

52번 피험자님, 실즈 박사의 윤리 및 도덕성에 대한 연구 프로젝트에 참여해주셔서 고맙습니다. 이 연구에 참여하는 순간 귀하는 비밀 유지 원칙을 지키셔야 합니다. 연구나 그 내용을 다른 사람과 이야기하는 것은 명백히 금지합니다.

정답이나 오답은 없습니다. 본능적으로 제일 처음 떠오르는 답을 솔직하게 써주시면 됩니다. 설명은 자세하게 해주셔야 합니다. 해당 문제의 답을 완벽하게 작성하기 전까지는 다음 문제로 넘어갈 수 없습니다.

두 시간 동안 진행되고 끝나기 5분 전에 알려드릴 겁니다.

시작할 준비가 되면 엔터키를 눌러주세요.

이제 무슨 일이 벌어질지 알고는 있나요?

당신은 엔터키로 손가락을 움직이지만, 당신의 손은 키를 누르지 않고 자판 위를 맴도는군요. 이렇게 주저하는 사람은 당신만이 아닙니다. 앞서 왔던 51명의 피험자들 중 몇몇도 정도는 제각각이지만 반신반의하는 모습을 보였지요.

존재한다고 인정하고 싶지 않은 자신의 일부를 알게 되는 것이 무서울 수도 있습니다.

드디어 당신이 키를 누르는군요. 당신은 깜빡이는 커서를 지켜보며 기다립니다. 담갈색 눈을 크게 뜨고서.

화면에 첫 질문이 뜨자 당신은 움찔합니다.

이런 삭막한 공간에서 왜 이 정보가 중요한지 알려주지도 않은 채 누군가가 당신의 내면을 깊숙이 파고드니 이상한 기분이 들 만도 하지요. 나약해진 느낌이 싫고 당연히 피하고 싶겠지만, 성공적으로 마치려면 이 절차를 따라야 합니다.

규칙을 명심하세요. 솔직하고 진실하게 답할 것. 질문이 당혹스럽거나 고통스럽다고 해도 피하지 말 것.

그나마 독하지 않은 초기의 질문에 흔들린다면 당신도 연구에서 밀려나는 여자들 중 한 명이 되는 겁니다. 몇몇 피험자들은 다시 오지 않아요. 이 시험은 누구나 참여할 수 있는 게 아닙니다.

당신은 계속 질문을 노려보고 있군요. 시작도 하지 말고 이대로 나가버리라고 당신의 본능은 말하고 있겠지요.

당신만 그런 게 아니랍니다.

하지만 당신은 두 손을 들어 올려 자판을 두드리기 시작합니다.

# 3

**11월 17일 토요일**

기괴할 정도로 고요한 강의실에서 노트북을 빤히 보고 있자니 조금 불안해진다. 오답 같은 건 없다고 안내문에 나오지만, 도덕성 검사에 대한 내 답변에 내 인격이 많이 드러나지는 않을까?

강의실 안이 춥다. 정신 똑바로 차리라고 일부러 이런 건가? 환청까지 들릴 지경이다. 종이가 바스락거리는 소리, 딱딱한 바닥을 쿵쿵 밟는 소리, 학생들이 서로 밀치며 농담을 주고받는 소리.

나는 집게손가락으로 엔터키를 누르고 첫 질문을 기다린다.

[양심의 가책 없이 거짓말을 할 수 있습니까?]

나는 움찔하며 몸을 뒤로 젖힌다.

테일러가 아무것도 아니라는 듯 손을 획 털면서 이 연구를 언급했을 때는 이런 질문이 나오리라고는 예상하지 못했다. 나 자신에 대해 쓰라고 할 줄은 미처 몰랐다. 왠지 몰라도 선다형이나 '예, 아니오'로 답하는 질문이 나올 줄 알았다. 마치 실즈 박사가 이미 나에 대해 많이 알고 있는 것처럼, 내가 테일러에 관해 거짓말한 것을 알고 있는 것처럼 너무 개인적으로 느껴지는 질문을 받으니…… 상당히 당황스럽다.

나는 정신을 차리고 자판으로 손가락을 들어 올린다.

세상에는 많은 유형의 거짓말이 있다. 중요한 사실만 쏙 빼먹는 거짓말이나 인생을 바꿀 만한 엄청난 거짓말, 내가 너무도 잘 아는 종류에 대해 쓸 수도 있지만 나는 더 안전한 길을 택한다.

그럼요, 하며 나는 자판을 두드린다.

나는 메이크업 아티스트지만 사람들이 알고 있는 그런 부류는 아니에요. 모델이나 영화배우들과 일하지 않아요. 학교 댄스파티를 준비하는 어퍼이스트사이드•의 10대들, 화려한 자선행사에 나가는 그들의 엄마를 상대하죠. 결혼식이나 바르미츠바• 메이크업도 해요. 그래서, 네, 예민한 어머니한테는 신분증 보여달라고 하겠는걸요, 라고 하거나 불안해하는 열여섯 살짜리 아이한테는 뾰루지 하나도 티 안나, 라고 얼마든지 말할 수 있어요. 치켜세워주면 팁을 두둑하게 주니까요.

나는 엔터키를 친다. 교수가 원하는 답이 뭔지는 모르겠지만, 그래도 곧장 두 번째 질문이 뜨는 걸 보면 내가 제대로 하고 있나 보다.

---

• 맨해튼에서 센트럴 파크와 이스트강 사이에 위치한 지역으로, 뉴욕의 부촌 가운데 한 곳이다.
• 유대교에서 13세 소년이 치르는 전통 성인식.

[살면서 어떤 부정행위를 해봤는지 이야기해보세요.]

아니. 당연히 부정행위를 했다고 깔고 가는 것 같잖아.

하긴 부정행위 한 번 안 해본 사람이 있을까. 하다못해 어릴 적 모노폴리 게임을 하면서라도. 나는 조금 생각하다가 답을 입력한다.

4학년 때 시험 볼 때 부정행위를 했어요. 샐리 젠킨스는 우리 반에서 철자를 제일 잘 아는 아이였는데, 내가 'tomorrow'에 'r'이 하나인지 둘인지 기억이 안 나서 고개를 들고 연필에 달린 분홍색 고무지우개를 씹고 있었더니 그 애 시험지가 보이더라고요. 'r'이 두 개였어요. 그래서 그렇게 썼고, A를 받았을 때 속으로 샐리한테 고마워했죠.

나는 엔터키를 친다.

수년 동안 샐리 생각은 하지도 않았는데 이렇게 자세히 기억나다니 우습다. 고등학교를 같이 졸업했지만, 동창회에 몇 번 안 나갔더니 샐리가 어떻게 지내고 있는지 전혀 모르겠다. 아이 두세 명 정도 키우면서 아르바이트를 하고 부모님과 가까운 곳에 살고 있겠지. 나와 같이 자란 여자애들은 대부분 그러니까.

다음 질문이 뜨지 않는다. 나는 엔터키를 다시 톡 친다. 아무것도 안 나온다.

프로그램에 문제가 생겼나? 벤이 근처에 있나 보려고 문밖으로 고개를 내밀려는데 화면에 글자가 하나씩 나타나기 시작한다. 마치 누군가가 실시간으로 치고 있는 것처럼.

[52번 피험자님, 더 깊이 들어가주십시오.]

갑자기 내 몸이 움찔한다. 나는 참지 못하고 주위를 둘러본다. 창문에 얇은 비닐 블라인드가 위로 걷혀 있지만, 이 칙칙하고 흐린 날에 밖에 나와 있는 사람은 아무도 없어서 잔디밭과 인도는 텅 비어 있다. 길 맞은편에 건물이 하나 있지만 그 안에 사람이 있는지는 알수 없다.

논리적으로는 나 혼자라는 걸 알고 있다. 하지만 꼭 나와 가까운 누군가가 속삭이는 것만 같다.

나는 다시 노트북을 본다. 또 다른 메시지가 떠 있다.

[본능적으로 바로 나온 답이 맞습니까?]

숨이 턱 막힐 것 같다. 실즈 박사가 어떻게 아는 거지?

나는 의자를 뒤로 툭 밀며 일어난다. 그러다가 어떻게 박사가 알아차렸는지 이해되기 시작한다. 내가 답을 쓰기 전에 망설였던 탓이다. 그래서 실즈 박사는 내가 처음 떠오른 생각을 거부하고 더 안전한 답을 택했다는 사실을 안 것이다. 나는 다시 의자를 컴퓨터 쪽으로 당기고 천천히 숨을 내쉰다.

화면에 또 지시사항이 슬금슬금 기어가듯 나타난다.

[겉핥기 식은 안 됩니다.]

실즈 박사가 내 속을 꿰뚫어 보고 있다고 생각하다니 내가 미쳤나봐, 나는 속으로 중얼거린다. 이 방에 있으니 확실히 심란해진다. 다른 사람도 함께 있다면 이렇게 이상한 기분이 들지는 않겠지.

잠시 후 두 번째 질문이 화면에 다시 나타난다.

[살면서 어떤 부정행위를 해봤는지 이야기해보세요.]

좋아, 라고 나는 생각한다. 내 인생의 지저분한 진실을 알고 싶으시 다? 더 깊이 파고들어주지.

부정을 방조하는 것도 부정행위인가요?

나는 이렇게 쓴다.
답을 기다린다. 하지만 화면에서는 커서만 깜빡거린다. 나는 계속 자판을 두드린다.

가끔 잘 알지 못하는 남자랑 자기도 해요. 아니, 알고 싶지도 않다고 말해야 맞겠 네요.

아무 반응이 없다. 나는 계속 써나간다.

직업 덕분에 나는 처음 만나는 사람을 신중하게 평가하게 됐어요. 하지만 사생활 에서는, 특히 한두 잔 마신 후에는 일부러 신경을 잘 안 쓰려고 해요. 몇 달 전에 는 베이스기타 연주자를 만났어요. 그 남자 집에도 갔죠. 어떤 여자와 같이 살고 있는 게 분명했지만 묻지 않았어요. 그냥 룸메이트일 거라고 나 자신을 설득했어 요. 모르는 척 넘어가는 것도 잘못인가요?

나는 엔터키를 누른다. 내 고백이 어떻게 받아들여질까? 가장 친한 친구 리지에게 남자와 하룻밤 즐긴 얘기를 해준 적은 있지만, 그날 밤 욕실에서 향수병이나 분홍색 면도기를 봤다는 말은 한 번도 하지 않았다. 또 이런 일이 얼마나 잦은지 리지는 모른다. 나를 이상한 사람으로 볼까 봐 숨기게 된다.

컴퓨터 화면에 글자가 하나씩 나타나 한 문장이 된다.

[아까보다는 낫군요.]

잠시나마 이 검사에 대해 감이 잡히기 시작한 것 같아 기분이 좋아진다. 그러다 문득 전혀 모르는 누군가가 나의 성생활 고백을 읽고 있다는 사실이 떠오른다.

주름 없이 빳빳한 옥스퍼드 셔츠에 뿔테 안경을 쓴 벤은 전문가처럼 보였지만, 내가 이 정신과 의사와 그의 연구에 대해 제대로 알고 있는 게 뭐지? 윤리 및 도덕성에 대한 연구라는 이름만 내걸었을 뿐 진짜 속셈이 뭔지 알 게 뭐야.

뉴욕대학 교수가 맞기는 한 걸까? 테일러가 그런 것까지 일일이 확인해볼 사람은 아닌 것 같고. 그저 아름다운 젊은 여성이라서 이 연구에 초대받았는지도 모른다.

어떡할까 고민하고 있는데 다음 질문이 뜬다.

[더 나은 제안이 들어온다면 친구와의 약속을 취소하겠습니까?]

굳어 있던 어깨가 풀린다. 이 질문은 아무 꿍꿍이도 없어 보인다. 리지가 내게 조언을 구하며 물어볼 만한 문제다.

실즈 박사가 섬뜩한 일을 꾸미고 있다면 설마 대학 강의실을 사용하지는 않겠지. 게다가 그가 내 성생활을 물어본 것도 아니잖아. 내가 알아서 고해바친 거지.

나는 질문에 답한다.

물론이죠. 내 직업은 규칙적이지 않으니까요. 일이 정신없이 몰릴 때도 있어요. 하루에 일고여덟 건을 뛰면서 맨해튼을 휘젓고 다니죠. 하지만 며칠 동안 문의 전화만 두어 통 받을 때도 있어요. 들어오는 일을 거절하는 건 있을 수 없어요.

엔터키를 치려다가 실즈 박사가 이 답변에 만족하지 않을 거라는 생각이 든다. 나는 그의 지시대로 더 깊이 들어간다.

열다섯 살에 샌드위치 가게에서 처음 일자리를 얻었어요. 대학은 2년 다니다 힘들어서 관뒀고요. 학자금 지원을 받아도 일주일에 사흘 밤은 웨이트리스로 일하고 학자금 대출까지 받아야 했으니까요. 빚지는 게 싫었어요. 현금인출기 영수증이 나올 때마다 잔액이 마이너스로 찍혀 있으면 어쩌나 걱정하고, 퇴근할 때 몰래 샌드위치를 챙겨 나오고……. 지금은 형편이 조금 나아졌어요. 그래도 친한 친구 리지처럼 비빌 구석은 없어요. 걔 부모님은 매달 수표를 보내주시거든요. 우리 부모님은 거의 빈털터리고. 여동생은 특수교육을 받아야 해요. 그래서 가끔은, 네, 친구와의 약속을 깨야 할 때도 있죠. 내가 쓸 돈은 내가 벌어야 해요. 결국 내가 의지할 사람은 나밖에 없으니까요.

나는 마지막 줄을 빤히 쳐다본다. 징징거리는 소리처럼 들리려나? 내가 하고 싶은 말이 뭔지 실즈 박사가 이해해주면 좋겠다. 내 인생이 완벽한 건 아니에요. 하지만 누구 인생인들 안 그런가요? 이 정도인 것만도 다행이죠.
　나는 이렇게 내 생각을 드러내는 데 익숙하지 않다. 숨겨둔 속내를 쓰고 있으니 화장을 지우고 민낯을 보는 기분이다.

질문 몇 개가 더 이어진다. 그중에는 이런 질문도 있다.

[배우자나 애인의 문자 메시지를 읽은 적 있습니까?]
상대가 바람피우는 것 같은 눈치가 보이면 읽어보겠어요. 하지만 나는 결혼도 안
했고 같이 사는 사람도 없어요. 진지하게 사귄 사람은 두어 명밖에 없는데 그들
을 의심할 이유가 없었죠.

여섯 번째 질문까지 답하고 나니 지금까지와는 사뭇 다른 기분이
다. 커피를 평소보다 한 잔 더 마신 것처럼 잔뜩 흥분된 상태지만, 더
이상 초조하거나 불안하지 않다. 지금 내 집중력은 최고조로 올라와
있다. 시간이 어떻게 가는지도 모르겠다. 이 강의실에 45분이 아니라
그 두 배가 되는 시간 동안 있었다고 해도 믿겠다.
　내가 몰래 베키의 치료비 일부를 내고 있다는, 부모님에게도 말 못
할 사실을 쓰고 나니 화면에 또 글자들이 나타나기 시작한다.

[힘들겠군요.]

나는 이 메시지를 다시 한 번, 천천히 읽어본다. 실즈 박사의 친절
한 말이 이렇게 위로가 될 줄 몰랐다.
　나는 의자에 기대앉아 어깨뼈 사이를 누르는 차가운 금속을 느끼
며 실즈 박사는 어떻게 생긴 사람일까 상상해본다. 턱수염이 희끗희
끗하게 난 건장한 체격의 남자가 아닐까. 그는 사려 깊고 자상하다.
이런 사연을 한두 번 들어본 게 아니겠지. 그는 섣불리 나를 판단하
지 않는다.
　힘들다마다요. 나는 이렇게 생각하며 눈을 빠르게 몇 번 깜박인다.

어느새 나도 모르게 이렇게 쓰고 있다.

고맙습니다.

지금까지 나에 대해 이렇게 많이 알고 싶어 하는 사람은 아무도 없었다. 대부분의 사람들은 실즈 박사가 싫어하는 피상적 수다에 만족했다.

실즈 박사에게 털어놓고 나서 기분이 홀가분해지는 걸 보면 내가 품고 있는 비밀들이 생각보다 무거운 것이었나 보다.

나는 몸을 살짝 앞으로 기울이고 집게손가락에 끼운 은반지 세 개를 만지작거리며 다음 질문을 기다린다.

앞선 질문들보다 몇 분 더 걸리는 것 같다. 드디어 질문이 뜬다.

[아끼는 사람에게 큰 상처를 준 적이 있습니까?]

숨이 멎을 뻔한다. 질문을 두 번 읽어본다. 나도 모르게 문으로 힐끔 시선이 가지만, 맨 위에 붙은 유리판으로 들여다보고 있는 사람은 당연히 아무도 없다.

500달러, 이제 더 이상 쉽게 버는 돈이라는 느낌이 들지 않는다.

너무 오래 망설이면 안 된다. 내가 답을 회피하고 있다는 걸 실즈 박사가 눈치챌 것이다.

안타깝게도 있어요.

나는 이렇게 치며 시간을 번다. 곱슬머리 한 가닥을 손가락에 돌돌

감은 다음 조금 더 쓴다.

뉴욕에 처음 왔을 때 마음에 드는 남자가 있었는데, 내 친구도 그 남자를 좋아했어요. 그 사람이 나한테 데이트 신청을 해서…….

여기서 멈춘다. 이 이야기를 하는 건 상관없다. 하지만 실즈 박사가 원하는 답이 아니다.

나는 백스페이스키를 눌러 글자들을 천천히 지운다. 처음 시작할 때 동의했던 조건대로 지금까지 솔직하게 답했다. 그런데 지금은 이야기를 꾸며낼 궁리를 하고 있다.

내가 진실을 말하지 않으면 실즈 박사가 알아채겠지. 궁금하기도 하다. ……진실을 털어놓고 나면 어떤 기분이 들까?

'내가 지금까지 사랑한 모든 사람에게 상처를 줬다는 생각이 들 때가 있어요.'

이렇게 치고 싶은 마음이 굴뚝같다. 실즈 박사가 연민 어린 표정으로 고개를 끄덕이며 계속하라고 격려하는 모습이 머릿속에 그려진다. 내가 무슨 짓을 저질렀는지 말해주면 또 위로의 말을 써주겠지.

목이 멘다. 손으로 두 눈을 문지른다.

용기가 있다면 실즈 박사에게 이렇게 설명할 텐데. 여름 내내 부모님이 일을 나가신 동안 베키를 돌봤어요. 그때 내 나이 겨우 열세 살이었지만 책임감이 꽤 강했죠. 베키는 성가시기도 했어요. 친구가 와 있는데 자꾸 내 방에 들어오려 하고, 내 물건을 빌려가고, 내 꽁무니를 졸졸 따라다니고. 그래도 나는 동생을 사랑했어요.

사랑해, 라고 나는 생각한다. 지금도 사랑해.

그저 함께 있기가 괴로울 뿐.

아직 한 단어도 못 썼는데 벤이 문을 두드리며 5분 남았다고 알린다. 나는 두 손을 들어 올려 천천히 자판을 두드린다.

있어요. 할 수만 있다면 그 순간을 되돌리고 싶어요.

다시 생각해보지도 않고 엔터키를 눌러버린다. 컴퓨터 화면을 뚫어져라 쳐다보지만 실즈 박사는 아무런 답도 없다.

커서가 심장박동처럼 둥둥둥 뛰어댄다. 보고 있자니 최면에 걸릴 것만 같다. 눈이 따가워지기 시작한다. 실즈 박사가 지금 내게 무슨 말이라도 건넨다면, 시간을 초과해도 상관없으니 계속 써보라고 말한다면, 그렇게 할 작정이다. 전부 다 털어놓으리라. 전부 다 말하리라.

내 호흡이 얕아진다. 마치 벼랑 끝에 서서 뛰어내리라는 명령을 기다리는 것 같은 기분이다.

1분 정도밖에 안 남았다는 걸 알고 나는 화면을 계속 노려본다. 화면은 깜박이는 커서 말고는 여전히 텅 비어 있다. 하지만 커서와 박자를 맞추어 갑자기 내 머릿속에서 단어들이 맥박을 치기 시작한다.

'어서, 어서요.'

벤이 문을 열자 나는 힘겹게 컴퓨터 화면에서 눈을 떼고 그에게 고개를 끄덕인다.

몸을 돌려 의자 등에서 천천히 코트를 벗겨내고 백팩을 집어 든다. 마지막으로 한 번 더 컴퓨터를 보지만 여전히 빈 화면이다.

일어나자마자 피로감이 확 몰려든다. 기운이 하나도 없다. 팔다리가 무겁고 머릿속이 안개 낀 듯 흐리멍덩하다. 빨리 집에 가서 리오랑 같이 이불 속으로 기어 들어가고 싶다.

벤이 문 바로 밖에 서서 아이패드를 내려다보고 있다. 맨 위에 테일러의 이름이 언뜻 보이고 그 밑으로 여자 이름 세 개가 있다. 누구에게나 비밀은 있다. 그들은 비밀을 털어놓을까?

"내일 8시에 봐요."

계단을 타고 로비로 내려가기 시작하면서 벤이 말한다. 나는 겨우 그의 걸음을 따라잡는다.

"그러죠."

나는 난간을 붙잡고 발을 헛디디지 않으려 계단에 집중한다.

계단을 다 내려가자 나는 걸음을 멈추고 묻는다.

"저기, 물어볼 게 있는데요. 이게 정확히 무슨 설문조사죠?"

벤의 표정이 약간 짜증스럽게 변한다. 번쩍이는 로퍼를 신고 값비싼 스타일러스*를 든 모습이 좀 까탈스러워 보인다.

"21세기의 윤리와 도덕성에 관한 포괄적 연구입니다. 실즈 박사님은 중대한 논문을 준비하시느라 수백 명의 참여자를 평가하고 계시죠."

그러고는 그의 시선이 나를 지나쳐 로비에서 기다리고 있는 다음 여자에게로 향한다.

"재닌?"

나는 가죽 재킷의 지퍼를 잠그며 밖으로 걸어 나간다. 잠시 멈춰서서 방향 감각을 찾은 다음 몸을 돌려 집 쪽으로 향하기 시작한다.

주변 사람들은 다들 평범한 일상을 보내고 있는 것 같다. 밝은색의 요가 매트를 든 여자 몇 명이 모퉁이에 있는 스튜디오로 들어간다. 두 남자가 서로 손을 잡고서 어슬렁어슬렁 내 옆을 지나간다. 한 꼬마가 스쿠터를 타고 횡하니 달려가고, 뒤에서 아버지가 "좀 천천히 달려, 아들!" 하고 소리를 지르며 쫓아간다.

---

● 특수 컴퓨터 화면에 글을 쓰거나 그림을 그리는 등의 표시를 할 때 사용하는 펜.

두 시간 전만 해도 이 사람들을 보고 아무 생각 없이 지나쳤을 것이다. 하지만 지금은 시끌벅적 분주한 세상으로 돌아가자니 길을 잃은 양 혼란스럽다.

나는 집으로 가다가 모퉁이에서 정지신호를 받고 멈춰 선다. 추워서 주머니에 있는 장갑을 꺼낸다. 장갑을 끼면서 손톱을 보니, 바로 어제 깔끔하게 발라놨던 매니큐어가 갈라진 채 벗겨지고 있다. 마지막 질문에 답할까 말까 고민하던 중에 긁어댔나 보다.

나는 몸을 한번 떨고는 가슴 위로 팔짱을 낀다. 슬슬 감기 기운이 도는 것 같다. 오늘 일이 네 건 잡혀 있는데, 메이크업 케이스를 들고 도시를 돌아다니며 잡담을 나눌 기운이 남아 있을지 모르겠다.

내일 나가면 오늘 중단했던 데부터 시작할까? 아니면 마지막 질문은 그냥 건너뛰고 새 질문을 할까?

마지막 모퉁이를 돌자 내 집이 있는 아파트 건물이 보인다. 정문을 열고 자물쇠가 찰칵 잠기는 소리가 들릴 때까지 문을 세게 잡아당긴다. 무거운 몸을 끌고 계단 네 줄을 올라가 집 문을 열고 들어간 다음 접이식 소파 위로 푹 쓰러진다. 리오가 펄쩍 뛰어 올라오더니 내 옆에 웅크려 앉는다. 가끔 보면 내게 위로가 필요한 때를 알아채는 것 같다. 2년 전쯤 고양이를 보러 동물보호소에 들렀다가 거의 충동적으로 리오를 입양했다. 녀석은 짖지도 낑낑거리지도 않았다. 그저 우리 안에 앉아 나를 쳐다보고 있었다. 내가 나타나기를 기다리고 있었다는 듯이.

나는 한 시간 후로 휴대전화의 알람을 맞춘 뒤 리오의 작고 따스한 몸에 손을 얹는다. 이렇게 누워 있으니 그런 일에 괜히 끼어들었나 싶은 생각이 들기 시작한다. 그런 강렬한 경험을 하게 될 줄은, 그런 오만 감정에 휘둘리게 될 줄은 미처 몰랐다.

나는 옆으로 몸을 굴리고 무거운 눈꺼풀을 내리며, 쉬고 나면 괜찮아질 거라고 나 자신을 다독인다.

내일 또 무슨 일이 벌어질지, 실즈 박사가 어떤 새로운 질문을 던질지 알 수 없다. 그리고 보면 누가 억지로 시키는 일도 아니잖아. 늦잠 잔 척하면 되지 뭐. 아니면 테일러처럼 그냥 째버리는 거야.

안 가도 돼, 이런 생각을 하기가 무섭게 까무룩 잠이 든다.

하지만 나는 스스로를 속이고 있을 뿐이다.

# 4

당신은 거짓말을 했습니다. 윤리 및 도덕성에 대한 연구에 참으로 안 어울리는 시작이군요. 게다가 꽤 사업가다운 대담함도 보여줬고 말입니다.

당신은 오전 8시 약속의 대타가 아니었습니다.

원래 오기로 했던 사람이 8시 40분에 취소 전화를 했어요. 늦잠을 잤다더군요. 당신이 안내를 받아 시험실로 들어간 지 한참 후에 말이지요. 그래도 나는 당신이 계속하도록 내버려두었습니다. 왜냐하면 그때 이미 당신은 흥미로운 시험 대상자로 입증되었으니까요.

첫인상. 당신은 젊습니다. 운전면허증을 보니 스물여덟이군요. 긴 밤색 곱슬머리가 조금 헝클어져 있고, 가죽 재킷과 청바지를 입고 있습니다. 결혼반지는 없지만, 집게손가락에 가느다란 은반지가 세 개 끼워져 있네요.

별로 격식을 차리지 않은 가벼운 차림새지만 거동에는 전문가의 분위기가 묻어납니다. 테이크아웃 커피 잔을 들고 오지도 않았고, 하품을 하거나 눈을 비비지도 않더군요. 이른 아침에 온 다른 피험자들 몇 명은 그랬거든요. 당신은 똑바로 앉아 있었고, 질문을 받는 사이에 휴대전화를 힐끔거리지도 않았습니다.

1차 세션에서 당신이 드러낸 것, 고의로 드러내지 않은 것 모두 중요한 정보였습니다.

바로 첫 답변부터 당신은 지금껏 평가받은 51명의 젊은 여성들과는 달리 미묘한 주제를 건드리기 시작하더군요.

먼저 당신은 고객을 달래고 더 많은 팁을 받기 위해 어떻게 거짓말을 하는지 설명했습니다.

그다음엔 친구와의 밤 외출 약속을 깰 수 있는가 하는 문제에 대해 답변했지요. 대부분의 다른 피험자들은 갑자기 생긴 콘서트 표나 조짐이 좋은 데이트를 언급했습니다. 그런데 당신의 생각은 다시 일거리로 돌아갔습니다.

당신에게는 돈이 아주 중요합니다. 도덕률을 받쳐주는 토대처럼 보일 정도로 말이지요.

돈과 도덕성이 교차할 때 인격에 관한 흥미진진한 진실이 밝혀지기도 하지요.

사람들은 여러 가지 원초적 이유로 도덕적 기준을 어깁니다. 생존, 증오, 사랑, 시기심, 치정. 그리고 돈.

추가적인 소견. 당신은 사랑하는 이들을 가장 중시합니다. 부모님을 보호하기 위해 그들에 관한 정보를 숨기는 걸 보면 알 수 있습니다. 그런데 당신 자신은 남의 연애를 망칠 수 있는 행위의 방조범으로 칭하더군요.

하지만 당신이 답하지 않은 질문, 손톱을 긁어대면서 심하게 고민하던 질문이 가장 흥미로웠습니다.

이 시험을 통해 자유로워질 수 있습니다, 52번 피험자님.

저항하지 말고 그냥 내려놔요.

# 5

짧게나마 단잠을 자고 일어나니 실즈 박사와 그 묘한 시험에 대한 생각이 날아가버린다. 진한 커피 한 잔에 고객들에게 집중하게 되고, 일이 끝나 집으로 돌아올 때쯤엔 다시 원래의 내가 된 듯한 기분까지 든다. 내일 또 가서 답해야 한다는 생각이 들어도 더 이상 위축되지 않는다.

방을 치울 기력까지 생겨 의자 등받이에 수북이 쌓여 있는 옷들을 거두어 벽장에 걸어놓는다. 내 원룸 아파트는 워낙 좁아서 가구로 막힌 벽이 하나도 없다. 룸메이트를 들이면 더 큰 집으로 옮길 수도 있겠지만, 수년 전 혼자 살기로 결심했다. 남의 간섭을 받지 않는 생활을 위해서라면 이 정도 불편함은 감수할 수 있다.

접이식 소파 끄트머리에 앉아 있으니 흐릿해져가는 늦은 오후의 햇살 한 줄기가 달랑 하나뿐인 창으로 슬쩍 들어온다. 나는 수표책으로 손을 뻗는다. 이번 달은 500달러가 덤으로 들어오니까 평소보다는 덜 쪼들리겠지.

안토니아 설리번 앞으로 수표를 쓰기 시작하자 또 머릿속에 실즈 박사가 들어와 있는 듯한 기분이 든다.

[사랑하는 사람을 걱정시키지 않기 위해 어떤 일을 비밀에 부친 적이 있습니까?]

펜이 얼어붙는다.

안토니아 설리번은 필라델피아 최고의 민간 언어 및 작업 치료사 중 한 명이다.

화요일과 목요일마다 베키를 봐주는 국가지원 전문가도 조금씩 진척을 보여주고 있지만, 안토니아가 오는 날에는 작은 기적들이 일어난다. 베키가 머리를 땋거나 문장을 써보려고 하고. 안토니아가 읽어준 책에 대해 질문하고. 잃어버렸던 기억이 되살아나고.

안토니아의 상담치료는 한 시간에 125달러지만, 우리 부모님은 그녀가 차등제로 비용을 매기는 줄 알고 일부 금액만 지불한다. 나머지는 내가 부담한다.

오늘에야 나는 진실을 밝힌다. 내가 대부분의 비용을 내고 있다는 사실을 알면 아빠는 무안해하고 엄마는 걱정할 것이다. 그래서 내 도움을 거절할지도 모른다. 부모님에게 아예 선택권을 주지 않는 편이 낫다.

나는 지난 18개월 동안 안토니아에게 치료비를 지불해왔다. 그녀가 다녀간 날에는 엄마가 내게 전화해 진척 상황을 시시콜콜 알려준다.

오늘 아침 설문조사에서 이 문제에 관해 쓰기 전까지는 부모님을 속이는 연극이 얼마나 힘든지 깨닫지 못하고 있었다. 실즈 박사가 내게 힘들겠다고 답했을 때, 이제는 내 진짜 감정을 시인해도 좋다는 허락을 받은 듯한 기분이었다.

나는 수표를 다 쓰고 봉투에 집어넣은 다음 벌떡 일어나 냉장고로 가서 맥주를 꺼낸다. 오늘 밤엔 내 선택을 분석하고 싶지 않다. 안 그래도 곧 그 세계로 다시 돌아가야 할 텐데.

나는 휴대전화를 집어 리지에게 문자 메시지를 보낸다.

'조금 더 일찍 볼래?'


약속 장소인 라운지 바로 들어와 훑어보는데 리지가 아직 없다. 놀랄 일도 아니다. 내가 10분 일찍 왔으니까. 스탠드바에 빈 의자가 두 개 보이기에 얼른 낚아챈다.

바텐더 산제이가 고개를 끄덕여 인사한다.

"안녕, 제스."

나는 여기 자주 온다. 집에서 세 블록 떨어져 있고, 특별 할인 시간대에 맥주가 3달러밖에 안 한다.

"샘 애덤스?"

그가 묻는다. 나는 고개를 젓는다.

"보드카 크랜베리 소다로 할게요."

특별 할인은 거의 한 시간 전에 끝났다.

반 정도 마셨을 때 리지가 도착해서 목도리와 재킷을 벗으며 내 쪽으로 온다. 나는 옆 의자에 올려두었던 내 가방을 도로 가져온다.

"오늘 정말 이상한 일이 있었어."

리지가 털썩 앉으며 나를 짧게 힘껏 껴안는다. 온통 붉게 물든 뺨과 헝클어진 머리카락 때문에 영락없이 중서부 지방의 농장 소녀처럼 보인다. 무대 의상 디자이너가 되려고 뉴욕으로 오기 전 리지의 모습 그대로.

"너한테? 설마."

내가 말한다. 지난번 통화 때, 리지는 어떤 노숙자한테 칠면조 샌드
위치를 사줬더니 그 사람이 채식주의자라면서 짜증을 내더라는 얘
기를 했다. 그 몇 주 전에는 대형 마트에서 어떤 사람한테 목욕 수건
이 어디 있느냐고 물었는데, 알고 보니 그 사람은 직원이 아니라 아카
데미상 후보에도 올랐던 배우 미셸 윌리엄스더란다.

"그런데 목욕 수건이 어디 있는지 알더라니까."

리지는 이렇게 말했었다.

"워싱턴 스퀘어 파크에서…… 잠깐, 지금 보드카 크랜베리 소다 마
시는 거야? 나도 한 잔 줘요, 산제이. 그 섹시한 남자친구는 잘 지내
요? 그건 그렇고, 제스, 내가 어디까지 얘기했더라. 아 그래, 토끼. 토
끼가 길 한가운데에 떡 하니 앉아서는 눈을 깜빡깜빡하면서 나를 올
려다보더라니까."

"토끼? 섬퍼* 같은?"

리지가 고개를 끄덕인다.

"얼마나 귀여웠는데! 귀는 기다랗고 코는 분홍색에 정말 앙증맞아.
누가 잃어버렸나 봐. 집에서 키우는 토끼 같더라."

"지금은 네 집에 있지?"

"밖이 너무 추우니까!" 리지가 말한다. "월요일에 동네 학교들에 전
부 전화해서 키울 생각 없느냐고 물어볼 거야."

산제이가 술잔을 쭉 미끄러트려주자 리지가 한 모금 홀짝인다.

"넌 어때? 재미있는 일 없었어?"

---

* 월트 디즈니 애니메이션 〈밤비〉에 등장하는 토끼.

이번에는 나도 리지 못지않게 희한한 하루를 보내긴 했지만, 입을 열려고 하니 노트북 화면에 떴던 글이 눈앞에 떠오른다.

[이 연구에 참여하는 순간 귀하는 비밀 유지 원칙을 지키셔야 합니다.]

"평소랑 똑같지 뭐."

나는 고개를 숙이고 술잔을 흔든다. 그러다가 가방을 뒤져서 25센트짜리 동전들을 찾아 벌떡 일어난다.

"몇 곡 고르고 올게. 신청곡 없어?"

"롤링 스톤스."

리지가 말한다. 나는 리지를 위해 '홍키 통크 위민(Honky Tonk Women)'을 누른 다음 주크박스에 기대어서 서서 선곡표를 휙휙 넘겨본다.

리지와 나는 내가 뉴욕으로 옮겨온 직후에 만났다. 어느 오프오프 브로드웨이*의 연극 무대 뒤에서 나는 분장사로, 리지는 의상 팀으로 일했다. 이틀 밤 공연 후 연극은 막을 내렸지만, 우리는 이미 친구 사이가 되어 있었다. 지금은 리지가 내게 그 누구보다 가장 가까운 사람이다. 주말을 꼬박 걸려 리지네 집에 가서 그녀의 가족을 만났고, 리지는 몇 년 전 뉴욕에 놀러 온 우리 부모님, 베키와 함께 시간을 보냈다. 우리의 단골 델리카트슨*에서 밥을 먹을 때면 리지는 항상 자기 몫의 피클을 내게 넘겨준다. 내가 정말 좋아한다는 걸 아니까. 그리고 나는 스릴러 작가 카린 슬로터의 신작이 나오면 리지가 그 책을 다 읽기 전까지 집에서 한 발짝도 나오지 않으리라는 걸 안다.

---

• 1960년대 말부터 미국에서 시작된 연극 운동으로, 브로드웨이의 상업주의에 반발한 실험적인 '오프브로드웨이' 연극보다 더 전위적이다.
• 조리된 육류나 치즈, 흔하지 않은 수입 식품 등을 파는 상점 혹은 식당.

리지가 나의 모든 것을 아는 건 아니지만, 그래도 오늘 겪은 일을 리지에게 얘기할 수 없다니 기분이 이상하다.

한 남자가 다가와 내 옆에 서더니 노래 제목을 내려다본다. 리지의 신청곡이 흘러나오기 시작한다.

"스톤스 팬이에요?"

나는 고개를 돌려 그를 쳐다본다. 경영대학원 학생이시군. 지하철에서 매일 보는 부류다. 둥근 목선의 스웨터와 지나치다 싶게 빳빳한 청바지 차림이 딱 월스트리트 분위기다. 검은 머리는 짧고, 얼굴에 거뭇거뭇 돋은 수염은 일부러 멋을 낸 것이 아니라 아침에 면도한 후 자연스럽게 자란 것처럼 보인다. 그의 손목시계도 많은 사실을 알려준다. 롤렉스지만 부자 부모로부터 물려받은 구식 모델은 아니다. 비교적 신형인 걸 보면 아마 연말 보너스로 자기가 직접 샀을 것이다.

그래도 내게는 매우 부잣집 도련님처럼 보인다.

"남자친구가 좋아하는 곡이에요."

내가 말한다.

"운 좋은 남자네요."

나는 기분 나쁘지 않게 거절하려 방긋 웃는다.

"고마워요."

나는 '퍼플 레인(Purple Rain)'을 선택한 다음 내 자리로 돌아간다.

"토끼를 욕실에 뒀다고요?"

산제이가 묻고 있다.

"신문지를 깔아놨어요." 리지가 해명한다. "그래도 룸메이트가 별로 안 좋아하더라고요."

산제이가 내게 눈짓을 보낸다.

"한 잔 더요?"

리지가 휴대전화를 꺼내 나와 산제이에게 내보인다.

"토끼 사진 볼래요?"

"귀엽다."

내가 말한다.

"아, 문자 왔네." 리지가 전화기를 내려다보며 말한다. "카트리나 기억나? 술 마시자고 사람들 부르고 있는데. 갈래?"

카트리나는 새 연극에서 리지와 함께 일하고 있는 배우다. 내가 극단을 떠나기 직전 어떤 작품에서 함께 작업한 후로는 한동안 보지 못했다. 여름에 만나서 얘기하고 싶다는 연락이 왔다. 하지만 나는 답하지 않았다.

"지금?"

나는 주저하며 묻는다.

"응. 애나벨도 올걸. 어쩌면 캐슬린도."

애나벨과 캐슬린은 괜찮다. 하지만 다른 극단 사람들도 올 텐데. 다시는 보고 싶지 않은 사람이 한 명 있다.

"진은 안 올 거야. 걱정 마."

내 마음을 읽기라도 한 것처럼 리지가 말한다.

리지는 거기 가고 싶은 눈치다. 그 사람들과 여전히 친구로 지내고 있다. 게다가 지금 경력을 쌓고 있는 중이다. 뉴욕 연극계는 워낙 좁은 동네라 일감을 얻는 최선의 길은 인맥을 쌓는 것이다. 하지만 나를 두고 혼자 가려니 마음이 불편하겠지.

머릿속에서 실즈 박사의 낮고 차분한 목소리가 또 들리는 것 같다.

[양심의 가책 없이 거짓말을 할 수 있습니까?]

네, 라고 나는 속으로 대답한다. 그리고 리지한테 말한다.

"아니, 그게 아니라 정말 피곤해서 그래. 그리고 내일 아침 일찍 일어나야 돼서."

그러고는 산제이에게 손짓을 한다.

"한 잔만 더 하자. 그리고 나서 나는 자러 가야겠어. 넌 거기 가봐, 리지."

20분 후 리지와 나는 문밖으로 나간다. 가는 방향이 서로 반대라 인도에서 포옹하며 작별인사를 나눈다. 리지에게서 오렌지꽃 냄새가 난다. 내가 그 향을 골라줬던 기억이 난다.

나는 모퉁이를 돌아 파티로 향하는 리지를 지켜본다. 리지는 진 프렌치가 오지 않을 거라고 했지만, 내가 피하고 싶은 건 그 사람만이 아니다. 뉴욕으로 온 후 초창기 7년. 내 모든 걸 불살랐던 시절이지만, 그때 연을 맺었던 사람은 누구라도 다시 만나고 싶지 않다.

내가 이 도시로 온 건 연극 때문이었다. 어렸을 적 엄마 손에 이끌려 동네 극장으로 가서 〈오즈의 마법사〉를 봤을 때 내 꿈은 일찍감치 정해졌다. 나중에 로비로 나오는 배우들을 봤더니 양철 나무꾼, 겁쟁이 사자, 사악한 마녀 모두 그냥 평범한 사람들이었다. 가루분, 눈썹 연필로 그린 주근깨, 초록빛 도는 파운데이션으로 변장한 것이었다.

대학을 그만두고 뉴욕으로 온 뒤, 블루밍데일스 백화점의 바비브라운 매장에서 일하면서 백스테이지닷컴(Backstage.com)에 정보가 뜨는 분장사 오디션은 모조리 다 봤다. 그때 프로들은 더플백이 아니라 검은색 아코디언식 케이스에 그들만의 컨투어휠, 파운데이션, 인조 속눈썹을 넣어 다닌다는 사실을 알았다. 처음에는 소규모 공연들에서 드문드문 일하며 초대권을 보수로 받기도 했지만, 2년 후에는 일도 더 잘 들어오고 점점 더 큰 규모의 작품을 맡게 되면서 백화점을 그만둘 수 있었다. 일을 소개받기 시작했고, 대리인과 계약까지 했다. 무역박람회에서 공연하는 마술사하고도 일하는 사람이긴 했지만.

그때는 하루하루가 짜릿했다. 배우들이나 다른 단원들과의 뜨거운 동지애, 관객들이 일어나 우리 작품에 갈채를 보낼 때의 그 뿌듯함. 하지만 지금은 프리랜서 메이크업 아티스트로 일하면서 훨씬 더 많이 벌고 있다. 그리고 모든 사람의 꿈이 꼭 이루어지는 건 아니라는 사실을 오래전 깨달았다.

그래도 어쩔 수 없이 그 시절이 생각나고 진은 여전한지 궁금하다.

처음 만났을 때 그는 내 손을 잡았다. 연극계에서 일하는 사람답게 목소리가 굵직하고 힘이 넘쳤다. 그는 겨우 서른 후반에 출세 가도를 달리고 있었다. 그리고 내가 예상했던 것보다 훨씬 더 빨리 성공했다.

내가 얼굴을 붉히지 않으려 애쓰고 있을 때 그가 내게 던진 첫마디는 이랬다.

"미소가 참 멋져요."

기억은 항상 이 순서로 돌아온다. 내가 커피 한 잔을 들고 가, 어둑한 관객석에서 풋잠이 들어 있는 그를 살짝 찔러 깨운다. 그가 막 인쇄한 공연 팸플릿을 내게 보여주며 연출부 명단에 올라온 내 이름을 가리킨다. 단둘이 그의 사무실에 있을 때 그가 내 눈을 가만히 바라보며 자기 바지의 지퍼를 천천히 내린다.

그리고 내가 애써 눈물을 참고 있을 때 그가 내게 던진 마지막 말은 "조심히 들어가요, 알았죠?"였다. 그러고 나서 그는 택시를 불러 운전사에게 20달러를 주었다.

그는 내 생각을 하기는 할까? 궁금하다.

이제 그만, 나는 속으로 중얼거린다. 과거는 잊고 앞으로 나아가야 한다.

하지만 집에 가봐야 잠들지 못할 게 빤하다. 마지막으로 그와 함께 있었던 밤을 계속 곱씹으며 내가 어떤 다른 선택을 할 수 있었을까 상상하거나, 아니면 실즈 박사의 연구를 생각하고 있겠지.

나는 라운지를 다시 돌아본다. 그런 다음 문을 열고 성큼성큼 들어간다. 친구들과 다트게임을 하고 있는 검은 머리의 은행가가 보인다. 나는 곧장 그에게 걸어간다. 그는 굽 낮은 부츠를 신은 나보다 끽해야 5센티미터 정도 더 크다.

"안녕, 또 보네요."

"안녕하세요."

그가 말을 길게 끌자 인사가 질문으로 변한다.

"나 사실 남자친구 없어요. 내가 맥주 한잔 사도 될까요?"

"만남 한번 순삭이네요."

그의 말에 내가 웃는다.

"1차는 내가 살게요."

그가 이렇게 말하며 다트 화살을 한 친구에게 건넨다.

"파이어볼 어때요?"

내가 제안한다.

그가 스탠드바 쪽으로 가고, 나는 나를 건너다보는 산제이의 시선을 피한다. 내가 리지에게 집으로 갈 거라고 했던 말을 산제이가 듣지 않았기를.

은행가가 술잔을 들고 돌아와 내 잔에 자기 잔을 쨍 부딪친다.

"나는 노아라고 해요."

한 모금 홀짝이자 계피 맛에 입술이 얼얼해진다. 오늘 밤이 지나고 또 노아를 보고 싶지는 않을 것이다. 그래서 나는 머릿속에 제일 먼

53

저 떠오르는 이름을 말한다.

"테일러예요."


나는 담요를 들어 올리고 천천히 그 밑에서 빠져나가며 주위를 두리번거린다. 그렇지, 나는 지금 노아의 아파트에서 소파에 누워 있다. 우리는 다른 바에서 몇 잔 더 마신 후 여기까지 왔다. 우리 둘 다 저녁을 먹지 않아 몹시 허기진 상태라는 걸 깨닫자 노아는 모퉁이에 있는 델리카트슨으로 달려 나갔다.

"여기 가만히 있어요." 그는 내게 와인을 따라주며 요청했었다. "2분만 기다려요. 달걀 사 와서 프렌치토스트 만들어줄게요."

그리고 나서 나는 거의 바로 잠들었던 게 틀림없다. 노아가 나를 깨우는 대신 내 부츠를 벗기고 담요를 덮어줬나 보다. 그리고 커피 테이블에 쪽지도 하나 남겨두었다.

'어이, 잠꾸러기 친구. 프렌치토스트는 내일 아침에 만들어줄게요.'

나는 청바지와 윗도리를 그대로 입고 있다. 우리는 키스밖에 하지 않았다. 나는 부츠와 코트를 들고 발끝으로 살금살금 문까지 간다. 문을 열자 삐걱거리는 소리가 들려 움찔하지만, 노아가 자기 방에서 움직이는 기척은 들리지 않는다. 나는 문을 천천히 닫은 다음 부츠를 신고 허둥지둥 복도를 걷는다. 엘리베이터를 타고 로비까지 열아홉 층을 내려가면서 머리를 매만지고 눈 밑에 번진 마스카라를 문질러 닦는다.

경비가 휴대전화를 보고 있다가 고개를 든다.

"안녕히 가세요."

나는 살짝 고개 숙여 인사하고는 밖으로 나와 위치를 파악하려 애쓴다. 여기서 가장 가까운 지하철역은 네 블록 떨어져 있다. 이제 자정이 다 됐고, 몇몇 사람이 서성거리고 있다. 나는 역으로 향하며 지갑에서 메트로카드를 꺼낸다.

차가운 공기에 얼굴이 따끔거린다. 나는 키스할 때 노아의 까칠한 수염이 문질러대서 쓰라린 턱을 만져본다.

이 가벼운 통증이 왠지 위로가 된다.

# 6

**11월 18일 일요일**

이번 세션도 1차 세션과 똑같이 시작됩니다. 벤이 로비에서 당신을 맞이해 214호실로 데리고 오지요. 계단을 오르며 당신은 어제와 같은 방식으로 진행되느냐고 묻습니다. 벤은 그렇다고 답하지만 그 이상의 정보는 당신에게 알려줄 수 없습니다. 벤 자신도 알고 있는 게 별로 없지만, 그나마도 남에게 말할 재량권이 없으니까요. 그 역시 비밀 유지 합의서에 서명했거든요.

저번처럼 얇은 은색 노트북이 책상 첫 줄에 놓여 있습니다. 화면에 안내문과 함께 인사말이 뜹니다.

[또 만나서 반갑습니다, 52번 피험자님.]

당신은 코트를 벗고 조심조심 의자에 앉습니다. 그 자리에 앉았던 다른 젊은 여자들은 대부분 분간이 되지 않을 정도로 비슷했어요. 긴 생머리, 초조한 헛웃음, 호리호리한 몸매. 그런 그들 사이에서 당신은 돋보입니다. 독특한 미모 때문만은 아닙니다.

당신은 거의 경직된 자세로 앉아 있습니다. 대략 5초 동안 꼼짝도 안 하는군요. 당신의 동공은 조금 팽창되어 있고, 입술은 꽉 다물어져 있습니다. 전형적인 불안 증세이지요. 당신은 숨을 크게 한 번 쉬고 엔터키를 누릅니다.

첫 질문이 화면에 나타납니다. 질문을 읽자 당신 몸에서 긴장이 풀리고 입매가 부드러워집니다. 당신은 눈을 천장으로 들어 올립니다. 기운차게 고개를 까딱하고 머리를 숙이고는 금세 자판을 두드리기 시작합니다.

어제의 마지막 질문, 당신이 고심했던 그 질문이 화면에 뜨지 않아 마음이 놓인 거지요.

세 번째 질문까지 가서는 당신의 몸에 긴장감이라고는 하나도 남아 있지 않습니다. 당신의 경계심이 풀립니다. 저번과 마찬가지로 당신의 대답은 기대를 저버리지 않는군요. 신선하고 여과되지 않은 답변들.

[마지막으로 누군가를 부당하게 대한 적은 언제였고, 그 이유는 무엇입니까?]

이러한 네 번째 질문에 당신은 이렇게 답합니다.

쪽지 하나 남겨놓지 않고 몰래 빠져나왔어요.

나는 일부러 정답 없는 질문들을 설계해서 피험자들이 그들의 선택에 따라 질문의 방향을 조정할 수 있게 했습니다. 대부분의 여성 피험자들은 섹스가 화제에 오르면 답하기를 꺼리지요. 적어도 초반에는요. 하지만 당신은 이번에도 많은 사람이 꺼리는 주제를 파고들었습니다. 아주 자세히.

그 남자랑 잔 다음 나올 생각이었어요. 이런 밤엔 보통 그런 식이니까요. 그런데 그의 집으로 가다가 프레첼 파는 노점이 있기에 하나 사려고 했죠. 점심 이후로 먹은 게 하나도 없었거든요. "안 돼요." 그 남자가 나를 잡아당기면서 말하더라고요. "내가 만든 프렌치토스트가 뉴욕에서 제일 맛있거든요." 하지만 그가 달걀을 사러 뛰어나가자마자 나는 그의 소파에서 잠들어버렸어요.

당신은 지금 얼굴을 찌푸리고 있습니다. 후회가 되어서 그런가요? 당신은 계속 자판을 두드립니다.

그러고 나서 자정쯤 깨어났어요. 하지만 계속 있을 생각은 없었어요. 꼭 리오가 걱정되어서만은 아니에요. 내 전화번호를 남길 수도 있었지만, 지금은 누군가를 진지하게 만날 생각이 없어요.

지금 당장은 어떤 남자와도 가까운 사이가 되기 싫은 거로군요. 이 얘기를 자세히 풀어주면 재미있을 텐데. 잠깐이지만 정말 그렇게 해줄 것처럼 보입니다.

당신의 손가락들이 자판 위를 계속 맴돌고 있습니다. 그러다가 당신은 고개를 살짝 젓고 엔터키를 눌러 답변을 제출합니다. 당신은 뭐라고 더 쓰려 했을까요?

다음 질문이 나타나자 당신의 손가락들이 다시 컴퓨터로 휙 날아갑니다. 하지만 당신은 답하지 않아요. 대신 질문을 던집니다.

규칙을 깨도 괜찮을지 모르겠지만 방금 뭔가가 생각이 나서요. 그 남자의 집에서 나올 때는 내가 잘못했다는 생각이 들지 않았어요. 그냥 집으로 가서 리오를 산책시킨 다음 내 침대에서 잤죠. 아침에 일어났을 땐 그 남자 생각이 거의 나지도 않았어요. 그런데 지금은 내가 무례했나 싶어요. 이 도덕성 연구를 통해서 내가 더 도덕적인 인간이 될 수 있을까요?

당신의 본모습이 드러나면 드러날수록, 52번 피험자님, 점점 더 매력적인 당신의 그림이 그려지는군요.

전에 이 연구에 참여했던 사람들 중에 질문자에게 직접적으로 말을 건 사람은 한 명뿐이었습니다. 5번 피험자. 그녀 역시 여러모로 나머지 피험자들과는 달랐지요.

5번 피험자는······ 특별해졌습니다. 그리고 실망을 안겨주었지요. 결국엔 내 가슴을 찢어놨어요.

# 7

**11월 21일 수요일**

도덕성을 시험하는 문제는 어디에나 도사리고 있다.

버스를 타고 집에 가려고 바나나 한 개와 물을 사는데, 지친 표정의 터미널 매점 직원이 5달러가 아닌 10달러를 거슬러준다. 마맛자국으로 뒤덮인 얼굴에 치열이 들쭉날쭉한 어떤 여자가 '아픈 엄마를 보러 집에 가야 하는데 돈이 없어서 표를 못 사고 있어요. 신의 가호가 있기를'이라고 적힌 얇은 판자를 들고 있다. 연휴 직전이 항상 그렇듯 버스가 꽉 찼지만, 내 맞은편에 앉은 마르고 머리 긴 남자는 옆의 빈 자리에 배낭을 올려 자기 영역을 표시해둔다.

나는 자리를 고르자마자 내 선택을 후회한다. 옆에 앉은 여자가 양쪽 팔꿈치를 쫙 벌리고 아마존 킨들을 보면서 내 공간을 조금씩 침범한다. 나는 기지개를 켜는 척하다가 그녀의 팔에 부딪히며 말한다.

"죄송합니다."

버스 기사가 시동을 걸고 터미널을 빠져나갈 때, 또 실즈 박사와의 일요일 세션이 생각난다. 두려웠던 질문은 다시 나오지 않았지만, 그래도 꽤 심각한 문제들을 파헤쳤다.

나는 내 친구들 대부분은 돈을 빌려야 할 때나 까다로운 상사에 어떻게 대처할지 조언을 구할 때면 아빠한테 전화한다고 썼다. 독감에 걸리거나 애인과 헤어져서 힘들 때면 엄마한테 하고. 상황이 달랐다면 나도 부모님과 그런 사이로 지냈을지 모른다.

하지만 우리 부모님은 지금도 충분히 힘들다. 내 걱정까지 얹어드리고 싶지 않다. 그래서 나는 한 명의 딸로서가 아니라 두 명 몫의 멋진 인생을 살아야 하는 짐을 지고 있다. 이제 나는 좌석 등받이에 머리를 기대고 실즈 박사의 반응을 생각한다.

'그건 상당한 부담이 되지요.'

다른 누군가가 이해해주니 조금 덜 외로워진다.

실즈 박사는 아직도 연구를 진행 중일까? 아니면 나는 마지막 연구 대상들 중 한 명일까? 나는 52번 피험자로 불렸지만, 다른 날 몇 명이나 되는 이름 모를 여자들이 내가 앉았던 그 불편한 금속 의자에 앉아 내가 두드렸던 그 자판을 두드렸는지는 알 길이 없다. 아마 박사는 지금 이 순간에도 다른 여자와 대화를 나누고 있겠지.

옆 사람이 자세를 바꾸더니 눈에 보이지 않는 경계선을 넘어 또 내 공간을 침범한다. 싸워서 뭐 하나. 나는 통로 쪽으로 몸을 조금 기울인 다음 휴대전화를 집는다. 추수감사절 다음 날 밤 동네 술집에서 가벼운 동창회나 하자며 한 고등학교 동창이 보내온 문자를 찾느라 옛 문자 메시지들을 쭉 내려 본다. 그러다 너무 많이 내리는 바람에, 여름에 카트리나에게 받았지만 답하지 않은 문자가 나온다.

'안녕, 제스. 같이 커피나 한잔할까? 얘기 좀 해.'

그녀가 무슨 얘기를 하려는 건지는 안 들어도 뻔하다.

나는 그녀의 메시지를 더 이상 보지 않으려 전화기 화면 위로 손가락을 미끄러뜨린다. 그런 다음 이어폰을 꺼내 〈왕좌의 게임〉을 튼다.

아빠가 당신이 좋아하는 이글스 재킷에 녹색 털모자를 귀까지 푹 덮어쓰고서 버스 역에 나와 있다. 아빠가 내뿜는 숨이 차가운 공기 속에서 솜처럼 하얀 김이 된다.

마지막으로 온 게 겨우 넉 달 전인데, 창밖에 얼핏 보이는 아빠가 더 늙으신 것 같다는 생각이 제일 먼저 든다. 모자 밑으로 삐져나온 머리카락은 후춧가루보다는 소금 같고, 몸은 지친 듯 축 처져 있다.

아빠가 고개를 들다가 나와 눈이 마주친다. 그러자 몰래 피우고 있던 담배를 툭 튀겨버린다. 아빠가 담배를 끊었다고 선언한 지 12년. 그러니까 집에서는 더 이상 담배를 피우지 않는다는 뜻이다.

내가 버스에서 내리자 아빠의 얼굴에 미소가 번진다.

"제시."

아빠가 이렇게 부르며 나를 안아준다. 나를 그 이름으로 부르는 사람은 아빠밖에 없다. 거구에 다부진 몸의 아빠가 해주는 포옹은 조금 심하다 싶을 정도로 단단하다. 아빠가 나를 풀어주고는 허리를 굽혀 내가 들고 있는 캐리어를 들여다보며 리오에게 인사한다.

"어이, 쪼그만 친구."

운전기사가 버스 화물칸에서 여행 가방들을 꺼내고 있다. 내가 가방으로 손을 뻗지만 아빠의 손이 먼저 가 닿는다.

"배고프지?"

언제나 그렇듯 아빠가 묻는다.

"배고파 죽겠어요."

**62**

언제나 그렇듯 내가 답한다. 배를 채우고서 집에 오면 엄마가 실망할 테니까.

"내일 이글스가 베어스[*]랑 붙는다는구나."

주차장으로 걸어가며 아빠가 말한다.

"지난주 경기 정말 대단하던데요."

이겼든 졌든 이 말로 두루뭉술하게 넘어갈 수 있기를. 버스를 타고 오는 동안 경기 결과를 확인한다는 게 깜빡하고 말았다.

낡은 셰비 임팔라 옆에 도착하자 아빠가 내 가방을 트렁크로 들어 올린다. 그러다 움찔한다. 날이 차면 아빠의 무릎이 더 말썽이다.

"내가 운전할까요?"

내가 말한다. 기분 상한 듯한 아빠의 표정에 얼른 덧붙인다.

"도시에서는 영 운전할 일이 없으니까 이러다 운전 실력 녹슬까 봐 그래요."

"아, 그럼 그래라."

아빠가 이렇게 말하며 열쇠를 휙 던지고, 나는 오른손으로 열쇠를 낚아챈다.


나는 부모님의 일과를 내 일과만큼이나 훤히 알고 있다. 집에 도착한 지 한 시간도 지나지 않아 뭔가가 잘못되었다는 걸 깨닫는다.

집 앞에 차를 세우자마자 아빠가 리오를 캐리어에서 꺼내더니 리오와 함께 동네 산책을 다녀오겠다고 하신다. 나는 안으로 들어가 엄마와 베키를 보고 싶은 마음이 앞서 아빠에게 그러시라고 한다. 돌아온 아빠는 리오의 가죽끈을 잘 풀지 못해 애를 먹는다. 내가 가서 도

---

[*] 시카고의 프로 미식축구 팀.

와준다. 담배 냄새가 진동하는 걸 보니 또 한 개비 몰래 피우셨나 보다. 자타공인 흡연자였을 때에도 아빠가 이렇게 짧은 시간 안에 두 대나 피우신 적은 없었다.

그러고 나서 베키와 내가 주방 의자에 앉아 샐러드에 넣을 상추를 찢는 동안 엄마가 와인을 한 잔 따르고 내게도 권한다.

"주세요."

내가 말한다.

처음엔 별다른 생각이 들지 않는다. 추수감사절 전날 밤이니 꼭 주말 같은 기분이다. 그런데 파스타가 익는 사이 엄마가 와인을 또 한 잔 따라 마신다.

나는 토마토소스를 젓는 엄마를 지켜본다. 이제 겨우 쉰한 살인 엄마는 바트미츠바•를 치르는 소녀의 어머니들, 신분증 검사를 받을 만큼 어려 보이고 싶어 하는 그들보다 별로 나이가 많지 않다. 머리를 밤색으로 염색하고 하루에 만 보씩 걷기 위해 핏빗을 차고 있지만, 하루 지나 헬륨이 조금 빠져버린 풍선처럼 기운이 없어 보인다.

동그란 오크 테이블에 앉아서 엄마가 내 일에 관해 질문을 퍼붓는 사이, 아빠는 파스타에 크래프트 파르메산 치즈를 뿌린다.

이번에는 엄마에게 거짓말을 하지 않는다. 극단 일을 잠시 쉬고 지금은 프리랜서 메이크업 아티스트로 일하고 있다고 말한다.

"지난주에 말한 그 공연은 어떻게 된 거니, 얘?"

엄마가 묻는다. 엄마의 두 번째 잔이 거의 비어간다.

내가 뭐라고 말했는지 잘 기억나지 않는다. 나는 리가토니•를 한 입 먹은 다음 답한다.

---

• 유대교에서 12세 소녀가 치르는 전통 성인식.
• 줄무늬가 있는 튜브 모양의 파스타.

"그건 끝났어요. 하지만 이 일이 더 나아요. 시간도 내 마음대로 쓸 수 있고. 거기다 재미있는 사람들을 정말 많이 만나거든요."

"오, 그거 괜찮구나."

엄마의 이마에 졌던 주름이 조금 펴진다.

엄마가 베키에게 고개를 돌린다.

"너도 언젠가 뉴욕으로 가서 아파트에 살며 재미있는 사람들을 만날 날이 올 거야!"

이번에는 내가 얼굴을 찌푸린다. 베키가 어릴 때 입은 외상성 뇌손상은 몸에만 영향을 미치는 게 아니다. 단기, 장기 기억 모두 심하게 망가져서 베키 혼자서는 절대로 살 수 없다. 엄마는 헛된 희망을 꼭 붙들고 있었고, 베키도 그렇게 하도록 부추겼다.

예전에는 별로 신경이 쓰이지 않았다. 그런데 오늘은 왠지…… 비윤리적인 행동처럼 느껴진다.

실즈 박사라면 어떤 질문을 던질까 상상해본다.

'누군가에게 비현실적인 꿈을 심어주는 건 부당한 행위일까요, 아니면 친절한 행위일까요?'

그럼 나는 내 생각을 어떻게 설명할까.

'꼭 잘못된 행동이라고는 할 수 없죠.' 이렇게 자판을 두드리겠지. '그리고 그런 믿음을 붙잡고 포기하지 않는 건 베키보다는 엄마 자신을 위해서일 거예요.'

나는 와인을 한 모금 홀짝인 다음 일부러 말을 돌린다.

"플로리다 여행 엄청 기대되죠?"

해마다 세 사람은 크리스마스 이틀 후에 차를 몰고 플로리다까지 갔다가 1월 2일에 돌아온다. 언제나 바다에서 한 블록 떨어진 값싼 호텔에 묵는다. 베키는 바다를 좋아한다. 수영을 잘 못해서 허리 높이

보다 더 깊은 곳까지 들어가지는 못하지만.

부모님이 눈짓을 주고받는다.

"왜 그러세요?"

내가 묻는다.

"올해는 바다가 너무 차갑대."

베키가 말한다. 아빠는 나와 눈이 마주치자 고개를 젓는다.

"나중에 얘기하자."

엄마가 갑자기 휙 일어나 접시를 치운다.

"내가 할게요."

내가 말한다. 엄마는 손을 휘휘 젓는다.

"아빠랑 같이 리오 산책이나 시키지 그러니? 나는 베키를 재워야겠
다."


접이식 소파의 가운데에 있는 금속 막대에 등허리가 배긴다. 나는
얇은 매트리스 위에서 또 한 번 몸을 뒤집으며 잠이 잘 오는 자세를
찾으려 애쓴다.

이제 새벽 1시가 다 됐고 집 안은 고요하다. 하지만 내 머릿속은 마
치 세탁기처럼 이미지와 대화의 단편들이 빙빙 돌아다니고 있다.

밖으로 나가자마자 아빠는 코트 주머니에서 윈스턴 한 갑과 종이
성냥을 꺼냈다. 성냥개비를 하나 긋고 손을 오므려 바람을 막았다.
세 번 만에 불이 제대로 붙었다.

내가 아빠에게 방금 들은 소식을 받아들이는 데에도 그만큼의 시
간이 걸렸다.

"명예퇴직이요?"

결국 나는 되물었다.

아빠는 한숨을 내쉬었다.

"엄청 부추기더구나. 회사 정관에도 그런 조항이 있고."

어두웠고, 겨우 모퉁이까지 걸었는데 공기가 어찌나 찬지 벌써 두 손이 얼얼해지기 시작했다. 아빠가 어떤 표정을 짓고 있는지 보이지 않았다.

"일자리 알아보고 계신 거예요?"

나는 이렇게 물었다.

"계속 찾아보고 있는 중이야, 제시."

"곧 찾으실 거예요."

나도 모르게 이 말을 뱉고 나서야 엄마가 베키에게 하고 있는 행동을 내가 그대로 하고 있다는 걸 깨달았다.

나는 다시 한 번 몸을 뒤집고 팔을 리오에게 걸친다.

베키와 나는 방을 같이 썼지만, 내가 집을 나가고 나서 빈 공간은 베키의 것이 되었다. 내 침대가 있던 곳에는 안전바가 달린 미니 트램펄린과 공작용 테이블이 있다. 그 공간이 베키가 알고 있는 유일한 집이다.

우리 부모님은 이 집에서 거의 30년을 살았다. 대출금을 다 갚을 수 있을 것 같았지만, 베키의 치료비를 감당하기 위해 돈을 더 빌려야 했다.

나는 부모님이 매달 쓰는 돈을 알고 있다. 엄마가 식기장 서랍에 두는 고지서를 꼼꼼히 살펴봤다.

내 머릿속이 또 의문들로 가득 찬다. 가장 중요한 질문은 이거다. 아빠의 퇴직금을 다 쓰고 나면 어떻게 되는 거지?

## 11월 22일 목요일

헬렌 이모와 제리 이모부는 매년 추수감사절 파티를 연다. 이모 부부의 집은 우리 부모님 집보다 훨씬 더 크고 열 명은 거뜬히 앉을 수 있는 식탁이 있다. 해마다 엄마는 튀긴 양파를 가장자리에 두른 그린 빈 캐서롤을 만들고, 베키와 나는 칠면조에 넣을 소를 준비한다. 출발하기 전 베키가 내게 메이크업을 해달라고 한다.

"그래."

어렸을 적 나의 첫 연습 상대가 베키였다.

메이크업 케이스를 들고 오지는 않았지만 베키의 머리카락, 눈동자, 피부색은 나와 상당히 비슷하다. 주근깨가 드문드문 난 흰 피부, 옅은 적갈색 눈동자, 곧게 뻗은 눈썹. 그래서 나는 내 개인 화장품을 뒤져 작업에 들어간다.

"어떤 느낌으로 해줄까?"

내가 묻는다.

"셀레나 고메즈."

베키는 셀레나가 디즈니 채널에 나오던 시절부터 쭉 팬이었다.

"나한테 너무 많은 걸 바라는 거 아냐?"

내 말에 베키가 킥킥거린다.

나는 베키의 피부에 틴티드 모이스처라이저를 펴 바르며 저녁 먹을 때 엄마가 했던 말을 떠올린다. 나는 뉴욕으로 옮겨간 후로 가족들과 플로리다 여행을 같이 가지는 않았지만, 양동이에 조가비를 모으거나 물보라를 배에 맞고 웃는 베키의 사진들을 엄마가 항상 보내주었다. 베키는 부모님의 단골 해산물 식당에서 작은 장식용 우산과 마라스키노 체리를 곁들여 내주는 무알코올 핑크팬더 칵테일을 좋아한다. 아빠가 베키를 데리고 미니 골프를 치는 동안 엄마는 해변을 거닐고, 다 같이 방파제 끝에 가서 게를 잡는다. 한 마리라도 잡는 경우는 드물지만 어쩌다 잡게 되면 꼭 놔준다.

1년에 한 번 세 사람이 진짜 휴식이라 할 만한 것을 즐길 수 있는 시간이다.

"크리스마스 지나고 뉴욕에 놀러 올래?" 내가 넌지시 말을 꺼내본다. "엄청 큰 나무 보여줄게. 로켓*이 다리 차면서 노래 부르는 것도 보고. 세렌디피티 카페에서 핫초코도 마시고."

"재밌겠다."

베키는 이렇게 말하지만 목소리에서 긴장감이 좀 느껴진다. 전에 뉴욕으로 날 보러 온 적이 있는데, 베키는 사람들이 북적이는 시끄러운 곳에 있으면 불안해한다.

나는 베키의 광대뼈가 돋보이도록 블러셔를 조금 칠한 다음 연한 분홍색 립글로스를 입술에 톡톡 두드린다. 베키에게 위쪽을 보라고 말하고 마스카라를 살살 바른다.

"눈 감아봐."

내가 말하자 베키가 빙긋 웃는다. 베키가 제일 좋아하는 순간이다. 나는 베키의 손을 잡고 욕실 거울 앞으로 데려간다.

"예쁘다!"

베키가 말한다. 눈물 가득 고인 내 눈을 보여주지 않으려 나는 베키를 꼬옥 껴안고는 속삭인다.

"그래."

---

• 뉴욕의 무용단으로, 크리스마스 시즌마다 〈라디오 시티 크리스마스 스펙타큘러〉라는 큰 공연을 한다.

헬렌 이모가 호박 피칸 파이를 내온 후 남자들은 거실로 가서 경기를 보고 여자들은 주방으로 와서 뒷정리를 한다. 이것도 하나의 의식처럼 되었다.

"윽, 배 터지겠다."

사촌 셸리가 끙끙대며 블라우스를 밖으로 빼낸다.

"셸리!"

헬렌 이모가 꾸짖는다.

"엄마 잘못이에요. 웬만큼 맛있어야죠."

셸리가 내게 한쪽 눈을 찡긋한다.

내가 행주를 집을 때 베키가 접시를 가지고 들어와 조리대 위에 한 줄로 조심스럽게 내려놓는다. 헬렌 이모는 몇 년 전 주방을 뜯어고치면서 포마이카를 화강암으로 바꾸었다.

엄마는 헬렌 이모가 다이닝 룸에서 날라 오는 접시들을 세제로 북북 문지르기 시작한다. 셸리와 자매인 사촌 게일은 임신 8개월이다. 게일이 과장된 한숨을 푹 내쉬며 식탁 의자에 털썩 앉더니 다른 의자를 끌고 와 거기에 발을 올려놓는다. 항상 뒷정리 시간에 요리조리 잘도 빠져나가는 게일인데, 이번에는 합당한 구실이 있다.

"그러니까…… 내일 밤 브루스터에서 다들 만나겠네."

셸리가 남은 소를 퍼서 타파웨어 용기에 넣으며 말한다. '다들'이란 가벼운 동창회를 가질 고등학교 동창들을 의미한다.

"누가 나올지 맞혀볼래?"

셸리가 이렇게 말하고는 가만있는다. 진짜로 나더러 맞혀보라는 건가?

"누가 오는데?"

결국 내가 묻는다.

"키스. 갈라섰대."

풋볼 선수였나 그랬던 것 같다. 셸리 본인은 그에게 관심 없다. 1년 반 전에 결혼했으니까. 내년에는 셸리가 의자에 발을 얹어놓고 있을 거라는 데 20달러를 걸겠다.

셸리와 게일이 기대에 찬 눈으로 나를 쳐다본다. 게일은 배를 천천히 동그랗게 문지르고 있다. 내 치마 주머니 안에서 휴대전화가 가늘게 떨린다.

"재밌겠네." 내가 말한다. "네가 운전할 거지, 응, 게일?"

"꿈 깨셔." 게일이 말한다. "나는 욕조에 앉아서 《US위클리》나 읽을래."

"뉴욕에서 만나는 사람 없어?"

셸리가 묻는다.

내 휴대전화가 또 진동한다. 곧바로 문자를 확인하지 않으면 항상 이렇다.

"진지하게 만나는 사람은 없어."

내가 말한다.

셸리가 지나치게 달콤한 투로 말한다.

"미녀 모델들이랑 경쟁하려면 정말 힘들겠다."

게일에게 금발과 은근히 빈정대는 성격을 물려준 헬렌 이모가 얼른 끼어든다.

"아이 갖는 거 너무 미루지 마. 어떤 분이 애타게 손주를 기다리시니까."

평소에 헬렌 이모가 비꼬는 소리를 할 때마다 모르는 척 넘기는 엄마가 지금은 발끈하는 것이 느껴진다. 저녁을 먹으면서 또 술을 마신 탓인가.

"제스는 브로드웨이에서 일하느라 눈코 뜰 새 없이 바빠." 엄마가 말한다. "하고 싶은 일 다 해본 다음에 정착하면 되지."

엄마가 이런 과장된 말로 변호해주고 있는 사람이 나인지 엄마 자신인지 잘 모르겠다.

게일의 남편 필이 어슬렁대고 들어오면서 우리의 대화가 끊어진다.

"맥주 가지러 왔어."

그가 냉장고를 열며 말한다.

"좋겠다." 셸리가 말한다. "여자들이 치우는 동안 남자들은 앉아서 경기나 보고 있으니 얼마나 좋아."

"정말 미식축구 경기가 보고 싶어, 셸리?"

필이 말한다. 셸리는 손을 야구방망이처럼 그에게 휘두른다.

"여기서 나가, 얼른."

나는 게일의 아기 방을 노란색으로 할 것이냐 말 것이냐를 두고 벌어진 설전에 관심 있는 척해보려다가 결국 포기하고 내뺀다. 욕실로 가 주머니에서 휴대전화를 꺼낸다. 세면대 위에서 타고 있는 향초가 지나치게 달콤한 생강 쿠키 향을 내뿜고 있어서 속이 메스껍다.

전화기 화면에 모르는 번호로 온 새 메시지가 떠 있다.

'휴일에 방해가 되었다면 죄송합니다. 실즈 박사입니다. 이번 주말에 뉴욕에 계신지요? 그렇다면 한 번 더 설문조사에 참여해주셨으면 합니다. 가능한지 답변 주세요.'

나는 문자를 두 번 읽어본다. 실즈 박사가 직접 연락을 해오다니 믿기지가 않는다. 연구 참여는 2회로 끝나는 줄 알았는데 내가 잘못 알았나 보다. 실즈 박사가 나를 더 원한다면 그만큼 더 많은 돈을 받을 수도 있다.

벤이 쉬는 날이라 실즈 박사가 문자를 보냈을까? 어쨌든 추수감사절이니까. 어쩌면 실즈 박사는 아내가 칠면조 고기에 양념을 끼었고 손주들이 식탁을 차리는 사이 잠깐 짬을 내어 집 안 자기 사무실에서 일하고 있는지도 모른다. 자신의 일에 너무 헌신적인 나머지 아예 신경을 끊고 있기가 힘든 것이다. 내가 윤리적인 문제들을 자꾸 신경 쓰기 시작한 것처럼.

이 설문조사에 참여한 젊은 여자들 대부분이 기회만 있다면 더 하고 싶어 할 텐데. 실즈 박사가 나를 선택한 이유는 뭘까?

뉴욕으로 돌아가는 버스는 일요일 아침 표를 끊어놓았다. 내가 일찍 가버리면, 중요한 일이 잡혔다고 말해도 부모님은 실망하시겠지.

나는 아직 답신을 보내지 않는다. 전화기를 주머니에 도로 집어넣고 욕실 문을 연다.

필이 서 있다.

"미안."

나는 이렇게 말하며 좁은 복도를 비집고 그를 지나가려 애쓴다. 그가 내게 가까이 기대어오자 그의 숨에서 맥주 냄새가 난다. 필도 우리와 같은 고등학교에 다녔다. 그가 12학년, 게일이 10학년이었을 때부터 둘은 사귀기 시작했다.

"셸리가 너를 키스랑 엮어주려 한다면서."

옆으로 비켜서 길이나 터주시지, 라고 생각하며 나는 피식 웃는다.

"난 키스한테 별로 관심 없어."

"그래?" 그가 내게 더 바짝 붙어온다. "네가 아깝긴 하지."

"어, 고마워."

"너도 알지? 내가 처음부터 너 좋아했던 거."

나는 얼어붙는다. 필이 내 두 눈을 빤히 쳐다본다. 아내가 임신 8개월인데 이게 무슨 짓이지?

"필!" 주방에서 게일이 부른다. 그 소리에 정적이 깨어진다. "피곤해. 집에 가자."

그제야 필이 옆으로 비켜서고, 나는 벽에 바짝 붙어 허둥지둥 빠져나간다.

"내일 봐, 제스."

그가 이렇게 말하고는 바로 욕실 문을 닫는다.

나는 복도 끝에 잠깐 멈춰 선다. 털 스웨터가 갑자기 가렵게 느껴지고 숨이 제대로 쉬어지지 않는다. 코를 찌르던 향초 때문인지, 필의 추근거림 때문인지 모르겠다. 낯선 느낌은 아니다. 수년 전 집을 떠난 것도 바로 이 느낌 때문이었다.

나는 집 뒤편 포치로 나간다. 바깥에 서서 차가운 공기를 크게 들이마시며 주머니 속으로 손을 넣어 휴대전화를 감싸고 있는 매끄러운 플라스틱을 만져본다.

결국 부모님은 돈이 떨어질 것이다. 지금 내가 할 수 있는 만큼 최대한 돈을 모아둬야 한다. 만약 실즈 박사의 제안을 거절하면 그는 더 융통성 있는 다른 연구 대상을 찾을 것이다.

내가 생각해도 심할 정도로 이런저런 핑곗거리를 참 많이도 찾고 있다.

나는 휴대전화를 꺼내 실즈 박사에게 답신을 보낸다.

'토요일이나 일요일 언제든 괜찮아요.'

보내기가 무섭게 그가 답을 입력하고 있다는 걸 나타내는 점 세 개가 보인다. 잠시 후 나는 박사의 메시지를 읽는다.

'잘됐군요. 토요일 정오로 하지요. 장소는 같습니다.'

# 8

**11월 24일 토요일**

세 번째 만남을 얼마나 고대했는지 당신은 모를 겁니다, 52번 피험자님.

변함없이 아름답지만 기분은 가라앉아 있군요. 당신은 214호실에 들어간 후 코트를 천천히 벗어 의자 등받이에 걸칩니다. 삐뚤게 걸려 있는데도 바로잡지 않네요. 힘겹게 앉아서 머뭇거리다 엔터키를 누르고 시작합니다.

추수감사절에 당신도 외로웠나요?

첫 질문이 뜨고 생각을 털어놓기 시작하면서 당신은 본성을 되찾고 기운을 차리기 시작합니다. 이 과정을 즐기는 법을 터득하고 있군요, 그렇죠?

네 번째 질문이 나오자 당신의 손가락이 자판 위를 날렵하게 돌아다닙니다. 당신의 태도는 최고예요. 주저함이 없습니다. 이 특정 주제에 관해 유달리 강렬하고 명확한 감정을 갖고 있다는 뜻이지요.

[친구의 약혼자가 결혼 일주일 전 다른 여자에게 키스하는 모습을 목격했습니다. 친구에게 이 사실을 알리겠습니까?]

당신은 이렇게 씁니다.

나라면 이렇게 하겠어요. 그를 찾아가서 24시간을 주겠으니 실토해라, 그렇지 않으면 내가 직접 친구에게 말하겠다. 스트립쇼 클럽에서 친구들이랑 총각 파티를 하면서 끈팬티에 20달러를 집어넣는 정도라면 또 몰라요. 허세 부린다고 그런 짓을 하는 남자들이 많잖아요. 하지만 그 외의 상황이라면 절대 용납할 수 없어요. 못 본 척 그냥 넘어갈 수 없어요. 한 번 바람피운 남자는 또 그러게 되어 있으니까요.

이렇게 쓴 후 당신은 자판에서 손을 떼고 엔터키를 누른 뒤 다음 질문을 기다립니다. 질문은 곧바로 나타나지 않습니다.
1분이 지나갑니다.

무슨 문제 있나요?

당신이 이렇게 씁니다.
또 1분이 지나갑니다. 교묘한 답이 나갑니다.

[잠시만 기다려주세요.]

당신은 어리둥절한 표정이지만 고개를 끄덕이는군요.

당신의 답은 확고합니다. 충동이 고통과 파멸로 이어질 때조차 인간은 타고난 본성을 바꾸지 못한다고 믿는 것 같군요. 주름 잡힌 이마와 살짝 가늘어진 눈을 보면 당신의 이 소신이 얼마나 확고한지 알 수 있습니다.

한 번 바람피운 남자는 또 그러게 되어 있으니까요.

당신은 다음 질문을 기다리고 있습니다. 하지만 질문은 나올 것 같지 않군요.

당신의 답변들은 예상치 못한 연결고리를 만들어냈습니다. 이어붙이면 어떤 진실이 극적으로 드러나게 되지요.

당신이 앞서 제출했던 답변들의 핵심 부분을 다시 살펴봅시다.

지금은 누군가를 진지하게 만날 생각이 없어요.

당신은 2차 세션 때 이렇게 썼지요.

당신은 몸을 빙 돌려 뒷벽에 걸린 시계를 본 후 문 쪽을 바라봅니다. 어느 각도에서 보든 당신은 매혹적이군요.

규칙을 깨도 괜찮을지 모르겠지만.

이 연구로 인해 자신의 도덕성을 되돌아보게 된다고 털어놓기 전 당신이 쓴 말입니다.

당신은 찡그린 얼굴로 컴퓨터 화면을 보면서 집게손가락에 끼운 여러 개의 은반지들을 만지작거립니다. 생각에 잠기거나 불안해지면 나타나는 버릇이지요.

나는 돈이 절실하게 필요해요.

당신은 1차 세션에서 이렇게 썼습니다.

뭔가 기이한 일이 벌어지고 있습니다. 당신이 이 연구를 다른 차원으로 이끌고 있는 것 같군요. 원래는 참여할 계획도 없었던 젊은 여성, 당신이 말이지요.

당신은 두 가지 질문을 더 받습니다. 연속성이 떨어지지만 당신이 알 리 없지요.

당신은 두 질문 모두 자신 있게 답합니다. 흠잡을 데 없이.

당신이 오늘 마지막으로 받을 질문은 다른 피험자들은 볼 수조차 없을 겁니다. 당신을 위해 특별히 준비한 질문이니까요.

그 질문이 뜨자 당신의 두 눈이 휘둥그레져서 화면을 획 가로지릅니다.

어떤 답을 하면 당신은 이 방에서 나가 다시는 돌아오지 않을 겁니다.

하지만 다른 답을 하면 가능성은 무한합니다. 당신은 심리학 연구 분야의 선구자가 될 수도 있습니다.

이 질문을 던지는 건 도박과도 같습니다. 그런 위험을 감수할 만큼 당신은 가치 있는 피험자입니다.

당신은 바로 답하지 않습니다. 의자를 뒤로 밀치고 일어납니다. 그런 다음 사라져버립니다.

리놀륨 바닥을 쿵쿵 때려대는 발소리가 들리는군요. 당신의 모습이 잠깐 보였다가 다시 사라집니다.

당신은 서성거리고 있습니다. 이제 역할이 뒤집혀졌지요. 진행을 지연시키고 있는 사람은 당신입니다. 이 연구가 탈바꿈할 것이냐 말 것이냐를 결정하는 것도 당신입니다.

당신은 자리로 돌아와 몸을 앞으로 구부립니다. 당신의 눈이 화면을 휙 가로지르며 질문을 다시 한 번 읽습니다.

[이 연구에 더 깊이 참여해보시겠습니까? 보상이 훨씬 더 커질 겁니다. 하지만 그만큼 당신에게 요구하는 바도 훨씬 더 많아질 겁니다.]

당신은 천천히 두 손을 들어 올려 자판을 두드리기 시작합니다.

할게요.

# 9

3차 세션의 시작은 똑같았다. 짙은 감색 브이넥 스웨터를 입고 로비에서 기다리고 있는 벤. 텅 빈 강의실. 맨 첫 줄 책상에 놓인 노트북. 화면에 뜨는 '또 만나서 반갑습니다, 52번 피험자님'이라는 인사말.

오늘 오후에는 실즈 박사의 질문에 답하는 시간이 기다려지기까지 했다. 집에 다녀온 후 착잡해진 심정을 풀어놓을 수 있을지도 모르니까.

하지만 끝날 때쯤 상황이 묘해졌다.

약혼자를 속이고 바람피우는 남자에 관한 질문에 답했더니 한참이나 아무런 반응이 없다가 질문의 분위기가 바뀌었다. 어떻게 바뀌었는지 정확하게 꼬집어 말할 수는 없지만, 그다음 이어진 두 질문은 이전과는 다르게 느껴졌다. 내가 의견을 표할 수 있거나 직접 겪은 일들을 쓰게 될 줄 알았는데, 마지막 질문들은 윤리 시험에나 나올 법한 거창하고 철학적인 유형 같았다. 조금은 고민해야 할 문제들이긴 했지만, 실즈 박사가 평소 내게 원하는 것처럼 고통스러운 기억을 깊이 파고들 필요까지는 없었다.

[반드시 범죄에 합당한 처벌이 내려져야 할까요?]
[피해자들은 자신의 손으로 직접 복수할 권리가 있을까요?]

마치기 직전에는 연구에 더 참여할지 말지 결정하느라 고심해야 했다. 실즈 박사는 '그만큼 당신에게 요구하는 바도 훨씬 더 많아질 겁니다'라고 했다. 왠지 불길하게 들리는 말이었다.

그게 무슨 뜻일까? 실즈 박사에게 물어보았다. 컴퓨터 화면에 항상 뜨던 그의 질문 대신 답이 나타났다. 다음 주 수요일에 직접 만날 수 있으면 설명하겠다는 말이 다였다.

돈을 덤으로 받을 수 있다는 말에 솔깃해서 거절하지 않기로 마음을 정했다.

집으로 가고 있는 지금도 그의 계획이 대체 뭘까 계속 생각 중이다.

바보같이 당하지는 말아야지, 이렇게 다짐하며 리오의 목에 가죽끈을 매고 6BC 식물원으로 향한다. 그곳은 내가 즐겨 찾는 알파벳 시티의 산책로로 혼자 생각할 시간을 갖기에 좋다.

실즈 박사는 나를 직접 만나고 싶어 한다. 그런데 뉴욕대학교 강의실이 아닌 다른 주소를 알려주었다. 이스트 62번가에 있는 어떤 곳으로 오라고 했다.

그의 사무실인지 집인지 모르겠다. 아니면 전혀 다른 곳이려나.

리오가 끈을 홱 당겨 자기가 좋아하는 나무로 나를 끌고 간다. 그러고 보니 내가 한자리에 가만히 서 있었구나.

동네 사람 한 명이 조그만 푸들을 데리고 다가오는 것이 보인다. 나는 얼른 전화기를 귀에 대고 그녀가 지나갈 때 통화하는 척한다. 지금은 그녀와 가벼운 대화를 나눌 기분이 아니다.

뉴욕에서 위험한 유혹에 빠지는 젊은 여자들의 이야기는 끊이질 않는다. 《뉴욕포스트》 표지에 그들의 얼굴이 실리고, 내가 사는 구역에 강력범죄가 일어나면 전화로 경고 메시지가 날아온다.

나는 알면서도 위험을 감수하는 편이다. 일 때문에 매일같이 낯선 집과 장소로 들어가고, 방금 만난 남자들의 집에 가기도 했다.

하지만 이건 다르게 느껴진다.

나는 이 연구에 대해 아무에게도 말하지 않았다. 실즈 박사의 의도대로. 그는 나에 대해 엄청 많은 걸 알지만, 나는 그에 대해 아는 게 거의 없다.

하지만 어쩌면 알아낼 방법이 있을지도 모른다.

공원에 도착한 지 얼마 안 됐지만 나는 리오를 살짝 잡아당겨 아파트로 발길을 돌린다. 산책을 시작했을 때보다 더 빠른 걸음으로.

판을 뒤집을 시간이 왔다. 이번에는 내가 그를 철저히 캐봐야겠다.


나는 샘 애덤스 한 병을 따고 맥북을 집은 다음 소파에 앉는다. 박사의 성밖에 모르지만 '연구'와 '정신과' 같은 단어를 붙여 검색하면 뉴욕 시에 있는 여러 명의 실즈 박사들 중에서 쉽게 추릴 수 있을 것이다.

곧장 수십 건의 검색 결과가 뜬다. 제일 먼저 올라와 있는 건 가족 관계의 윤리적 모호함에 관한 전문적인 글이다. 그러니까 일부는 들어맞는다.

나는 이미지 링크로 마우스를 움직인다. 사는 곳에서부터 마지막

성관계까지, 나의 모든 걸 아는 남자의 사진을 봐둬야겠다.

선뜻 사진을 클릭하기가 망설여진다. 지금까지 실즈 박사를 내가 원하는 모습으로, 다정한 눈빛의 지혜로운 할아버지로 그려왔다. 그 이미지가 너무 굳어져버려 다른 모습을 상상하기가 어렵다.

하지만 실은 텅 빈 도화지에 내 멋대로 그림을 그리고 있었다. 그를 어떤 모습으로든 상상할 수 있었다.

나는 마우스를 누른다. 그러고는 움찔하며 숨을 훅 들이마신다.

바로 드는 생각은, 내가 단단히 오해했다는 것이다.

이미지들이 차례차례 떠오르며 모자이크처럼 화면을 가득 메운다. 한 사진이 눈에 들어오기가 무섭게 다음 사진이 내 시선을 빼앗고, 또 다음 사진이 뜬다.

나는 다시 한 번 확인하기 위해 사진에 붙은 설명을 읽다가 화면에 뜬 가장 큰 사진을 보고는 입을 떡 벌린다.

실즈 박사는 내가 상상했던 살집 있는 교수가 아니다.

실즈 박사, 리디아 실즈 박사는 내가 이제껏 본 여자 중 제일 뛰어난 미인이다.

나는 몸을 앞으로 기울여 붉은 기 도는 긴 금발과 크림색 피부를 멍하니 바라본다. 나이는 30대 후반 정도 되어 보인다. 조각칼로 깎은 듯한 이목구비에는 서늘한 고상함이 흐른다.

그녀의 담청색 눈동자에서 눈을 떼기가 힘들다. 사람을 홀리는 눈이다. 사진인데도 그 두 눈이 나를 쳐다보고 있는 듯 느껴진다.

내가 왜 실즈 박사를 남자로 생각했는지 모르겠다. 돌이켜보면 벤은 항상 그녀를 '실즈 박사님'이라고만 불렀다. 그녀를 엉뚱하게 상상했다는 사실 자체가 나의 편견을 드러내주는지도 모른다.

나는 정신을 차리고 전신사진을 하나 클릭해본다. 그녀는 왼손에 마이크를 들고 어떤 무대에 서 있다. 다이아몬드 결혼반지를 끼고 있는 것 같다. 은은한 광택이 도는 블라우스와 몸에 꼭 맞는 치마를 입고, 나라면 강연은커녕 무대에까지 걸어가지도 못할 만큼 굽이 높은 구두를 신고 있다. 길고 우아한 목 그리고 어떤 윤곽 화장도 흉내 내지 못할 광대뼈.

일거리를 잡으려 안간힘을 쓰고 팁을 더 받겠다고 고객들에게 아첨하는 나와는 다른 세상에 사는 여자 같다.

나는 내가 상대하는 사람이 누군지 안다고 믿었다. 사려 깊고 인정 많은 남자. 하지만 실즈 박사가 여자라는 사실을 알고 나니 그 모든 질문들을 다시 생각하게 된다.

그리고 내가 했던 답변들.

흠 하나 없어 보이는 이 여자는 내 너저분한 인생을 어떻게 생각할까? 친구의 약혼자가 다른 여자에게 키스하는 걸 목격하면 어떻게 하겠느냐는 질문에 답할 때 총각 파티니 스트립쇼 클럽이니 끈팬티니 하는 얘기를 아무렇지도 않게 떠들었던 기억이 떠올라 얼굴이 화끈거린다. 답을 쓸 때 문법이 틀렸던 적도 있고, 표현에 신경을 쓰지 않았다.

그래도 실즈 박사는 내게 친절했다. 내가 절대 남에게 말하지 않는 것들을 털어놓게 밀어붙이고는 나를 위로해주었다.

내가 뭘 실토하든 그녀는 역겨워하지 않았다. 나를 다시 초대했다. 나를 만나고 싶다고 하는, 이 사실을 되새긴다.

사진을 가만히 들여다보다가 실즈 박사가 마이크를 입술에 바짝 붙이고서 살짝 미소 짓고 있다는 걸 처음으로 알아챈다.

수요일 약속이 지금도 좀 걱정되긴 하지만, 그 이유는 달라졌다. 만나서 그녀를 실망시킬까 봐 두려운 건지도 모르겠다.

나는 노트북을 닫기 시작한다. 그러다가 마우스를 다시 움직여 구글 검색 결과로 나온 뉴스 링크를 클릭한다. 휴대전화를 집어 메모를 입력한다. 그녀가 수요일에 만나자고 제안한 장소와 일치하는 그녀의 사무실 주소, 그녀가 쓴 책의 제목, 그녀의 모교 예일대학.

실즈 박사가 여자라는 사실 때문에 내 원래 계획을 바꿀 수는 없다. 그녀가 내게 거금을 지불하고 있는데 나는 그 이유도, 그 목적도 전혀 모른다.

그리고 가끔은 교양 넘치고 견실해 보이는 사람들이 남에게 아물지 않을 상처를 주기도 한다.


**11월 26일 월요일**


진실만을 말해야 한다는 박사의 연구 규칙에 걸맞게 그녀의 사진들은 거짓말을 하지 않았다.

실즈 박사의 뉴욕대학교 강의 일정은 온라인에서 쉽게 찾을 수 있었다. 그녀의 이름을 검색했을 때 제일 처음 뜬 결과였다. 그녀는 일주일에 한 번 월요일마다 오후 5시부터 7시까지 세미나를 진행한다. 그녀의 강의실은 214호실에서 복도를 따라 조금만 더 가면 있다. 오늘 이곳은 이전에 내가 왔을 때와는 아주 달라서 시끌벅적하니 복도에 활기가 돈다.

실즈 박사는 어깨에 두른 회갈색 숄 밑에 낀 윤기 흐르는 머리카락을 밖으로 빼내며 복도를 걸어온다. 나는 이리저리 돌아다니고 있는 수많은 학생들처럼 야구모자에 청바지 차림이다.

그녀가 가까이 다가오자 나는 숨을 죽인다. 신나게 수다를 떨고 있는 두 여학생 뒤에 자리를 잡고 있는데, 실즈 박사가 막 그들을 지나치려는 참이다. 그 직전에 난 고개를 휙 숙여 화장실로 들어간다.

몇 초 후 고개를 밖으로 쏙 내밀어본다. 그녀는 계속 복도를 걸으며 계단 쪽으로 향하고 있다. 나는 열 걸음 정도 뒤처져 그녀를 따라 문밖으로 나간다. 깔끔하고 톡 쏘는 향이 희미하게 난다.

그녀에게서 눈을 뗄 수가 없다.

그녀는 마치 머리가 헝클어지거나 스타킹 올이 나가거나 구두가 긁히는 일이 없도록 지켜주는 비눗방울을 타고 거리를 미끄러져 내려가는 것 같다. 몇몇 남자가 고개를 돌려 그녀를 다시 한 번 쳐다보고, 무거워 보이는 수레를 끌고 있던 UPS 직원은 방향을 틀어 그녀에게 길을 비켜준다. 통근자들과 쇼핑객들로 북적이는 인도에서도 그녀는 걸음을 늦출 필요가 없다.

그녀가 프린스 거리로 빠져, 300달러짜리 캐시미어 후드티와 화려한 용기에 담긴 화장품을 파는 명품 부티크들을 지나간다.

그녀는 어느 상점의 진열창도 들여다보지 않는다. 주위 사람들과 달리 휴대전화로 통화를 하지도, 음악을 듣지도, 주변에 한눈을 팔지도 않는다.

조금 더 걸어 어느 작은 프랑스 식당에 도착하자 문을 당겨서 열고 안으로 사라져버린다.

나는 어떻게 해야 할지 몰라 가만히 서 있다. 얼굴만 잠깐 스치듯 본 거라서 그녀를 한 번 더 보고 싶다. 하지만 그녀가 식사하는 내내 밖에서 기다리는 건 너무 섬뜩한 짓이겠지.

자리를 막 뜨려는데, 식당 지배인에게 창가 자리로 안내받아 앉아 있는 그녀가 보인다. 그녀와 나와의 거리는 겨우 3미터 정도밖에 안 된다. 그녀가 살짝 고개를 돌려 시선을 들기만 해도 나와 눈이 마주칠 것이다.

나는 얼른 왼쪽으로 몸을 틀어 식당 입구 한쪽의 유리창 뒤로 보이는 메뉴를 읽는 척한다. 곁눈으로 여전히 그녀가 보인다.

웨이터가 실즈 박사에게 다가가 메뉴판을 건넨다. 나는 내 앞의 메뉴를 다시 힐끗 본다. 이런 데서 식사할 여유가 있다면 베어네즈소스*와 감자튀김을 곁들인 필레 미뇽을 주문할 텐데. 하지만 실즈 박사는 니수아즈 샐러드*를 곁들인 황새치 구이를 주문하겠지.

그녀의 피부가 워낙 창백해서 촛불에 비친 옆모습이 마치 이 세상 사람 같지 않은 신비한 분위기를 풍긴다. 아까 지나온 상점들의 진열창 속에 있던 아름다운 상품들이 떠오른다. 사람들이 감탄하며 바라볼 수 있도록 그녀도 거기 진열되어야 할 것만 같다.

이제 날이 점점 더 어두워지고 손가락 끝이 저리기 시작하지만, 아직은 떠나고 싶지 않다.

지금까지는 그녀가 내게 온갖 질문을 던졌지만, 이제는 내가 그녀에게 묻고 싶은 것들이 넘칠 정도로 많다. 가장 궁금한 질문. 박사님은 나 같은 사람들이 무슨 선택을 하든 왜 그리 관심이 많죠?

웨이터가 와인 한 잔을 들고 돌아온다. 실즈 박사가 한 모금 홀짝이는데, 와인의 진홍색이 그녀의 길고 가느다란 손가락 끝에 칠해진 매니큐어와 거의 완벽하게 어울린다.

그녀는 웨이터에게 미소 지으며 고개를 끄덕이지만, 그가 자리를 뜨자 손가락 끝으로 눈가를 만진다. 가려워서일 수도 있고, 숄에서 빠

---

* 달걀과 허브, 화이트 와인 식초 등으로 만든 소스.
* 토마토, 삶은 달걀, 올리브 등에 앤초비나 참치를 얹고 식초와 허브로 만든 비네그레트 드레싱을 뿌려 만든 프랑스 니스의 샐러드.

진 실을 털어내고 있는지도 모른다. 눈물을 닦아내는 것 같기도 했다.

그녀가 다시 와인 잔을 들어 올리더니 이번에는 더 많이 들이켠다.

마이크를 들고 있던 사진에는 분명히 결혼반지가 있었다. 하지만 지금은 그녀가 왼손을 무릎 밑에 찔러 넣고 있어서 결혼반지를 끼고 있는지 알 수가 없다.

실즈 박사가 주문한 음식을 내가 제대로 맞혔는지 알 때까지 계속 있을 작정이었다. 하지만 이제 이어폰을 끼고 내 집이 있는 동쪽으로 걷기 시작한다.

내가 실즈 박사에게 사적인 정보를 많이 알려주긴 했지만 자발적으로 한 일이었다. 그녀는 이런 무방비한 순간에 감시당하고 있다는 사실을 전혀 모른다. 내가 선을 넘어 지나친 짓을 한 것 같다.

오늘 밤 그녀의 맞은편 자리는 계속 비어 있을 것이다. 실즈 박사가 메뉴판을 돌려주자마자 웨이터가 여분의 포크와 나이프, 접시를 치워버렸으니까.

낭만적인 식당의 2인용 테이블에서 실즈 박사는 완전히 혼자였다.

# 10

**11월 28일 수요일**

당신은 지시받은 대로 이스트 62번가의 흰 벽돌 건물로 들어와 엘리베이터를 타고 3층으로 올라옵니다. 버저를 누르고 아무 문제 없이 사무실로 들어옵니다.

당신은 자기소개를 하며 손을 내밉니다. 내 손을 꽉 쥐는 당신의 손바닥이 차갑군요.

대부분의 사람은 대화를 주고받으면서도 한 번도 만난 적 없는 인물에게 호기심을 느끼죠. 머릿속으로 그려온 모습과 자기 앞에 서 있는 사람을 일치시키는 데 시간이 좀 걸립니다.

그런데 당신은 나와 건성으로 시선을 마주친 후 사무실을 훑어보는군요. 당신 나름대로 조사를 했나 봐요? 잘했어요, 52번 피험자님.

키는 대략 167센티미터로 예상보다 더 큰 것 같지만, 그 외에는 짐작했던 그대로네요.

89

당신은 술 달린 파란 목도리를 목에서 풀고 흐트러진 갈색 곱슬머리를 매만집니다. 그런 다음 코트를 벗으니 회색 브이넥 스웨터와 녹색 카고팬츠가 나오는군요.

당신은 은근히 멋을 부렸어요. 바지를 종아리까지, 가죽 앵클부츠 바로 위까지 접어 올리고. 스웨터의 앞부분을 바지 안으로 집어넣어 빨간색 직물 벨트를 드러내고. 서로 안 어울리는 색깔들과 여러 옷감이 뒤섞여 총체적 난국이 될 수도 있었어요. 하지만 패션 블로그에 실려도 손색없을 것 같네요.

내가 당신에게 앉으라고 권합니다. 당신이 어느 자리를 선택하느냐 하는 것도 중요한 정보가 될 수 있어요. 당신이 앉을 수 있는 자리는 가죽 윙체어 두 개와 러브시트 하나입니다.

대부분의 사람은 러브시트를 선택하죠. 그러지 않는 사람은 대개 남자예요. 자신의 취약함이 드러나는 상황에서 위신을 잃지 않으려면 윙체어에 앉아야 한다는 생각이 잠재의식 속에 있는 거죠. 보통 윙체어를 선택하는 내담자들은 여기 있는 걸 불편해해요.

당신은 러브시트를 지나쳐 윙체어에 앉지만 전혀 불편해 보이지 않네요. 재미있군요. 전혀 예상치 못한 일이에요.

윙체어에 앉으면 정신과 의사 맞은편에서 똑바로 눈을 마주치게 됩니다. 당신은 또 주위를 둘러보며 천천히 분위기를 파악합니다. 진료실은 내담자들이 환영받고 보호받고 있다고, 안전하다고 느낄 수 있는 곳이어야 하죠. 분위기가 좋지 않으면 내담자는 긴장을 풀지 못하고 치료도 그만큼 더 힘들어져요.

당신의 두 눈이 강청색 파도 그림을 훑은 다음 싱싱한 초록색 줄기를 갓 잘라 타원형 꽃병에 꽂아둔 동백나무를 지나갑니다. 책상 뒤의 책장을 줄줄이 메운 책들에 시선이 오래 머무는군요. 당신은 예리한 시선으로 모든 걸 낱낱이 눈에 담습니다.

어쩌면 당신은 치료의 제1원칙까지 눈치챘을지도 모르겠어요. 임상의는 어느 정도 백지 상태로 남아 있어야 한다는 것. 사무실에서 당신의 시선을 끈 물건들 중에 개인 신상을 짐작할 만한 건 아무것도 없죠. 가족사진도 없고, 정치적 성향이나 사회적 대의가 드러나 논란거리가 될 만한 물건도, 에르메스 로고가 찍힌 소파 쿠션 같은 과시용 물건도 없어요.

치료의 두 번째 원칙. 내담자를 판단하지 말 것. 임상의의 역할은 귀를 기울이고, 인도하며, 환자의 삶에 숨어 있는 진실을 파헤치는 겁니다.

세 번째 원칙은 내담자가 먼저 대화의 방향을 잡도록 허용해줘야 한다는 거예요. 그래서 보통 "오늘은 무슨 일로 오셨죠?"같은 말로 치료가 시작되죠. 하지만 지금은 치료시간이 아니니 이 원칙은 필요 없어요. 대신 당신은 참여해줘서 고맙다는 인사를 받죠.

"실즈 박사님." 당신이 말합니다. "시작하기 전에 몇 가지 물어봐도 될까요?"

어떤 호칭을 사용해야 할지 몰라 망설이는 사람들도 있어요. 당신은 연구 규칙을 본능적으로 이해하는 것 같군요. 내게 사적인 얘기를 많이 하긴 했지만 선은 지켜야 한다는……. 당분간은 말이죠. 대부분의 원칙이 그렇듯 나머지 두 개의 치료 원칙도 결국엔 깨어지게 될 거예요.

당신이 말을 잇습니다.

"제가 연구에 더 깊이 참여한다는 게 무슨 뜻인지 설명해주신다고 하셨는데요. 말씀해주시겠어요?"

나는 윤리 및 도덕성에 대한 학문적 연구를 실생활 탐구로 발전시킬 계획이라고 설명합니다.

당신의 두 눈이 휘둥그레지는군요. 불안한가요?

절대적으로 안전한 시나리오에 따라 진행될 거라고 나는 당신을 안심시킵니다. 무슨 상황에서든 당신 뜻대로 움직일 수 있고, 언제든 발을 뺄 수 있어요.

이 말에 마음이 놓이는 듯 보이는군요.

나는 당신에게 사례금이 훨씬 더 많아질 거라는 사실을 다시 한번 확인시켜줍니다. 이로써 당신을 더 깊이 끌어들이려는 내 목표가 달성됩니다.

"사례금이 얼마나 더 많아지나요?"

당신이 묻습니다. 너무 앞서가는군요. 이 시험은 성급하게 덤벼들 게 아니랍니다. 먼저 서로 간에 신뢰를 확실히 쌓아야죠.

나는 먼저 기준선을 정해야 한다고 설명합니다. 그러기 위해 기본적 질문들을 할 거라고 말이죠. 당신이 동의하면 곧바로 절차가 시작되는 거예요.

"좋아요." 당신이 말합니다. "물어보세요."

말투는 무심한 듯 들리는데 두 손을 맞잡고 천천히 비틀어대기 시작하는군요. 주제어를 듣고 당신은 필라델피아 교외에서 보낸 어린 시절, 외상성 뇌손상으로 인지 능력과 신체 능력에 문제가 생긴 여동생, 그리고 부지런히 일하는 부모님에 대해 이야기합니다.

이제 뉴욕으로 옮겨온 부분으로 넘어갑니다. 동물보호소에서 입양한 작은 강아지를 언급할 때 눈빛이 부드러워지더니, 그다음엔 블루밍데일스 백화점에서 화장품 판매원으로 일한 이야기를 하는군요.

당신은 시선을 돌리며 망설입니다.

"박사님 매니큐어 색깔, 마음에 들어요."

편향. 당신이 지금까지 보여준 적 없는 전략이군요.

"나는 버건디는 전혀 못 바르겠던데, 박사님한테는 참 잘 어울리네요."

아첨. 얼렁뚱땅 넘어가려는 내담자가 흔히 보이는 행동이죠. 임상의는 환자를 섣불리 판단하지 않도록 훈련받습니다. 내담자가 잠재의식에서라도 이미 알고 있는 바를 드러내줄지 모르는 단서를 찾아 그저 귀를 기울이는 거예요.

하지만 당신은 당신의 감정을 파고들기 위해, 혹은 어머니와의 묵은 문제들을 철저히 파헤치기 위해 이 사무실에 앉아 있는 것이 아니에요.

그 의자에 앉는 다른 사람들은 시간당 425달러를 내게 지불해야 하지만 당신은 그렇지 않아요. 오히려 아주 후한 보상을 받죠.

누구나 대가를 치릅니다. 당신이 치러야 할 대가는 아직 결정되지 않았어요.

당신은 심리치료사를 빤히 쳐다보고 있군요. 내가 정성 들여 만들어낸 외관이 효과를 보고 있어요. 당신 눈에는 그것만 보이죠. 앞으로도 그럴 거예요.

하지만 당신은 낱낱이 까발려질 겁니다. 앞으로 몇 주 동안 당신에게 있는지도 몰랐던 기술과 힘을 총동원해야 할 거예요.

그렇지만 도전을 받아들일 준비가 된 것 같군요.

당신은 불리한 상황입니다. 초대받지도 않고 연구에 몰래 끼어들었어요. 평가받고 있던 다른 여성들과 프로필이 달랐죠.

원래 계획했던 연구는 무기한 보류되었습니다.

이제부터 나는 당신, 52번 피험자님에게만 집중합니다.

# 11

리디아 실즈 박사의 낭랑한 목소리는 그녀의 매끈한 외모에 완벽하게 어울린다.

나는 그녀의 사무실에서 러브시트에 앉아 두 번째 면담을 하고 있다. 며칠 전의 첫 세션처럼 내가 하는 일이라곤 내 이야기를 하는 것뿐이다. 팔걸이에 기댄 채 내가 부모님에게 했던 거짓말을 한 꺼풀 한 꺼풀 벗겨내는 중이다.

"내가 극단 쪽 일을 그만둔 걸 아시면 부모님도 당신들의 꿈을 포기해야 하나 생각하실지도 몰라요."

정신과에 가본 적은 없지만, 전통적인 심리치료 세션 같다. 마음 한 구석에서 어쩔 수 없이 이런 궁금증이 생긴다. 그런데 왜 그녀가 내게 돈을 주고 있는 거지?

하지만 몇 분이 지나자 내 맞은편에 앉은 여자와 내가 그녀에게 털어놓고 있는 비밀들 외에는 아무 생각도 나지 않는다.

실즈 박사는 내가 말하는 동안 나를 아주 유심히 쳐다본다. 그리고 잠깐 기다렸다가 반응을 보인다. 마치 내 말을 머릿속에서 굴려보고 철저히 흡수한 다음 어떻게 답할지 결정하는 것처럼. 그녀 옆의 작은 테이블에 노란색 괘선 메모지를 두고서 가끔 거기다 뭔가를 끼적인다. 왼손으로 글을 쓰는데 결혼반지가 없다. 이혼했나? 아니면 사별?

나는 그녀가 뭐라고 끼적이고 있을지 상상해본다. 그녀의 책상에는 마닐라지 서류철이 하나 있고 색인표에 글자가 찍혀 있다. 너무 멀리 떨어져 있어서 무슨 글자인지는 보이지 않는다. 아마 내 이름이겠지.

가끔 그녀는 내 답변을 듣고 나서 더 말하라며 나를 밀어붙일 때도 있다. 또 어떤 때는 눈물 나도록 친절한 의견을 들려주기도 한다. 이런 면담을 시작한 지 얼마 되지도 않았는데, 생전 처음 나를 제대로 이해해주는 사람을 만난 것 같은 기분이 들기 시작한다.

"부모님을 속이는 게 잘못일까요?"

내가 묻는다. 실즈 박사는 꼬았던 다리를 풀고 크림색 의자에서 일어난다. 그녀가 내 쪽으로 두 걸음 다가오자 내 몸이 긴장하는 게 느껴진다.

아주 잠깐, 그녀가 내 옆에 앉을 것 같은 생각이 든다. 하지만 그녀는 그냥 내 옆을 지나쳐 간다. 고개를 돌려보니 그녀가 몸을 굽혀 흰색 나무 책장 밑부분에 달린 문의 손잡이를 움켜잡고 있다.

그녀가 문을 당겨서 열고 붙박이 미니 냉장고 안으로 손을 집어넣더니 작은 페리에 두 병을 꺼내며 내게 한 병을 권한다.

"아, 고맙습니다."

목마르다는 생각은 안 했지만, 실즈 박사가 고개를 뒤로 젖혀 한 모금 마시는 모습을 지켜보다가 나도 모르게 팔을 들어 올려 똑같이 하고 있다. 유리병은 단단하니 손에 잡히는 느낌이 편하고, 거품이 부글 부글 올라오는 싸한 물이 원래 이렇게 맛있었나 싶다.

실즈 박사가 앉아서 다리를 꼬고, 나는 구부정하게 앉아 있다는 걸 깨닫고 허리를 조금 편다.

"부모님은 당신이 행복하기를 바라실 거예요." 실즈 박사가 말한다. "자식을 사랑하는 부모라면 모두 그렇죠."

나는 고개를 끄덕이다, 문득 그녀에게 아이가 있을까 궁금해진다. 결혼 여부는 반지로 알릴 수 있지만, 엄마라는 걸 세상에 보여주기 위해 몸에 두를 수 있는 상징적인 물건은 없다.

"부모님이 저를 사랑하시는 건 저도 알아요." 내가 말한다. "그런 데……"

"당신의 거짓말에 부모님도 공모하고 있는 거예요."

실즈 박사의 이 말을 듣자마자 나는 진실을 깨닫는다. 실즈 박사가 맞다. 부모님이 내게 거짓말을 하도록 부추긴 셈이다.

실즈 박사는 내가 이 뜻밖의 진실을 받아들이는 데 시간이 좀 필 요하다는 걸 아는 모양이다. 나를 가만히 바라보는 그녀의 눈을 보고 있자니 보호받는 느낌마저 든다. 그녀는 자기의 발언을 내가 제대로 이해하고 있는지 가늠하려 애쓰는 것 같다. 우리 사이에 흐르는 침묵 이 어색하거나 버겁게 느껴지지 않는다.

"그런 식으로 생각해본 적은 없어요." 내가 마침내 입을 연다. "하지 만 박사님 말씀이 맞아요."

나는 페리에를 마지막으로 한 모금 마신 다음, 병을 커피 테이블 위 에 조심스럽게 내려놓는다.

"오늘은 이만하면 된 것 같군요."

실즈 박사가 말한다.

그녀가 일어서자 나도 그렇게 한다. 그녀는 유리판을 깔아놓은 책상으로 걸어간다. 거기에는 작은 시계 하나, 얇은 노트북 하나, 마닐라지 서류철이 놓여 있다.

실즈 박사가 책상에 달랑 하나 달린 서랍을 열며 묻는다.

"주말인데 뭐 특별한 계획 없어요?"

"딱히요. 친구 리지가 생일이라서 오늘 저녁에 만나려고요."

실즈 박사가 수표장과 펜을 꺼낸다. 이번 주에는 90분짜리 세션을 두 번 했는데 얼마나 받을 수 있을지 모르겠다.

"아, 아직도 부모님한테 용돈 받는다는 그 친구요?"

실즈 박사가 묻는다.

'용돈'이라는 단어에 나는 흠칫 놀란다. 수표를 쓰느라 고개를 숙이고 있어서 실즈 박사의 표정이 보이진 않지만, 어투가 부드러운 걸 보면 비난하려고 하는 말은 아닌 것 같다. 그리고 틀린 말도 아니니까.

"그렇게 설명할 수도 있겠네요."

실즈 박사가 수표를 찢어 건네줄 때 내가 말한다.

우리는 정확히 동시에 말한다.

"고맙습니다."

그러고는 같이 웃음을 터뜨린다.

"화요일, 같은 시간에 괜찮아요?"

실즈 박사가 묻는다. 나는 고개를 끄덕인다.

수표에 적힌 금액을 보고 싶어 죽을 지경이지만, 그러면 너무 촌스러워 보이겠지. 나는 수표를 접어 가방에 집어넣는다.

"줄 게 하나 더 있어요."

실즈 박사가 이렇게 말하며 프라다 가죽 핸드백을 집더니 은색 종이로 포장된 작은 상자를 꺼낸다.

"열어봐요."

평소에 나는 선물을 받으면 포장지를 박박 찢는다. 하지만 오늘은 리본 끝을 잡아당겨 나비매듭을 푼 다음, 집게손가락으로 테이프를 떼어내며 최대한 깔끔하게 포장을 풀려고 애쓴다.

매끈하고 번들번들한 샤넬 상자가 나온다. 그 안에 버건디 매니큐어가 한 병 들어 있다.

나는 고개를 휙 쳐들고 실즈 박사의 눈을 들여다본다. 그러다가 그녀의 손톱을 힐끔 쳐다본다.

"한번 발라봐요, 제시카." 그녀가 말한다. "잘 어울릴 것 같은데."

엘리베이터에 타자마자 나는 수표를 꺼내서 본다. '600달러.' 그녀의 우아한 필기체로 이렇게 쓰여 있다. 그녀는 내게 시간당 200달러를 주는 것이다. 컴퓨터 설문조사 때보다 훨씬 더 많은 금액이다.

실즈 박사가 다음 달에도 나를 불러줄까? 그래서 우리 가족에게 플로리다 여행을 깜짝 선물할 수 있게 될까? 아니면, 퇴직금이 동날 때까지 아빠가 버젓한 직장을 구하지 못할 경우를 대비해서 저금해 두는 편이 나을 수도 있겠다.

수표를 지갑에 찔러 넣다가 가방에 든 샤넬 상자가 눈에 들어온다. 블루밍데일스의 화장품 매장에서 근무한 경험으로 보건대 이 매니큐어는 30달러 가까이 한다.

원래는 리지를 데리고 나가서 생일선물로 술이나 한잔 사주려고 했는데 이 매니큐어를 주면 좋아할 것 같다.

"한번 발라봐요."

실즈 박사는 이렇게 말했었다.

나는 새까만 상자에 찍힌 우아한 글자들을 손가락으로 훑어본다.

내 가장 친한 친구의 부모님은 부자라서 매달 딸에게 생활비를 보내준다. 리지가 워낙 티를 내지 않아서, 어느 주말 리지네 집에 가보기 전까지는 그녀 가족 소유의 '작은 농장'이라는 게 80만 제곱미터짜리인 줄 몰랐다. 리지라면 매니큐어를 살 여유가 있잖아, 그것도 명품으로. 이건 내가 가져도 되겠지.

몇 시간 후 나는 리지를 만나러 라운지로 간다. 산제이가 레몬을 썰다가 고개를 들고는 손짓으로 나를 부른다.

"요전 날 밤 당신이랑 같이 나갔던 남자가 찾으러 왔었어요. 뭐, 찾는단 여자 이름이 테일러긴 한데, 나는 당신이란 걸 아니까."

그가 포스 옆에 있는 큼직한 맥주잔 속을 뒤적거린다. 술잔은 여러 자루의 펜, 명함들, 캐멀 라이트 한 갑으로 꽉 차 있다. 산제이가 거기서 명함을 한 장 꺼낸다.

맨 위에 '브렉퍼스트 올 데이(BREAKFAST ALL DAY)'라고 적혀 있고, 그 밑에 미소 짓는 얼굴이 그려져 있다. 달걀 프라이의 두 노른자가 눈, 베이컨 한 줄이 입이다. 맨 아래에는 노아의 이름과 전화번호가 찍혀 있다.

나는 얼굴을 찌푸린다.

"요리사였어?"

산제이가 짐짓 정색하며 말한다.

"둘이 얘기도 안 했어요?"

"직업 얘기는 안 했죠."

나는 쏘아붙인다.

"괜찮은 사람 같던데. 여기서 몇 블록 떨어진 곳에 작은 식당을 열 거래요."

명함을 뒤집어보니 메시지가 있다.

'테일러, 프렌치토스트 무료 쿠폰이에요. 상품으로 교환하고 싶으면 전화 줘요.'

바로 그때, 리지가 문을 열고 들어온다. 나는 의자에서 펄쩍 뛰어내려 리지를 껴안는다.

"생일 축하해."

나는 리지가 보지 못하게 명함을 손안에 감춘다.

리지가 재킷을 벗으니 새 가죽 냄새가 확 풍긴다. 내가 지금 입고 있는 재킷과 상당히 비슷하다. 항상 마음에 들어 하더니. 하지만 내 옷은 중고품 가게에서 샀다. 모피 칼라를 만져보려는데 옷에 달린 라벨이 보인다. 바니스 뉴욕.

"그거 인조 모피야." 리지가 안심시키듯 말하는데 내 표정에서 뭘 읽은 걸까? "부모님이 생일 선물로 사주셨어."

"멋지다."

리지가 내 옆 의자에 앉으며 재킷을 무릎에 살며시 내려놓는다. 내가 보드카 크랜베리 소다를 두 잔 주문하자 리지가 묻는다.

"추수감사절 어땠어?"

아주 오래전 일처럼 느껴진다.

"뭐 여전했지. 과한 파이와 과한 미식축구. 네 얘기나 해봐."

"대단했어. 다들 비행기 타고 날아와서 제스처 게임을 크게 한 판 했지. 꼬맹이들이 엄청 웃기더라. 이제 나한테 조카가 다섯이야, 믿어지니? 아빠는⋯⋯."

산제이가 술잔을 쭉 밀어주자 리지가 말을 끊는다. 나는 내 잔을 집는다.

"너 원래 매니큐어 잘 안 하잖아!" 리지가 탄성을 지른다. "색깔 예쁘다!"

나는 내 손가락을 내려다본다. 실즈 박사보다 더 어두운 피부에 더 짧은 손가락. 이 색깔을 내 손톱에 바르니 우아하기는커녕 너무 튀어 보인다. 하지만 리지의 말이 맞다. 안 바른 것보다는 나아 보인다.

"고마워. 제대로 바를 수 있을까 걱정했는데."

두 잔을 더 마시며 수다를 떨다가 리지가 내 팔에 손을 얹는다.

"저기, 화요일 오후에 나 메이크업 좀 해줄래? 프로필 사진 바꾸려고."

"아, 나 세션……." 나는 말끝을 흐린다. "업타운° 쪽에 일이 있는데."

첫 대면 세션 때 나는 좀 더 세밀하게 작성된 비밀 유지 합의서에 서명했다. 리지에게 실즈 박사의 이름도 말하면 안 된다.

"괜찮아, 내가 알아서 할게." 리지가 밝은 목소리로 말한다. "저기, 우리 나초도 먹을까?"

나는 고개를 끄덕이고 산제이에게 주문한다. 리지를 돕지 못해 마음이 불편하다. 게다가 리지에게 뭔가를 숨기는 기분이 이상하다. 리지는 나를 가장 잘 아는 사람이니까.

어쩌면 이제는 아닐지도 모른다.

---

● 주택들이 모여 있는 시 외곽의 부유층 지역.

# 12

버건디 매니큐어를 시도할 자신이 없어 보이더니 오늘 바르고 왔군
요. 나에 대한 신뢰가 커지고 있다는 증거죠.

당신은 지난번에 이어 오늘도 러브시트를 선택합니다. 처음엔 기대
앉아서 머리 뒤로 팔짱을 껴요. 점점 마음을 열고 있다는 신호죠.

당신은 이다음에 벌어질 일에 아직 준비가 안 되어 있다고 믿겠죠.
하지만 그렇지 않답니다.

당신은 이를 위해 지금까지 훈련받아 온 거예요. 마라톤 선수가 체
계적 계획에 따라 지구력을 키우듯 당신도 감정적 힘을 늘려왔죠.

준비운동 차원에서 주말에 관한 질문을 몇 개 형식적으로 던집니
다. 그런 다음 말합니다.

"앞으로 나아가려면 돌아가야 해요."

이 말을 듣자 당신은 갑자기 두 팔을 내려 몸을 감싸며 자세를 바

102

로잡습니다. 전형적인 방어적 동작이죠. 당신은 앞으로 닥칠 일을 벌써 직감한 거예요.

이 마지막 장벽이 무너져 내릴 때가 왔어요. 214호실에서 했던 첫 세션에서 당신이 피해 갔던 질문이 다시 한 번, 이번에는 상냥하면서도 단호한 말투로 나갑니다.

"제시카, 아끼는 사람에게 큰 상처를 준 적 있나요?"

당신은 몸을 웅크려 발을 내려다보며 얼굴을 가립니다.

조금 더 침묵해도 괜찮아요.

이만하면 됐어요.

"말해봐요."

당신이 고개를 획 듭니다. 두 눈을 동그랗게 뜨고서. 갑자기 스물여덟보다 훨씬 더 어려 보이는군요. 열세 살의 당신이 얼핏 보이는 것 같아요.

당신의 인생이 완전히 바뀌어버린 나이.

모든 인생에는, 요행이든 이미 정해진 운명처럼 보이든, 우리의 앞길을 모양 짓고 결국에는 시멘트 바르듯 단단히 굳혀버리는 결정적 순간들이 있답니다.

DNA 가닥처럼 사람마다 제각각인 이런 순간들이 아름답다면 영롱하게 반짝이는 별들로 훨훨 날아오르는 느낌이 들죠. 정반대의 상황이라면 모래 늪으로 빠지는 기분이 들고요.

당신에게는 여동생을 돌보고 있던 그날, 동생이 2층 창문에서 떨어진 그날이 지금껏 당신 인생에 그어진 가장 기본적 경계선이었을 겁니다.

아스팔트 차도 위에 축 늘어져 있는 몸으로 달려가던 때를 설명하면서 당신 얼굴에 눈물이 주르륵 흘러내려요. 호흡이 가빠지기 시작하면서 단어 사이사이에 숨을 헐떡헐떡 삼키는군요. 당신의 몸은 정신과 함께 감정적 균열 속으로 침잠하고 있어요. 당신은 고통스러운 한마디를 내뱉습니다.

"전부 다 내 잘못이에요."

그러고는 격렬하게 몸을 떨어댑니다.

따뜻한 캐시미어 숄을 살며시 둘러주고 어깨를 문질러주니 내가 바라던 진정 효과가 나타나네요.

당신은 바르르 떨리는 숨을 들이마십니다.

나는 당신에게 필요한 말을 해줍니다.

"당신 잘못이 아니에요."

들을 이야기가 더 있지만, 오늘은 이 정도로 해두죠. 곧 탈진할 것처럼 보이니까.

나는 당신에게 칭찬을 해줍니다. 누구나 자신의 두려움에 맞설 만큼 용감한 건 아니라고 말이죠.

당신은 내 말을 들으면서 어깨에 둘린 회갈색 모직 숄을 멍하니 쓰다듬습니다. 이렇게 스스로를 달래는 동작은 당신이 회복 단계에 있다는 신호예요. 대화의 리듬이 부드러워지면서 당신은 조심조심 더 안전한 지대로 들어갑니다.

당신의 호흡이 안정되고 뺨의 홍조가 가시자, 나는 세션이 곧 끝날 거라는 은근한 암시를 던져줍니다.

"고생했어요." 그런 다음 작은 보답을 해주죠. "날이 아주 쌀쌀해요. 그 숄 하고 가는 게 어때요?"

나는 당신을 문까지 배웅하면서 떠나는 당신의 어깨를 손으로 살짝 쥐어요. 위로를 전하는 동작이죠. 호감을 표하는 데 사용되기도 하고요.

건물에서 나가는 당신을 나는 세 층 위에서 지켜봅니다. 당신은 인도에서 머뭇거리다 숄을 목도리처럼 두르며 한쪽 끝을 어깨 뒤로 휙 넘기네요.

당신의 몸은 떠났지만, 당신은 그 뒤로도 계속 내 사무실에 남아 있습니다. 당신의 세션이 끝나고 20분 후에 예약된 마지막 내담자를 만나는 동안에도 계속. 그가 도박중독에서 벗어나도록 돕는 일에 집중하기가 평소보다 더 힘들군요.

택시가 혼잡한 미드타운˙을 누비고 지나갈 때에도, 딘앤델루카˙의 캐셔가 둥그런 소고기 안심 한 덩어리와 흰색 아스파라거스 일곱 줄기의 가격을 포스에 입력하는 동안에도 당신은 여전히 내 곁에 있습니다.

당신은 쉽게 속내를 드러내지 않지만, 비밀을 풀어놓고 나면 따라오는 안도감을 열망하고 있지요.

사람들이 바깥세상에 내보이는 건 특별한 것 없는 평범한 허울이에요. 대부분의 사교적 만남에서는 가식적 대화만이 오가죠. 자신의 본모습, 뿌리 깊은 두려움, 숨어 있는 욕망까지 드러낼 만큼 누군가를 신뢰하면 쉽게 무너지지 않는 친밀한 관계가 탄생한답니다.

당신은 오늘 나를 당신 안으로 맞아들였어요, 제시카.

당신의 비밀은 밖으로 새어나가지 않을 거예요. ……모든 일이 잘 풀린다면 말이죠.

타운하우스의 현관문을 열고 딘앤델루카 쇼핑백을 흰 대리석 조

---

˙ 주택 지구와 상업 지구 사이의 중간 지대.
˙ 뉴욕 맨해튼의 고급 식료품점.

리대에 내려놓아요. 그런 다음, 오늘 당신의 세션이 시작되기 몇 시간 전에 새로 산 담갈색 캐시미어 숄을 가방에서 꺼내 벽장 한쪽에 있는 선반에 올려놓습니다.

지금 당신이 두르고 있는 것과 똑같은 거랍니다.

# 13

**12월 4일 화요일**

잿빛 공기가 살을 에는 듯 차갑다. 실즈 박사의 사무실에 잠깐 있던 사이 해가 도시의 건물들 밑으로 뚝 떨어졌다.

얇은 가죽 재킷이 아니라 두툼한 반코트를 입었어야 하지만, 실즈 박사의 숄이 가슴과 목을 포근하게 감싸준다. 실즈 박사를 생각하면 떠오르는 깔끔하고 톡 쏘는 향이 모직에 희미하게 배어 있다. 숨을 크게 들이마시니 그 향기가 코를 찌른다.

나는 이제 뭘 해야 할지 몰라 인도에 선 채 갈팡질팡한다. 진이 다 빠졌지만 집에 간다고 해서 마음 편히 쉴 수 있을지나 모르겠다. 혼자 있기는 싫은데, 그렇다고 리지나 다른 친구에게 저녁이나 술 한잔 같이 하자고 전화하는 것도 내키지 않는다.

내가 언제 무슨 결정을 내렸는지도 모르게 두 발이 움직이기 시작하더니 나를 지하철로 데려간다. 6호선을 타고 애스터 플레이스 역에서 내린 다음, 밖으로 나가서 서쪽으로 꺾어 프린스 거리로 들어간다.

명품 선글라스들과 화려한 용기의 화장품들이 늘어서 있는 진열창들을 지나간다. 그리고 곧 프랑스 식당에 도착한다.

이번에는 식당 안으로 들어간다. 아직 이른 시간이라 거의 비어 있다. 손님이라곤 안쪽의 칸막이 자리에 앉은 두 사람뿐이다.

나는 지배인에게 재킷은 건네주고 숄은 계속 두르고 있다. 그가 묻는다.

"1인용 테이블을 드릴까요? 아니면 바가 좋으시겠습니까?"

"저, 창가 테이블에 앉았으면 하는데요."

지배인이 그 자리로 안내하자, 나는 지난주에 실즈 박사를 미행했을 때 그녀가 앉았던 의자를 선택한다.

와인 목록이 두툼하고 묵직하다. 레드와인 하나만 해도 종류가 10여 가지나 된다.

"이걸로 주세요."

나는 두 번째로 싼 것을 가리키며 웨이터에게 말한다. 한 잔에 21달러, 그러니까 오늘 저녁은 집에서 땅콩버터 샌드위치를 먹어야 한다는 뜻이다.

실즈 박사가 아니었다면 이 식당을 발견하지 못했을 것이다. 내게는 지금 바로 이런 곳이 필요하다. 답답하지 않고 조용하며 우아하다. 거무스름한 나무 벽과 벨벳 의자는 견고하면서도 편안하게 느껴진다.

익명이지만 혼자가 아닌 안전한 곳.

웨이터가 다가온다. 검은색 정장 차림으로 쟁반에 내 와인 잔을 얹어 나르고 있다.

"볼네 한 잔 드리겠습니다, 손님."

그가 와인 잔을 내 앞에 내려놓으며 말한다.

그가 내 시음을 기다리고 있다는 것을 깨닫고, 실즈 박사가 했던 것처럼 작게 한 모금 홀짝인 뒤 고개를 끄덕인다. 진홍색 액체가 내 매니큐어와 잘 어울린다.

웨이터가 자리를 뜨자 나는 창밖을 힐끔 내다보며 지나가는 사람들을 구경한다. 와인이 목을 따뜻하게 데워준다. 엄마가 마시는 것처럼 지나치게 달지 않다. 놀랄 정도로 맛이 좋다. 부드러운 가죽 의자에 기대며 몸을 파묻으니 굳어 있던 어깨가 편하게 풀린다.

이제 실즈 박사는 내가 리지에게도 하지 않은 이야기를 알고 있다. 우리 가족의 인생을 망쳐버린 건 나의 고의적인 태만이었다.

나는 실즈 박사의 러브시트에 앉아 마음을 달래주는 듯한 벽에 걸린 그림 속의 푸른 파도를 뚫어지게 바라보며, 그해 여름 우리 부모님이 일하러 나간 사이 베키를 돌본 이야기를 했다.

8월의 그날 늦은 오후, 나는 1센트짜리 사탕과 《세븐틴》 잡지를 파는 구멍가게에 가기로 했다. 최신호가 이제 막 나온 참이었다. 줄리아 스타일스가 표지 모델이었다.

나는 베키에게 넌더리가 나 있었다. 일곱 살짜리 동생에게서 잠시 떨어져 쉴 수 있는 시간이 필요했다. 길고도 무더운 달이 끝나갈 무렵의 길고도 무더운 날이었다. 몇 시간 동안 우리는 스프링클러를 틀어놓은 채 뛰어다니고, 얼음 틀에 레모네이드를 붓고 이쑤시개를 꽂아 막대 아이스크림을 만들었다. 뒷마당에서 벌레를 잡고 낡은 플라스틱 용기에 집을 만들어주었다. 그럼에도 부모님이 집에 돌아오려면 두어 시간은 더 있어야 했다.

"심심해."

내가 화장실 거울을 보며 족집게로 눈썹을 뽑고 있을 때 베키가 보챘다. 나는 오른쪽 눈썹을 너무 많이 뽑은 건 아닌가 걱정하면서 어색하고 당혹스러운 표정을 짓고 있었다.

"가서 인형의 집 가지고 놀아."

나는 왼쪽 눈썹에 집중하며 말했다. 당시 열세 살이었던 나는 외모에 신경을 쓰기 시작했다.

"싫어."

우리 집은 작은 창문형 에어컨만 두 대뿐이라 무척 더웠다. 어이없게도 학교에 다시 갈 날이 기다려질 정도였다.

잠시 후 베키가 소리쳤다.

"로저 프랭클린이 누구야?"

"베키!"

나는 소리 지르며 족집게를 떨어뜨리고 내 방으로 달려갔다. 베키의 손에서 일기장을 잡아챘다.

"왜 남의 걸 함부로 봐!"

"심심하단 말이야."

베키가 또 징징거렸다.

"알았어. 엄마 아빠한테는 비밀로 하고, 부모님 방에서 텔레비전 봐."

우리 부모님은 텔레비전 시청은 하루에 한 시간이라는 규칙을 세웠지만, 우리는 언제나 그 시간을 초과했다.

오래전의 그날 오후, 나는 초코칩 쿠키 세 개를 종이접시에 담아 부모님 침대에 널브러져 있는 베키에게 주었다. "흘리지 마"라는 당부와 함께. 텔레비전 화면에서는 드라마 주인공 리지 맥과이어가 친구에게 자기 흉내를 내지 말라고 말하고 있었다. 나는 베키의 눈이 게슴츠레해질 때까지 기다렸다. 그러고는 밖으로 살금살금 빠져나가 자전거에 휙 올라탔다. 베키는 혼자 있는 걸 좋아하지 않았지만, 내가 없는 걸 알아채지도 못할 터였다.

전에도 몇 번 이런 적이 있었다. 나는 베키가 밖으로 나오지 못하도록 방문도 잠가놓았다. 베키를 안전하게 지키는 방법이라고 생각했다. 하지만 베키가 텔레비전을 보며 누워 있는 곳에서 조금만 올라가면 있는 2층 창문을 잠글 생각은 하지 못했다.

이 대목에 이르렀을 즈음 나는 실즈 박사 사무실 벽에 걸려 있는 그림을 보고 있지 않았다. 펑펑 우느라 말을 잇기가 어려웠다. 계속 이야기할 수 있을까 싶었다.

실즈 박사가 나를 쳐다보고 있었다. 그녀의 연민 어린 눈빛이 내게 힘을 주었다. 나는 목멘 소리로 간신히 끔찍한 얘기를 내뱉었다.

그러고 나니 갑자기 따뜻하고 부드러운 고치에 감싸인 듯한 느낌이 들었다. 실즈 박사가 자기 어깨에 걸치고 있던 숄을 벗어 내 어깨에 둘러준 것이다. 그녀의 온기가 아직 남아 있는 듯했다.

어둑한 식당에 앉아 있는 지금 나도 모르게 멍하니 숄을 쓰다듬고 있다.

실즈 박사는 나를 지켜주려는 듯 거의 어머니처럼 행동했다. 곧바로 내 팔다리의 긴장이 풀리기 시작했다. 마치 그녀가 그 어두운 순간으로부터 나를 끌어내 현재로 데려온 것 같았다.

"당신 잘못이 아니에요."

그녀는 이렇게 말했다.

나는 마지막 남은 와인을 홀짝이며 스피커를 통해 흘러나오는 클래식 음악에 귀를 기울인다. 실즈 박사가 내게 진정으로 위로가 될 만한 말을 해줬다는 생각이 든다. 그렇게 지혜롭고 고상한 사람이, 사람들의 도덕적 선택을 연구해온 사람이 내게 죄가 없다고 한다면, 우리 부모님도 나를 용서해주시지 않을까.

그날에 대해 부모님이 모르는 사실이 하나 있다.

부모님은 베키가 떨어졌을 때 내게 어디에 있었느냐고 한 번도 묻지 않았다. 당연히 내가 다른 방에 있었을 거라고 여긴 것이다.

나는 거짓말하지 않았다. 하지만 병원에서 사실대로 말할 수 있었을 짧고 고요한 순간이 있었다. 베키를 의사들에게 맡겨놓고 부모님과 나는 응급실 바로 밖에 있는 작고 조용한 방에서 기다리고 있었다.

"아, 베키. 왜 하필 창문 근처에서 놀았니."

어머니가 이상하다는 듯 말했다.

나는 슬픔에 젖어 붉게 충혈된 부모님의 눈을 들여다보았다. 그러고는 그 순간을 그냥 흘려보냈다.

설마 그 실수가 해가 갈수록 점점 더 부풀어 오르고 힘을 더해갈 줄은 몰랐다. 설마 그 작은 침묵이 내 인간관계를 깡그리 묻어버릴 줄은 몰랐다.

하지만 이제 실즈 박사가 알고 있다.

정신을 차리고 보니 내 손가락이 빈 와인 잔의 가느다란 자루를 만지작거리고 있다. 웨이터가 다가오자 나는 잔에서 손가락을 뗀다.

"한 잔 더 드릴까요, 손님?"

나는 고개를 젓는다.

다음 세션은 이틀 후다. 실즈 박사가 그 사건에 대해 더 듣고 싶어 할지, 아니면 이 정도로 충분해할지 궁금하다.

가방에서 지갑을 꺼내던 내 손이 얼어붙는다. 충분하다니, 뭐가?

내가 15년 동안 가족에게도 숨겨온 정보를 이제 실즈 박사가 알고 있다는 사실이 방금까지만 해도 위안이 됐는데 이젠 아니다. 어쩌면 실즈 박사의 교양 넘치고 아름다운 모습에 눈이 멀어 나의 자기방어

본능이 둔해졌는지도 모른다.

내가 학문적 연구의 52번 피험자라는 사실을, 가장 사적인 비밀을 나누는 대가로 돈을 받고 있다는 사실을 거의 잊고 있었다.

실즈 박사는 내게서 얻은 사적인 정보를 어떻게 할 작정일까? 비밀 유지 합의서에 서명한 사람은 나였다. 박사가 아니라.

웨이터가 테이블로 오자 나는 지갑의 지퍼를 연다. 그때 접힌 지폐들 사이에 끼워져 있는 새파란 명함이 보인다.

그걸 잠시 보고 있다가 천천히 꺼낸다. 앞면에 '브렉퍼스트 올 데이'라고 적혀 있다.

노아네 소파에서 깼을 때 내 몸이 담요에 푹 감싸여 있던 것이 생각난다.

명함을 뒤집자 날카로운 모서리에 손바닥이 살짝 긁힌다.

'테일러.'

노아가 뭉툭한 글씨로 써놓았다.

나는 프렌치토스트를 만들어주겠다는 그의 메시지는 대충 흘려버린다. 내가 명함을 뚫어져라 보고 있는 건 그 때문이 아니니까.

실즈 박사에 대해 더 알아낼 수 있는 방법이 퍼뜩 떠오른다.

# 14

**12월 4일 화요일**

퇴근하면서 얼어붙었던 몸이 피노누아의 체리 향에 녹아내리네요.

살짝 익힌 안심 스테이크와 구운 아스파라거스를 딘앤델루카 용기에서 꺼내 도자기 접시에 담고 양옆으로 묵직한 포크와 나이프를 놓습니다. 쇼팽의 피아노 곡이 집 안 가득 흘러요. 번들번들한 직사각형 오크제 식탁 한쪽 끝에 접시를 하나만 내려놓습니다.

이곳에서의 저녁식사가 늘 이런 것은 아니었답니다. 6구짜리 바이킹 가스오븐레인지로 요리를 하고, 창가 화단에서 따온 싱싱한 로즈메리 가지나 바질 잎으로 꾸미곤 했죠. 음식은 2인분이 차려졌고요.

나는 심리학 학술지를 내려놓습니다. 오늘 밤에는 난해한 글에 집중할 수 없네요.

식탁 맞은편에는 내 남편 토머스가 앉았던 의자가 여전히 텅 빈 채 남아 있습니다.

토머스를 만난 사람은 모두 그를 좋아했어요.

불이 깜박거리다가 완전히 나가버린 밤에 그가 나타났죠.

그날의 마지막 내담자인 휴라는 남자가 그로부터 겨우 5분 전 내 사무실을 떠났어요. 사람들은 저마다 다른 이유로 심리치료를 받으러 오지만, 휴가 나를 찾아오는 이유는 도무지 알 수가 없더군요. 휴는 이목구비가 또렷하고 유목민처럼 떠돌며 사는 묘한 사람이었어요.

방랑벽이 있는데도 병적으로 집착하는 것들이 있었고, 치료 초기에 자기의 비밀을 누설했죠.

그의 세션을 끝맺을 때마다 애를 먹었어요. 그가 항상 더 있고 싶어 했거든요.

매번 문밖에서 미적거리다가 1~2분 후에나 발을 떼기 시작했어요. 그가 떠난 후에도 대기실에 맴도는 그의 알싸한 체취는 그가 머문 시간을 알려주는 증거였죠.

그날 밤, 건물 전체가 캄캄해지고 창밖의 불빛마저 나가버리자 당연히 휴의 짓이란 생각이 들었어요. 최악의 인간성은 어둠 속에서 드러나게 마련이니까요. 게다가 휴는 방금 내게서 치료를 중단하겠다는 소리를 들었거든요.

멀리서 사이렌이 울리기 시작했어요. 시끄러운 데다 사방이 캄캄하니 방향감각이 흐트러지더군요.

건물에서 나가려면 계단을 타고 내려가야 했어요. 오후 7시라 다른 사무실은 전부 문을 닫은 듯했죠. 건물에서 거주하는 사람들도 있었지만 5층과 6층에만 그랬어요.

계단을 내려가는 동안 내 휴대전화가 내뿜는 불빛만 보이고, 내 구두 바닥이 계단을 두드리는 소리만 들렸어요.

그런데 또 다른 누군가가 훨씬 더 묵직한 발소리를 내며 위층의 어딘가에서 내려오기 시작했죠.

공포감의 증상에는 심장박동 수 증가, 현기증, 흉통 등이 있어요.

호흡 훈련이 도움 되는 건 공황 상태에 빠질 이유가 없을 때뿐이랍니다.

이때는 그럴 만한 이유가 있었어요. 전화기 불빛을 켜두면 내 위치가 들통날 테고, 칠흑 같은 어둠 속에서 달렸다가는 넘어질 수도 있었으니까요. 하지만 어쩔 수 없이 감수해야 할 위험이었어요.

"거기 누구 있어요?"

남자의 굵직한 목소리가 크게 울리더라고요. 휴의 목소리는 아니었어요.

"이게 대체 뭔 일인지. 정전인가 봐요." 계속되는 남자의 목소리. "괜찮아요?"

그는 친절하게 나를 진정시켜줬어요. 그 후 한 시간 동안 미드타운에서 웨스트 빌리지까지 걸어서 집으로 오는 내내 그는 내 곁을 지켜줬죠.

모든 인생에는 우리의 앞길을 모양 짓고 결국에는 시멘트 바르듯 단단히 굳혀버리는 결정적 순간들이 있답니다.

토머스 쿠퍼의 등장은 내 인생에 지진을 일으킨 순간들 중 하나였어요.

정전 일주일 후 우리는 함께 저녁을 먹었죠.

여섯 달 후 결혼을 했어요.

토머스를 만난 사람은 누구나 그를 좋아했답니다.

하지만 그를 사랑할 권리는 오직 내게만 있었어요.

# 15

**12월 4일 화요일**

48시간 안에 테일러를 찾아내야 한다.

그녀는 나와 실즈 박사 사이에 얇은 실처럼 존재하는 유일한 연결 고리다. 목요일 오후 5시에 있을 다음 세션 전에 그녀를 찾을 수 있다면, 아무것도 모른 채 무턱대고 뛰어들지 않아도 된다.

프랑스 식당을 나온 후 나는 휴대전화에서 테일러의 연락처를 찾아 문자 메시지를 보낸다.

'안녕하세요, 테일러. 뷰티버즈의 제스예요. 문자 보는 대로 연락 좀 주시겠어요?'

집에 와서는 노트북을 켜고 실즈 박사에 관해 더 많은 정보를 모아 본다. 하지만 검색 결과로 나오는 건 논문, 그녀가 쓴 책의 서평, 네 줄짜리 뉴욕대학 약력, 그녀의 개인병원 웹사이트가 전부다. 웹사이트는 그녀의 사무실처럼 단정하고 우아하지만, 그 공간처럼 그곳을 대

표하는 여성에 대한 실질적인 단서는 하나도 담겨 있지 않다.

　나는 휴대전화를 옆에 둔 채 자정이 지나 잠들고 만다.



### 12월 5일 수요일

　오전 6시. 잠을 설친 탓에 무거운 눈꺼풀을 억지로 뜬다. 테일러에게서 아직 답장이 오지 않았다. 그리 놀라운 일도 아니다. 메이크업 아티스트가 연락하다니 희한하다 싶겠지.

　'35시간 남았어.'

　연이어 잡혀 있는 예약을 취소하고 계속 답을 찾고 싶지만 일하러 가야 한다. 돈도 벌어야 하지만, 뷰티버즈의 방침상 예약 건을 취소하려면 하루 전에 통보해줘야 한다. 석 달 안에 세 번 이상 이 방침을 깨면 근무자 명단에서 삭제되어 버린다. 나는 몇 주 전 병가를 내는 바람에 이미 한 번 어긴 적이 있다.

　나는 기계적으로 파운데이션을 펴 바르고, 섀도를 섞고, 입술을 그린다. 고객에게 직업과 남편, 아이들에 대해 물어보는 와중에도 머릿속에는 실즈 박사 생각뿐이다. 개인적으로 거의 알지 못하는 사람에게 지금까지 나의 큰 비밀들을 털어놓고 있었다.

　가방 속 휴대전화로 자꾸 신경이 쏠린다. 일이 하나씩 끝날 때마다 전화기를 꺼내 화면을 확인한다. 이번에는 테일러에게 정오쯤 음성 메시지를 보내보지만 답이 없다.

　오후 7시. 나는 사치를 부려 택시를 타고 집으로 간다. 덕분에 마지막 몇 건에서 받은 팁을 다 날려버렸지만 집엔 더 빨리 도착한다. 문

바로 안쪽에 메이크업 케이스를 떨어뜨려 놓고, 리오를 급하게 데려 나가 산책시키고 간식을 조금 던져준 다음, 서둘러 다시 나간다.

20블록 정도 떨어져 있어 조금만 뛰어가면 되는 테일러의 아파트로 곧장 향한다. 도착하니 거의 8시다. 숨을 헐떡이며 입주자 안내판이 담긴 유리함에 손을 짚고 이름을 쭉 훑어본다.

T. 스트라우브라는 이름 옆에 있는 버저를 누른 다음 인터폰으로 그녀의 목소리가 들려오기를 기다린다. 가쁜 숨을 가라앉히려 애쓰다가 손으로 머리를 매만진다.

검은색의 작은 원을 한 번 더, 이번에는 5초 동안 꾹 누른다.

'빨리 좀 받으라고.'

나는 뒤로 물러나 건물을 올려다보며 이제 어떻게 해야 하나 고민한다. 테일러가 돌아오기를 바라며 마냥 기다리고 있을 수는 없다. 만에 하나 그녀가 졸고 있거나 헤드폰으로 음악을 듣고 있을 희박한 가능성에 기대를 걸고 계속 버저를 눌러볼까?

아디다스 운동복을 입고 땀을 뻘뻘 흘리는 남자가 구원병처럼 나타나 정문 비밀번호를 톡톡 친다. 그는 휴대전화를 보느라 바빠서 내가 닫히려는 문을 붙잡고 그를 뒤따라 몰래 들어가는 것도 눈치채지 못한다.

나는 계단으로 6층까지 올라간다. 복도 중간쯤에서 테일러의 집을 찾고 손가락 마디가 얼얼하도록 문을 세게 두드린다.

아무런 답이 없다.

나는 얄팍한 나무에 귀를 갖다 붙이고 그녀가 안에 있음을 알려주는 소리를 찾아 귀를 쫑긋 세운다. 텔레비전이 요란하게 떠들고 있지 않을까, 헤어드라이어가 윙윙거리고 있지는 않나. 하지만 정적뿐이다.

속이 메스꺼워진다. 실즈 박사는 나를 너무 잘 아니 다음에 만날 때 내 걱정을 감출 수 없을까 봐 두렵다. 그녀에게 이렇게 묻고 싶은 마음이 굴뚝같다.

'왜 나한테 이렇게 많은 돈을 주는 거죠? 내가 주는 정보로 뭘 하려는 거예요?'

하지만 물을 수 없다. 돈벌이를 잃을지도 모르는 위험을 감수할 수 없다고 나 자신에게 쭉 말해왔다. 하지만 진실은, 실즈 박사를 잃을까 봐 두려워서일지도 모르겠다.

주먹을 들어 몇 번 더 문을 탁탁 치니 옆집 사람이 고개를 삐죽 내밀고 나를 노려본다.

"죄송합니다."

내가 순하게 말하자 그녀가 문을 쾅 닫는다.

이제 어떡할까 생각해본다. 21시간 남았다. 하지만 내일도 오늘처럼 예약이 꽉 차 있다. 실즈 박사와 만나기 전에 다시 올 수 없을 것이다. 나는 가방을 뒤져서 요새 들고 다니는 《보그》지를 꺼내 번들번들한 종이 한 장을 찢는다. 펜을 찾아 휘갈겨 쓴다.

'테일러, 또 제스예요. 뷰티버즈의. 제발 연락 좀 주세요. 급한 일이에요.'

문 밑으로 쪽지를 집어넣으려다가 스키니팝 팝콘과 옷가지들이 여기저기 널브러져 있던 지저분한 실내가 떠오른다. 테일러는 종이 쪼가리를 알아채지도 못할 것이다. 설령 본다고 해도 내게 연락할지는 여전히 미지수다. 내 전화나 문자 메시지에 답하려는 어떤 노력도 안 한 것 같으니까.

나는 내가 방금 폐를 끼쳤던 이웃집 문으로 고개를 돌린다. 옆으로 몇 발짝 걸어 머뭇머뭇 문을 두드린다. 답하는 여자는 노란색 형광펜을 쥐고 있다. 그 얼룩이 그녀의 턱을 이등분하고 있다. 누가 봐도 심기가 불편한 표정이다.

"실례합니다. 테일러를 찾아 왔는데요, 어……." 나는 기억을 더듬어 그녀의 룸메이트 이름을 찾아낸다. "맨디도요."

이웃 사람이 나를 가만히 보며 눈을 깜박인다. 묘한 예감이 엄습해 온다. 이 여자는 그 사람들이 누군지 모른다고, 그런 이름의 여자들이 옆집에 산 적은 한 번도 없다고 말할 것이다.

"누구요?"

그녀가 말하기 시작한다. 심장이 벌렁거린다. 그때 그녀의 뚱하던 얼굴이 밝아진다.

"아, 네……. 글쎄요, 곧 기말고사니까 도서관에 있겠죠. 그 둘이라면 파티에 갔을 확률이 더 높긴 하지만."

그녀가 문을 닫고 나서도 나는 계속 그 자리에 서 있다.

현기증이 가실 때까지 기다리다가 계단통으로 향한다. 건물 밖 어둠 속에 서서 이제 뭘 해야 할지 떠오르지 않아 갈팡질팡한다.

긴 생머리의 여자가 나를 지나쳐 간다. 테일러가 아니라는 걸 당장에 알아보면서도 나는 파란색 백팩을 어깨로 더 높이 추어올리고 인도를 계속 걸어가는 그녀를 지켜본다.

가방이 참 무거워 보인다. 곧 기말고사니까, 라고 옆집 사람이 말했다. 테일러와 맨디에 대해서 나와 비슷한 인상을 받았나 보다. 그 두 사람은 학교를 그리 진지하게 생각하지 않는다.

휴대전화를 두드리며 인스타그램이나 열심히 하던, 부러운 몸매의 좀 놀아본 젊은 여자애들이 책상에 앉아 책을 보고 있는 모습은 상상하기 힘들다.

하지만 태만한 학생들이야말로 시험 전에 가장 열심히 벼락치기를 하지 않을까?

나는 제자리에서 한 바퀴 휙 돌아 위치를 파악한 다음 뉴욕대학교 도서관으로 향한다.

서가는 마치 도서관 쥐를 위해 만들어놓은 미로 같다. 나는 한쪽 구석에서 시작해 좁은 통로들을 꾸불꾸불 지나가며, 높은 선반에 있는 책으로 손을 뻗거나 외벽 근처의 책상에 앉아 있는 테일러와 우연히 만나기를 기대한다. 3층까지 샅샅이 뒤지고 나서 4층으로 향한다.

밤 9시가 거의 다 되었고, 이른 오후 잠깐 틈이 생겼을 때 급하게 칠면조 샌드위치를 삼킨 후로는 아무것도 먹지 못했는데도 뭐에 홀린 듯 힘이 넘쳐난다. 4층에는 사람들이 훨씬 더 적지만 책들은 똑같이 높이 쌓여 있다. 3층까지는 사람들이 소곤거리는 소리가 약하게 들렸는데, 여기서는 내 발소리밖에 들리지 않는다.

서가의 중심으로 들어가서 불쑥 한 모퉁이를 돌다가 뜨겁게 키스하고 있는 한 남녀와 부딪힐 뻔한다. 내가 빙 돌아가는 와중에도 그들은 몸을 떼지 않는다.

그때 누군가가 징징거리듯 말한다. 귀에 익은 목소리다.

"테일러, 좀 쉬자. 나 차이라테 마실래."

안도감이 내 몸 구석구석으로 퍼진다. 맨디의 목소리가 들리는 쪽으로 당장 달려가고 싶은 충동을 꾹 누른다.

그들은 한구석에 있다. 맨디는 책들과 노트북이 높다랗게 쌓여 있는 책상 끝머리에 몸을 기대고 있고, 테일러는 의자에 앉아 있다. 두 사람 모두 대충 묶은 듯 머리를 멋스럽게 말아 올렸고, 주시 쿠튀르● 운동복을 입고 있다.

---

● 미국의 고급 의류 브랜드.

"테일러!"

나는 거의 헐떡이듯 그녀 이름을 부른다.

그녀와 맨디가 나를 돌아본다. 맨디가 코를 찡그린다. 테일러는 멍한 표정이다.

"무슨 일이시죠?"

내가 누군지 모르는 것이다. 나는 더 가까이 다가간다.

"나예요, 제스."

"제스?"

맨디가 내 말을 그대로 따라 한다.

"메이크업 아티스트요. 뷰티버즈의."

테일러가 내 몸을 아래위로 훑어본다. 일할 때 입는 복장 그대로지만 셔츠가 바지 밖으로 빠져나와 있고, 낮게 꼬아놓은 머리에서 머리카락이 몇 가닥 목으로 삐져나와 있다.

"여긴 어쩐 일로?"

테일러가 묻는다.

"얘기 좀 하고 싶어서요."

쉿! 몇 책상 건너에서 누군가가 우리를 조용히 시킨다.

"부탁이에요, 중요한 일이에요."

내가 속삭인다.

내 절실함이 느껴지는지 테일러가 고개를 끄덕인다. 그녀는 노트북을 가방에 챙겨 넣지만 책들은 그대로 놔둔다. 우리는 엘리베이터를 타고 로비로 내려간다. 맨디가 뒤에서 우리를 따라온다. 정문에 이르자 테일러가 멈춰 선다.

"무슨 일인데요?"

막상 테일러를 찾고 나니 어디서부터 얘기를 해야 할지 모르겠다.

"저기, 나한테 메이크업 받을 때 설문조사 얘기했던 거 기억나요?"

그녀가 어깨를 으쓱한다.

"조금요."

내가 테일러의 휴대전화로 몰래 음성 메시지를 들었던 몇 주 전, 그때 알게 된 사실들을 떠올려본다.

"뉴욕대 교수가 도덕성에 대한 설문조사를 한다고 했죠. 사례금도 많고. 그다음 날 아침에 가기로 했다고……."

테일러가 고개를 끄덕인다.

"어, 맞아요. 너무 피곤해서 취소했어요."

나는 숨을 크게 한 번 쉰다.

"그래서…… 내가 했어요."

그녀의 눈에 경계의 빛이 돈다. 그녀가 한 발짝 물러난다. 맨디가 쉰 목소리로 작게 말한다.

"뭐야, 이상해."

"네, 뭐 어쨌든…… 지금 교수에 대해서 더 알아보는 중이거든요."

나는 테일러를 보며 목소리를 떨지 않으려 애쓴다.

"나도 잘 몰라요. 심리학 전공인 친구가 그 교수님 수업을 듣고 나한테 연구 얘기를 해줬어요. 가자, 맨디."

"잠깐만요!"

새된 목소리가 나간다. 나는 날 선 말투를 부드럽게 가라앉힌다.

"그 친구랑 얘기 좀 할 수 있을까요?"

테일러는 내가 어떤 사람인지 가늠하려는 듯 잠시 나를 가만히 쳐다본다. 나는 미소를 지으려 애쓰지만 아마도 부자연스러워 보일 것이다.

"사정이 복잡해서 일일이 다 듣기에는 지루할 거예요." 내가 말한다. "그래도 원한다면 처음부터 다 얘기할……."

테일러가 한 손을 들어 올린다.

"그냥 에이미한테 연락하세요."

이 여자들이 지루한 걸 못 참는다는 사실이 떠올라서 다행이다. 전략이 제대로 먹혀들었다.

테일러가 휴대전화를 보며 전화번호를 불러주고, 나는 그 번호를 내 휴대전화에 입력한다.

"한 번 더 불러줄래요?"

내가 부탁한다. 맨디가 눈알을 굴리는 것 같지만, 테일러는 아까보다 천천히 숫자를 한 번 더 불러준다.

"고마워요!"

멀어져 가는 그들에게 내가 소리친다.

그들이 모퉁이를 돌기도 전에 나는 에이미에게 전화를 건다. 두 번째 신호음에 그녀가 전화를 받는다.


"정말 대단한 교수님이죠." 에이미가 말한다. "저는 지난봄에 수업을 들었어요. 점수를 짜게 주시기는 하는데 불공평하진 않으셔서……. 정말 빡빡했어요. A 받은 사람이 두 명밖에 없었던 것 같은데, 저는 아니었어요."

그녀가 살짝 웃는다.

"더 말할 게 있으려나? 옷을 정말 잘 입으세요. 구두가 엄청 탐나더라고요."

에이미는 할머니의 아흔 번째 생일을 축하하러 집으로 날아가기 위해 택시를 타고 라과디아 공항으로 가는 중이다.

"교수님이 진행하고 있는 연구에 대해서 아는 것 있어요?"

내가 묻는다.

"그럼요. 저도 참여했는걸요."

에이미는 내가 테일러의 친구라고 생각해서인지 내 질문을 아무 의심 없이 받아들이고 있다.

"좀 이상해서요. 신청서를 봤으면 제가 누군지 알 텐데, 이름으로 안 부르더라고요. 뭔가 이상한 명칭이었는데…… 뭐였더라?"

에이미가 머뭇거린다. 숨이 턱 막힌다.

"16번 피험자요."

에이미가 마침내 입을 연다. 내 살갗이 따끔거린다.

"남동생 나이가 그래서 기억해요."

에이미가 말을 잇는다.

"교수님이 뭘 물어보시던가요?"

내가 끼어든다.

"잠깐만요."

에이미가 택시기사에게 뭐라 말하더니 부스럭거리고 트렁크가 쾅 닫히는 소리가 들린다.

"음, 건강진단서 작성할 때 거짓말한 적 있냐고 물었었죠. 왜, 주량이나 몸무게가 얼마나 되느냐, 섹스 파트너는 몇 명이냐 같은 거요. 어떻게 기억하냐면, 얼마 전 건강검진 받을 때 다 거짓으로 작성했었거든요!"

그녀가 또 웃는다. 하지만 나는 얼굴을 찡그린다.

"공항에 왔어요. 끊어야겠어요."

에이미가 말한다.

"연구 때문에 교수님을 직접 만난 적은 없고요?"

내가 불쑥 묻는다.

"네? 아니요. 그냥 컴퓨터로 하는 질문에 답하기만 했는데요."

사람들이 서로 부르고 수다 떠는 소리, 분실물을 찾아가라며 스피커에서 쾅쾅 울려대는 안내 방송 때문에 주변이 시끄러워 에이미의 말이 또렷하게 들리지 않는다.

"저기, 지금 체크인 해야 돼요. 여기 완전히 난리예요."

나는 계속 밀어붙인다.

"62번가에 있는 교수님 사무실에 가본 적 없어요? 다른 참여자들은요?"

"저도 몰라요. 가본 사람도 있겠죠. 얼마나 멋질까요? 엄청 세련됐겠죠."

물어보고 싶은 게 더 있지만 에이미를 계속 붙잡아둘 수는 없다.

"부탁 하나만 해도 될까요? 좀 더 생각해보고 뭔가 이상한 게 떠오르면 연락 좀 줄래요?"

"그러죠."

에이미는 이렇게 답하지만 왠지 건성으로 들린다. 내 부탁을 제대로 알아듣기나 했을까.

전화를 끊고 나니 답답했던 속이 조금 풀리는 느낌이다.

적어도 가장 중요한 사실은 알아냈다. 실즈 박사는 프로다. 그저 그런 교수가 아니라 매우 존경받는 교수다. 이런 위치에 있는 사람이 미심쩍은 일을 벌일 리 없다.

내가 왜 그리 신경을 곤두세웠는지 모를 일이다. 배고프고 피곤하고, 거기다 가족 문제로 느껴온 스트레스가 또 고개를 드는 것 같다. 아버지의 마지막 근무일은 11월 30일이었고, 퇴직금은 넉 달 치 월급이다. 필리스*가 첫 경기를 치를 때쯤 그 돈은 동날 것이다.

---

* 필라델피아를 연고지로 한 미국 메이저리그의 프로야구 팀.

나는 녹초가 된 몸으로 모퉁이를 돌아 우리 동네로 들어간다. 머릿속은 빙글빙글 돌고, 몸은 무거운 동시에 계속 들썩이는 느낌이다.

라운지를 지나면서 커다란 유리창 너머를 본다. 음악 소리가 희미하게 들려오고, 한 무리의 남자들이 당구를 치고 있다.

나는 어느새 노아를 찾고 있다.

노아의 명함을 찾아서 꺼낸다. 크게 고민하지 않고 그에게 문자 메시지를 보낸다.

'저기, 라운지를 지나다가 당신 생각이 나서요. 아침 만들어주겠다는 약속 아직 유효해요?'

곧바로 답신이 오지 않아서 나는 계속 걷는다.

다른 바에 가볼까. 애틀라스가 가까운데, 그곳은 평일이라도 이 시간엔 보통 꽉 들어차 있다. 혼자 들어가서 스탠드바에 앉아 술을 주문한 다음 건수가 생기나 보는 거야. 전에는 스트레스가 심해 탈출구가 필요하면 그렇게 했다.

스파를 즐길 형편도 안 되고 마약도 안 하는 나는 이런 식으로 탈출구를 찾는다. 자주 그러는 건 아니다. 하지만 지난번 섹스 파트너가 몇 명이었느냐 하는 의사의 질문에 나는 거짓말을 했다. 에이미처럼.

애틀라스에 점점 더 가까워진다. 쿵쿵 울리는 음악 소리가 들리고 바 근처에 잔뜩 몰린 사람들이 보인다.

그때, 실즈 박사의 사무실에서 러브시트에 앉아 이날 밤을 설명하고 있는 내 모습이 그려진다. 내가 가끔 이런다는 걸 그녀도 알고 있다. 컴퓨터 설문조사 때 쓴 적 있으니까. 하지만 남자와 즐긴 얘기를 그녀 앞에서 시시콜콜 늘어놓자면 곤욕스러울 것이다. 실즈 박사는 결혼 전에도 하룻밤 섹스 같은 건 한 번도 안 해봤겠지. 보나마나 뻔하다.

실즈 박사는 내게서 뭔가 특별한 걸 본 모양인데, 나는 나 자신이 그렇게 느껴진 적이 별로 없다.

그래서 나는 계속 걷는다.

그녀를 실망시키고 싶지 않다.

# 16

**12월 5일 수요일**

타인의 선택을 평가하기란 쉽습니다. 프루트 룹스 시리얼과 더블 스터프 오레오 쿠키를 쇼핑카트에 한가득 싣고서 아이에게 꽥꽥 고함을 질러대는 어머니. 값비싼 컨버터블을 몰면서 더 느린 자동차의 진로를 방해하는 운전자. 조용한 커피숍에서 휴대전화로 시끄럽게 수다를 떠는 여자. 바람피우는 남편…… 그리고 그를 되찾으려는 아내.

하지만 그 남편이 아내와 화해하려 갖은 애를 쓰고 있다면요? 한 번의 실수였고 다시는 외도하지 않겠다고 맹세한다면?

그리고 아내는 남편 없는 인생을 상상조차 할 수 없다면?

사랑 문제에서는 똑똑한 사람이 주도권을 잡지 못해요.

토머스는 온갖 방법으로 내 마음을 사로잡았죠. 우리의 결혼반지에 새겨 넣기로 한 글귀, 정전이 일어났을 때 이루어진 우리의 첫 만남을 기리는 그 글귀는 말로 표현하기 힘든 감정을 최대한 가깝게 담

130

아냈어요.

'그대는 나의 진정한 빛.'

그가 나간 후로 집 안 구석구석에서 그의 빈자리가 느껴지더군요. 그가 소파에 대자로 누워 옆 바닥에 신문의 스포츠 면을 흩뜨려놓던 거실. 아침에 바로 커피를 마실 수 있도록 그가 밤마다 커피메이커의 작동 시간을 설정해두던 주방. 밤마다 그의 따뜻한 몸이 냉기를 없애 주던 침실.

최악의 배신으로 결혼이 깨지면 몸이 먼저 반응을 보이죠. 불면증. 식욕 부진. 심장박동만큼이나 끈질기게 계속되는 고민. 남편은 그 여자에게 왜 끌렸을까?

사랑했던 남자가 의심할 만한 빌미를 제공한다면, 그를 또 믿을 수 있을까?

오늘 저녁, 토머스는 직장에 갑자기 급한 일이 생겨 같이 저녁을 먹을 수 없겠다고 했어요.

그 역시 심리치료사니까 내담자가 급성 공황발작을 일으키거나 회복 중인 알코올 중독자가 통제 불능의 충동에 빠져 자기 파괴적인 행동을 할 수도 있겠죠.

토머스는 환자들에게 신경을 많이 쓴답니다. 대부분은 그의 휴대전화로 연락하기까지 해요.

하지만 그의 목소리가 지나치게 허둥거리는 것처럼 들리던데.

지극히 평범한 해명에도 의심이 드는군요. 이것이 불륜의 여파랍니다.

많은 여자가 고민거리를 친구와 의논하죠. 어떤 여자들은 고소를 하고 대립적 상황으로 끌고 가요. 모두 부적절한 방향은 아니에요.

하지만 그런다고 진실이 밝혀지지는 않죠.

게다가 남편의 확언에도 의심을 버리지 못하고 계속 감시한 아내에게 법의 심판이 내려질지 누가 아나요.

불안감이나 직감이 의심을 부추기고 있는지 판단해줄 수 있는 것은 오로지 임상 증거뿐입니다.

이 경우에는 사실을 확인하기가 아주 쉬워요. 택시를 타고 25분간 달려가 토머스가 리버사이드 드라이브에서 다른 세 명의 의사들과 함께 쓰고 있는 사무실로 가보기만 하면 되니까요.

현재 시각 오후 6시 7분. 그의 두카티 오토바이가 사무실 앞에 없다면, 그가 댄 핑계는 거짓이 되는 거죠.

불안감의 대표적 증상에는 발한, 혈압 상승, 좌불안석 등이 있어요. 하지만 누구나 그런 건 아니랍니다. 극소수의 사람은 정반대의 증상을 보여요. 몸이 진정되고 집중력이 높아지며 손발이 차가워지죠.

나는 택시기사에게 온도를 조금 높여달라고 부탁합니다.

한 블록 떨어진 이곳에서는 오토바이가 있는지 없는지 확실히 알 수 없네요. 온라인 식료품점 트럭 한 대가 좁은 거리를 막고 서 있어서 택시가 앞으로 가지를 못하고 있어요. 택시에서 내려 걸어가는 편이 더 빠르겠어요.

사무실에 사람이 있다는 걸 알고 나니 안도감이 밀려드네요. 1층 창들에 쳐진 블라인드 살들 사이로 불빛이 환하게 뿜어져 나오고 있어요. 그의 오토바이는 평소와 똑같은 자리에 세워져 있군요.

토머스는 자기가 말한 바로 그곳에 있어요.

의심이 사라지네요, 지금 당장은.

여기서 더 나갈 필요는 없어요. 그는 바빠요. 게다가 그에게 이 방문을 알려봐야 좋을 게 없죠.

반대 방향에서 한 여자가 이쪽으로 다가오네요. 바람에 펄럭이는 긴 베이지 코트에 청바지를 입고서.

그녀가 토머스의 사무실이 있는 건물 앞에 멈춰 섭니다. 업무시간에는 경비원이 방문객의 서명을 받고 들여보내주죠. 하지만 경비원은 오후 6시에 퇴근해요. 이 시간에는 버저를 누르고 허락을 받아야 들어갈 수 있어요.

여자는 30대 초반 정도로 보이는군요. 멀리서 봐도 객관적으로 아름다운 외모예요. 그녀에게선 어떠한 위험한 증세도 느껴지지 않아요. 오히려 느긋해 보일 뿐이죠.

그녀는 토머스를 유혹해 한눈팔게 한 그 여자가 아니에요. 그 여자가 다시 위협이 될 일은 없을 겁니다.

코트를 펄럭이며 여자가 건물 안으로 사라집니다. 잠시 후 살짝 열려 있던 블라인드가 탁 닫혀요. 가로등 불빛 때문에 눈이 부셨나 봐요. 아니면 다른 이유가 있을지도 모르고.

'한 번 바람피운 남자는 또 바람피우게 되어 있으니까요.'

이렇게 경고해준 사람은 바로 당신이었어요, 제시카.

어떤 아내들은 문을 열고 들어가 더 자세히 보려 하겠죠. 어떤 아내들은 여자가 얼마나 오래 사무실에 머무는지, 문제의 두 당사자가 건물에서 함께 나오는지 보려고 기다릴 겁니다. 몇몇은 패배감을 느끼며 떠날 테고.

아내들이 일반적으로 보이는 반응들이죠.

아니면 훨씬 더 교묘한 조치를 취할 수도 있어요.

장기 전략에서는 지켜보며 결정적 순간을 기다리는 것이 가장 중요해요. 확실한 증거를 잡기 전에 무작정 쳐들어가 싸움을 거는 건 충동적 짓이죠.

그리고 가끔은 경고 사격 한 방으로, 결정적 무력시위 한 번으로 전쟁을 피할 수도 있답니다.

# 17

고객의 피부를 보면 어떤 인생을 살고 있는지 보일 때가 많다.

60대 여자가 문을 열어주자 단서들이 눈에 띈다. 웃어서 생긴 눈가 주름이 많고, 얼굴을 찡그려서 생긴 주름은 훨씬 적다. 창백한 안색에 주근깨와 기미가 나 있고, 푸른 눈동자가 밝게 빛난다.

자신을 셜리 그레이엄이라고 소개한 여자는 실즈 박사에게 돌려주려고 가져온 숄과 내 코트를 받아 복도의 작은 벽장 안에 걸어둔다.

나는 그녀를 따라 주방으로 들어가 메이크업 케이스를 내려놓은 다음, 손을 살살 구부렸다 펴며 긴장을 풀어준다. 오후 3시 55분, 그레이엄 씨는 오늘의 마지막 고객이다. 이 일이 끝나자마자 실즈 박사를 보러 갈 것이다.

나는 박사에게 왜 나의 사적인 정보가 필요한지 물어보기로 결심했다. 아주 합당한 질문이다. 지금까지 왜 말을 못 꺼냈는지 모르겠다.

'시작하기 전에 질문 하나만 해도 될까요?'

이렇게 질문하기로 마음먹었다.

"차 좀 드릴까요?"

그레이엄 씨가 묻는다.

"아, 아니요. 고맙지만 괜찮습니다."

그레이엄 씨는 실망한 표정을 짓는다.

"힘든 일도 아닌데요. 난 매일 4시에 차를 마시거든요."

지하철이 연착하지 않는다면 실즈 박사의 사무실까지 30분 걸리고, 나는 5시 반까지 거기 가야 한다. 망설여진다.

"그러세요? 그럼 한잔 마실게요."

그레이엄 씨가 로열 댄스크 버터 쿠키의 파란 양철 깡통을 열고 작은 도자기 접시에 쿠키들을 담는 사이 나는 집에서 가장 빛이 좋은 곳을 찾아다닌다.

"오늘 밤 무슨 좋은 일 있으세요?"

나는 거실의 닳아빠진 양탄자를 밟고는 딱 하나 있는 창을 덮고 있는 레이스 달린 얇은 커튼을 옆으로 걷는다. 하지만 이웃 아파트의 벽돌 벽이 햇빛을 가로막고 있다.

"밖에서 저녁 먹을 거예요. 결혼기념일이거든요. 42주년."

"42주년이라, 멋진데요."

나는 주방과 나머지 생활공간을 분리해주는 작은 조리대로 돌아간다.

"전문가한테 화장을 받아본 적이 한 번도 없는데, 이 쿠폰이 있기에 한번 받아볼까 했죠."

그레이엄 씨가 데이지 모양의 자석으로 냉장고에 붙여놨던 종이 쪼가리를 떼어내어 내게 건넨다. 두 달 전에 기한이 끝난 쿠폰이지만 나는 모른 척한다. 상사가 이 쿠폰을 받아주기를. 그렇지 않으면 내가 대신 비용을 물어야 한다.

주전자가 삐익 울어대자 그레이엄 씨가 김이 모락모락 나는 물을 자기로 된 찻주전자에 부은 다음 립톤 티백 두 개를 담근다.

"여기서 차 마시면서 바로 작업 들어갈까요?"

나는 조리대 앞에 놓여 있는 등 높은 의자 두 개를 가리키며 묻는다. 내 메이크업 도구들을 다 늘어놓기에 빠듯한 공간이지만 천장에 달린 등의 불빛이 환하다.

"아, 급한가 보죠?"

그레이엄 씨는 이렇게 물으며 찻주전자에 보온용 누비 덮개를 씌워 조리대에 내려놓는다.

"아니, 아니에요. 시간 많아요."

나는 반사적으로 대답한다.

그레이엄 씨가 냉장고로 가서 우유와 섞은 크림을 한 통 꺼낸 다음 작은 자기 병을 가져와 거기로 크림을 옮겨 담자 그렇게 대답한 것이 후회된다. 그녀가 찻잔과 찻주전자, 크림과 설탕을 쟁반에 담는 동안 나는 전자레인지 위에 있는 시계를 힐끔 훔쳐본다. 4시 12분.

"이제 시작할까요?"

나는 그레이엄 씨에게 의자를 빼주고 앉을 자리를 탁탁 친다. 그런 다음 케이스를 열어 그레이엄 씨의 피부에 잘 맞을 유분기 많은 파운데이션을 몇 병 고른다. 내 손등에 파운데이션 두 가지를 섞으면서 보니 내 버건디 매니큐어가 조금 벗겨져 있다.

내가 미처 작업을 시작하기도 전에 그레이엄 씨가 허리를 굽혀 내 케이스를 들여다본다.

"어머나, 무슨 마술 가방 같아요!" 그녀가 달걀 모양의 스펀지를 가리킨다. "이건 뭐예요?"

"파운데이션 섞을 때 쓰는 거예요."

작업을 계속 진행하고 싶어 손가락이 근질거린다. 고개를 돌려 주방 시계를 보고 싶은 마음이 굴뚝같지만 꾹 참는다.

"제가 보여드릴게요."

눈에 세 가지 섀도를 쓰지 않고 푸른 눈동자를 돋보이게 해줄 연갈색 하나만 바르면 제시간에 끝낼 수 있다. 그래도 결과는 좋을 테고, 편법을 쓴 티는 나지도 않을 것이다.

그녀의 눈 밑에 마지막 남은 컨실러를 펴 바르고 있는데, 내 팔꿈치에서 조금 떨어져 있는 전화기가 울린다. 그레이엄 씨가 자리에서 일어난다.

"잠깐만요. 내가 다시 전화하겠다고 말해야겠네요."

그냥 빙긋 웃으며 고개를 끄덕이는 수밖에.

지하철 대신 택시를 타고 가야 할까 보다. 하지만 한창 혼잡한 시간대라 오히려 택시가 더 오래 걸릴지도 모른다.

나는 내 휴대전화를 힐끔 본다. 4시 28분. 그리고 문자 메시지가 두 개 와 있다. 하나는 노아가 보낸 메시지다.

'어젯밤에 못 만나서 아쉽네요. 토요일은 어때요?'

"잘하고 있다니까. 착한 아가씨가 와서 같이 차 마시고 있어."

그레이엄 씨가 수화기에 대고 말하고 있다. 나는 얼른 문자를 입력한다.

'좋아요.'

두 번째는 실즈 박사로부터 온 것이다.

'만나기 전에 전화 좀 줄래요?'

"알았어, 애. 끝나자마자 꼭 전화할게."

그레이엄 씨가 말한다. 하지만 말투를 보아하니 대화를 끝낼 생각이 전혀 없는 듯하다.

방은 지나치게 따뜻하고 내 겨드랑이는 땀으로 축축하다. 나는 아무것도 들지 않은 손으로 얼굴을 부치며 속으로 생각한다.

'제발 좀 끊어요!'

"그래, 아까 다녀왔어."

그레이엄 씨가 말한다.

실즈 박사에게 지금 전화해야 할까? 일하는 중이라고 짧은 문자라도 보내야 하나? 아직 결정을 못 내리고 있는데 그레이엄 씨가 마침내 전화를 끊고 의자로 돌아온다.

"딸아이요." 그녀가 말한다. "지금 오하이오 주에 살거든요. 클리블랜드. 아주 좋은 곳이죠. 남편 일 때문에 2년 전에 이사 갔어요. 아들인 첫째는 뉴저지에 산답니다."

"멋지네요."

나는 적갈색의 아이라이너를 집어 든다. 그레이엄 씨가 찻잔을 들고 후후 불어 한 모금 홀짝이고, 나는 아이라이너를 조금 더 꽉 쥔다.

"쿠키 좀 들어요." 그녀는 나와 함께 무슨 음모라도 꾸미는 것처럼 어깨를 구부리며 말한다. "속에 젤리 들은 게 제일 맛있어요."

"메이크업부터 빨리 끝내고요." 의도했던 것보다 더 날카로운 목소리가 나온다. "바로 약속이 있는데 늦으면 안 되거든요."

그레이엄 씨가 어두워진 표정으로 찻잔을 내려놓는다.

"미안해요. 나 때문에 늦으면 안 되죠."

내가 이 딜레마를 어떻게 해결해야 할지 실즈 박사라면 알까? 중요한 약속에 늦을 것인가, 아니면 상냥한 할머니에게 상처를 줄 것인가.

나는 버터 쿠키, 분홍색과 흰색의 작은 자기 병과 거기에 어울리는 설탕 그릇, 갓 끓인 차에 씌워진 누비 덮개를 바라본다. 이제까지 대부분의 고객이 내게 권한 건 고작해야 물 한 잔이었다.

친절이 정답이다. 나는 오답을 골랐다.

다시 기분 좋게 얘기를 주고받으면서 손주들에 대해 물으며 그녀 뺨에 장밋빛 크림 블러셔를 두드리지만, 그녀의 기분은 가라앉아 있다. 내가 아무리 노력해도 그녀의 눈빛이 처음처럼 밝아지지 않는다.

다 끝내고 나서 그녀에게 근사하다고 말한다.

"가서 거울 보세요."

내가 이렇게 말하자 그녀가 욕실로 향한다.

실즈 박사에게 얼른 연락하려고 휴대전화를 꺼내는데 그녀가 보낸 또 다른 메시지가 보인다.

'오기 전에 이 메시지를 봤으면 좋겠네요. 내 사무실로 오는 길에 물건 하나만 좀 찾아다 주세요. 내 이름으로 된 거예요.'

그리고 미드타운의 한 주소가 적혀 있다. 가게인지 사무실인지 은행인지 알 길이 없다. 10분이면 끝날 일이지만, 내게는 그 시간도 아깝다.

'그럴게요'라고 나는 답장을 보낸다.

"정말 솜씨가 좋군요!"

그레이엄 씨가 큰 소리로 말한다.

내가 찻잔들을 싱크대로 가져가려는데 그녀가 돌아와 손사래를 친다.

"아, 내가 치울게요. 어서 가봐요."

그녀에게 짜증 낸 것이 여전히 꺼림칙하지만, 남편과 아들과 딸이 챙겨줄 테니 괜찮겠지. 나는 화장품과 도구들을 찬찬히 정리하기보다는 메이크업 케이스로 집어던지며 짐을 챙긴다.

그레이엄 씨의 전화가 또 울린다.

"편하게 받으세요." 내가 말한다. "다 끝났어요."

"아, 아니에요. 배웅해줄게요."

그녀가 벽장문을 열고 내게 재킷을 건넨다.

"저녁 즐겁게 보내세요!" 나는 재킷을 입으며 말한다. "결혼기념일 축하드려요."

그녀가 뭐라고 답하기도 전에 전화기의 구식 자동 응답기에서 흘러나오는 어떤 남자의 목소리가 집 안에 쩌렁쩌렁 울린다.

"저예요, 엄마. 어디 계세요? 피오나랑 지금 출발한다고 알려드리려고요. 아마 한 시간쯤 걸릴 거예요……."

남자의 말투가 왠지 이상해 나는 그레이엄 씨를 유심히 쳐다본다. 하지만 그녀는 내 눈길을 피하려는 듯 시선을 떨구고 있다. 아들의 목소리가 더 거칠어진다.

"괜찮으신 거죠?"

벽장문이 아직도 살짝 열려 있다. 내 눈길이 그 안으로 향하지만 뭐가 없을지는 이미 알고 있다. 내가 오해했다는 걸 아들의 말투로 알았다.

그레이엄 씨는 아마도 오늘 저녁 남편과 저녁을 먹으러 나가지 않을 것이다.

아까 다녀왔어, 라고 그녀는 딸에게 말했다. 어디를 다녀왔는지 알 것 같다. 남편과 거의 42년을 함께한 추억에 젖은 채 꽃다발을 내려놓는 그녀의 모습이 눈에 보이는 것 같다.

벽장 한쪽에 외투 세 벌이 걸려 있다. 레인코트와 가벼운 재킷 그리고 더 묵직한 재킷. 모두 여자 옷이다. 벽장의 나머지 반쪽은 허전하게 텅 비어 있다.

# 18

**12월 6일 목요일**

안에 뭐가 들었는지 보고 싶은데 참고 있죠?

당신은 몇 분 전에 물건을 찾았습니다. 포장만 봐서는 내용물을 전혀 알 수 없어요. 손잡이 끈이 달려 있고 로고가 없는 평범한 모양의 튼튼한 흰색 쇼핑백에는 내용물을 보호하기 위한 박엽지가 가득 채워져 있죠.

당신은 작은 아파트 건물에 사는 어느 젊은 남자로부터 포장된 물건을 받았어요. 물건을 건네주는 남자를 당신은 보는 둥 마는 둥 했을 거예요. 그는 과묵한 사람이에요. 당신이 서명할 건 아무것도 없었습니다. 물건 값은 치러졌고, 영수증은 구매자에게 이메일로 보내졌거든요.

6번 애비뉴를 성큼성큼 걸으며, 당신은 쇼핑백 안을 들여다본다고 해도 몰래 엿보는 건 아니라고 합리화하고 있을지도 몰라요. 뜯어낼 봉인도 떼어낼 테이프도 없으니까. 다음 모퉁이에 멈춰 서서 신호가 바뀌기를 기다리는 동안 박엽지 몇 겹만 벗겨내면 내용물이 언뜻 보일 거예요. 아무도 모를 거야, 이렇게 속으로 중얼거리고 있을지도 모르죠.

쇼핑백은 무겁지만 불편할 정도는 아니에요.

천성적으로 호기심이 많은 당신은 모험을 피하기도 하고 열렬히 반기기도 하지요. 오늘은 어느 쪽이 이길까요?

당신은 이 안의 내용물을 봐야 할 거예요. 그렇다 해도 어디까지나 이 사무실에서 내가 정하는 조건에 따라서죠.

당신은 지금의 이 세션들이 기초를 쌓는 시간이라고 알고 있지만, 그게 전부가 아니랍니다.

가끔은 너무 작고 조용해서 시험이란 걸 알아챌 수도 없는 것이 있지요.

가끔은 따뜻하고 든든해 보이는 관계에 위험이 도사리고 있기도 해요.

때로는 당신을 구슬려 비밀을 낱낱이 뽑아내는 심리치료사가 가장 큰 비밀을 쥐고 있기도 한답니다.


당신은 약속 시간보다 4분 늦게 사무실에 도착합니다. 숨이 차는데도 짧고 얕게 호흡하며 숨기려 애쓰는군요. 위로 틀어 올린 머리에서 머리카락 한 타래가 풀려 나와 있고, 수수한 블랙 상의에 블랙 진을 입고 있네요. 이렇게 지루하기 그지없는 차림새라니, 상당히 실망스럽군요.

"안녕하세요, 실즈 박사님." 당신이 말합니다. "늦어서 죄송해요. 박사님이 문자 보내셨을 때 일하는 중이었거든요."

당신은 큼직한 메이크업 케이스를 내려놓고 쇼핑백을 들어 올립니다. 뭐가 켕기거나 무언가를 회피하려는 표정은 아니군요. 특이한 부탁을 받고도 지금까지는 흠잡을 데 없이 잘 대처했어요.

당신은 내 요청을 곧바로 승낙했습니다. 아무 질문도 없이, 사전 통보를 받지 않았는데도 당장에 달려가 임무를 완수해냈어요.

자, 이제 마지막 부분으로 넘어가죠.

"안에 뭐가 들었는지 궁금해요?"

비난의 기색이라고는 눈곱만큼도 없는 가벼운 질문입니다. 당신은 살짝 웃고 답합니다.

"네, 책 두어 권 아닌가요?"

여과 없이 자연스러운 반응이군요. 당신은 내 눈을 피하지 않아요. 은반지를 만지작거리지도 않아요. 어떤 단서도 보여주지 않아요.

당신은 호기심을 억눌렀어요. 계속 당신의 충성심을 증명해주고 있군요.

이제 당신이 열두 블록을 걸어오면서 내내 궁금해했을 문제에 답해줄 겁니다.

나는 쇼핑백에서 매 조각상을 조심스레 꺼냅니다. 금박 부스러기들이 들어간 무라노 유리 공예품이죠. 매의 머리가 차갑고 매끄럽군요.

"와."

당신이 소리냅니다.

"남편에게 줄 선물이에요. 자, 만져봐요."

선뜻 손대지 못하는군요. 당신은 이마에 주름이 잡히도록 얼굴을 찌푸립니다.

"보기보다 튼튼해요."

내가 당신을 안심시켜줍니다. 당신은 손가락 끝으로 유리를 훑어

내립니다. 매는 날개를 파닥이며 날아갈 것만 같죠. 소용돌이치듯 역동적인 긴장감을 구현한 작품이랍니다.

"매는 그이가 좋아하는 새예요. 시력이 대단히 뛰어나서 초원에서 풀이 조금만 움직여도 먹잇감을 찾아낸다는군요."

"남편 분이 분명 좋아하실 거예요." 당신은 망설이다가 덧붙여 말합니다. "결혼하신 줄 몰랐어요."

내가 곧바로 답하지 않으니 당신의 뺨이 붉어집니다.

"항상 왼손으로 메모하시고, 전에는 결혼반지를 한 번도 보지 못해서요."

"아. 관찰력이 아주 좋네요. 반지 알이 떨어져서 고쳐야 했거든요."

사실이 아니지만, 철저한 정직을 약속한 사람은 내가 아니라 당신이니까요.

반지는 토머스가 외도를 고백한 후에 뺐어요. 여러 가지 이유로 다시 꼈죠.

나는 매를 쇼핑백에 도로 집어넣고 다시 박엽지로 그 주위를 덮습니다. 이 쇼핑백은 토머스가 몇 달 전 들어간 새 임대 아파트로 오늘 밤 직접 배달될 거예요.

특별한 날은 아니에요. 적어도 그가 알기로는 아니죠. 그는 뜻밖의 선물을 받게 될 겁니다.

가끔은 절묘한 선물 하나가 유용한 경고 사격의 도구가 되기도 하죠.

# 19

**12월 6일 목요일**

실즈 박사가 매 조각상을 쇼핑백에 도로 집어넣고 오늘 내가 할 일은 이게 전부라고 말하자 나는 얼어붙는다. 너무 당황해서 내가 뭐라고 질문하려 했었는지 정확한 표현이 기억나지 않지만 어쨌든 뛰어들고 본다.

"아, 혹시⋯⋯." 나는 말을 시작한다. 목소리가 평소보다 조금 더 높게 나온다. "제가 박사님께 말씀드리는 내용이 논문에 들어가는 건가요? 아니면⋯⋯."

내가 말을 잇기도 전에 그녀가 끼어든다. 이런 적은 처음이다.

"당신이 해준 모든 얘기는 절대 밖으로 새나가는 일 없을 거예요, 제시카. 나는 무슨 일이 있어도 내담자의 파일을 공개하지 않아요."

그러고는 내게 걱정하지 말라고, 오늘도 지금까지와 똑같은 금액을 받게 될 거라고 말한다.

145

그녀가 고개를 숙여 쇼핑백을 다시 바라보자 이제 그만 가라는 뜻으로 느껴진다. 나는 그저 이렇게 말한다.

"네…… 고맙습니다."

그런 다음 발이 푹푹 빠지는 섬세한 무늬의 카펫을 가로질러 문을 닫고 나오기 전 마지막으로 한 번 그녀를 돌아본다. 그녀 뒤에 있는 창으로 은은한 햇빛이 들어와 마치 그녀의 머리카락에 불이 붙은 듯하다. 붉은 기 도는 파란색 터틀넥 스웨터와 실크 치마가 그녀의 길쭉하고 나긋나긋한 몸을 스쳐 지나가는 것 같다. 그녀는 아무 미동도 없이 가만히 앉아 있다. 이 광경에 숨이 턱 막힐 것만 같다.

건물에서 나가 지하철역으로 걸어가며 나는 생각에 잠긴다. 실즈 박사의 손가락에 없던 결혼반지, 프랑스 식당에서 비어 있던 그녀의 맞은편 의자, 그리고 눈물을 닦아내는 듯하던 동작. 나는 이 몇 가지 단서들을 조합한 뒤 억측을 했다. 그녀의 남편이 죽은 건 아닐까 하고. 마치 신호를 잘못 읽고 그레이엄 씨의 남편이 살아 있다고 추측했던 것처럼.

지하철역 계단을 내려가 플랫폼에서 기다리는 동안, 주변 남자들을 힐끔거리며 실즈 박사가 결혼했을 법한 남자의 이미지를 머릿속에 그려본다. 박사처럼 큰 키에 몸매가 좋을까? 어쩌면 두세 살 연상에 숱진 금발, 미소를 지으면 눈초리가 주름지는 눈을 가지고 있을지도. 여전히 소년 같은 매력이 남아 있지만, 실즈 박사처럼 다시 돌아보게 만들지는 않는 남자.

동부 지역에서 자라 명문 기숙학교에 다녔겠지. 아마도 엑시터, 그다음엔 예일대. 거기서 둘이 만났을지도 모른다. 그는 요트도 잘 몰고 골프도 잘 치지만 속물은 아니다.

실즈 박사라면 자기보다 사교적인 사람을 선택하지 않았을까. 남편은 그녀의 내성적이고 조용한 성격을 상쇄해주고, 그녀는 남편이 맥주를 조금 과하게 마신 뒤 친구들과 포커 게임을 하며 시끄럽게 굴기 시작하면 고삐를 당겨주고.

오늘이 남편의 생일일까? 아니면 서로에게 정성 어린 깜짝 선물 해주기를 좋아하는 낭만적인 부부일까?

물론 내가 또 완전히 잘못 짚었을 수도 있다.

지하철이 끽 소리를 내며 멈춰 서자 퍼뜩 그런 생각이 든다. 내가 실즈 박사의 남편보다 훨씬 더 중요한 뭔가를 잘못 짚은 거라면?

간단한 심부름 한 번에 300달러라니 도무지 말이 안 된다. 단순한 심부름이었을 리 없다.

"윤리 및 도덕성에 대한 학문적 연구를 실생활 탐구로 발전시킬 계획이에요."

처음 만났을 때 실즈 박사는 이렇게 말했다.

만약 그 심부름이 나의 첫 시험이었다면? 실즈 박사가 평소와 똑같은 금액을 주겠다고 했을 때 거절했어야 하나.

주위 사람들이 지하철 칸으로 우르르 몰려 들어가자 나도 그 물결에 휩쓸린다. 마지막으로 올라타니 문이 닫히며 내 등을 살짝 스친다.

갑자기 목이 단단히 죄어드는 느낌이 든다. 실즈 박사가 준 숄의 끝자락이 문 사이에 끼어 있다. 나는 손을 목으로 획 올리고 캑캑거리며 천을 잡아당긴다. 그때 문이 덜커덩 다시 열리고 나는 숄을 얼른 빼낸다.

"괜찮아요?"

맞은편에 서 있던 여자가 묻는다. 나는 고개를 끄덕이며 헐떡인다. 심장이 쿵쿵거린다.

나는 목에 감긴 숄을 푼다. 그러고 보니 깜박 잊고 숄을 돌려주지 않았다.

지하철에 속도가 붙고 플랫폼에 있는 얼굴들이 흐릿해지더니 어두운 터널 속으로 돌진한다.

어쩌면 사례금이 아니라 숄이 시험이었을지도 모른다. 내가 숄을 계속 가지고 있는지 보고 싶었을지도.

아니면 도덕성 시험은 더 거슬러 올라가 매니큐어에서 시작됐는지도 모른다. 이 모든 선물은 내 반응을 보기 위한 용의주도한 계획이 아니었을까.

갑자기 가슴이 철렁 내려앉으며 한 가지 사실이 떠오른다. 실즈 박사는 다음 번 약속 시간을 정하지 않았다.

갑자기 아득해진다. 나는 박사의 시험에 합격하지 못했고, 이제 그녀는 나를 원하지 않는다.

실즈 박사는 정말로 내게 관심 있는 것처럼 보였다. 추수감사절에 문자 메시지를 보내기까지 했으니까. 하지만 오늘 일을 겪고는 실수였다고 여길지도 모른다.

나는 전화기를 꺼내 엄지손가락으로 메시지를 입력하기 시작한다.

'안녕하세요!'

얼른 백스페이스키를 누른다. 너무 허물없는 인사처럼 들린다.

'실즈 박사님께.'

너무 딱딱하다.

단순하게 '실즈 박사님'으로 가자. 절박하게 들리면 안 된다. 노련하게 나가야 한다.

'깜박하고 숄을 안 돌려드렸어요. 다음 번에 가져갈게요. 그리고 오늘 비용은 굳이 안 주셔도 돼요. 지금까지 너무 후하게 주셨어요.' 망설이다가 덧붙인다. '방금 생각났는데 우리 다음 약속 시간 안 잡

았더라고요. 저는 일정 조절 가능하니까 언제가 좋으신지 알려만 주세요. 고맙습니다. 제스.'

전송 버튼을 누르고 나니 겁이 난다. 바로 답신이 올까 싶어 전화기를 빤히 노려본다.

하지만 오지 않는다. 기대하지 말았어야 했다. 어쨌든 나는 그녀에게 고용되어 있는 처지다. 아마도 그녀는 남편에게 줄 선물을 들고 그를 만나러 가고 있을 것이다.

어쩌면 실즈 박사는 내가 그 조각상에 좀 더 세련된 반응을 보이길 기대했을지도 모른다. 내가 한 말이라고는 "와"밖에 없다. 더 지적인 말을 생각해냈어야 하는데.

실즈 박사의 메시지를 기다리며 전화기를 계속 보고 있었는데도 어쩐 일인지 새 음성 메시지가 온 것을 바로 알아채지 못했다. 신호가 잡히지 않을 때 실즈 박사가 전화했을 거라는 생각에 얼른 음성 메시지를 띄운다.

재생 버튼을 누를 때 하필 열차가 더 깊은 지하로 들어가는 바람에 또 연결이 끊겨버린다. 내릴 역에 도착할 때까지 전화기를 손에 꼭 쥐고 있는다. 개찰구를 나는 듯이 통과하고 계단을 뛰어 올라가는 동안 메이크업 케이스가 내 옆에서 마구 흔들린다. 그러다 내 무릎을 아프게 탁 때리지만 나는 속도를 늦추지 않는다.

인도로 나가자마자 딱 멈춰 서서 음성 메시지 버튼을 다시 꾹 누른다. 실즈 박사의 교양 넘치고 또박또박한 말투와는 너무도 다른 명랑하고 젊은 목소리가 귀에 거슬린다.

"저기, 저예요. 에이미. 비행기 안에서 생각난 게 있어서요. 더 일찍 전화하려고 했는데 정신 없었어요. 어쨌든 제 친구한테 들었는데요, 실즈 박사님이 얼마 전 학교에 휴직 신청을 하셨대요. 이유는 저도

149

잘 몰라요. 독감에 걸리셨든가 했겠죠. 뭐, 도움이 됐으면 좋겠네요.
그럼 이만!"

　나는 천천히 전화기를 귀에서 떼어내고 가만히 노려보다가 버튼을
눌러 메시지를 다시 틀어본다.

# 20

**12월 6일 목요일**

불륜은 흔한 일이에요. 사회경제적 지위, 인종, 성별을 가리지 않고 벌어지죠. 전국의 상담소에 수집되는 일화적 증거들만 봐도 알 수 있어요. 부부들이 전문가의 도움을 구하는 가장 큰 이유가 바로 불륜이지요.

불륜으로 부부관계가 산산조각 나고 배신당한 쪽이 분노와 고통에 시달릴 때 제일 먼저 찾게 되는 사람은 대개 심리치료사예요. 용서가 늘 가능한 것도 아니고, 그냥 잊어버리는 건 비현실적이고. 그렇다고 불륜이 꼭 파경으로 이어질 필요는 없어요. 치료사들은 힘겨운 대화, 책임감 그리고 부부 관계를 가장 앞에 놓는 우선순위 재설정을 통해 신뢰를 다시 회복할 수 있다는 사실을 알고 있죠. 확실히 배신은 극복할 수 있어요. 쌍방의 확고한 노력뿐 아니라 시간이 필요한 일이긴 하지만요.

내담자에게 옳은 길이 빤히 보이는 것 같더라도 그런 청사진을 제시하는 건 치료사의 일이 아닙니다.

남들의 선택을 평가하기는 쉽죠. 나의 선택이라면 문제는 훨씬 더 복잡해집니다.

7년 전, 당신의 삶을 생기와 웃음으로 가득 채워주는 남자, 당신의 삶을 더없이 좋은 방향으로 완전히 바꿔버린 남자와 결혼했다고 상상해보세요. 매일 아침, 사랑의 말을 속삭여 존재하는지도 몰랐던 감정들을 불러일으키는 사람, 피난처 같은 사람의 품에서 깨어난다고 상상해보세요.

그러다가 슬슬 의심이 들기 시작한다면 어떨까요.

결혼 초기, 밤늦게 숨죽인 목소리로 통화하고 갑자기 약속을 취소하는 남편이 수상해도 그의 해명은 일리가 있었어요. 환자들은 언제나 남편의 비상 연락처로 연락할 수 있고, 가끔 쇼크 상태에 빠진 환자에게 예정에 없던 상담을 해줘야 할 때도 있다고.

신뢰는 헌신적 관계에 꼭 필요한 요소죠.

하지만 석 달 전 내 휴대전화 화면에 뜬 낭만적 문자 메시지. '오늘 밤에 봐, 예쁜이'라는 건 어떤 변명으로도 발뺌할 수 없었습니다.

토머스는 그날 밤 동성 친구들과 포커를 치고 집에 늦게 올 거라고 했어요. 문자를 잘못 보냈다는 걸 알고 곧장 실토하더군요. 자신의 죄책감과 슬픔을 토로하면서.

그날 밤으로 나는 그를 집에서 쫓아냈어요. 그는 일주일 동안 호텔에서 지내다가 사무실 근처에 있는 아파트를 빌렸지요.

하지만 그를 내 마음에서 지우는 건…… 글쎄요, 그건 훨씬 더 어렵더군요.

토머스가 집에서 나가고 몇 주 후 다시 연락을 주고받기 시작했어요. 다시는 이런 일이 없을 거라고 토머스는 맹세했죠. 딱 한 번 분별 없는 행동이었다고. 여자가 먼저 공격적으로 접근했다고.

내 질문에 그는 낱낱이 털어놨어요. 그들의 은밀한 관계를 거리낌 없이 얘기해줬지만, 범죄자들은 보통 자신의 악행을 최소화하게 마련 이죠. 나는 그 여자의 신상 정보를 확인해봤어요. 이름과 나이, 외모, 직업, 결혼 여부.

토머스는 우리 관계를 회복하고 싶어 하는 눈치더군요. 다른 남자 라면 이런 생각은 못 했을 텐데, 토머스는 보통 남자가 아니니까요.

그래서 상담 약속을 잡았죠. 힘겨운 대화가 오가고, 마침내 밤 데 이트가 재개됐어요. 회복이 시작된 거죠.

그런데 한 가지 문제가 있었어요. 그의 얘기에서 앞뒤가 안 맞는 부 분들이 있었다는 것.


불확실성을 안고 사는 건 지극히 고통스러운 일이에요.

내 연구에 한 번도 등장한 적 없는 도덕적 문제 하나가 수그러들지 않고 머릿속에 계속 맴도는군요. 사랑하는 사람의 눈을 바라보며 양 심의 가책 없이 거짓말을 할 수 있을까?

곧 새로운 관점이 끼어들어 우리가 공들여 다시 쌓아 올리고 있던 아슬아슬한 평화를 위협했어요. 만약 그 여자는 불쏘시개에 불과하 다면? 토머스가 불길이라면?

그는 입증된 그 한 번의 외도로 욕망을 불살랐을지도 몰라요.

하지만 불은 끊임없이 허기져 있죠.

당신이 내 연구에 몰래 들어온 지 얼마 안 되는 어느 날 저녁, 제시 카, 내 남편이 집에 돌아와 열쇠와 잔돈을 서랍장 위 작은 접시에 떨 어뜨리더군요. 평소 버릇대로. 동전들 사이로 작게 접힌 종이 한 장이

섞여 있었어요. 두 명분의 점심식사 영수증이었죠.

소파에서 와인을 즐기며 남편은 아내에게 하루 동안 있었던 재미없는 일들을 시시콜콜 떠들어댑니다. 짜증나는 지하철 연착, 쌍둥이를 가졌다는 걸 알게 된 접수대 직원, 블레이저코트 주머니에서 찾은 잃어버린 안경.

잃어버린 안경은 얘기하면서 쿠바 식당에서 둘이 먹은 비싼 점심 얘기는 안 하는군요.

당신이 도덕성 연구에 교묘하게 끼어들지 않았다면, 제시카, 이 질문은 절대 답을 찾지 못했을 거예요. 이 실험은 존재하지도 않았겠죠. 실험에 생명력을 불어넣은 건 바로 당신입니다.

기억은 불완전할 때도 있지요. 자기에게 중요한 문제가 무엇인가에 따라 말과 행동이 다르게 왜곡될 수 있거든요. 주도면밀한 조사를 통해서만 진실을 객관적으로 입증해낼 수 있답니다.

극단 분장사에 대한 꿈은 접었을지도 몰라도, 제시카, 전개 중인 이 연극의 다음 막에서는 당신이 주연을 맡게 될 겁니다.

다음 세션을 문의하는 당신의 문자를 보니, 마치 당신이 이 사실을 확인하면서 재촉하는 것 같군요. '때가 됐어요'라고 말이죠.

무거운 메이크업 케이스를 들고 다니며, 흐트러진 머리를 정돈하려 애쓰고 나약함을 제대로 숨기지 못하는 당신. 오늘 당신은 이 연구에 정말 진지하게 임하고 있다는 사실을 증명해 보였습니다. 당신의 문자는 당신에게 내가 얼마나 필요한지 확인해줬어요.

당신이 모르는 사실은, 우리가 서로에게 절실히 필요하다는 것이죠.


다음 단계를 준비할 시간이군요. 환경부터 제대로 만들어줘야죠. 바깥이 정돈되어 있어야 내면이 차분해지니까요. 서재의 책상, 토머스의 베갯잇에 달콤한 샴푸 향이 배어 있던 침실에서 겨우 3미터 떨어진 책상에 노트북을 놓습니다. 과도한 알코올은 정신을 탁하게 흐려놓겠지만, 몽라셰를 5센티미터 정도 따라 작업실로 가져옵니다. 이곳에는 한눈팔 거리가 거의 없어 눈앞의 과제에 집중하기 좋아요.

변칙적 계획을 세울 때는 모든 각도에서 상황을 재야 해요. 방법론을 무시하는 순간 실수가 생기는 법이거든요.

실증 연구를 진행하려면 기본 원칙을 확실히 정해놓아야 해요. 데이터의 수집과 검토. 빈틈없는 관찰. 철저한 기록 관리. 결과 해석과 결론 도출.

연구 프로젝트의 제목을 컴퓨터의 빈 화면에 입력합니다.

'외도의 유혹 : 사례 연구'

가설은 토머스는 뉘우칠 줄 모르는 불륜남이라는 것.

피험자는 단 한 명입니다. 내 남편.

변수도 단 하나입니다. 당신.

제시카, 이 시험을 꼭 통과하도록 해요. 당신을 잃으면 애석할 테니까요.

An
Anonymous
Girl

2부

당신과 나, 우리는 처음엔 서로 모르는 타인이었습니다.

지금은 아는 사람이 됐어요. 서로 잘 통하는 것 같은 느낌이 들기 시작했죠.

친숙해지면 대개 공감도와 이해도가 높아집니다.

새로운 시각으로 상대를 평가하기도 하고요.

아마도 당신은 당신이 아는 사람들의 선택을 평가해왔을 거예요. 험악한 말이 얇은 아파트 벽을 뚫고 나오도록 배우자에게 고래고래 소리를 질러대는 이웃. 고령의 부모를 돌보는 일에서 손을 떼는 동료. 치료사에게 지나치게 의존하는 내담자.

이 지인들이 곧 닥쳐올 이혼, 우울증, 까다로운 가족 등 저마다 힘겨운 문제를 껴안고 있다는 사실을 알게 되더라도 당신은 반사적으로 단칼에 자신 있게 평가를 내리죠.

이런 반응은 즉각적이지만 단순하거나 정확한 경우는 드물어요.

잠깐 멈춰 서서 당신의 평가에 영향을 주고 있을지도 모를 잠재의식적 요소들을 생각해봐요. 하루 여덟 시간의 수면을 취하고 있는지, 얼마 전 물이 넘친 욕실처럼 짜증나는 일이 있는지, 아니면 지배적인 어머니의 여파에 아직도 시달리고 있는지.

일상적 상호작용에서 말로 된 혹은 무언의 비난을 할지 말지를 정해주는 화학 공식이 있다면, 거기에는 끊임없이 변화하는 변수가 하나 포함되어 있을 겁니다.

그 불안정한 요소가 바로 당신입니다.

우리의 판단에는 다 이유가 있습니다. 우리 자신도 알아채지 못할 만큼 깊숙이 묻혀 있다고 해도 말이지요.

# 21

**12월 7일 금요일**

지난번 만남 때 내가 다 망친 건 아닌가 걱정하고 있었던 터라 마침내 실즈 박사로부터 전화가 왔을 때, 나는 벨이 울리자마자 전화기를 덥석 잡아 귀에 댔다.

그녀는 오늘 밤 시간 있느냐고 물었다. 아무 문제도 없는 것처럼. 어쩌면 그럴지도 모른다. 박사는 조각상을 가져다준 심부름 값은 필요 없고 숄을 깜박 잊고 돌려주지 않았다는 내 메시지는 언급조차 하지 않았다.

통화는 몇 분 만에 끝났다. 실즈 박사가 내게 몇 가지 사항을 지시했다.

"머리를 풀어 내리고, 세련된 메이크업을 하고, 저녁 외출에 어울리는 블랙 원피스를 입으세요. 저녁 8시까지 준비하세요."

지금은 7시 20분이다. 나는 벽장 앞에 서서 안에 꽉 들어찬 옷들을 빤히 쳐다본다. 평소에 실크처럼 매끄럽고 보드라운 장밋빛 상의와 함께 입는 차콜 스웨이드 미니스커트를 옆으로 밀어놓고 심하게 짧은 블랙 하이넥 원피스 너머로 손을 뻗는다.

나와 만나기 전 셀카를 여러 장 보내 입은 걸 봐달라고 부탁하는 경우가 많은 리지와는 달리, 나는 고객에게 어울리는 이런저런 색의 화장품을 섞는 것만큼이나 의상을 조화롭게 코디하는 데에도 자신 있다. 어떤 스타일이 나를 돋보이게 해주는지 알고 있지만, 모르긴 몰라도 실즈 박사와 내가 생각하는 저녁 외출은 아마 그 의미가 아주 다를 것이다.

가진 것 중에 가장 우아한, 목이 V자로 깊이 파인 블랙 저지 원피스를 입을까. 너무 깊이 파였나? 원피스를 몸에 대고 거울을 본다. 내 옷장에서 이것보다 나은 원피스는 없다.

실즈 박사에게 더 물어보고 싶었다. 어디 가는 건데요? 뭘 하는 건데요? 이것도 박사님이 말했던 그 시험 중 하나인가요? 하지만 박사가 내게 시간이 있느냐고 물었을 때 굉장히 집중한 듯한 전문가의 목소리였기 때문에 그럴 용기가 나지 않았다.

원피스를 입으며 세련된 스커트와 스웨터 차림의 실즈 박사를 머릿속에 그려본다. 사무실에서 링컨센터의 발레 공연장으로 직행해도 될 만큼 맵시 있고 고상한 라인의 옷들이겠지.

목선을 끌어 올려봐도 가슴골이 너무 많이 드러난다. 머리는 제멋대로 흐트러져 있고, 일하러 갈 때 꼈던 큼직한 링 귀고리는 이제 싸구려처럼 보인다.

박사가 시킨 대로 머리를 그대로 풀어둔 채 링 귀고리를 빼고 귀에 딱 붙는 큐빅 지르코니아 귀고리로 바꾼다. 그리고 속옷 서랍에서 양면 패션테이프를 찾아 V자 밑부분에서 5센티미터 위까지 쭉 붙인다.

평소에는 맨다리로 나가거나 타이츠를 신지만, 오늘 밤에는 여섯 달 넘게 서랍장에 묵혀두었던 속이 비치는 얇은 검은색 스타킹을 꺼낸다. 올이 나가 있기는 해도 허벅다리 쪽이라 원피스로 감춰진다. 올이 더 풀리지 않도록 찢어진 부분에 투명 매니큐어를 가볍게 두드린 다음, 언제 샀는지 기억도 안 나는 단순한 디자인의 검은색 펌프스를 찾아낸다.

옷장에서 얼룩무늬 벨트를 꺼내 허리에 두른다. 내가 갈 곳이 어딘지는 몰라도 그곳 분위기에 안 어울리는 것 같으면 언제든 빼서 핸드백에 넣어버리면 된다.

내가 항상 고객들에게 던지는 질문을 떠올린다. 어떤 느낌으로 해드릴까요? 내 관객이 누가 될지 전혀 모르는 상황에서 답하기 어렵다. 나는 실즈 박사의 지령에 따라 흐릿한 색의 아이섀도를 바르고 아이라이너의 색조를 낮춘다.

8시 정각인데 아직 휴대전화는 조용하다. 신호가 잡히는지 확인한 뒤 집 안 여기저기를 돌아다니며 아무 생각 없이 스웨터를 다시 개고 구두를 벽장 안에 도로 집어넣는다. 8시 17분, 실즈 박사에게 문자를 보내볼까 하다가 관두기로 한다. 성가신 사람으로 보이긴 싫다.

립글로스를 두 번째로 다시 바르고, 베키의 크리스마스 선물로 반짝이 물감과 두꺼운 종이를 온라인으로 주문한 후 8시 35분이 되자, 드디어 실즈 박사의 문자 메시지가 알림 소리와 함께 날아든다. 나는 엄마에게 선물할 셔츠를 보고 있던 의류 할인 웹사이트에서 고개를 돌린다.

'4분 안에 우버가 집 밖에 도착할 거예요.'

나는 홀짝이고 있던 샘 애덤스를 마지막으로 꿀꺽꿀꺽 들이켠 다음, 알토이즈 한 알을 입속으로 던져 넣는다.

건물에서 나가면서 자물쇠 잠기는 소리가 들릴 때까지 문을 꼭 닫는다. 검은색 현대 차 한 대가 도로변에서 공회전을 하고 있다. 나는 뒤창에 붙은 U 스티커를 확인한 후 뒷문을 연다.

"안녕하세요, 제스예요."

나는 뒷좌석으로 들어가며 말한다. 운전사는 그저 고개를 끄덕인 뒤 차를 출발시켜 서쪽으로 달린다. 나는 몸 위로 안전벨트를 당겨 아래 버클에 찰칵 끼운다.

"어디로 가는 거예요?"

나는 무심한 척 묻는다. 뒷거울로 보이는 거라곤 운전사의 갈색 눈동자와 굵은 눈썹밖에 없다.

"모르세요?"

왠지 질문처럼 들리지 않는다. 그냥 몰라도 된다는 진술 같다.

선팅된 창으로 휙휙 지나가는 도시의 야경을 지켜보다가 내가 완전히 고립되어 있다는 사실을 문득 깨닫는다. 정말이지 무력하다.

나는 말을 바꾼다.

"아, 친구가 예약해준 거라서요. 그 친구 만나러 가는 길……."

내 목소리가 차츰 잦아든다. 가슴을 답답하게 죄고 있는 안전벨트 끈 밑으로 손을 집어넣는다. 끈에 신축성이 전혀 없다.

운전사는 아무런 답도 없다. 내 심장박동이 빨라진다. 이 남자 왜 이리 이상하게 구는 거지?

운전사가 차를 오른쪽으로 꺾고, 우리는 업타운으로 향하기 시작한다.

"62번가로 가는 건가요?"

내가 묻는다. 아마도 실즈 박사가 사무실에서 나를 만날 생각인가 보다. 하지만 옷차림을 세세하게 지정해준 건 왜지?

운전사는 앞만 똑바로 쳐다보고 있다. 정신이 번쩍 든다. 나는 낯선 남자와 단둘이 갇혀 있다. 그는 어디로든 나를 데려갈 수 있다.

나는 수없이 많은 택시를 잡아타봤고, 비아와 우버도 여러 번 불러 봤다. 이렇게 불안한 느낌은 처음이다. 내 시선이 차의 뒤편, 내가 앉은 자리의 창으로 다시 휙 돌아간다. 아무도 차 안을 볼 수 없다.

나는 본능적으로 잠금장치를 확인한다. 잠긴 건지 알 수 없다. 도로가 그리 혼잡하지 않아서 차가 비교적 빨리 달리고 있다. 언젠가는 정지 신호에 걸리겠지. 그러면 문을 열고 뛰쳐나가야 할까?

나는 천천히 손을 뻗어 안전벨트 버튼을 누르다가 엄지손가락이 금속 사이에 끼이는 바람에 움찔한다. 벨트가 탁 소리를 내며 시끄럽게 제자리로 돌아가지 않도록 조심조심 벨트를 어깨에서 벗겨낸다.

이 남자가 우버 운전사라고 어떻게 장담한단 말인가. U 스티커는 마음만 먹으면 쉽게 구할 수 있을 텐데. 어쩌면 차를 빌렸을지도 모르고.

나는 그를 좀 더 유심히 살펴본다. 목이 굵고 팔뚝이 탄탄한 거구다. 운전대를 잡고 있는 그의 손이 내 손보다 두 배는 큰 것 같다.

내가 창 내리는 버튼을 만지작거리고 있는데 운전사가 "네, 알았어요"라고 말한다. 백미러로 그의 눈을 보니 그는 도로만 뚫어져라 보고 있다. 그때, 또 다른 남자의 약간 듣기 거북한 음성이 또렷이 들린다.

통화하느라 내 질문에 답하지 않은 것이란 사실을 알고 나니 답답하던 가슴이 풀린다. 그는 고의로 답을 회피하고 있는 게 아니라 내 말을 못 들은 것이다.

나는 숨을 크게 한 번 쉬고는 쓰러지듯 몸을 뒤로 기댄다. 바보같이 굴지 말자, 나는 속으로 중얼거린다. 우리는 자동차들과 행인들에 둘러싸인 채 3번 애비뉴를 가로지르고 있다.

그래도 마음이 안정되는 데 꼬박 1분이 걸린다.

나는 몸을 앞으로 기울이고 똑같은 질문을 세 번째로, 이번에는 더 큰 목소리로 던진다. 그가 어깨 너머로 힐끔 보더니 "매디슨 가와 76번 가 사이의 모퉁이"처럼 들리는 말을 한다. 하지만 라디오 소리와 엔진 소음 때문에 확실하지 않고, 운전사는 다시 통화를 위해 돌아간다.

나는 휴대전화를 꺼내 위치를 검색해본다. 업소들이 많이 나온다. 서식스 호텔, 빈스와 레베카 테일러 의류 매장들, 주거형 아파트 몇 채, 아시아 요리 퓨전 식당.

좋아. 수상한 곳은 하나도 없다. 우리의 목적지는 어딜까?

식당일 가능성이 가장 높다.

나는 실즈 박사가 이미 그곳에 자리를 잡고 앉아 나를 기다리고 있을 거라고 애써 마음을 가라앉힌다. 어쩌면 실제 시험에 대해 몇 가지 지시를 더 내릴지도 모른다.

그렇다 해도 왜 굳이 사무실 밖에서 보자는 걸까? 뭔가 다른 이유가 있을 텐데.

아주 잠깐, 내가 실즈 박사의 친구 혹은 동생이고, 더 세련된 친구 혹은 언니를 만나 해초 샐러드와 생선회를 먹으러 가는 길이라고 상상해본다. 따뜻한 사케를 마시며 비밀 얘기도 주고받고. 그렇더라도 이번에는 그동안 계속 머릿속에 들끓고 있던 질문들을 전부 다 뱉어낼 작정이다.

사이드미러로 가까이 접근해 오는 어느 자동차의 밝은 전조등이 보인다. 거의 동시에 차 운전사가 그 차선으로 방향을 틀기 시작한다.

경적이 시끄럽게 울리고 차는 끼익 브레이크 소리를 내며 얼른 되돌아온다. 나는 문에 쾅 부딪혔다가 앞으로 쏠리면서 두 손을 쭉 뻗어 조수석 등을 짚는다.

"개새끼!"라고 운전사가 고함을 지르지만, 추돌 사고가 날 뻔한 건 그의 탓이다. 통화하느라 바빠서 사각지대를 확인하지 않은 것이다.

그 후 차가 달리는 내내 나는 차창 밖을 내다본다. 행인들과 다른 차들을 열심히 구경하다가 우버가 어느 검은색 타운카* 뒤에 멈춰 섰다는 사실을 몇 초 후에야 알아챈다. 서식스 호텔 바로 앞이다.

"여기예요?"

나는 호텔 입구를 가리키며 운전사에게 묻는다. 그가 고개를 끄덕인다.

나는 인도로 내린 후 뭘 해야 할지 몰라 거리를 쭉 훑어본다. 로비 안에서 기다려야 하나?

우버 쪽으로 몸을 돌려보니 이미 가고 없다. 한 무리의 사람들이 지나가면서 그중 한 명이 내 팔과 탁 부딪친다. 나는 깜짝 놀라 휴대전화를 놓칠 뻔한다. "미안해요!"라고 남자가 큰 소리로 말한다.

주변을 두리번거리며 실즈 박사를 찾아보지만 거리에는 모르는 얼굴들뿐이다. 맨해튼에서 가장 안전한 거리에 있는데 왜 이리 불안한 거지?

몇 초 후 문자 메시지가 도착한다.

'로비 층에 있는 바로 곧장 가요. 바 가운데 있는 커다란 원형 테이블에 남자들이 앉아 있을 거예요. 그들과 가까운 스탠드바에 앉아요.'

확실히 내가 헛다리를 짚었다. 오늘 저녁 내게 무슨 일이 벌어질지 모르겠지만, 실즈 박사와의 친밀한 저녁식사가 아닌 건 확실하다.

아홉 걸음 만에 호텔 입구에 도착하니 벨보이가 문을 열어준다.

---

• 유리로 운전석과 객석을 칸막이한, 문이 4개 달린 자동차.

"어서 오십쇼, 손님."

"안녕하세요." 목소리가 소심하게 들리는 것 같아서 목청을 가다듬는다. "바는 어느 쪽이죠?"

"프런트 지나서 뒤쪽으로 쭉 가시면 됩니다."

벨보이가 답한다. 입구를 지나가는 동안 그의 시선이 내게 계속 머무는 것이 느껴진다. 우버에서 내릴 때 원피스가 조금 말려 올라간 걸 깨닫고 아랫단을 끌어 내린다.

로비는 벽난로 옆의 가죽 소파에 앉은 노부부를 빼고는 거의 비어 있다. 프런트데스크 뒤에 서 있는 안경 낀 여자가 내게 미소 지으며 "안녕하십니까"라고 말한다.

내 구두 굽이 화려한 나무 바닥을 밟는 소리가 너무 시끄럽게 또각또각 울려댄다. 걸음걸이가 너무 신경 쓰인다. 펌프스가 익숙하지 않아서만은 아니다.

마침내 바에 도착해 묵직한 나무문을 당긴다. 적절한 크기의 공간에 수십 명의 사람이 들어차 있다. 나는 눈을 가늘게 뜨고 어둑한 조명에 적응한다. 실즈 박사가 기다리고 있지 않을까 싶어 바 안을 둘러본다. 그녀는 보이지 않고, 중간쯤의 큼직한 테이블에 앉아 있는 한 무리의 남자들이 눈에 들어온다.

'그들과 가까운 스탠드바에 앉아요.'

저 남자들도 실즈 박사와 일하고 있나? 나는 가까이 다가가면서 그들을 살펴본다. 30대 후반 정도로 보인다. 하나같이 짧은 머리에 검은 정장과 빳빳한 와이셔츠 차림이라 거의 분간이 안 된다. 저들과 비슷한 분위기를 풍기는 사람들을 전에도 본 적 있다. 저들은 멋진 결혼식만큼이나 비용이 많이 드는 미츠바와 열여섯 번째 생일 파티를 고급 술집에서 열어주는 아빠들의 젊은 버전이다.

**168**

스탠드바에는 등 높은 의자 몇 개만 비어 있다. 나는 남자들로부터 2미터 정도 떨어진 의자를 택한다. 의자에 슬며시 앉으니 방금까지 누가 앉아 있었는지 허벅지에 닿는 나무가 따뜻하다. 나는 핸드백을 스탠드바 밑의 고리에 건 다음, 코트를 벗어 의자 안쪽에 둔다. "잠시만 기다려주세요"라고 바텐더가 크래프트 칵테일에 쓸 허브를 섞으며 말한다.

술을 주문해야 하나? 아니면 뭔가 다른 일이 벌어질까? 사람들이 많은 곳에 있는데도 속에서 불안감이 휘몰아친다. 실즈 박사의 사무실에 처음 갔을 때 그녀가 했던 말을 다시 떠올린다.

'무슨 상황에서든 당신 뜻대로 움직일 수 있고, 언제든 발을 뺄 수 있어요.'

나는 앉은 채로 몸을 살짝 틀어 바 안을 휙 둘러보며 단서를 찾는다. 하지만 먹고 마시며 떠들어대는 부자 손님들, 테이블 너머로 몸을 기울여 메뉴판의 한 음식을 가리키는 금발의 미녀, 좋은 체격에 이마가 살짝 넓어지기 시작했고 파란 셔츠 차림으로 휴대전화를 두드리고 있는 그녀의 데이트 상대, 그리고 술잔을 들어 건배하며 미소 짓고 있는 중년부부뿐이다.

손안에서 전화기가 부르르 떨려 흠칫 놀란다.

'긴장하지 말아요. 오늘 완벽해 보이네요. 술 한잔 주문해요.'

나는 고개를 휙 쳐든다. 박사는 어디 있는 거지?

안쪽 자리 어딘가에 앉아 있는 게 분명하지만, 어둑한 조명과 바의 다른 손님들 때문에 시야가 흐리다.

나는 집게손가락에 낀 반지들을 내내 만지작거리고 있었다. 두 손을 무릎에 내려놓은 다음, 남자들이 앉아 있는 테이블을 다시 바라본다. 실즈 박사가 나더러 왜 그들 가까이 앉으라고 했을까? 나는 다섯 명의 남자를 차례로 쭉 훑어본다. 그러다 한 남자와 눈이 마주친다. 그가 몸을 기울여 자기 친구에게 뭐라고 속삭이자 그 친구가 웃으며 고개를 돌려 나를 쳐다본다. 나는 뺨이 뜨거워지는 걸 느끼며 다시 몸을 빙 돌린다.

바텐더가 내 쪽으로 고개를 기울인다.

"주문하시겠어요?"

평소에는 맥주나 독한 술 한 잔을 마시지만 이런 곳에서는 안 될 일이다.

"레드와인 주세요."

그는 아직도 무언가를 기다리고 있다. 좀 더 구체적인 주문을 바라는 것이다. 나는 기억을 더듬다가 불쑥 말한다.

"볼네로 주세요."

며칠 전 저녁에 프랑스 식당에서 웨이터가 했던 발음과 똑같기를 바라는 수밖에.

"아쉽게도 그건 없네요." 바텐더가 말한다. "주브레는 어떠세요?"

"그거 좋겠네요. 고마워요."

바텐더가 술을 건네자 나는 손의 떨림을 감추기 위해 술잔을 더 세게 잡는다.

보통 술을 마시면 그 온기에 긴장이 풀리는데, 다시 주변을 살피는 지금 여전히 조마조마한 기분이다. 내 옆에 어떤 남자가 와 있는 느낌이 들더니 곁눈으로 그가 보인다.

"누구 기다리나 봐요." 그가 말한다. 문제의 테이블에 앉아 있던, 친구에게 뭐라고 수군대던 그 남자다. "일행이 올 때까지 옆에 있어도 될까요?"

얼른 전화기 화면을 보지만 아무 메시지도 없다.

"음, 그러세요."

내가 말한다. 그가 스탠드바에 자기 술잔을 내려놓고 내 왼쪽에 있는 의자에 앉는다.

"데이비드라고 해요."

"제시카예요."

나는 지금 실즈 박사의 세계 안에 있으니 그는 내 성과 이름 모두 알고 있겠지.

그가 스탠드바에 팔을 얹는다.

"그래요, 제시카. 어디 출신이에요?"

나는 사실대로 말한다. 딱히 지어낼 말도 없고, 반드시 솔직해야 한다는 실즈 박사의 방침도 지켜야 하니까.

하지만 별 상관없는지 데이비드는 그저 "멋지군요"라고 대답하더니, 4년 전 고액 연봉 때문에 보스턴에서 이곳으로 옮겨온 자기의 사연을 떠들어대기 시작한다. 관심 있는 척 연기하는 와중에 내 휴대전화가 가볍게 떨린다.

"잠시만요."

전화기를 들어보니 실즈 박사의 문자 메시지가 와 있다. 데이비드에게 보이지 않도록 전화기를 기울여 메시지를 읽는다.

'그 남자가 아니에요.'

나는 깜짝 놀라 눈을 깜박인다. 내가 뭘 잘못한 거지? 처음 실즈 박사의 연구에 참여해 컴퓨터로 대화를 나누던 때가 떠오른다.

그녀가 아직도 메시지를 입력하고 있다는 표시로 점 세 개가 뜬다. 박사의 다음 지령이 도착한다.

'당신 오른편 테이블에 혼자 앉아 있는 파란 셔츠의 남자를 찾아요. 가서 말을 걸어요. 그 남자가 당신한테 추근거리게 만들어봐요.'

실즈 박사는 분명 가까운 곳에 있다. 그런데 왜 내게는 그녀가 안 보이지?

"친구예요?"

데이비드가 내 휴대전화를 가리키며 묻는다.

나는 한발 앞서 생각할 시간을 벌기 위해 와인을 한 모금 마신다. 심장이 평소보다 빨리 뛰고 입이 바짝 마른다. 나는 고개를 끄덕이고 한 모금 더 홀짝이며 그의 시선을 피한다. 그런 다음 계산서를 달라고 손짓하고 지갑에서 20달러짜리 지폐 두 장을 꺼낸다.

어깨 너머로 힐끔 보니 파란 셔츠의 남자가 보인다. 무작정 그에게 걸어가 느끼한 작업 멘트를 날릴 용기가 안 난다. 술집에서 남자들이 내게 했던 말을 떠올리려 해봐도 머릿속이 텅 비어 있다.

그의 눈길을 끌어 미소 짓는 것조차 못하겠다. 그는 여전히 휴대전화를 내려다보고 있다.

데이비드가 내 팔을 건드리며 20달러 지폐들을 내려놓지 못하게 막는다.

"내가 낼게요." 그가 바텐더에게 고개를 까딱한다. "진토닉 한 잔 더." 그가 다시 자리에 앉으며 말한다.

"아뇨, 내가 낼게요."

나는 스탠드바 위로 돈을 쭉 내민다.

"실은 손님 건 이미 계산이 끝났습니다."

바텐더가 내게 말한다.

나는 칸막이가 있는 어둑한 자리들을 들여다보려 애쓰며 다시 실즈 박사를 찾아본다. 하지만 대부분은 다른 테이블에 앉은 사람들에게 막혀 보이지 않는다. 그렇더라도, 장담하건대 그녀의 뜨거운 시선이 느껴진다.

실즈 박사의 지령을 언제까지 마쳐야 하는지 알 수가 없으니 나는 억지로 몸을 일으키며 술잔과 전화기를 집어 든다. 술잔 속에서 와인이 출렁이는 걸 보니 내 손이 또 떨리고 있나 보다.

"죄송해요." 내가 말한다. "저기 아는 사람이 있네요. 가서 인사나 해야겠어요."

파란 셔츠의 남자에게도 이 전략이 제일 잘 먹히지 않을까 싶다. 알아보는 척하기. 하지만 어디서 봤다고 하지?

데이비드가 얼굴을 찌푸린다.

"좋아요. 하지만 인사하고 나서 나랑 내 친구들 있는 자리로 와요."

"그러죠."

그 남자가 이제 전화기에서 눈을 뗀다. 그는 벽에 붙은 2인용 테이블에 혼자 앉아 있다. 빈 접시가 테이블 한가운데로 밀어져 있고, 그 옆에 구겨진 냅킨이 있다.

내가 다가가자 그가 고개를 든다.

"안녕하세요!"

내 목소리가 너무 밝다. 그가 내게 고개를 끄덕인다.

"안녕하세요."

하지만 질문에 더 가깝게 들린다.

"어, 저예요, 제시카. 여기서 뭐 해요?"

나는 형편없는 연기를 수없이 봤고, 이 연기로는 아무도 속일 수 없다는 걸 알고 있다. 그는 미소를 지으면서도 이마를 찡그린다.

"만나서 반가워요…… 그런데 우리 어떻게 아는 사이죠?"

옆 테이블의 부부가 엿듣고 있는 게 느껴진다. 나는 너무 서투르다. 꽃무늬 양탄자를 내려다보니 낡아서 올이 드러난 작은 부분이 눈에 띈다. 나는 다시 남자와 눈을 마주친다. 지금이 고비다.

"어, 몇 달 전 타냐 결혼식에서 만나지 않았었나요?"

그는 고개를 젓는다.

"아뇨, 다른 잘생긴 남자였나 보죠."

왠지 자조적인 말처럼 들린다. 나는 딱딱하게 살짝 웃는다. 그냥 이렇게 갈 수 없다. 다시 한 번 시도해본다.

"죄송해요." 나는 조용히 말한다. "사실은 스탠드바에 앉아 있었는데 저 남자가 귀찮게 해서요. 그냥 피하고 싶었어요."

내가 느끼고 있는 절박함이 눈빛에 고스란히 드러나는지 그가 나와 악수를 하기 위해 손을 내민다.

"스콧이에요."

억양을 들어서는 어디 사람인지 잘 모르겠지만, 아무래도 남부인 것 같다. 그가 맞은편 빈 의자를 가리킨다.

"앉을래요? 한 잔 더 하려던 참인데."

내가 의자에 살며시 앉자 몇 초 후 전화기가 윙윙거린다. 나는 무릎에 올려놓은 휴대전화를 힐끔 내려다본다.

'잘했어요. 계속해요.'

이 점잖은 사업가가 내게 추근거리도록 만들어야 한다. 그래서 나는 몸을 앞으로 기울여 팔꿈치를 테이블에 얹는다. 여기서 더 구부리면 패션테이프도 소용없다.

"덕분에 살았네요."

나는 그의 눈을 똑바로 쳐다보며 말한다. 오랫동안 이렇게 쳐다보고 있을 수는 없다. 너무 부자연스럽게 느껴진다. 작업을 거는 것도 자연스럽게 이루어졌을 때, 내가 상대를 골랐을 때 재미있다. 요전에 노아와 함께 보낸 밤처럼.

하지만 지금은 마치 음악 없이 춤추는 느낌이다. 게다가 구경하는 사람들까지 있다.

나는 데이비드가 방금 내게 했던 질문을 그대로 던진다.

"어디 출신이에요?"

스콧과 계속 얘기를 나누는 동안 왜 실즈 박사가 데이비드가 아닌 이 남자와 대화하라고 한 건지 궁금해진다. 둘 중 누구든 상관없을 것 같다. 잡지 뒷면의 다른 그림 찾기 게임에 나오는 비슷한 두 이미지처럼 큰 차이가 없어 보인다. 30대 후반, 깔끔하게 면도한 얼굴, 검은 정장.

실즈 박사가 지켜보고 있다는 걸 아니까 긴장이 풀리지 않는다. 하지만 와인을 거의 다 마실 때쯤엔 놀랄 정도로 대화가 술술 풀린다. 스콧은 괜찮은 남자다. 내슈빌 출신이고, 애지중지하는 검은 래브라도를 한 마리 키우고 있다.

스콧이 술잔을 들어 올려 마지막 남은 호박색 스카치를 쭉 들이켠다. 바로 그때, 나는 두 남자의 차이, 두 그림에서 일치하지 않는 작은 부분을 깨닫는다.

데이비드의 넷째 손가락은 비어 있었다. 스콧은 굵은 백금 결혼반지를 끼고 있다.

# 22

**12월 7일 금요일**

블랙 원피스를 입은 여자가 몸을 앞으로 기울여 남자의 손을 어루만집니다. 여자의 검은 머리가 앞으로 출렁이며 옆얼굴을 거의 가리네요.

남자의 얼굴에 미소가 번지는군요.

어느 순간부터 불장난이 배신이 되는 걸까요?

신체 접촉이 일어난 그때부터? 아니면 무슨 일이 벌어질 듯 분위기가 야릇해지는 순간부터?

오늘 밤의 무대, 서식스 호텔의 바는 그 모든 일이 시작된 곳이죠. 하지만 캐스팅은 달랐어요.

그날 밤, 우리의 결혼이 아직 때 묻지 않았던 그때, 토머스는 술을 마시러 이곳에 들렀어요. 뉴욕에 와서 바로 이 호텔에 묵고 있던 대학 친구를 만났죠.

칵테일을 몇 잔 마신 후 친구가 시차 때문에 힘들다고 했어요. 토머스는 친구에게 방으로 올라가라고 고집을 피웠죠. 계산은 자기가 하겠다고. 후한 씀씀이는 내 남편의 많은 매력 중 하나랍니다.

바에 사람이 많아서 서빙이 느렸어요. 하지만 토머스는 안락한 2인용 테이블에 앉아 전혀 서두르지 않았죠. 겨우 10시지만, 우리 침실에 암막 블라인드가 쳐지고 온도는 18도로 냉랭하게 맞춰져 있으리란 걸 알았으니까요.

늘 이랬던 건 아니에요. 결혼 초기에는 토머스가 집에 오면 키스와 와인으로 맞아주고, 소파에 같이 앉아 최근에 한 강의나 흥미로운 내담자, 고려 중인 주말여행에 대해 대화를 나눴죠.

하지만 시간이 지나면서 뭔가가 변했어요. 어떤 관계든 황홀한 첫 몇 달이 지나고 좀 더 평화로운 동거의 시기로 넘어가면 이런 일이 벌어지게 마련이랍니다. 일이 점점 더 힘들어지니 어떤 밤에는 토머스보다 실크 잠옷과 보송보송한 1천 수 이집트 산 면이불이 더 매혹적이더군요. 어쩌면 그래서 토머스가…… 유혹에 약한 남자가 되었을지도 모르죠.

계산서가 나오기 전에 검은 머리의 여자가 내 남편에게 접근했어요. 남편 맞은편 빈자리에 앉았죠. 바를 나와서도 두 사람의 만남은 끝나지 않았습니다. 두 사람은 여자의 집으로 갔어요.

토머스는 자신의 분별없는 행동에 대해서 한 마디도 하지 않았어요. 그러다가 내 휴대전화로 엉뚱한 문자 메시지가 날아왔죠.

'오늘 밤에 봐, 예쁜이.'

프로이트는 우연한 사고 같은 건 존재하지 않는다 했어요. 그렇다면 토머스가 사실은 들키기를 원했단 말이 되죠.

"그러려고 간 게 아니었어요. 여자가 달려들었다고요. 그런 상황에서 어떤 남자가 저항할 수 있겠습니까?"

부부 상담을 받았을 때 토머스가 이렇게 하소연하더군요.

이렇게 믿으면 마음이야 편하긴 하죠. 남편이 우리 결혼생활에 불만이 있어서 그런 짓을 저지른 것이 아니라, 남자들의 타고난 나약함에 굴복한 거라고.

한쪽 구석에 있는 칸막이 자리는 오늘 밤의 상황을 지켜보기에 딱 좋은 곳이에요. 백금 결혼반지를 낀 남자가 당신의 매력에 빠져들고 있는 것 같군요, 제시카. 당신이 접근한 후 남자의 보디랭귀지가 더 기민해졌어요.

매력은 토머스보다 훨씬 떨어지지만 기본적 신상은 들어맞아요. 30대 후반, 혼자, 유부남.

토머스도 처음에 이렇게 반응했을까요?

겨우 20미터 떨어진 곳에서 펼쳐지고 있는 장면으로 더 가까이 다가가고픈 유혹을 견디기가 무척 힘들지만, 이 일탈 행위로 인해 잘못된 결과가 나올 수도 있어요.

당신은 관찰당하고 있다는 사실을 알지만, 진짜 피험자인 파란 셔츠의 남자는 자신이 면밀히 조사당하고 있다는 걸 몰라야 합니다.

일반적으로 피험자들은 자기가 실험에 참여하고 있다는 사실을 알면 평소와 다른 행동을 하죠. 호손 효과라는 건데, 웨스턴 전기의 호손 공장에서 진행된 실험의 결과라서 그렇게 불리죠. 공장의 조명이 노동자의 생산성에 미치는 영향을 알아보는 기초적 연구였는데, 빛의 밝기가 직원들 생산성에 아무런 영향도 미치지 않는다는 결과가 나왔어요. 조명을 더 환하게 하든 더 어둡게 하든 공장의 생산량이 늘어났어요. 어떤 변수를 넣든 간에 생산성의 변화가 일어난 거죠. 그래서 연구자들은 이런 추정을 하게 됐어요. 공장 직원들이 관찰당하고 있다는 사실을 알고 행동을 바꿨다고.

피험자들이 이런 경향을 가지고 있기 때문에 연구자는 연구를 설계할 때 이런 부분을 고려해야 합니다.

당신의 연기는 설득력 있어 보이네요, 제시카. 목표물은 자기가 실험 대상이란 걸 꿈에도 모르겠지요.

시험이 다음 단계로 넘어가야 합니다.

지령을 입력하기가 어렵군요. 갑자기 속에 메스꺼워져 전송이 살짝 늦어져요. 하지만 꼭 필요한 지령이에요.

'남자의 팔을 어루만져요, 제시카.'

토머스가 있던 현장 역시 이런 식으로 진행되었죠. 팔을 잠깐 어루만지다가, 술을 한 잔 더 마신 뒤, 집에 가서 대화를 더 하자고 하는 겁니다.

벽 옆의 테이블에서 갑작스레 움직임이 일어나고, 나는 표리부동함이라는 토머스의 결함이 드러났던 그 사건에 대한 기억에서 깨어납니다. 파란 셔츠의 남자가 일어나는군요. 당신도 일어서네요. 그런 다음 남자보다 몇 발 앞서 로비로 향하고요.

당신이 바에 들어와 그를 유혹하기까지 40분도 안 걸렸어요.

토머스의 변명은 타당했군요. 남자들은 노골적인 유혹을 당해낼 재간이 없나 봐요. 유부남이라도 말이죠. 이런 깨달음과 함께 안도감이 물밀 듯 밀려들어와 온몸에서 힘이 빠질 정도예요.

전부 다 그 여자 탓이었어요. 토머스가 아니라.

불안감을 억누르며 갈기갈기 찢었던 칵테일 냅킨 조각들이 테이블에 널브러져 있군요. 그 조각들을 한데 모아 쌓아놓습니다. 손도 안 댄 소다수를 이제야 맛보네요.

잠시 후 문자 메시지가 날아들며 알림 소리가 크게 울려요. 나는 메시지를 확인합니다.

그러자마자 활기차고 안락하던 바가 얼어붙고 정적으로 곤두박질 치는 것 같은 기분이 들어요. 당신이 보낸 단 세 줄의 메시지만 이 세상에 남아 있죠.

나는 그 메시지를 한 번 읽습니다. 그리고 한 번 더.

'실즈 박사님, 그 남자에게 추파를 던져봤지만 거절당했어요. 아내와 잘 지낸대요. 남자는 자기 방으로 올라갔고, 저는 호텔 로비에 있어요.'

# 23

**12월 7일 금요일**

어떤 남자에게 접근하라는 지시를 받고 그 대가를 받으면 매춘이나 마찬가지다.

실즈 박사의 답장을 기다리며 로비에 서 있으니 또 온몸이 바르르 떨린다. 이번엔 화가 나서다.

그녀는 내가 정말 스콧의 방으로 올라갈 거라 생각했을까? 당연히 그렇게 가정했을지도 모른다. 그 한심한 설문조사에서 내가 남자들과 하룻밤 즐긴 일들을 실토했으니.

구두가 꼭 끼어 발이 아프다. 왼발 뒤꿈치와 오른발 뒤꿈치를 번갈아 살짝 들어 올린다.

몇 분 전에 메시지를 보냈는데 아직 답장이 없다. 이제 프런트데스크 직원이 나를 빤히 쳐다보고 있고, 여기 들어왔을 때보다 훨씬 더 어색하게 느껴진다.

실즈 박사가 나를 이런 상황으로 몰아넣다니 믿을 수가 없다. 위험할 수도 있었다는 게 문제가 아니다. 수치스러웠다. 내가 스콧과 함께 나갈 때 데이비드와 그의 친구들이 나를 쳐다보던 그 시선. 그리고 스콧이 테이블에서 일어나기 직전 나를 쳐다보던 그 눈빛.

"제가 뭘 좀 도와드릴까요?"

프런트데스크 직원이 근무 위치를 벗어나 내 옆에 서 있다. 방긋 웃는 얼굴을 하고 있지만, 그녀의 눈빛은 내가 이미 알고 있는 사실을 말하고 있다. 샘플 세일로 산 60달러짜리 원피스를 입고 가짜 다이아몬드 귀고리를 달고 있는 나는 이런 곳에 있을 사람이 아니다.

"전 그냥…… 누구 좀 기다리고 있어요."

그녀의 눈썹이 휙 올라간다. 나는 가슴 위로 팔짱을 낀다.

"그러면 안 되나요?"

"그럴 리가요. 앉아서 기다리시겠어요?"

그녀가 벽난로 옆에 있는 소파를 가리킨다. 그녀의 친절이 얄팍한 연기라는 건 우리 둘 다 알고 있다. 이 여자는 아마도 나를 창녀라고 생각하고 있겠지.

구두 굽이 나무 바닥을 딸깍딸깍 빠르게 밟으며 다가오는 소리가 들린다. 고개를 돌려보니 이쪽으로 성큼성큼 걸어오는 실즈 박사가 보인다. 그녀가 내게 한 짓은 기분 나쁘지만, 그녀의 아름다움에는 절로 감탄이 나온다. 머리는 매끈하게 뒤로 틀어 올렸고, 블랙 실크 원피스의 끝단 밑으로 말도 안 되게 긴 두 다리가 늘씬하게 쭉 뻗어 있다. 바로 오늘 밤 내가 의도했던 모습이다.

"안녕하세요."

실즈 박사가 큰 소리로 말하며 우리에게 와서는, 마치 자기 사람이라는 양 내 팔에 손을 얹는다. 그런 다음 직원의 이름표를 힐끔 본다.

"무슨 문제라도 있나요, 산드라?"

직원의 태도가 바뀐다.

"아, 친구 분께 난롯가 자리를 권해 드리고 있었습니다. 거기가 더 편해서요."

"친절하기도 하셔라."

실즈 박사의 묘하게 비난하는 듯한 말투에 직원이 물러난다.

"갈까요?"

실즈 박사가 이렇게 묻는다. 호텔에서 나가자는 소리인 줄 알았는데, 그녀가 나를 소파로 데려간다. 하지만 나는 앉지 않고 그대로 선채, 감정이 복받쳐 잠긴 목소리로 나지막이 말한다.

"이게 다 뭐예요?"

놀랄 법도 한데 박사의 얼굴에는 아무런 티도 나지 않는다. 그녀가 자기 옆을 톡톡 친다.

"제시카, 앉아봐요."

나는 박사의 해명을 듣기 위해서라고 나 자신을 설득한다. 하지만 실은 마치 중력처럼 그녀가 나를 마구 끌어당기고 있다.

옆에 앉자마자 그녀의 깔끔하고 톡 쏘는 향수 냄새가 난다. 실즈 박사가 다리를 꼬고 무릎 위로 두 손을 포갠다.

"매우 동요하고 있는 것 같은데, 느낌이 어땠는지 얘기해볼래요?"

"싫었어요!" 목소리가 갑자기 갈라져서 나는 침을 꿀꺽 삼킨다. "그 스콧이라는 남자는 누구예요?"

실즈 박사는 어깨를 한 번 으쓱한다.

"나도 몰라요."

"그 남자는 이 실험의 참여자가 아니에요?"

"누구든 상관없었어요."

실즈 박사가 대수롭지 않은 듯 냉담한 목소리로 말한다. 마치 대본을 읽기라도 하는 것처럼.

"내 윤리 및 도덕성 연구의 일환으로 시험해볼 결혼반지 낀 남자가 필요했어요. 그 남자는 무작위로 고른 거예요."

"나를 미끼로 사용한 거예요? 남자를 속이려고?"

이 고요하고 평화로운 로비에서 내 말이 너무 크게 들린다.

"학문적 행위였어요. 이 연구 단계에서는 실제 상황 시나리오가 있을 거라고 미리 알려줬잖아요."

우리가 함께 저녁을 먹을지도 모른다고 생각했다니, 기가 막힌다. 내가 뭐라고? 난 그녀의 고용인인데.

답답하게 멨던 목은 풀리지만 화는 풀리지 않는다. 그러고 싶지도 않다. 화가 난 덕에 질문을 던질 용기도 생겨나고 있으니까.

"내가 정말 그 남자와 방으로 올라갈 줄 알았어요?"

내가 불쑥 말해버린다. 실즈 박사의 두 눈이 휘둥그레진다. 연기라고는 생각할 수 없는, 진짜 놀란 표정이다.

"당연히 아니죠, 제시카. 그 남자를 가볍게 유혹해보라고만 했잖아요. 왜 그런 생각을 해요?"

그녀의 말을 듣는 순간, 바보가 된 기분이다. 나는 발을 내려다본다. 그녀와 눈을 마주칠 수가 없다. 내가 지나친 억측을 했다.

하지만 실즈 박사의 목소리에는 못마땅한 기색이 전혀 없다. 그저 상냥할 뿐이다.

"무슨 상황에서든 당신 뜻대로 움직일 수 있다고 내가 약속했잖아요. 당신을 위험에 빠뜨릴 일은 절대 없을 거예요."

그녀의 손이 잠깐 내 손에 닿는다. 난롯불의 온기 속에서도 무척 민감하고 차갑게 느껴지는 손이다.

나는 심호흡을 몇 번 하면서도 눈으로는 나무 바닥의 헤링본 무늬만 노려보고 있다.

"뭔가 괴로운 문제가 또 있군요."

실즈 박사가 말한다. 나는 망설이다가 그녀의 시원스러운 푸른 눈동자를 들여다본다. 그녀에게 이 얘기까지 할 생각은 없었다. 결국에는 털어놓고 만다.

"스콧이 테이블을 뜨기 바로 전에…… 나를 '친구'라고 불렀어요."

실즈 박사는 아무런 답이 없다. 하지만 지금의 그녀처럼 내 이야기에 열심히 귀를 기울여준 사람은 이제껏 아무도 없었다.

내 눈에 눈물이 가득 고인다. 눈을 깜박거리며 눈물을 참으면서 말을 잇는다.

"어떤 남자가 있었어요……." 나는 머뭇거리다 숨을 크게 들이마신 후 다시 시작한다. "몇 년 전에 만났는데, 처음엔 대단한 남자라고 생각했어요. 박사님도 들어보셨을지 몰라요. 지금은 유명한 연극 연출가거든요. 진 프렌치라고."

그녀는 알아차릴 수 없을 정도로 아주 미세하게 고개를 끄덕인다.

"그 사람이 연출하는 연극의 분장사로 일하게 되었어요. 나한테는 엄청 큰 건이었죠. 그 사람은 별 볼 일 없는 나한테도 처음부터 정말 잘해줬어요. 팸플릿이 나왔을 때 거기에 찍힌 내 이름을 보여주면서 이런 일은 축하해야 한다고, 인생에는 시련이 많으니 성공을 소중히 여길 줄 알아야 한다고 말해줬어요."

실즈 박사는 아무 말 없이 가만히 앉아 있다.

"그 사람이…… 나한테 무슨 짓을 했어요."

영원히 지워지지 않을 것 같은 이미지들이 다시 슬그머니 떠오른다. 셔츠를 천천히 위로, 브래지어 위까지 끌어 올리는 나. 조금 떨어져 서서 빤히 쳐다보고 있는 진. 이제 정말 가야 돼요, 라고 말하는 나. 닫힌 사무실 문과 나 사이에 서 있는 진. 허리띠 버클 쪽으로 움직이는 그의 손. 아직은 안 돼요 친구, 라는 그의 답.

"그 남자가 나한테 손을 댄 건 아니지만……." 나는 침을 꿀꺽 삼키고 말을 잇는다. "연극 소품 중에 비싼 목걸이가 없어졌다고 했어요. 내가 그걸 갖고 있지 않다는 걸 증명하려면 셔츠를 들어 올리라는 거예요."

폐소공포증이 일어날 것만 같은 그 어둑한 방에 서서 그와 그가 자기 몸에 하고 있는 짓을 애써 외면하고 있다가 일을 끝낸 그에게 내보내졌던 일을 떠올리니 온몸이 부들부들 떨린다.

"싫다고 말해야 했지만, 그는 내 상사였어요. 게다가 그 사람 말투는 굉장히 사무적이었죠. 별일 아니라는 듯이."

나는 실즈 박사의 담청색 눈을 들여다보며 그 이미지를 겨우 떨쳐낸다.

"스콧이라는 그 남자 때문에 순간 진이 생각났어요. '친구'라고 부르는 말투 때문에요."

실즈 박사는 잠시 뜸을 들이다 조용히 말한다.

"그런 일이 있었다니 정말 유감이에요."

그녀의 손이 나비처럼 가볍게 또 내 손을 스친다.

"그래서 진지한 관계를 회피하는 건가요?" 그녀가 묻는다. "그런 성폭력을 당한 여성이 자기 안에 숨거나 연애 패턴을 바꾸는 건 흔한 일이죠."

성폭력. 그런 식으로 생각해본 적은 한 번도 없었다. 하지만 틀린 말은 아니다.

첫 세션 후에 그랬던 것처럼 갑자기 진이 빠진다. 나는 손을 올려

손가락 끝으로 관자놀이를 문지른다.

"많이 지쳤겠네요." 마치 내 속을 들여다보기라도 한 것처럼 실즈 박사가 말한다. "차를 대기시켜놨어요. 그거 타고 집으로 갈래요? 난 걷는 걸 더 좋아하니까. 주말에 얘기하고 싶으면 문자나 전화 줘요."

그녀가 일어서고 나도 그렇게 한다. 이상하게 서운한 기분이 든다. 몇 분 전만 해도 그녀에게 화가 났는데, 지금은 그녀가 내 곁에 있어줬으면 좋겠다.

그녀와 함께 출입문 쪽으로 가보니, 도로변에서 공회전하고 있는 검은색 타운카가 보인다. 운전사가 빙 돌아와 뒷문을 열어주자 실즈 박사가 그에게 내가 원하는 곳까지 태워다주라고 말한다.

운전사가 앞쪽 좌석으로 돌아가는 사이, 나는 뒷자리에 털썩 앉아 부드러운 가죽에 머리를 기댄다. 그때 창문을 가볍게 톡톡 두드리는 소리가 들려서 창문을 내린다.

실즈 박사가 내게 미소 짓는다. 밝은 도시의 불빛이 역광으로 그녀의 실루엣을 비춘다. 그녀의 머리는 마치 후광처럼 붉게 빛나지만 두 눈은 어둠에 잠겨 있다. 그 눈에 어떤 감정이 담겨 있는지는 보이지 않는다.

"깜빡할 뻔했네요, 제시카." 그녀가 접힌 종잇조각을 내 손에 쥐어준다. "수고했어요."

나는 수표를 내려다본다. 이상하게도 펴보기가 꺼려진다.

이 모든 일이 실즈 박사에게는 그저 사무적인 거래인지도 모른다. 그런데 나는 지금 정확히 무엇에 대한 대가를 받고 있는 거지? 내 시간? 남자 꾀어내기? 내 비밀? 아니면 내가 모르는 무언가가 또 있는 걸까?

내가 아는 사실이라곤 왠지 불순한 일처럼 느껴진다는 것뿐이다.

차가 움직이기 시작하자 나는 천천히 수표를 편다. 차바퀴가 아스팔트 도로를 거의 소리 없이 달리는 동안 한참이나 수표를 노려본다.

750달러짜리다.

# 24

토요일 저녁. 대부분의 부부는 데이트를 해요.

우리도 예전엔 그랬어요. 미슐랭 식당에서의 저녁식사, 뉴욕 필하모니 공연 관람, 휘트니 미술관에서의 여유로운 산책. 하지만 토머스가 문자를 잘못 보내고 집에서 나간 후 이런 밤들은 끝나버렸죠. 부부 상담과 사과, 약속 이후 서서히 데이트가 다시 시작되었지만 초점이 달라졌어요. 연결과 재건에 중점을 둔 데이트로요.

처음에는 긴장된 분위기였어요. 밖에서 우릴 봤다면, 제시카, 이제 막 연애를 시작한 사람들처럼 보였을 거예요. 어떤 의미에서는 맞는 말이긴 하죠. 신체 접촉은 최소한으로 줄였어요. 토머스는 지나치다 싶을 정도로 열심이더군요. 꽃을 들고 열린 문으로 뛰어 들어와 세상 애틋한 눈빛으로 나를 쳐다봤죠.

연애 초기보다 더 열성적이었어요. 때로는 필사적이고 두려운 기색까지 느껴질 만큼. 마치 우리 관계를 잃을까 봐 겁먹은 사람처럼.

시간이 흐르면서 서로를 좀 더 부드럽게 대하게 됐어요. 대화는 덜 딱딱해지고. 접시가 치워지면 테이블 위로 손을 잡고.

오늘 밤, 호텔에서의 실험 후 겨우 24시간이 지난 지금, 이제까지의 진행 사항은 무효가 되어버렸습니다. 모든 남자가 아름다운 젊은 여성의 유혹에 쉽게 넘어가는 건 아니라는 사실이 확실히 밝혀졌으니까요. 파란 셔츠의 그 남자는 당신에게 넘어가지 않았죠, 제시카. 하지만 토머스는 기회가 왔을 때 그냥 지나치지 못했어요.

그 결과, 이 토요일 저녁 토머스와의 만남에는 눈에 보이지 않는 과제가 하나 추가되었답니다.

건방진 웨이터나 옆 테이블의 시끄러운 여섯 손님 같은 외부의 방해 요소를 제거하기 위해 친밀한 장소, 우리가 한때 함께 살았던 타운하우스를 선택했어요. 저녁 메뉴는 용의주도하게 준비했죠. 우리의 약혼 파티에 나왔던 것과 똑같은 연도의 돔페리뇽 한 병, 맬피크 굴,● 양갈비, 크림드 스피니치,● 로즈메리와 함께 오븐에 구운 어린 감자. 디저트로는 토머스가 좋아하는 초콜릿 토르테를 준비했는데, 조금 변화를 줬답니다.

보통은 웨스트 10번가에 있는 케이크 가게에서 토르테를 사 와요. 하지만 오늘의 저녁식사를 위해 고급 식료품점 두 곳에서 재료를 구해 왔지요.

오늘 밤엔 내 모습도 평소와는 달라요. 제시카, 당신은 스모키 아이섀도에 흑색 아이라이너를 제대로 바르기만 하면 얼마나 유혹적일 수 있는지 몸소 증명해줬어요.

---

● 프린스 에드워드 섬의 맬피크 만에서 채취한 굴.
● 크림과 치즈에 시금치를 넣고 졸인 요리.

190

드레스 룸 화장대에 화장품들이 놓여 있습니다. 그 옆에 내 휴대전화가 있어요. 이 기계가 내게 일깨워주는군요. 지인이나 친구가 안 좋은 일을 겪는다면 따뜻한 문자나 통화로 챙겨줘야 마땅하다고.

'제시카, 어젯밤 그 일 이후에 기분이 좀 나아졌나 싶어서요. 곧 연락할게요.'

한 줄이 더 필요해요.

잠깐 생각합니다. 그런 다음 입력하고 보냅니다.

# 25

'내가 필요하면 언제든 연락해요.'

노아의 그 유명하다는 프렌치토스트를 먹으러 그의 집으로 들어가고 있을 때 실즈 박사의 문자 메시지가 도착했다. 답신을 보내려고 내용을 입력하다가 지우고는 전화기를 핸드백에 집어넣었다. 엘리베이터에 타면서 머리를 쓸어보니 갓 내린 눈송이들에 축축하게 젖어 있었다.

지금 나는 노아의 주방에서 의자에 앉아 프로세코 병을 따는 그를 지켜보고 있다. 그러고 보니 실즈 박사에게 곧바로 답신을 보내지 않은 건 이번이 처음이다. 오늘 밤엔 실즈 박사나 그녀의 실험에 대해서는 생각하고 싶지 않다.

나도 모르게 얼굴을 찡그리고 있었는지 노아가 묻는다.

"테일러? 괜찮아요?"

나는 고개를 끄덕이고 불편한 마음을 애써 감춘다. 라운지에서 노아를 처음 만나 가짜 이름을 알려주고 그의 소파에서 잠들었던 것이 아주 오래전 일처럼 느껴진다. 그때의 결정을 무를 수만 있다면 좋을 텐데. 유치할 뿐 아니라 못된 짓을 한 것 같은 기분이다.

"저기……." 내가 말을 꺼내기 시작한다. "할 말이 있는데 좀 웃긴 얘기예요."

노아의 한쪽 눈썹이 휙 올라간다.

"사실 내 이름, 테일러가 아니에요……. 제스예요."

나는 어색하게 웃는다. 노아는 재미있어 하는 표정이 아니다.

"나한테 가짜 이름 알려준 거예요?"

"당신이 미친 사람일지 어떻게 알아요."

내가 해명한다.

"진심이에요? 나랑 같이 집에도 왔었잖아요."

"그랬죠."

나는 숨을 크게 들이마신다. 색 바랜 청바지 허리에 행주를 찔러 넣고 맨발로 서 있는 그는 내 기억보다 더 멋지다.

"정말 이상한 날이라 머리가 어떻게 됐었나 봐요."

이상한 날. 이상하다는 표현으로는 부족하다는 걸 노아도 알면 좋으련만. 내가 연구에 몰래 끼어든 바로 그 주말에 노아를 만났다는 사실이 믿기지 않는다. 지나치게 고요했던 그 강의실, 컴퓨터 화면을 꿈틀꿈틀 가로지르던 질문들, 마치 실즈 박사가 내 속내를 다 들여다보는 것 같은 느낌……. 그 후로 상황은 점점 더 이상하게 흘러갔다.

"미안해요."

내가 말한다.

"제스."

노아가 마침내 입을 연다. 그리고 내게 프로세코 한 잔을 건넨다.

"나, 사람 가지고 장난치는 거 안 좋아해요."

그가 나를 가만히 바라보다가 티가 거의 안 날 정도로 살짝 고개를 끄덕인다.

내가 방금 시험을 통과했다는 생각이 미처 막을 새도 없이 머릿속으로 확 날아든다. 몇 주 전이라면 이런 생각은 하지도 않았을 텐데.

나는 프로세코를 한 모금 마신다. 톡 쏘는 달콤한 거품이 목으로 기분 좋게 넘어간다.

"지금이라도 솔직하게 말해줘서 다행이에요."

노아가 이렇게 말한다.

솔직해야 한다……. 처음 설문조사를 시작했을 때 컴퓨터 화면에 뜬 지시 사항 중 하나였다. 의식적으로 실즈 박사를 머릿속에서 밀어내려 아무리 애써도 그녀는 어떻게든 살금살금 돌아와 버린다.

노아가 조리대에 재료들을 깔끔하게 늘어놓기 시작하고, 나는 프로세코를 한 모금 더 홀짝인다. 그에게 더 제대로 사과해야 할 것 같은 기분이 들지만, 딱히 뭐라고 덧붙일 말이 없다.

노아의 반짝반짝 빛나는 작은 주방을 둘러보니 가스레인지에 얹어진 묵직한 주철 프라이팬과 그 옆에 있는 녹색 돌절구와 막자 그리고 스테인리스 수직형 믹서기가 눈에 들어온다.

"그럼, 브렉퍼스트 올 데이가 당신 식당이에요?"

내가 묻는다.

"옙. 아니, 대출금이 들어오면 그렇게 될 거예요. 서류 작업 기다리고 있을 때 가게 자리를 찾았거든요."

"오, 정말 멋진데요."

그가 한 손으로 달걀을 깬 다음, 그릇에다 휘저어 거품을 내며 우유를 조금 붓는다. 잠깐 멈추고 프라이팬에 버터를 두른 후 달걀에 계피와 설탕을 더한다.

"내 비장의 무기죠." 그가 아몬드 오일 병을 들어 올리며 말한다. "혹시 땅콩 알레르기 있어요?"

"없어요."

노아가 달걀물에 오일을 티스푼 하나 가득 넣고 휘저은 다음, 두툼하게 자른 할라* 한 조각도 담근다.

빵이 프라이팬에 올라가 약하게 지글거리자 군침 돌게 만드는 냄새가 사방에 진동한다. 신선한 빵과 따뜻한 버터, 시나몬의 조합. 이보다 더 좋은 건 없다. 뱃속이 꼬르륵거린다.

노아는 치우며 요리하는 깔끔한 요리사다. 달걀 껍데기를 쓰레기통에 떨어뜨리고, 흘린 우유 몇 방울을 행주로 톡톡 두드려 닦고, 양념들은 쓰고 나면 즉시 서랍에 도로 집어넣는다.

그를 지켜보고 있자니, 내가 늘 짊어지고 다니는 긴장감으로부터 나를 지켜주는 완충기 같은 것이 생겨나는 기분이다. 긴장감이 완전히 사라지지 않지만, 적어도 줄고 있다.

내 또래의 여자들은 대부분 이런 토요일 저녁 데이트를 즐기겠지. 좋은 남자와의 조용한 저녁. 그리 거창하지는 않을 것이다. 우리는 이미 키스까지 한 사이지만, 그런 육체적인 행위보다 오늘 밤이 더 친밀하게 느껴진다. 술집에서 우연히 만났다 해도 노아는 진짜 나를 알고 싶어 하는 것 같다.

그가 각기 다른 서랍에서 식탁 매트와 천으로 된 냅킨을 꺼내고, 수납장에서 접시 두 개를 챙긴다. 노릇노릇한 프렌치토스트 두 조각

---

* 유대교에서 안식일 같은 축일에 먹는 흰 빵.

을 각 접시 정중앙에 하나씩 놓은 다음 신선한 블랙베리 시럽을 그 위에 얹는다. 그가 시럽을 듬뿍 퍼서 빵 위에 올리기 전까지는 소스 팬에 그걸 데우고 있는지도 몰랐다.

그가 내게 대접해주는 음식을 내려다보고 있으니, 정체를 알 수 없는 감정들이 벅차오른다. 집에 가면 엄마가 해주는 음식 말고, 다른 누군가가 나를 위해 해준 요리는 정말 오랜만이다.

나는 한 입 베어 물고는 신음 소리를 낸다.

"맹세코 내가 먹어본 음식 중 최고예요."

한 시간 후, 프로세코 병은 텅 비고 우리는 계속 얘기 중이다. 거실의 소파로 자리를 옮겨서.

"이번 주 후반에 웨스트체스터에 가서 가족들과 하누카•를 보내려고요." 노아가 말한다. "그래도 일요일 밤에 돌아오면 만날 수 있을 거예요."

나는 몸을 기울여 그에게 키스하며 그의 입술에 묻은 달콤한 시럽을 맛본다. 그의 단단한 가슴에 머리를 기대고 그의 두 팔에 안기자 몇 달 동안, 아니 어쩌면 몇 년 동안 느끼지 못했던 감정이 찾아든다. 잠시 후 그 감정의 정체를 알아낸다. 만족감.

---

• 기원전 2세기 유대인들이 시리아의 지배에 대항하여 반란을 일으키고 예루살렘 성전을 탈환한 것을 기념하는 유대교의 중요한 명절.

# 26

**12월 8일 토요일**

토머스가 약속 시간보다 5분 일찍 도착하는군요. 시간 엄수라는 새로운 습관을 기르려나 봐요.

그가 떡 벌어진 어깨로 문간을 가득 메우고서 얼굴 가득 미소를 짓네요. 올겨울 첫눈이 방금 내리기 시작해서 그의 연갈색 머리에 반짝이는 눈 결정들이 들러붙어 있어요. 머리가 평소보다 조금 길어 보이네요.

토머스가 붉은 발레리나 튤립 한 다발을 내밀고, 나는 감사 표시로 그에게 긴 키스를 해줘요. 그의 입술은 차갑고 민트 맛이 나는군요. 그가 나를 더 세게 껴안으며 친밀한 순간을 지속시키네요.

"지금은 여기까지만."

나는 이렇게 말하며 그를 장난스럽게 밀어냅니다. 그가 축축한 신발을 매트에 닦고 안으로 들어옵니다.

"냄새 좋은데." 그는 이렇게 말하고는 잠깐 아래를 내려다봅니다. "당신이 해주는 음식이 그리웠어."

나는 그의 코트를 벽장 속에 걸어둡니다. 더 따뜻한 날씨에 입는 가벼운 재킷들 옆에. 그에게 이 옷들을 치우라는 부탁은 하지 않았어요. 그가 갑작스레 집을 나갔기 때문만은 아니에요. 봄철은 희망, 부활을 상징하죠. 이 옷들도 집에 남아 그런 역할을 하고 있는 거예요.

토머스는 녹색 눈동자에 드문드문 섞인 황금빛 얼룩을 돋보이게 해주는 스웨터를 입고 있어요. 내가 이 스웨터를 좋아한다는 걸 그도 알고 있죠.

"당신 오늘 정말이지 예뻐."

그는 이렇게 말하면서 내게 손을 뻗어 살짝 곱슬한 긴 머리를 손가락으로 쓸어내립니다. 거의 느껴지지 않을 만큼 조심스런 손놀림으로.

나는 블랙 스웨이드 진과 코발트블루 실크 캐미솔을 입었지만, 고급 메리노 양모로 만들어진 블랙 카디건이 허벅지까지 내려와 캐미솔은 그 색깔만 살짝 엿보이지요.

토머스는 쿡탑이 장착된 화강암 아일랜드 테이블 앞 의자에 앉아요. 굴은 아이스 버킷 안에 있고, 나는 냉장고에서 샴페인을 꺼내요.

"당신이 좀 딸래?"

그가 병에 붙은 라벨을 보더니 방긋 웃는군요.

"아주 좋은 연도를 골랐네."

펑 하는 약한 소리와 함께 코르크 마개가 빠지고, 토머스가 가늘고 길쭉한 샴페인 잔 두 개를 채워요.

내가 축배를 듭니다.

"두 번째 기회를 위하여."

토머스의 얼굴에서 놀라움과 즐거움이 충돌합니다.

"내가 얼마나 행복한지 당신은 모를 거야."

그의 목소리가 평소보다 살짝 쉬어 있군요.

나는 아이스 버킷에서 짙은 청회색 껍데기의 굴을 하나 집어 그에게 내밀어요.

"배고파?"

그는 고개를 끄덕이며 받아요.

"배고파 죽겠어."

나는 오븐에서 양갈비를 꺼내 조리대에 얹습니다. 감자는 몇 분 더 있어야 해요. 토머스는 바삭바삭한 식감을 더 좋아하니까.

우리는 샴페인과 굴을 맛보고, 대화는 순조롭게 흘러갑니다. 그런데 토머스가 양갈비 접시를 다이닝 룸으로 나르고 있을 때 전화벨 소리가 크게 울리네요. 그는 쟁반을 내려놓고 휴대전화를 꺼내려고 주머니에 손을 넣습니다.

"꼭 받아야 해?"

무심한 듯 물어보는 게 중요해요.

토머스는 그냥 주방으로 돌아와 휴대전화를 아일랜드 테이블에 엎어놓습니다. 초콜릿 토르테에서 조금 떨어진 곳에.

"지금은 당신한테만 집중할게."

토머스는 전화기를 그대로 놔둔 채 와인 디캔터를 식탁으로 가져가고, 나는 그 상으로 진심 어린 미소를 지어줍니다.

토머스가 들고 온 꽃은 식탁 한가운데에 있는 꽃병에 꽂아요. 촛불을 켜고. 니나 시몬*의 관능적인 목소리가 집 안 가득 흐르고.

토머스의 와인 잔이 두 번이나 다시 채워져요. 그의 뺨이 살짝 상

---

* 미국의 재즈 가수.

기돼 있네요. 몸짓도 더 대범해졌죠.

토머스가 자기 접시에 있는 양갈비를 한 조각 내게 줍니다.

"이 부위가 제일 맛있어."

우리의 시선이 얽힙니다.

"당신 오늘따라 왠지 달라 보이는데."

그가 손을 내밀며 말합니다.

"우리 둘이 같이 집에 있어서 그런가 보지."

내가 그에게 또 살짝 키스해주고, 우리의 손은 다시 떨어져요.

"여보, 그 사설탐정으로부터는 또 연락 없었어?"

참 뜬금없는 질문이에요. 이 낭만적인 밤에 어울리지 않는. 하긴 토머스는 처음부터 신경을 많이 썼죠. 5번 피험자의 가족이 고용한 사설탐정으로부터 이메일을 받고 내가 얼마나 심란해했는지 잘 알고 있으니까요.

탐정이 또 접촉을 시도했느냐고 전에도 물어보더니.

"그녀에 대한 기록을 넘겨서 비밀 유지 의무를 어길 생각은 없다고 답한 뒤로는 아무 연락도 없었어."

나는 이렇게 답합니다.

토머스는 만족스러운 듯 고개를 끄덕여요.

"당신이 잘하고 있는 거야. 내담자의 사생활은 불가침 영역이니까."

"고마워."

즐겁지 않은 기억은 그냥 피해 가기로 하죠. 오늘 밤 해야 할 일만으로도 머리가 복잡하니까.

이제 유리 케이크 받침대를 식탁으로 가져올 시간이에요.

토머스에게 초콜릿 토르테를 8센티미터 두께로 큼직하게 한 조각 잘라줘요. 그의 포크 날이 진하고 두툼한 무스를 베어 들어가고, 그가 초콜릿 케이크를 입술로 가져가요. 그가 두 눈을 감고 맛을 음미합니다.

"음. 이거 도미니크 건가?"

"아니, 라 파티세리."

"맛있네. 근데 배불러서 못 먹겠어."

정적.

"오늘 찐 살은 내일 스포츠 센터에서 뺄 거잖아."

그가 고개를 끄덕이고 한 입 더 먹습니다.

"당신은 안 먹어?"

"먹어야지."

토르테가 혀 위에서 녹아내리는군요. 제과 전문점에서 사 온 케이크가 아니라는 걸 아무도 눈치채지 못할 거예요. 헤이즐넛 두 알을 갈아서 반죽에 넣은 것도.

토머스가 접시를 깨끗이 비우고 의자에 등을 기대요. 하지만 여기 계속 있으면 안 되죠.

나는 그에게 손을 내밉니다.

"일어나."

그를 서재의 작은 러브시트로 데려가 달바 포트와인을 한 잔 건넵니다. 스타인웨이 피아노와 가스 벽난로가 있는 아늑한 곳이죠. 그의 두 눈이 방을 이리저리 둘러보며 와이어스와 사전트의 원화들, 별난 모양의 오토바이 청동 조각을 지나다가 은 액자에서 멈춥니다. 거기에는 코네티컷 주 집 마당에서 밤색 암말 폴리에 올라탄 채 붉은 머리에 승마용 헬멧을 쓰고 있는 10대 때 내 사진이 끼워져 있지요. 그 옆에는 우리의 결혼사진이 비스듬히 놓여 있고.

사진 속 토머스는 검은색 넥타이를 매고 있어요. 턱시도는 결혼식을 위해 특별히 샀죠. 그는 고등학교 댄스파티 이후로는 턱시도를 한 번도 입지 않았으니까. 윗부분은 레이스, 치마는 튈로 만들어진 웨딩 드레스는 주문 제작했어요. 내 아버지가 동업자를 통해서 베라왕 매장에 따로 부탁했답니다. 시간이 얼마 없었거든요.

아버지는 거의 허리까지 푹 파인 게 맘에 안 든다고 하셨지만, 수정할 시간도 없었어요. 타협안으로 어머니와 아버지가 아직도 다니고 계시는 성 루크 교회에서 결혼식을 하는 동안에 긴 면사포를 쓰고 있었죠.

우리 양옆으로 양가 부모님이 서 있어요. 토머스의 가족은 결혼식 이틀 전 캘리포니아 주 새너제이 외곽의 작은 마을에서 비행기를 타고 왔죠. 나는 그분들을 결혼식 전에 딱 한 번 봤어요. 토머스는 충실한 아들처럼 매주 자기 어머니와 아버지한테 전화했지만 그렇게 각별한 사이는 아니었고, 건설 현장 감독으로 일하는 형 케빈과도 별로 가깝지는 않았어요.

사진 속 내 아버지는 웃음기가 없어요.

토머스는 청혼하기 전에 코네티컷 주에 있는 내 부모님 집으로 차를 몰고 가서 나와의 결혼을 승낙해달라고 청했어요. 나한테는 아무 말도 없이. 토머스는 어떤 일을 남몰래 숨기는 데 능숙했죠.

아버지는 이 전통적인 방식을 마음에 들어 하셨어요. 토머스의 등을 탁탁 치셨고, 두 사람은 브랜디와 아르투로 푸엔테 시가로 축하했죠. 그런데 다음 날 아침, 아버지가 내게 점심을 같이하자고 하시더군요.

아버지의 질문은 딱 하나였어요. 아버지의 성격처럼 단도직입적인 질문. 식사 주문을 하기도 전에 질문이 날아왔죠.

"확신이 있는 거냐?"

"네."

사랑은 감정적 상태지만, 내 경우엔 그 징후들이 몸에 나타났어요. 토머스의 이름만 들어도 절로 미소가 지어지고, 발걸음이 더 가벼워지고, 심지어는 어릴 때부터 쭉 평균인 37도보다 한참 낮은 35도를 유지해왔던 심부체온이 1도 올라가기까지 했어요.

이제 음악이 존 레전드의 '투나잇(Tonight)'으로 바뀝니다.

"우리 춤출까?"

토머스의 시선이 내 어깨에서 러브시트로 흘러내리는 카디건을 따라갑니다. 그가 일어나 술잔을 들지 않은 손으로 그의 목덜미를 문질러요. 익숙한 동작이에요. 그의 얼굴이 평소보다 조금 창백해 보이는군요.

우리의 몸은 완벽히 들어맞아요. 결혼 첫날밤에 그랬던 것처럼. 마치 기억이 항상 우리의 근육에 저장되어 있었던 것처럼.

노래가 끝납니다. 토머스가 안경을 벗더니 엄지손가락과 집게손가락으로 관자놀이를 누르며 얼굴을 찡그려요.

"몸이 안 좋아?"

그가 고개를 끄덕입니다.

"토르테에 견과류라도 들어갔나?"

위험한 상황은 아니에요. 그의 알레르기는 목숨을 위협할 만큼 심하지는 않아요. 다만 견과류를 조금만 맛봐도 유발될 수 있죠.

유일한 후유증은 심한 두통이에요. 알코올은 두통을 악화시키고.

"분명히 물어보고 샀는데……." 나는 말끝을 흐립니다. "물 가져다줄게."

토머스의 휴대전화가 아직 아일랜드 테이블에 놓여 있는 주방까지는 다섯 걸음. 지금 토머스는 계단에 더 가깝게 있어요.

이 부분이 중요해요. 그는 이후 하는 그의 행동이 자기 의지에 따른 거라고 생각할 테죠. 미묘한 조종의 결과가 아니라.

"타이레놀을 좀 먹어보는 게 어때? 위층 욕실 수납장에 있어."

"고마워. 금방 돌아올게."

계단을 올라가던 묵직한 발소리가 이제 바로 머리 위에서 들리는 군요. 그가 방에 딸린 욕실 쪽으로 움직이고 있는 거예요.

나는 이미 그 길을 스톱워치를 가지고 따라가며 시간을 재봤죠. 그가 돌아오기까지 한 60초에서 90초 정도 걸릴 거예요. 그 시간 안에 원하는 정보를 손에 넣어야 할 텐데.

도덕성에 관한 설문조사의 초반 질문들 중 하나.

[배우자나 애인의 문자 메시지를 읽은 적 있습니까?]

예전에 그의 휴대전화 비밀번호는 그의 생일이었어요. 지금도 마찬가지네요.

"리디아? 수납장에 타이레놀 없는데?"

계단 꼭대기에서 그의 목소리가 들려와요. 내 걸음은 재빠르지만, 계단 밑에서 말하는 내 목소리는 안정적이고 느긋해요.

"확실해? 바로 얼마 전에 사놨는데."

타이레놀은 정말 수납장 안에 있어요. 다만 새로 산 화장품 상자 뒤에 처박혀 있을 뿐이랍니다. 대충 봐서는 찾기 어렵죠.

위층 바닥이 삐걱거리는 걸 보니 그가 다시 욕실로 움직이고 있는 모양이군요.

토머스에게 줄 물을 따라놓은 다음 초록색 전화 아이콘을 눌러요. 최근 문자 메시지와 통화 기록이 뜨네요. 내 전화기의 카메라는 이미

켜놨어요.

재빨리, 하지만 꼼꼼하게 토머스의 수많은 최근 통화 기록을 찍습니다. 문자 메시지들은 특별한 게 없어 보이니 무시하기로 하죠.

사진을 찍을 때마다 선명한 디지털 증거가 될 수 있는지 확인합니다. 서둘러야 한다고 해서 질을 떨어뜨릴 순 없죠.

집 안은 쥐 죽은 듯 고요합니다. 너무 조용한데요?

"토머스? 당신 괜찮아?"

"어."

그가 소리칩니다. 아마 차가운 수건을 맥박 뛰는 곳에 대고 있을 거예요.

사진을 조금 더 찍어 서른다섯 통 정도의 통화 기록을 모아놓습니다. 내가 아는 사람들의 번호도 보이는군요. 토머스의 치과의사, 스쿼시 파트너, 부모님. 나머지 여덟 개는 생소해요. 모두 뉴욕 지역번호가 들어가 있네요.

삭제된 통화 기록도 마찬가지로 찍어둡니다. 낯선 번호가 하나 더 있는데 지역번호가 301번이군요.

이 번호들이 문제없는지 어떤지는 간단히 결론 내릴 수 있어요. 남자가 받거나 사업장 번호라면 상관없는 것으로 간주해 바로 끊어버릴 거예요.

여자가 받는다면, 그래도 역시 바로 통화를 끝낼 거예요. 하지만 그 번호는 추후 조사를 위해 저장해둬야겠죠.

토머스의 전화기를 아일랜드 테이블 위에 도로 올려놓습니다. 그런 다음 물잔을 서재로 가져가요.

지금쯤은 돌아와 있어야 하는데.

"토머스?"

대답이 없습니다.

방에서 막 나오는 그와 계단 꼭대기에서 마주칩니다.

"찾았어?"

이제 그의 상태가 확실히 안 좋아 보이는군요. 아스피린 세 알을 먹고 어두운 방에서 한참 쉬어야겠어요.

우리의 저녁 데이트는 어쩔 수 없이 갑작스레 끝나겠네요. 더 은밀한 시간이 기다리고 있을 거라는 기대감도 그의 눈빛에서 사라져버렸어요.

"아니."

누가 봐도 괴로운 표정이에요.

"내가 찾아줄게."

그가 욕실의 밝은 불빛에 눈을 찡그립니다. 나는 수납장을 살피다가 고급 수분 크림을 옆으로 치워요.

"여기 있잖아."

아래층으로 내려와 그가 타이레놀 세 알을 삼키고, 나는 그에게 소파에 누워 쉬라고 권합니다. 그는 고개를 젓다가 아파서 움찔해요.

"가봐야겠어."

나는 코트를 꺼내 그에게 건네요.

"당신 전화기."

그는 전화기를 두고 갈 뻔했어요. 나는 전화기를 집으면서 얼른 화면을 힐끔거려 자동으로 다시 잠긴 것을 확인합니다.

토머스가 전화기를 코트 주머니에 찔러 넣어요.

"이렇게 갑자기 가버려서 정말 미안해."

그가 말합니다.

"내가 내일 아침에 일어나자마자 제과점에 전화할게." 잠깐 끊고.

"가게 여자가 자기가 실수한 건 알아야지."

실수와 관련해서 내일 전화를 하기는 할 거예요. 그건 사실이에요.

단 토머스가 예상치 못한 사람에게.

# 27

**12월 10일 월요일**

실즈 박사의 집은 상상했던 그대로다.

월요일 아침 메이크업을 해주러 사람들 집에 가보면 보통은 주말에 그들이 뭘 했는지 알려주는 증거들이 널려 있다. 커피 테이블에 펼쳐져 있는 《뉴욕타임스》 일요일판, 파티에 쓰였다가 지금은 식기 건조대에 엎어져 있는 와인 잔들, 현관 입구에 흐트러져 있는 아이들의 축구화와 정강이 보호대.

하지만 웨스트 빌리지에 있는 실즈 박사의 타운하우스에 도착했을 때, 인테리어 잡지 《아키텍추럴 다이제스트(Architectural Digest)》에 특집 기사로 나올 법한 집이지 않을까 하는 생각이 들었다. 편안함이나 기능보다는 미관을 위해 선택한 은은한 색깔과 우아한 가구들. 내 생각이 맞았다. 그녀의 집은 세심하게 꾸며진 그녀의 사무실과 크게 다르지 않았다.

실즈 박사가 문에서 나를 맞이하며 내 코트를 받은 후 탁 트이고 볕이 잘 드는 주방으로 나를 데려간다. 그녀는 크림색 터틀넥 스웨터와 다리에 딱 붙는 블랙 린스 워싱 진을 입고, 머리는 낮게 묶었다.

"아깝게 남편을 놓쳤네요." 그녀가 조리대에 놓여 있는 한 쌍의 커피 잔을 싱크대로 치우며 말한다. "당신을 소개해주고 싶었는데, 안타깝게도 그이는 사무실에 나가봐야 해서요."

그 남자가 너무 궁금해서 더 묻고 싶은데, 실즈 박사는 그럴 틈도 주지 않고 싱싱한 베리와 스콘이 담긴 작은 접시를 가리킨다.

"아침 먹을 시간이나 있었는지 모르겠어요." 그녀가 말한다. "커피랑 차 중에 뭘로 할래요?"

"커피요. 고맙습니다."

일요일 오후에야 실즈 박사의 문자에 답을 보냈는데, 그녀는 내 기분이 어떠냐고 또 묻더니 나를 집에 초대했다. 나는 금요일 밤 호텔 바에서 나왔을 때보다 훨씬 더 좋아졌다고 솔직하게 대답했다. 리오가 산책하자며 내 얼굴을 핥을 때까지 자고, 일을 몇 건 하고, 노아와 함께 외출했다. 한 가지 일을 더 했다. 토요일 아침에 은행 문이 열리자마자 750달러짜리 수표를 입금했다. 아직도 그 돈이 멀리 날아가 버릴 것만 같은 기분이 든다. 은행 거래 내역서로 잔액을 확인할 때까지는 내가 그렇게 많이 벌 수 있다는 게 실감 나지 않을 것 같다.

실즈 박사가 유리 커피포트에 담긴 커피를 받침 접시가 딸린 자기 컵 두 개에 따른다. 손잡이의 곡선이 매우 섬세해서 부러질까 봐 걱정될 정도다.

"다이닝 룸으로 가서 얘기할까요."

실즈 박사가 말한다.

그녀가 베리와 스콘이 담긴 접시와 커피 그리고 찻잔과 똑같은 무늬의 작은 자기 접시 두 개를 쟁반에 올린다. 나는 그녀를 따라 옆방으로 들어가다가, 은 액자 사진이 하나 놓여 있는 작은 테이블을 지난다. 실즈 박사가 어떤 남자와 함께 있다. 남자는 그녀의 어깨를 한 팔로 감싸고 있고, 그녀는 남자를 지그시 바라보고 있다.

실즈 박사가 나를 돌아본다.

"남편 분이세요?"

나는 사진을 가리키며 묻는다. 실즈 박사는 서로 가까이 붙어 있는 두 의자 앞에 찻잔을 내려놓으며 미소 짓는다. 나는 남자를 더 가까이 들여다본다. 실즈 박사의 집에 어울리지 않는 무언가를 처음 발견했으니까.

그는 박사보다 열 살 정도 많아 보이고, 약간 텁수룩한 검은 머리에 턱수염도 길렀다. 두 사람의 키는 거의 비슷해 보인다. 170센티미터쯤 될까.

별로 어울리지 않는 한 쌍이다. 하지만 사진 속의 두 사람은 행복한 표정이고, 박사는 남편 얘기를 할 때마다 얼굴이 환하게 반짝인다.

내가 사진에서 눈을 떼자 실즈 박사가 크리스털 샹들리에 밑에서 번들거리고 있는 오크제 식탁의 상석에 있는 의자를 가리킨다. 식탁에는 노란색 괘선 메모지 옆으로 펜과 검은색 휴대전화만 덩그러니 놓여 있다. 전에 실즈 박사의 책상에서 본 적 있는 은색 아이폰이 아니다.

"오늘 내가 전화를 몇 통 좀 해야 한다고 말씀하셨죠?"

내가 묻는다. 이런 게 도덕성 시험과 무슨 상관인지 모르겠다. 또 누군가를 함정에 빠트리라는 건가?

실즈 박사가 식탁에 쟁반을 내려놓는다. 마치 이 방의 우아한 가구들을 선택한 바로 그 디자이너가 과일도 고른 것처럼 블루베리와 라즈베리 한 알 한 알이 완벽하다.

"금요일 저녁엔 힘들었을 거예요." 박사가 말한다. "오늘은 그보다 간단해요. 나도 여기서 당신 옆에 있을 거고요."

"좋아요."

나는 이렇게 말하며 앉는다. 메모지 묶음을 내 앞으로 가져와 보니 첫 장부터 메모가 되어 있다. 실즈 박사의 글씨로 다섯 명의 여자 이름과 전화번호가 나란히 적혀 있다. 모두 뉴욕 시 지역번호가 들어 있다. 212, 646 혹은 917.

"돈과 도덕성의 관계에 대한 데이터가 필요한데."

실즈 박사가 이렇게 말하며 내 앞에 받침 접시에 올린 찻잔을 내려놓은 다음 자신의 잔으로 손을 뻗는다. 그녀의 찻잔에는 블랙커피가 담겨 있다.

"이 현장 연구에 당신 직업이 도움이 되겠다는 생각이 들어서요."

"제 직업이요?"

나는 그녀의 말을 그대로 따라 하고는 펜을 들어 버튼을 누른다. 찰칵하는 소리가 시끄럽게 난다. 나는 펜을 내려놓고 커피를 한 모금 마신다.

"가상의 시나리오를 만들어보면, 예를 들어, 복권에 당첨됐다는 소식을 들었을 때 대부분의 피험자들은 당첨금의 일부를 자선단체에 기부하겠다고 말해요." 실즈 박사가 말한다. "하지만 실제 연구를 보면 당첨자들은 자기가 내놓겠다고 했던 액수보다 적게 기부하는 경우가 많아요. 나는 이걸 조금 변형해서 깊이 파고들고 싶어요."

실즈 박사가 커피포트를 식탁으로 가져와 내 잔에 커피를 더 따라준 다음 내 옆에 앉는다.

"이 사람들한테 전화해서 뷰티버즈의 무료 메이크업 기회를 받게 되었다고 말하는 거예요.”

실즈 박사가 말한다. 오늘따라 유독 박사의 신경이 날카롭게 서 있는 것 같은데, 그녀는 거의 미동도 없다. 표정은 온화하고 담청색 눈동자는 맑다. 어쩌면 내 감정을 그녀에게 투영하고 있는지도 모르겠다. 이 모든 일이 그녀에게는 완벽하게 일리 있어 보일지 몰라도, 나는 이게 왜 그녀의 연구에 중요한지 이해가 되지 않는다.

“그러니까 그냥 전화해서 무료 메이크업을 받을 수 있게 되었다고 말하라고요?”

“그래요. 그리고 거짓말도 아니에요. 메이크업 비용은 내가 당신한테 지불할 거…….”

“잠깐만요.” 내가 그녀의 말을 끊는다. “내가 정말 이 여자들한테 메이크업을 해주는 거예요?”

“네, 그럼요, 제시카. 당신이 매일 하는 일이잖아요. 그게 문제될 건 없잖아요?”

그녀가 무슨 말을 하든 아주 논리적으로 들린다. 내 질문 따위는 식탁에 흘린 작은 부스러기처럼 휙 쓸어버린다.

노아와 함께 있으면서 찾았던 잠깐의 휴식은 이미 그 효력을 다해가고 있다. 실즈 박사와 만나면 만날수록 그녀가 하고 있는 일이 뭔지 점점 더 이해가 안 되는 기분이다.

그녀가 말을 잇는다.

“내가 궁금한 건, 메이크업을 받은 사람들이 무료 혜택을 받았으니 그만큼 더 팁을 후하게 줄까 하는 거예요.”

나는 고개를 끄덕이지만 여전히 이해가 안 된다.

“그런데 왜 이 번호들이죠?” 내가 묻는다. “어떤 사람들인데요?”

실즈 박사가 느긋하게 커피 한 모금 홀짝인다.

"내가 전에 진행했던 도덕성 연구에 참여한 사람들이에요. 광범위한 후속 실험에 동의하는 서류에 다들 서명했어요."

그러니까 이 사람들은 무슨 일인가 닥치리라는 건 알지만 그게 뭔지는 모르는 것이다. 이들의 처지가 이해된다.

이성적으로 생각해보면 이 일로 누가 잘못될 리는 없다. 무료 메이크업을 마다할 사람이 누가 있을까? 그래도 배 속이 조여든다.

실즈 박사가 종이 한 장을 내 쪽으로 밀어준다. 그 위로 컴퓨터로 친 대본 같은 것이 있다. 나는 종이를 가만히 내려다본다.

만약 뷰티버즈 쪽에서 이 일을 안다면 곤란해질 수도 있다. 나는 뷰티버즈에 고용되었을 때 경업금지조항*에 서명했다. 엄밀히 따지자면 회사 이름을 팔아서 몰래 호객 행위를 하는 건 아니지만, 회사 쪽에서 과연 그렇게 생각해줄지 모르겠다.

이 다섯 명의 여자들 모두가 이 경품 당첨을 거절해주면 좋겠다는 마음도 약간 든다.

회사 이름을 사용하지 않고 이 실험을 도울 수는 없을까?

내가 우려를 표하려는데 실즈 박사가 내 손에 자기 손을 얹는다. 그녀의 목소리가 낮고 부드럽다.

"제시카, 정말 미안해요. 내가 연구에 정신이 팔려서 가족 안부도 못 챙겼네요. 어떻게 아버지는 새 일자리를 찾기 시작하셨나요?"

나는 숨을 내쉰다. 우리 가족에게 곧 닥칠 위기는 무지근한 만성통증과도 같아서 내 마음 한구석에 언제나 도사리고 있다.

"아직이요. 새해를 기다리고 계세요. 12월에는 사람 뽑는 데가 없으니까요."

---

* 근로자가 경쟁 업체에 취업하거나 경쟁 업체를 설립하여 운영하는 행위를 금지하는 조항.

그녀의 손이 여전히 내 손을 덮고 있다. 무척 가벼운 손이다. 가느다란 흰색 다이아몬드 반지가 그녀의 손가락에 비해 조금은 커 보인다. 반지를 처음 꼈을 때보다 살이 빠지기라도 한 것처럼.

"내가 도움이 될 수 있을지 모르겠는데……."

그녀가 뭔가 생각난 것처럼 말끝을 흐린다. 나는 고개를 휙 들어 그녀를 빤히 쳐다본다.

"아, 정말 도움을 주고 싶은데. 하지만 어쩐다? 그분은 펜실베이니아에 계시고, 평생 정기생명보험 파는 일밖에 안 해보셔서."

그녀가 손을 뗀다. 차가운 손이었지만 떨어지고 나니 상실감이 든다. 그리고 보니 이제 내 손가락도 얼음처럼 차갑다. 그녀의 냉기가 내게 조금 옮겨오기라도 한 것처럼.

그녀가 접시에서 라즈베리 한 알을 집어 입으로 들어 올린다. 생각에 잠긴 표정이다.

"난 보통 피험자들에게 내 개인적 이야기는 하지 않아요." 마침내 그녀가 입을 연다. "하지만 당신은 이제 그냥 피험자로만 느껴지지 않으니까."

온몸에 전율이 일어난다. 나만의 착각이 아니었다. 정말 우리 사이에 뭔가 통하고 있는 것이다.

"아버지가 투자가세요." 실즈 박사가 말을 잇는다. "동부의 여러 회사에 지분을 갖고 계시죠. 영향력 있는 분이세요. 내가 아버지한테 부탁해볼 수도 있고. 주제넘은 참견이 아닌지 모르겠지만……."

"아뇨! 그러니까, 주제넘은 거 아니에요. 전혀 그렇지 않아요."

하지만 아빠는 동정받는 기분이 들겠지. 이 일을 알면 자존심이 무너져 내릴 것이다.

늘 그렇듯 실즈 박사는 내 마음을 읽은 것 같다.

"걱정 말아요, 제시카. 우리끼리 아는 일로 해둘 테니까."

이건 고액의 수표보다 훨씬 더 의미가 크다. 우리 가족을 구원해줄 수도 있다. 아빠가 일자리를 얻는다면, 집을 팔지 않아도 되고 베키도 괜찮을 것이다.

실즈 박사는 경솔하게 아무 약속이나 던질 사람 같지는 않다. 그녀의 인생은 매우 견고하다. 그녀는 내가 아는 그 누구와도 다르다. 그녀라면 정말 이 일을 성사해줄 것 같은 예감이 든다.

안도감에 머리가 아찔해질 지경이다.

실즈 박사가 빙긋 웃는다. 전화기를 집어 내 앞에 놓는다.

"먼저 리허설 한번 해볼까요?"

# 28

가족마다 나름의 문제가 있지요.

성인이 되고 나면 이런 과거를 털어버릴 수 있다고 믿는 사람이 많아요. 하지만 대개 어린 시절부터 각인되는 가족 간의 어긋난 역학 관계는 좀처럼 사라지지 않습니다.

당신은 지금의 헝클어진 인간관계가 가족의 유형에서 비롯되었다는 결정적 정보를 내게 줬어요, 제시카.

나는 어떨지 궁금한 적 있나요? 일반적으로 내담자들은 심리치료사의 인생을 지레짐작하면서 텅 빈 도화지에 이런저런 그림을 그려 넣지요.

당신은 극단에서 일해봤죠. 배역들을 정확하게 머릿속에 그릴 줄 아나요? 폴, 영향력 있는 아버지. 신시아, 전 미인대회 우승자 어머니. 리디아, 잘나가는 맏딸. 이런 인물들로 다음과 같은 장면이 만들어질

216

거예요.

당신이 내 집을 다녀간 다음 날, 화요일 점심시간. 축일을 맞이해 가족 모임이 있어요. 어머니의 예순한 번째 생일이죠. 정작 당신은 쉰 여섯이라고 주장하지만.

이제 눈에 보이는 장면은 이래요.

어머니와 아버지, 딸이 웨스트 43번가에 있는 프린스턴 클럽의 구석진 4인용 테이블로 안내를 받아요. 수년 전부터 남는 의자 하나는 여동생 자리예요. 그녀가 고등학교 3학년 때 끔찍한 사고를 당한 후로는 쭉 비어 있어요.

그녀의 이름은 대니얼이에요.

살아 있는 딸은 갈색 누비 가죽 의자에 앉아서 아주 미세하게 몸을 꿈틀거리며 어머니와 아버지 사이의 거리를 똑같이 유지해요. 웨이터는 주문을 받지 않아도 가족이 좋아하는 음료를 알고 있어요. 스카치 한 잔과 상큼한 화이트와인 두 잔을 얼른 가져와 셋의 이름을 부르며 인사를 해요. 아버지는 웨이터와 악수를 나누며 아들의 고등학교 마지막 레슬링 경기가 어땠는지 물어요. 어머니는 곧바로 와인을 길게 들이켠 다음 핸드백에서 금색 콤팩트를 꺼내 거울을 봐요. 그녀의 안색과 이목구비는 딸과 비슷하지만, 세월이 흐르면서 광채가 사라졌어요. 어머니는 살짝 얼굴을 찌푸리며 손가락 끝으로 립스틱을 손봅니다. 웨이터는 주문을 받고 물러나요.

이제 이런 대화가 오갑니다.

"토머스가 못 오다니 아쉽구나."

어머니는 콤팩트를 찰칵 닫아 금색의 C가 맞물린 모양의 버클이 달려 있는 누비 핸드백에 다시 집어넣어요.

"요새 자주 못 본 것 같은데."

아버지가 거듭니다.

"일이 너무 많아서요." 딸이 대답해요. "원래 심리치료사들은 연말 즈음이 제일 바쁘잖아요."

듣는 사람 나름대로 해석할 수 있는 두루뭉술한 답변이에요. 쇼핑, 여행, 고된 음식 준비로 스트레스 받는 환자들이 추가 도움을 요청할 수도 있고, 날이 더 짧고 어두워지니 우울증이 심해지거나 계절성 정동장애가 올 수도 있어요. 하지만 심리치료사라면 누구나 알듯이, 예약으로든 응급으로든 12월에 상담 건수가 늘어나는 데는 평화롭고 즐거워야 할 가족 관계가 그 원흉이 되는 경우가 많죠.

"리디아?"

딸이 고개를 들고 아버지에게 미안해하는 미소를 보냅니다. 딴 생각에 잠겨 있었거든요.

이제 눈에 보이지 않는 것을 얘기해보죠.

딸은 어제 한 통화들로 수집한 정보를 곰곰이 생각하고 있었어요. 꼬리에 꼬리를 물고 이어지는 생각에서 벗어나질 못하고 있었죠.

당신이 입수한 정보에 따르면, 제시카, 그 여자들 중 두 명은 토머스와 별다른 관계일 가능성이 별로 없어요. 한 명은 이번 주에 손주들을 돌봐야 하지만, 토요일에 시간을 낼 수 있다고 했죠. 다른 한 명은 청소 서비스 업체 직원인데, 토머스가 얼마 전 청소 업체를 바꿔야겠다고 말했던 게 생각나더군요.

하지만 나머지 세 명은 의심스러워요.

두 명은 무료 메이크업 제안을 받아들여 이번 주 금요일 저녁으로 예약을 잡았어요.

세 번째 여자는 전화 연결이 안 됐죠. 이건 아직 우려할 사항은 아니에요.

한 번의 배신은 극복할 수 있을지도 몰라요. 하지만 한 번이라도 더 부정을 저지른 사실이 확인된다면, 문제는 외도 습관이 밝혀지는 것에 그치지 않습니다. 고의적 사기, 훨씬 더 강한 기만이 드러나게 되는 거지요.

그렇지만 이런 식으로 조사해서는 확실한 결과를 얻을 수 없어요. 너무 많은 변수가 작용하니까요. 따라서 같은 방향의 연구가 동시에 진행되어야 합니다.

이제 내 남편을 만날 때가 됐군요, 제시카.

점심식사가 계속됩니다.

"가자미는 거의 손도 안 됐구나." 아버지가 말해요. "너무 익혔어?"

딸은 고개를 젓고 한 입 먹어요.

"딱 좋아요. 그냥 배가 별로 안 고파서요."

어머니는 포크를 내려놓아요. 반쯤 먹은 치킨 파이야르와 채소들이 담긴 접시에 포크가 쨍그렁 하고 살며시 부딪히네요.

"나도 입맛이 별로 없네."

아버지는 딸만 가만히 바라보고 있어요.

"다른 걸로 주문할래?"

어머니가 와인을 쭉 들이켜 비웁니다. 웨이터가 와서 조심스럽게 잔을 다시 채워요. 두 잔째예요. 딸은 한 모금 맛본 뒤로는 술에 입도 안 대고 있어요. 아버지는 스카치를 또 한 잔 권하는 웨이터에게 손을 휘휘 저어 거절하고요.

"고민이 좀 있어서요." 딸이 털어놓습니다. 머뭇머뭇. "같이 일하는 젊은 조교가 있는데, 아버지는 정리해고 대상자이고 장애인 동생까지 있대요. 우리가 그 가족을 도울 방법이 있을까 해서요."

"어쩔 생각이냐?"

아버지가 의자에 등을 기댑니다.

어머니는 테이블에 놓여 있는 바구니에서 가느다란 막대 모양의 빵을 하나 집어 끝을 톡 부러뜨려요.

"그 친구 아버지가 앨런타운에 산대요. 거기에 아는 회사 없어요?"

아버지가 얼굴을 찌푸립니다.

"어떤 일을 하는 사람인데?"

"생명보험 판매원이요. 형편이 별로 넉넉지 않아요. 다른 일도 마다하지 않을 거예요."

"넌 늘 나를 놀라게 하는구나." 아버지가 말합니다. "중요한 일로 그렇게 바쁘면서 다른 사람까지 챙기다니."

빵을 다 드신 어머니는 이렇게 말해요.

"아직도 그 여자 때문에 꽁하고 있는 건 아니겠지."

질문이 아니라 단언입니다.

딸은 괴롭거나 동요하는 기색을 전혀 내비치지 않아요.

"두 사람은 이제 아무 사이도 아니에요."

여전히 무덤덤한 말투죠. 딸이 얼마나 힘겹게 답하고 있는지 아무도 눈치채지 못할 거예요.

아버지는 딸의 손을 토닥거립니다.

"내가 한번 알아보마."

웨이터가 생일 케이크를 테이블로 가져와요. 어머니가 촛불 하나를 훅 불어서 꺼요.

"큼직하게 한 조각 잘라서 집에 가져가. 토머스도 먹게."

어머니가 말합니다.

어머니의 시선이 딸에게 오래 머물러요. 그러다 날카로워집니다.

"크리스마스이브에는 너희 둘 다 봤으면 좋겠구나."

# 29

**12월 13일 목요일**

오늘 주어진 일에는 자동차 서비스도 지시된 의상도 정해진 대본도 없다.

목적지와 시간만 있다. 메트 브로이어*에서 열리는 딜런 알렉산더 사진전. 나는 거기 11시부터 11시 반까지 있다가 곧장 실즈 박사의 사무실로 가면 된다.

실즈 박사가 화요일 오후에 연락해 지시를 내렸을 때 나는 이렇게 물었다.

"정확히 내가 뭘 해야 하나요?"

"이런 일을 맡겨서 좀 당황스럽긴 할 거예요." 박사가 답했다. "하지만 사전 계획 없이 들어가는 게 중요하거든요. 당신이 상황을 알고 가

---

* 뉴욕 메트로폴리탄 미술관의 분관.

면 결과에 영향을 미칠 수도 있으니까요."

그리고 딱 한마디 덧붙였다.

"그냥 당신답게 행동해요, 제시카."

이 말에 나는 당혹스러웠다.

나는 인생에서 여러 역할을 맡고 있다. 열심히 일하는 프로 메이크업 아티스트, 술집에서 친구들과 웃고 수다를 떠는 여자, 충실한 딸이자 언니.

하지만 실즈 박사가 보고 있는 사람은 이들 중 어느 누구도 아니다. 그녀가 아는 사람은 소파에 앉아 비밀과 나약함을 드러내는 여자다. 그런데 오늘 그런 사람이 되라는 건 아니겠지.

실즈 박사가 내게 해줬던 칭찬들, 왜 그녀가 나를 피험자 이상이라고 느끼게 되었을까. 그 이유가 될 만한 것들을 떠올려보려 애쓴다. 오늘 바로 그런 부분을 보여줘야 하는 걸까. 하지만 구체적인 칭찬은 별로 기억나지 않는다. 내 패션 감각과 솔직함이 마음에 든다고 했던 것 말고는.

옷을 입으면서, 내 옷차림이 오늘의 임무보다는 박사를 위한 것이라고 느껴진다. 마지막으로 실즈 박사의 회갈색 숄을 꺼낸다. 12월의 추위를 막아야 하니까, 라고는 하지만 실은 긴장되어 목에 뭐라고 둘러야 마음이 편할 것 같다. 숨을 들이마시니 그녀의 톡 쏘는 향수 냄새가 희미하게 나는 것 같은 착각이 들지만, 지금쯤은 천에서 다 날아가고 없을 것이다.

미술관으로 가기 전, 리지와 함께 아침을 먹기 위해 작은 식당으로 향한다. 중요한 예약 건이 있어서 10시 정각에는 가봐야 한다고 말해두었다. 여유 있게 출발하고 싶었다. 뉴욕의 한낮이 혼잡한 시간대는 아니지만, 지하철이 연착되거나 교통 체증이 일어나거나 구두 굽이 부러질지 누가 알겠는가.

아침을 먹으며 리지가 귀여운 막내 남동생 이야기를 한다. 고등학교 2학년생인 티미. 지난여름 리지네 집에 갔을 때 그를 만났다. 상냥하고 잘생긴 아이였다. 듣자 하니 늘 동경했던 농구 팀에 지원하지 않기로 결정한 모양이다. 지금은 가족 전체가 초조해하고 있다. 네 형제중 처음으로 학교 대표 선수 마크를 받지 못하게 됐으니.

"뭐 하고 싶대?"

내가 묻는다.

"로봇 동호회."

"장래를 생각했을 땐 농구보다 그쪽이 나을지도 모르잖아."

"키도 165센티미터밖에 안 되고 말이지."

리지가 내 말에 동의하며 말한다.

나는 노아에 대해 조금 얘기한다. 어떻게 만났는지 자세한 사정은 건너뛰고, 토요일 저녁에 두 번째 데이트를 했다고 말한다.

"요리해주는 남자라고?" 리지가 묻는다. "귀엽네."

"응. 그런 것 같아."

나는 버건디 손톱을 내려다본다. 리지에게 많은 걸 숨기고 있자니 기분이 이상하다.

"이만 가봐야겠어. 나중에 또 얘기해."


나는 10분 일찍 미술관에 도착한다.

입구 쪽으로 걸어가고 있는데, 타이어가 끼익하는 소리가 들리더니 누군가가 소리를 지른다.

"아이구야!"

나는 몸을 휙 돌린다. 겨우 10미터 정도 떨어진 곳에 백발의 여자가 택시 앞에 큰대자로 쓰러져 있다. 택시기사가 내리고 몇몇 사람이 사고 현장으로 급하게 달려간다. 나도 서둘러 가보니 택시기사의 말이 들린다.

"갑자기 차 앞으로 튀어나왔어요."

이제 대여섯 명이 백발의 여자 주위에 몰려들어 있다. 여자는 의식은 있지만 멍해 보인다.

내 옆에 서 있는 30대 남녀가 곧장 수습에 나선다. 그들에게서 차분한 자신감마저 풍겨져 나온다.

"이름이 뭐예요?"

남자가 파란 외투를 벗어 백발의 여자를 덮어주며 묻는다. 큼직한 재킷 밑의 그녀는 작고 연약해 보인다.

"마릴린이요."

이 한마디를 뱉는 데에도 아주 힘들어 보인다. 그녀는 눈을 감고 얼굴을 찡그린다.

"누가 구급차 좀 불러주세요."

여자가 마릴린에게 코트를 더 단단히 덮어주며 말한다.

"제가 할게요."

나는 911로 전화하며 말한다.

나는 응급전화 상담원에게 주소를 알려준 다음 시계를 힐끔 본다. 10시 56분이다.

불현듯 떠오르는 생각. 이 사고가 연출된 게 아닐까. 호텔 바에서 실즈 박사는 나를 이용해 알지도 못하는 사람을 평가했잖아. 오늘은 바로 내가 평가 대상인지도 몰라. 아마도 시험일 거야.

몸을 굽혀 마릴린을 살피고 있는 남녀 모두 매력적이고 정장 차림에 안경을 쓰고 있다. 이 사람들도 실험에 참여하고 있는 걸까?

나는 실즈 박사의 붉은 머리와 날카로운 푸른 눈이 언뜻 보이지 않을까 싶어 주위를 휙 둘러본다. 무대 밖에 서서 이 장면을 연출하고 있지나 않을까.

 하지만 곧 의심을 떨쳐버린다. 그녀가 이 모든 일을 꾸몄다니 말도 안 되잖아.

 나는 몸을 굽혀 마릴린에게 묻는다.

 "연락할 사람 있어요?"

 "딸이요."

 그녀가 속삭인다. 그녀가 전화번호를 알려준다. 번호를 기억하는 걸 보니 상태가 아주 나쁘지는 않은 모양이다.

 그녀에게 코트를 덮어줬던 남자가 얼른 휴대전화로 전화를 건다.

 "따님이 이리로 오신대요."

 그가 전화를 끊으며 말한다. 그러고는 나를 쳐다본다. 안경 뒤로 그의 눈빛이 걱정스러워 보인다.

 "좋은 생각이에요."

 나는 시계를 확인해본다. 오전 11시 2분. 지금 미술관 안으로 들어가면 지시받은 시간보다 겨우 1~2분 늦을 것이다.

 하지만 이런 상황에서 그냥 가버리는 사람이 어디 있어?

 멀리서 구급차의 사이렌이 들린다. 도와줄 사람들이 오고 있다.

 지금 가버리는 게 도덕적으로 괜찮은 행동일까?

 더 기다렸다가는 실즈 박사의 명백한 지시를 어기게 된다. 등에 땀이 나 따끔거린다.

 "죄송한데요." 나는 코트 없이 살짝 떨고 있는 남자에게 말한다. "일이 있어서 가봐야 하거든요."

 "괜찮아요. 제가 있을게요."

그의 친절한 말에 답답한 가슴이 조금 풀린다.

"그래도 되겠어요?"

그가 고개를 끄덕인다. 나는 마릴린을 내려다본다. 우리 엄마가 몇 년 전부터 바르고 있는 커버걸 브랜드와 똑같아 보이는 연분홍색 립스틱을 발랐다. 내가 바비브라운 매장에서 일할 때는 비싼 제품을 갖다주곤 했는데.

"부탁 좀 해도 될까요?"

나는 남자에게 물으며 뷰티버즈 명함을 꺼내 거기에 내 개인 전화번호를 갈겨쓴다. 그리고 그에게 건넨다.

"이분 상태가 어떤지 알게 되면 저한테 좀 알려주시겠어요?"

"그러죠."

마릴린이 괜찮았으면 하는 마음은 진심이다. 그것도 그렇고, 실즈 박사한테 사고에 대해 얘기할 때 무정하게 사고현장을 떠난 사람으로 보이고 싶지도 않다.

11시 6분. 나는 미술관 안으로 급하게 들어선다.

마지막으로 한 번 더 고개를 돌려보니, 아직도 내 명함을 들고 있는 남자는 다가오는 구급차를 안 보고 있다. 나를 보고 있다.

매표소에 있는 여자에게 10달러를 주자 그녀가 딜런 알렉산더 사진전이 열리고 있는 위치를 가르쳐준다. 좁은 계단을 타고 2층으로 올라간 다음 왼쪽으로 틀어 복도를 따라가라고.

허둥지둥 계단을 오르면서 호텔 바에서처럼 실즈 박사가 문자를 보냈나 싶어 확인해본다. 메시지가 하나 들어와 있지만 실즈 박사는 아니다.

'그냥 한 번 더 물어보려고. 커피 한잔 어때?'

극단에서 함께 일했던 옛 친구 카트리나다. 나는 전화기를 주머니에 도로 찔러 넣는다.

딜런 알렉산더 사진전은 홀의 끝까지 가야 하고, 나는 거의 헐떡거리며 그곳에 도착한다.

실즈 박사에게 지시를 받자마자 이 사진작가에 대해 검색해봤기 때문에 전시된 작품이 별로 놀랍지 않다. 오토바이를 찍은 흑백 사진들이 액자가 아니라 길게 쭉 뻗은 거대한 캔버스에 담겨 있다.

나는 어디로 가야 할지 알려줄 단서를 찾아 주위를 두리번거린다.

몇몇 사람이 사진들 앞에서 서성이고 있다. 관광객 세 명을 데리고 다니며 작품을 설명해주고 있는 안내원, 손을 잡은 채 프랑스어로 말하고 있는 남녀 한 쌍, 블랙 보머재킷을 입고 있는 남자. 이들 중 누구도 내 존재를 알아차리지 못하는 것 같다.

지금쯤이면 구급차가 도착했겠구나. 마릴린은 들것에 실리고 있겠지. 얼마나 겁이 날까. 딸이 빨리 와야 할 텐데.

사진들을 자세히 들여다보고 있으니, 실즈 박사가 매 조각상을 보여줬을 때 내가 얼마나 무덤덤하게 반응했었는지 떠오른다. 오늘의 임무는 이 사진들과 관련된 걸까? 박사가 물어볼 경우를 대비해서 이 전시회에 대한 심오한 감상을 준비해둬야 할 텐데.

오토바이에 대해서는 조금 알지만, 예술에 대해서는 거의 문외한이다.

할리 데이비슨 사진을 뚫어져라 쳐다본다. 오토바이가 옆으로 심하게 기울어져 있어 거기 탄 사람이 거의 땅과 평행을 이루고 있다. 다른 사진들과 마찬가지로 실물 크기에, 캔버스에서 바로 튀어나올 듯 강렬한 사진이다. 나는 작품에 담긴 숨겨진 의미를 찾으려 안간힘을 쓴다. 그걸 알면 실즈 박사가 나를 여기에 보낸 속뜻을 알 수 있을 텐데. 내 눈에 보이는 거라곤 흉할 정도로 덩치 큰 기계와 쓸데없는 일에 목숨을 걸고 있는 듯한 남자뿐이다.

이 사진들이 아니라면 어디에서 실생활 도덕성 시험을 하는 거지?

시험이 이미 끝난 건 아닐까 하는 생각이 들기 시작하자 사진에 집중하기가 힘들어진다. 미술관 권장 관람료는 25달러지만 꼭 내야 할 필요는 없다. 내가 처음 미술관에 도착했을 때 매표소에 입장료는 내고 싶은 만큼 내라는 안내문이 있었다.

'성의껏 내주세요.'

급한 데다 30분만 있다 갈 거니까, 라고 나는 지갑을 열면서 생각했다. 지갑 안에는 20달러짜리 한 장과 10달러짜리 한 장이 있었다. 그래서 나는 10달러를 꺼내 반으로 접어서 유리 밑으로 내밀었다.

실즈 박사는 입장료를 변상할 계획이었는지도 모른다. 당연히 내가 전액을 냈을 거라 생각하겠지. 그녀에게 사실대로 말해야 할 것이다. 그녀가 나를 인색한 사람으로 생각하고 있었던 게 아니라면 좋겠다.

내려가면 지폐를 잔돈으로 바꿔서 15달러를 기부해야겠다.

나는 다시 작품에 집중해본다. 내 옆에서 두 사람이 한 사진을 가리키며 프랑스어로 열심히 의견을 나누고 있다.

저 멀리, 전시가 시작되는 쪽에서 블랙 보머재킷을 입은 남자가 한 사진을 유심히 바라보고 있다. 나는 기다리고 있다가 그가 옆 사진으로 오자 다가간다.

"잠깐 실례해도 될까요? 바보 같은 질문이긴 한데요, 이 사진들이 뭐가 그리 특별한지 이해가 되지 않아서요."

그가 나를 보며 빙긋 웃는다. 생각했던 것보다 젊다. 그리고 더 잘 생겼다. 전형적인 미남형 이목구비에 대담한 옷이 잘 어울러진다.

그는 잠시 생각하다가 말한다.

"제 생각에는 작가가 아름다운 형태에 시선을 집중시키려고 흑백을 사용한 것 같아요. 색조가 없으면 세세한 부분까지 주목할 수 있으니까요. 이것 좀 보세요. 빛을 신중하게 사용해서 핸들과 속도계를 강조했어요."

나는 고개를 돌려 그의 시각으로 사진을 본다. 처음엔 오토바이들이 금속과 크롬의 흐릿한 덩어리로 다 똑같아 보이더니 지금은 제법 구분이 된다.

"무슨 뜻인지 알겠네요."

하지만 이 사진전이 윤리 및 도덕성과 무슨 상관인지는 여전히 모르겠다.

나는 다음 사진으로 넘어간다. 이 오토바이는 움직이지 않고 있다. 반짝거리며 산꼭대기에 서 있는 새 오토바이. 그때 보머재킷의 남자도 이쪽으로 걸어온다.

"사이드미러에 비친 사람 보여요?"

그가 묻는다. 못 봤지만 어쨌든 고개를 끄덕이며 사진을 더 가까이 들여다본다.

갑자기 전화기의 알람이 울려 나는 흠칫 놀란다. 그 소리에 남자의 집중력이 깨어졌을까 봐 사과의 미소를 보낸 다음, 주머니로 손을 넣어 소리를 끈다. 11시 반에 미술관에서 나오라는 실즈 박사의 지시를 확실히 이행하기 위해 미술관으로 오는 길에 알람을 맞춰놨었다. 이제 가야 한다.

"고마워요."

나는 남자에게 이렇게 말한 다음, 계단을 타고 1층으로 내려간다. 잔돈을 바꾸느라 시간을 더 낭비할 수 없어 20달러짜리 지폐를 모금함에 넣고는 서둘러 문밖으로 나선다.

나가 보니 마릴린, 택시기사, 뿔테 안경의 남자 모두 가고 없다.

마릴린이 쓰러져 있던 곳에 차들이 달리고 있다. 사람들이 인도를 돌아다니며 휴대전화로 통화하고 근처 노점에서 산 핫도그를 먹고 있다. 마치 사고는 일어나지도 않았던 것처럼.

# 30

당신에게는 단순히 30분짜리 과제에 불과하겠죠. 그 일이 내 인생 자체를 파탄 낼 불씨가 될 수도 있다는 건 꿈에도 모를 겁니다.

이 계획을 발동한 후로 내 몸에서 나타나는 반응들, 불면증, 식욕 부진, 곤두박질치는 심부체온을 바로잡는 조치를 취해야 했어요. 이런 문제에 정신을 빼앗겨 명료한 사고 과정에 차질이 생기면 안 되니까요.

라벤더 오일을 떨어뜨린 따뜻한 물에 몸을 담그면 잠이 잘 오죠. 아침에는 삶은 달걀 두 개를 먹어요. 실내 온도를 22도에서 23도로 올리면 생리적 변화를 보완할 수 있죠.

먼저 토머스와 내가 만나기로 한 시간 직전에 그의 휴대전화로 전화를 겁니다.

"리디아."

그가 즐거운 목소리로 받는군요. 이 목소리를 듣지 못하고 남은 생을 산다면 어떨까요? 아침에 깨어날 때 살짝 까칠한 목소리, 친밀한 순간의 부드럽고 다정한 목소리, 자이언츠*를 응원하는 남성적이고 열정적인 목소리를.

토머스는 메트 브로이어에서 나를 기다리고 있다고 말합니다. 하지만 내게 비상근무가 생겨 그가 좋아하는 사진작가의 전시회를 같이 보지 못하게 되었다는 소식을 듣자 그의 목소리에서 즐거움이 사라지네요.

그렇지만 그가 불평할 처지는 못 되죠. 일주일 전 자기도 데이트를 취소했으니까요.

사진전은 주말까지만 열려요. 토머스는 이 기회를 놓치기 싫겠죠.

"토요일에 같이 저녁 먹으면서 사진전 얘기해줘."

나는 토머스에게 이렇게 말해요.

이제 두 사람은 서로 부딪칠 수밖에 없는 곳에 있네요. 남은 건 기다리는 일뿐.

기다리는 일이야 늘 있죠. 신호등이 빨간불에서 파란불로 바뀌기를 기다리고, 마트 계산대에서 내 차례가 빨리 오기를 기다리고, 건강 검진 결과가 나오기를 기다리고.

하지만 제시카, 당신이 와서 미술관에서 있었던 일을 들려주기를 기다리는 이 시간은 세상 그 어떤 시간 단위로도 측정할 수 없네요.

대체로 효과적인 심리학 연구는 기만에 뿌리를 두고 있죠. 이를테면, 심리학자는 피험자가 어떤 한 가지 행동을 평가받고 있다고 믿도

---

• 뉴욕의 프로 미식축구 팀.

록 유도할 수 있어요. 실은 완전히 다른 것을 측정하기 위한 미끼를 던져놓고 말이죠.

아시의 동조 실험을 예로 들어보죠. 다른 학생들과 함께 지각 검증 실험에 참여하고 있는 줄 알았던 대학생 피험자들이 있었는데, 사실 각 그룹마다 한 명의 피험자를 제외하고 나머지는 배우들이었어요. 먼저 피험자들에게 수직선이 하나 그어진 카드를 보여준 다음, 세 개의 선이 그어진 카드를 보여줬죠. 그리고 길이가 같은 선을 말해보라고 했더니 피험자들은 배우들과 똑같은 대답을 했어요. 심지어 배우들이 틀린 답을 골랐을 때조차. 피험자들은 지각 능력을 시험받고 있다고 믿었지만, 실제로 평가되고 있었던 건 집단 의견에 대한 순응도였죠.

당신은 사진을 보기 위해 메트 브로이어에 있는 줄 알겠죠. 하지만 당신이 그 사진들을 어떻게 생각하든 내 알 바 아니에요.

11시 17분. 그 전시회는 이 시간대에 한산할 거예요. 몇 사람만 작품을 감상하고 있을 테죠. 지금쯤이면 토머스를 봤겠군요. 그는 당신을 봤을 테고요.

가만히 앉아서 기다릴 수가 없네요. 흰색 목제 붙박이 책꽂이에 가득 들어찬 책들을 손으로 쓸어요. 이미 완벽하게 일직선으로 꽂혀 있는데도.

책상 위에 있는 법률 문서 크기의 서류철을 살짝 오른쪽으로 옮겨 더 정확히 중앙에 둬요. 소파 옆 테이블에 화장지를 다시 채워요.

시계를 확인하고 또 확인합니다.

드디어 11시 30분. 끝났군요.

사무실의 한쪽 끝에서 다른 쪽 끝까지 열여섯 걸음을 왔다 갔다 합니다.

11시 39분. 맨 끝에 있는 창으로 입구 쪽이 내려다보이죠. 그쪽으로 사람이 지나갈 때마다 확인을 해봐요.

11시 43분. 지금쯤 도착하겠군요.

거울을 보며 립스틱을 다시 바릅니다. 세면대 가장자리가 차갑고 딱딱하군요. 거울을 보니 겉껍데기는 아무 이상 없네요. 당신은 아무런 낌새도 알아차리지 못할 겁니다.

11시 47분. 버저가 울립니다. 드디어 왔군요.

천천히 침착하게 호흡합니다. 한 번 더.

당신은 사무실 문을 열고 들어오며 방긋 웃습니다. 찬 공기에 상기된 두 뺨, 바람에 날린 머리. 당신에게서 젊은 기운이 마구 뿜어져 나와요. 세월의 야속함을 다시금 일깨워주는군요. 언젠가는 당신도 시간의 끝으로 끌려가겠죠.

전시회장에서 나 대신 당신을 우연히 만났을 때 토머스는 과연 무슨 생각을 했을까요?

"우리 꼭 쌍둥이 같아요."

당신이 말합니다. 해명하듯 캐시미어 숄을 만지는군요. 나는 억지 웃음을 짓습니다.

"그러게요……. 이렇게 바람이 많이 부는 날에 딱이죠."

당신은 러브시트에 앉습니다. 당신이 선호하는 자리죠.

"제시카, 미술관은 어땠어요?"

나는 사무적으로 답을 재촉합니다. 당신의 대답에 어떤 식으로든 영향을 미쳐서는 안 되니까요. 나는 오염되지 않은 정확한 보고를 들어야겠어요. 당신은 말하기 시작합니다.

"그게, 사실은 몇 분 늦었어요."

당신은 내 눈을 피해 시선을 내리깝니다.

"어떤 여자가 택시에 치어서 도와주려고 잠시 멈췄거든요. 하지만 구급차를 불러주고 다른 사람들한테 맡긴 다음 나는 전시회로 달려갔어요. 순간 그 여자도 시험의 일부인가 했어요."

당신은 어색하게 살짝 웃은 다음, 머뭇머뭇 말합니다.

"어디서부터 시작해야 할지 몰라서 그냥 제일 먼저 눈길이 가는 사진 앞으로 갔어요."

당신 너무 빨리 말하고 있네요. 요점만 간추려서.

"급할 것 없어요, 제시카."

당신의 자세가 구부정해집니다.

"죄송해요. 그냥 좀 충격을 받아서요. 사고가 일어나는 건 못 봤지만, 사고 직후에 여자가 길거리에 쓰러져 있는 건 봤거든요……."

당신의 불안감을 받아줘야겠군요.

"많이 놀랐겠어요. 도와준 건 잘한 일이에요."

당신은 고개를 끄덕입니다. 딱딱하게 굳어 있던 당신의 몸은 조금 편하게 풀리고.

"심호흡 한 번 하고 나서 계속할까요?"

당신은 숄을 풀어 옆에 둡니다.

"괜찮아요."

당신의 목소리가 이제 부드러워졌네요.

"전시회에 들어가고 나서 있었던 일들을 차례대로 얘기해보세요. 하나도 빼놓지 말고, 대수롭지 않아 보이는 것까지 전부 다요."

당신은 한 쌍의 프랑스인 남녀, 미술관 안내인과 관광객들, 그리고 알렉산더가 오토바이의 형태를 강조하기 위해 사진을 흑백으로 찍은 것 같다는 당신의 감상을 이야기합니다. 그러고는 잠시 멈춰요.

"솔직히 말하면, 그 사진들이 뭐가 특별한지 잘 이해가 안 되더라고

235

요. 그래서 그 사진들에 푹 빠진 것처럼 보이는 어떤 남자한테 왜 좋으냐고 물어봤어요."

갑자기 빨라지는 맥박, 걷잡을 수 없이 밀려드는 의문들.

"그렇군요. 그 남자가 뭐라던가요?"

당신은 두 사람이 나눈 대화를 들려줍니다. 토머스의 굵직한 목소리가 당신의 높은 목소리와 뒤섞여 사무실에 울려 퍼지는 것 같군요. 당신이 말할 때 그는 큐피드의 활처럼 휜 당신의 윗입술을 알아챘을까요? 새까맣게 말려 올라간 속눈썹도?

손이 살짝 아파오기 시작해서 펜을 쥔 손에서 힘을 뺍니다. 다음 질문은 특별히 신경 써서 골라야 해요.

"그 후에도 그 남자와 계속 대화했나요?"

"네. 친절하더라고요."

당신의 얼굴에 무의식적인 미소가 살짝 스치는군요. 지금 떠오르는 기억이 즐거운 거죠.

"내가 다음 사진을 보고 있을 때 다가왔어요."

이 시나리오에서 나올 수 있는 결과는 두 가지뿐입니다. 첫째, 토머스가 당신에게 아무런 관심도 보이지 않는다. 둘째, 토머스가 당신에게 관심을 보인다.

후자의 경우를 수도 없이 머릿속에 그려봤는데도 그 위력이 파괴적이군요.

옅은 갈색 머리에 눈웃음으로 모든 게 다 잘될 거라고 말하는 토머스가 당신에게 넘어가 버렸어요.

우리의 결혼생활은 거짓 속에 있었어요. 모래 위에 세운 집이었죠.

부풀어 오르는 분노와 깊은 실망감은 속에 감춰둡니다. 아직은.

당신은 계속해서 작품 속 오토바이 거울에 비친 남자에 대한 대화를 설명합니다. 전화기 알람이 울리기 시작했다는 부분에서 내가 제지합니다.

당신은 미술관에서 나온 부분으로 훌쩍 넘어가고 있어요. 다시 앞으로, 당신과 토머스가 만난 그 지점으로 돌아가야죠.

토머스가 당신을 매력적이라고 느끼고 당신과 연락할 방법을 찾았다는 결론은 이미 나온 것 같지만, 물어볼 건 물어봐야겠어요. 당신은 이 공간에서는 솔직하도록 길들여져 있죠. 당신의 기초 세션들은 이 결정적 순간을 위한 것이었습니다.

"그 연갈색 머리의 남자 말인데요⋯⋯ 혹시 당신은 —."

당신이 고개를 흔듭니다.

"네?" 당신이 끼어듭니다. "같이 사진 얘기했던 남자요?"

애매한 점이 있으면 당연히 짚고 넘어가야겠죠.

"네." 내가 말합니다. "보머재킷 입은 남자."

당신의 표정이 어리둥절해집니다. 당신은 또 고개를 흔들어요.

당신의 다음 말에 머리가 아찔해집니다. 뭔가 아주 잘못됐어요.

"그 남자의 머리는 연갈색이 아니라 짙은 갈색이었어요. 거의 검은색에 가까웠는데요."

당신은 미술관에서 토머스를 만나지 않았군요. 당신이 마주친 남자는 전혀 다른 사람이에요.

# 31

12월 14일 금요일

표면상으로는 여느 때와 다를 바 없다. 점엑스, 알토이즈, 예약 시간보다 5분 이른 도착.

금요일 저녁이고, 두 고객을 더 만나고 나면 일이 끝난다. 하지만이 예약 건들은 뷰티버즈가 잡아준 것이 아니다. 실즈 박사가 연구의일환으로 선택한 여자들이다.

어제 미술관에서 사무실로 갔을 때 실즈 박사는 내가 보머재킷의남자와 나눈 대화를 듣고 조금 당황스러워하는 것 같았다. 그러더니양해를 구하고 화장실로 갔다. 몇 분 후 그녀가 돌아오자 나는 나머지 일들을 마저 얘기해주려고 했다. 모금함에 돈을 더 넣었고, 전시회에서 나왔을 땐 사고의 흔적이 전혀 남아 있지 않았다고.

하지만 실즈 박사는 내 말을 끊었다. 이 새로운 실험에만 집중하고싶다고 했다. 이 여자들은 그녀가 예전에 진행했던 도덕성 연구의 피

험자들이며 광범위한 후속 실험에 동의하는 각서에 서명했다고 다시
한 번 설명해주었다. 하지만 내가 그들 집에 가는 진짜 이유는 모른다
고 했다.

어쨌든 나는 알고 있다. 아니 그런 것 같다. 무엇을 평가하는지 듣
고 나서 실험에 들어가는 건 이번이 처음이다.

무턱대고 부딪히는 건 아니라 마음이 놓이긴 하지만, 그래도 기분
이 이상하다. 관련성이 너무 적어 보이기 때문이다. 실즈 박사는 이
고객들이 무료 서비스를 받았단 이유로 더 후한 팁을 줄지 알고 싶어
한다. 나는 나이, 결혼 여부, 직업 같은 그들의 기본적인 신상 정보를
수집해야 한다. 그녀가 연구 논문이든 뭐든 이 정보를 이용할 수 있
도록.

나더러 왜 이런 세부 정보까지 확인하라는 건지 모르겠다. 박사나
조수 벤이 이들을 연구에 참여시키기 전에 정보를 얻지 않았나? 내
게 그랬던 것처럼.

첼시에 있는 아파트 건물로 들어가 엘리베이터를 타고 12층으로 올
라가기 전에 주머니에서 휴대전화를 꺼낸다. 실즈 박사는 한 가지를
더 지시하며 꼭 지켜야 한다고 강조했다. 나는 그녀의 번호를 누른다.
전화가 연결된다.

"저예요, 지금 들어가려고요."

내가 말한다.

"그럼 이제 난 소리를 죽일게요, 제시카."

그녀가 말한다.

잠시 후 아무것도 안 들린다. 그녀의 숨소리조차도.

나는 스피커 버튼을 누른다.

레이나가 문을 열어주자 제일 먼저 드는 생각은, 내가 실즈 박사의

연구에 참여한 다른 여자들을 상상하면서 예상했던 모습과 거의 비슷하다는 것이다. 30대 초반, 쇄골까지 내려오는 길이로 싹둑 자른 윤기 흐르는 검은 머리. 아파트에는 예술적 솜씨를 잔뜩 부려놓았다. 소용돌이 꼴로 쌓인 거대한 책더미가 작은 테이블 역할을 하고, 벽은 짙은 감색에 창턱에는 골동품처럼 보이는 파격적인 메노라*가 놓여 있다.

그 후 45분 동안 나는 실즈 박사가 물어보라고 했던 것들을 대화 사이사이에 끼워 넣으려고 애쓴다. 레이나는 서른네 살에 오스틴 출신이고, 지금은 보석 디자이너로 일하고 있다. 내가 도브그레이 아이새도를 고르자 그녀는 자기 몸에 두르고 있는 작품 몇 개를 가리킨다. 그중에는 결혼반지로 디자인한 이터니티 링도 있다.

"엘리너랑 한 쌍으로 맞췄죠."

그녀는 오늘 밤 둘이 함께 친구의 서른다섯 번째 생일에 참석할 거라고 이미 내게 말해주었다.

레이나와 매우 편하게 대화를 주고받다 보니 오늘 작업이 평상시와는 다르다는 것을 거의 잊을 뻔했다.

조금 더 이야기를 나눈 다음 레이나가 거울을 보러 간다. 돌아와서는 내게 20달러짜리 지폐 두 장을 건넨다.

"이런 이벤트에 당첨되다니 믿기지가 않아요. 어디라고 했죠?"

나는 망설이다 답한다.

"큰 회사지만 이제 프리랜서로 일할까 생각 중이에요."

"꼭 다시 연락할게요. 번호 알고 있으니까."

하지만 그 번호는 실즈 박사가 내게 사용하라고 했던 전화기의 번

---

• 유대교의 제식에 쓰는 7~9개의 갈래로 나뉜 가지 촛대.

호다.

나는 그저 빙긋 웃고는 얼른 짐을 챙긴다. 인도로 나오자마자 스피커폰을 끄고 전화기를 귀에 댄다.

"팁으로 40달러를 줬어요. 대부분 10달러만 주는데."

"잘됐네요." 실즈 박사가 말한다. "다음 장소까지는 얼마나 걸리나요?"

나는 주소를 확인해본다. 택시를 타고 웨스트 사이드 하이웨이를 달리면 금방이다.

"헬스 키친이네요."

내가 말한다.

온몸이 덜덜 떨린다. 한 시간 만에 기온이 훅 떨어졌다.

"그러니까 한 7시 반쯤 도착할 거예요."

"좋아요. 도착하면 전화해요."


두 번째 여자는 내가 지금까지 상대해온 어떤 고객과도 다르다. 그녀가 어떻게 실즈 박사의 연구에 참여하게 되었는지 상상이 안 된다.

티파니는 탈색한 금발에 아주 말랐지만, 어퍼이스트사이드의 부잣집 엄마 같지는 않다.

내가 메이크업 케이스를 끌고 좁은 입구로 들어서자마자 그녀는 수다를 떨기 시작한다. 조그만 주방과 침대 겸 소파가 있는 원룸 아파트다. 주방 찬장에는 술병들이 늘어서 있고, 싱크대에는 더러운 그릇들이 꽉 차 있다. 텔레비전 소리가 왕왕 울려대고 있다. 〈멋진 인생〉의 지미 스튜어트가 언뜻 보인다. 그 영화 말고는 이 어두침침한 아파트에서 연말 기분이라고는 전혀 느껴지지 않는다.

"저는 당첨하고는 거리가 먼 사람이었거든요!" 티파니의 목소리는 귀가 따가울 정도로 높다. "유원지에서 동물 인형조차 한 번 걸린 적 없다니까요!"

오늘 밤 계획이 뭔지 물으려는데, 소파 침대에 구겨져 있는 이불에서 또 다른 목소리가 들려온다.

"이 영화 정말 끝내준다니까!"

흠칫 놀라서 고개를 돌려보니 한 남자가 베개에 느긋하게 기대어 있다. 티파니가 내 시선을 따라온다.

"제 남자친구예요."

그녀는 이렇게 말하고는 나를 그에게 소개해주지 않는다. 남자는 이쪽을 보지도 않고, 텔레비전 화면의 파란 불빛에 얼굴이 뒤덮여 이목구비가 흐릿해 보인다.

"오늘 저녁에 어디 특별한 데라도 가세요?"

내가 묻는다.

"글쎄요, 술집이나 갈까 봐요."

나는 바닥에다 케이스를 연다. 넓게 쓸 수 있는 공간이 없다. 이곳에 필요 이상 머물고 싶지 않다.

"불 좀 켜주실래요?"

내가 티파니에게 묻는다. 그녀가 스위치를 누르자 남자친구가 곧장 손으로 눈을 가린다. 날카로운 선의 팔과 문신소매가 얼핏 보인다.

"욕실에서 하면 안 돼?"

"거긴 좁단 말이야."

티파니가 말한다. 그러자 그가 한숨을 내쉰다.

"알았어."

나는 휴대전화를 케이스의 맨 위 칸에 엎어놓는다. 실즈 박사가 얼마나 들을 수 있을지 모르겠다.

티파니가 갈색 포장용 상자를 끌고 와서 거기 앉는다. 그런 상자가 두 개 더 벽 쪽에 쌓여 있다.

피부를 꼼꼼히 살펴보니 언뜻 보기보다 나이가 많은 듯하다. 혈색이 좋지 않고 치아는 회색빛이 돈다.

"이리로 이사 온 지는 얼마 안 됐어요." 그녀가 마치 질문처럼 끝을 올려 말한다. "디트로이트에서요."

나는 손에 아이보리 파운데이션을 문지르기 시작한다. 그녀의 안색이 너무 창백해서 가장 밝은 색조를 사용해야겠다.

"뉴욕에는 무슨 일로 오셨는데요?"

내가 묻는다. 결혼 여부는 알았으니 이제 직업과 나이로 넘어가야 한다.

티파니가 남자친구를 힐끔 쳐다본다. 그는 여전히 영화에 푹 빠져 있는 듯 보인다.

"리키가 하는 일 때문에요."

하지만 우리 얘기를 다 듣고 있었는지 리키기 큰 소리로 말한다.

"거 여자들 참 말 많네."

"미안." 티파니가 이렇게 말하고는 목소리를 조금 낮춰 말을 잇는다. "이 일 정말 재미있겠어요. 어떻게 시작했어요?"

나는 몸을 기울여 그녀의 피부에 파운데이션을 가볍게 두드리기 시작한다. 그때 그녀의 관자놀이에 희미한 자줏빛 멍이 보인다. 그녀가 문을 열어줬을 땐 머리카락에 가려져 있었다.

나는 손을 멈춘다.

"어머, 어쩌다 이랬어요?"

내가 묻는다. 그녀의 몸이 굳는다.

"이삿짐 풀다가 찬장 문에 부딪혔어요."

처음으로 그녀의 말투에 기운이 없다.

리키가 텔레비전 소리를 줄이더니 소파에서 나와 냉장고로 어슬렁어슬렁 걸어간다. 맨발에 축 늘어진 청바지와 색 바랜 티셔츠를 입고 있다. 그가 팹스트 맥주를 꺼내 뚜껑을 딴다.

"그나저나 티파니가 어떻게 당첨된 거예요?"

리키가 묻는다. 그는 겨우 세 발 정도 떨어진 형광등 바로 아래로 있다. 이제 그가 선명히 보인다. 들쭉날쭉한 짙은 금발과 혈색 나쁜 피부는 티파니와 거의 비슷하지만, 티파니의 눈동자는 옅은 푸른색이고 그의 눈동자는 검은색에 가깝다.

그러고 보니 그의 동공이 홍채를 가득 채울 정도로 커져 있다. 나는 본능적으로 휴대전화를 본 다음, 다시 그에게 시선을 돌린다.

"저희 상사가 정한 거라서요. 입소문 마케팅으로 무료 이벤트를 하는 모양이에요."

나는 맞는 색조인지 잘 보지도 않고 아이라이너를 하나 움켜쥔다.

"눈 감아보세요."

내가 티파니에게 말한다.

내 오른편에서 뭔가가 딱딱 부러지는 소리가 세 번 크게 들린다. 나는 고개를 휙 돌려본다. 리키가 목을 좌우로 돌리고 있다. 하지만 그의 눈은 계속 내게 고정되어 있다.

"그래서 사람들한테 공짜로 화장해주고 다니신다?" 그가 말한다. "무슨 꿍꿍이야?"

티파니가 느닷없이 새된 소리로 말하기 시작한다.

"리키, 거의 다 됐어. 나는 이 여자한테 신용카드도 아무것도 안 줬어. 그냥 영화나 봐. 조금 있으면 나갈 수 있으니까."

하지만 리키는 꼼짝도 않는다. 계속 나만 빤히 쳐다보고 있다. 한 가지 정보만 더 얻어내고 최대한 빨리 끝내고 나가야지.

"고객님 같은 스물다섯 살 미만 여성에게는 크림 타입의 블러셔를 많이 써요."

나는 케이스로 손을 뻗으며 말한다. 블러셔는 맨 위 칸 내 전화기와 나란히 놓여 있다.

나는 티파니의 뺨에 블러셔를 바르기 시작한다. 손가락이 떨리지만 멍든 부분이 아플까 봐 되도록 살살 건드린다.

리키가 한 발짝 다가온다.

"스물다섯 살이 안 됐다는 건 어떻게 알지?"

나는 또 전화기를 본다.

"그냥 그래 보여서요."

그의 몸에서 오래 묵은 땀과 담배 연기, 정체를 알 수 없는 어떤 냄새가 풍긴다.

"지금 애한테 화장품 팔려는 거야, 뭐야?"

그가 말한다.

"그런 거 아니에요. 정말로요."

내가 말한다.

"애가 뽑힌 게 이상하잖아. 겨우 2주 전에 이리로 이사 왔는데. 애 번호는 어떻게 안 거야?"

내 손이 미끄러지면서 블러셔가 티파니의 뺨 밑으로 번진다.

"그게 아니라…… 그러니까, 상사한테 번호를 받았어요."

2주라. 그리고 디트로이트에서 여기로 이사 왔다는 건.

티파니가 실즈 박사의 연구에 참여했을 리 없다. 나도 모르게 메이크업 하던 걸 멈추고 전화기만 빤히 쳐다보고 있는데 곁눈으로 갑작스러운 움직임이 느껴진다. 리키가 앞으로 달려든다. 나는 비명을 지르며 몸을 휙 틀어 피한다. 티파니가 얼어붙는다.

"리키, 이러지 마!"

나는 본능적으로 바닥에 몸을 웅크린다. 하지만 그가 잡으려는 건 내가 아니다. 내 휴대전화다.

그가 얼른 전화기를 집어 올리더니 화면을 보려고 휙 뒤집는다.

"그냥 제 상사가……."

나는 불쑥 내뱉기 시작한다. 리키가 나를 쳐다보며 말한다.

"망할 놈의 마약 단속반이야?"

"뭐라고요?"

"세상에 공짜가 어디 있어."

그가 말한다.

나는 스피커폰으로 실즈 박사의 목소리가 나오기를 기다린다. 뷰 티버즈는 직원들을 보호하기 위한 안전장치를 갖추고 있다. 고객에게 신용카드를 요구하고, 문제가 생기면 직원이 즉시 그 자리를 떠날 수 있도록 한다.

지금 내게는 실즈 박사밖에 없다. 그녀가 이 상황을 해결해줄 것이다. 모든 걸 해명해줄 것이다. 내가 전화기를 보려고 목을 길게 빼자 리키가 손을 저쪽으로 휙 빼버린다.

"왜 전화기만 뚫어져라 보고 있는 거야?"

리키는 이렇게 묻고는 전화기를 높이 쳐든 채 천천히 돌린다. 전화기 화면에는 홈 화면으로 설정해놓은 리오 사진밖에 없다. 실즈 박사는 전화를 끊었다.

나 혼자다. 나를 지킬 방법이 없어 그저 바닥으로 몸을 쭈그린다.

"남자친구가 데리러 온다고 했는데 혹시 전화할까 봐 확인하려고 그런 거예요." 나는 허둥지둥 높은 목소리로 거짓말을 한다. "곧 올 거예요."

나는 천천히 일어난다. 마치 야생동물에게 적대감을 불러일으키지 않으려고 애쓰는 것처럼.

리키는 움직이지 않지만 언제라도 폭발할 것 같은 느낌이 든다.

"저 때문에 기분 나쁘셨다면 죄송합니다." 내가 말한다. "밖에서 기다릴게요."

리키가 내 눈을 빤히 쳐다본다. 그의 손이 주먹을 쥐듯 내 휴대전화를 거머쥔다.

"당신 뭔가 수상해."

그가 말한다. 나는 고개를 흔든다.

"정말이지 전 그냥 메이크업 아티스트예요."

그가 또 한참이나 나를 노려본다. 그러다가 내 휴대전화를 허공으로 휙 던진다. 나는 허둥지둥 붙잡는다.

"망할 전화기 잘 챙기셔." 그가 말한다. "나는 다시 영화나 봐야겠으니까."

그가 소파로 가자 난 겨우 숨을 내쉰다.

"미안해요."

티파니가 속삭인다. 케이스 안에서 내 명함을 꺼내 그녀에게 주고 싶다. 도움이 필요하면 전화하라고 말해주고 싶다.

하지만 리키가 너무 가까이 있다. 그가 나를 의식하고 있는 것이 생생하게 느껴진다.

나는 립글로스를 몇 개 집어 티파니에게 건넨다.

"드릴 테니 쓰세요."

나는 물건들을 아무렇게나 챙겨 넣고 케이스를 닫은 다음 일어난다. 다리에 힘이 없다. 서둘러 문으로 가는 동안 리키의 시선이 내 등을 태우는 듯한 착각이 든다. 계단에 이를 때쯤엔 무거운 케이스를 힘겹게 떠받쳐 들고서 달리고 있다.

우버 뒷자리에 올라탄 뒤 통화 기록을 확인해본다. 믿을 수가 없다. 실즈 박사는 겨우 6분 만에 전화를 끊었다.

# 32

두 번째 여자와 만난 뒤에 전화하는 당신의 목소리가 참으로 격합니다.

"전화를 끊어버리면 어떡해요! 위험한 남자였다고요!"

심리치료사들은 자신의 요동치는 감정은 제쳐두고 내담자들에게 집중하도록 훈련받아요. 이건 꽤 힘든 일이에요. 특히 입 밖에 내지 않는 의문들이 당신의 질문들과 겨룰 때는요, 제시카. 오늘 밤에 토머스는 뭘 할까? 혼자일까?

하지만 지금은 얼른 당신을 달래줘야겠죠.

이 두 여자가 내 남편에게 전화한 이유야 얼마든지 있을 수 있어요. 예를 들어, 심리치료 때문이라든지. 어쨌든 그 여자들은 토머스의 내연녀 후보에서 탈락이에요. 레이나는 결혼한 동성연애자고, 티파니는 겨우 2주 전에 이사 왔으니까요.

정보를 얻을 수 있는 다른 길들이 점점 막히고 있어요. 그러니 더더욱 당신이 동참해야 해요.

이제 모든 것이 당신에게 달렸어요. 당신을 잘 구슬려야 합니다.

"제시카, 정말 미안해요. 전화가 끊겼는데 다시 걸 수도 없고. 무슨 일이 있었던 거예요? 괜찮아요?"

"아." 당신은 숨을 내쉬어요. "예, 그런 것 같아요. 그런데 두 번째 여자 있죠? 남자친구가 마약을 하고 있는 게 틀림없어요."

분한 건지 화가 난 건지 모르겠지만 아직 기분이 안 풀렸군요. 그럼 풀어주어야죠.

"차 보내줄 테니 타고 갈래요?"

예상대로 거절하는군요. 그래도 당신의 안위를 걱정해준 효과가 나타나긴 하네요. 당신의 목소리가 바뀌었어요. 거기서 있었던 일을 설명하는 당신의 말이 조금 더 느려지고요. 나는 두 여자에 대해 대충 이것저것 물어본 다음, 그들의 기본적 신상 정보를 알아낸 당신의 능력을 칭찬해줍니다.

"티파니한테는 팁을 받을 틈도 없이 너무 빨리 나와버렸어요."

당신이 말합니다. 나는 당신이 완벽하게 대처했다고, 당신의 안전이 최우선이라고 말해줍니다. 그런 다음 조심스럽게 씨를 뿌리죠.

"호텔 로비에서 나한테 얘기했던, 그 연극 연출가라는 사람과 있었던 일 때문에 남자들한테 더 약해진 것 같나요?"

당연히 연민을 담아 질문합니다. 당신은 더듬더듬 대답해요.

"아니…… 그런 생각은 안 해봤어요."

확신 없는 듯한 목소리가 들리는 거 보니 질문이 제대로 먹힌 것 같군요.

통화 중 착신 알림이 끼어듭니다. 순간 당신은 말을 끊어버려요. 얼른 번호를 확인해보니 아버지네요. 토머스가 아니라.

"계속 말해봐요."

내가 지시합니다.

토머스에게 메시지를 보낸 지 한 시간이 지났는데도 답장이 없네요. 이례적인 일이에요. 그는 어디에 있는 걸까요?

당신의 과거 때문에 남자를 보는 시선이 삐뚤어졌을지도 모른다는 얘기를 듣고는 당신의 말투가 공손해졌어요. 아마 호텔 바에서 스콧에 대해 성급한 결론을 내렸던 일도 기억나겠죠.

"티파니 말인데요……. 디트로이트에서 여기로 이사 온 지 얼마 안되었다고 하던데요."

당신은 우물쭈물 말합니다. 비난하는 것처럼 들리지 않으면서 정보를 캐내려는 거죠.

"그냥 궁금해서요……. 티파니가 박사님 연구에 참여했다고 하셨죠?"

당신이 대충 넘어가주기를 바랐는데. 내가 당신을 과소평가했군요. 얼른 해결해주죠.

"벤이 전화번호를 받아 적으면서 숫자 두 개를 바꿔 썼나 봐요."

나는 야단스럽게 사과하고, 당신은 내 사과를 받아줍니다.

당신을 얼른 다시 끌어들여야 해요. 며칠 후 당신에게 가장 중요한 임무를 맡겨야 하니까요. 다른 데로 주의를 돌릴 필요가 있겠어요.

방금 내 전화기가 다른 전화의 착신을 알리며 진동했을 때 뜻밖의 영감이 찾아왔죠. 나는 당신을 꾀어낼 말을 골라요.

"오늘 아버지한테 연락이 왔어요. 괜찮은 일자리가 하나 날지도 모른대요."

내 말을 듣자마자 당신은 무척이나 안도하는군요. 헉하고 숨을 몰아쉬더니 기쁨의 탄성을 질러요.

"정말요?"

이어서 나는 당신에게 다음에 사무실에 오면 오늘 저녁에 한 일에 대한 보수를 주겠다고 약속합니다.

당신은 내게 묻고 싶은 것이 넘쳐나지만 꾹 참아요.

잘하고 있어요, 제시카.

당신과의 통화가 끝납니다.

준비물이 모두 모입니다. 노트북. 펜과 새 메모장. 정신을 똑바로 차리게 하고 손과 목을 따뜻하게 데워줄 페퍼민트 차 한 잔.

당신과 토머스가 만나도록 주도면밀한 계획을 빨리 세워야 해요. 단 한 가지 사항도 우연에 맡길 수는 없어요.

이번에는 두 사람이 절대 어긋나지 않을 거예요.

# 33

문을 열자마자 리오가 내게 뛰어오른다. 녀석의 작은 발이 겨우 내
무릎에 닿을락 말락 한다. 내가 레이나와 티파니에게 메이크업을 해
주러 나간 후로 리오는 집 안에만 있었다. 나는 케이스를 내려놓고 털
목도리를 쥔 다음 리오의 목에 줄을 채운다.

지금은 리오만큼이나 나도 산책이 절실하다.

리오가 나를 잡아당기며 세 줄의 계단을 내려가 건물 입구를 지난
다. 몇 분만 나갔다 올 테지만, 나는 가끔 말을 잘 안 듣는 자물쇠가
확실히 채워지도록 문을 세게 잡아당긴다.

리오가 소화전에 오줌을 누는 사이 나는 목에 스카프를 두르고 휴
대전화를 확인한다. 문자 메시지가 두 통 와 있다. 첫 번째 것은 극단
친구인 애나벨이 보냈다.

'보고 싶어, 친구. 전화해!'

두 번째 것은 모르는 번호로 와 있다.

'안녕하세요. 마릴린이 무사하다는 소식을 알려주려고요. 몇 시간 전에 퇴원했다고 따님한테 들었어요. 그날 일에 안 늦었기를 바랍니다.'

끝에 미소 짓는 얼굴 이모티콘이 붙어 있다.

나는 답신을 보낸다.

'알려주셔서 고맙습니다. 다행이네요!'

나는 계속 걸으면서 뒷덜미를 문질러 뭉친 근육을 푼다. 아버지에게 새 직장이 생길지도 모른다는 기대도 지금의 이 심란함을 없애주지는 못한다.

지금 벌어지고 있는 이 모든 일들을 누군가에게 얘기하고 싶다. 하지만 부모님에게는 털어놓을 수 없다. 실즈 박사의 비밀 유지 원칙 때문이 아니더라도.

휴대전화를 다시 본다. 아직 9시가 안 됐다.

노아는 일요일에나 돌아온다. 애나벨이나 리지에게 전화해서 만날 수도 있다. 친구들과 즐겁게 수다를 떨다 보면 기분 전환이 되겠지만, 지금은 별로 내키지 않는다.

모퉁이를 돌아 창문에 하얀 크리스마스 전등이 한 줄로 달려 있는 식당을 지나간다. 옆 가게의 문간에는 화환이 걸려 있다.

배가 꼬르륵거린다. 그러고 보니 점심 이후로 먹은 것이 없다.

헐렁한 산타 모자를 쓴 남자가 이끄는 한 무리의 사람들이 내 쪽으로 온다. 그는 뒤로 걸으며 '루돌프 사슴코'를 엉터리 가사로 크게 부르고, 그의 친구들은 웃음을 터뜨린다.

그들이 지나갈 수 있게 옆으로 비켜서 있으니, 새까만 근무복 차림을 한 채 어둠 속으로 사라지는 기분이 든다.

1년 전에는 나도 유쾌하고 시끄러운 무리에 끼어 있었다. 금요일 밤마다 리허설이 끝난 후 다 함께 둘러앉으면 진이 중국 음식을 주문해주었다. 가끔은 진의 아내가 집에서 만든 브라우니나 쿠키를 들고 들르기도 했다. 조금은 한 가족처럼 느껴지기도 했다.

그 시절을 많이 그리워하고 있는 줄은 스스로도 몰랐다.

오늘 밤은 나 혼자지만, 익숙하다. 외롭다고 느끼는 날이 별로 많지 않다.

마지막으로 진을 검색했을 때 그의 아내가 막 딸을 낳았다는 걸 알았다. 어느 공연의 개막식에서 세 사람이 함께 찍힌 사진이 나왔는데, 그의 아내가 품 안의 아이를 내려다보며 미소 짓고 있었다. 그들은 행복해 보였다.

카트리나가 보낸 두 통의 문자가 생각난다. 답하지 않았다.

그 시절에서 벗어나려고 노력하는 와중에도 한 가지 의문은 들었다. 아무것도 모르는 진의 아내를 생각하니 실즈 박사가 이렇게 묻는 소리가 들리는 것만 같다.

'앞으로 또 다른 피해 여성이 생기지 않도록 할 수 있는 기회라고 해도, 아무 죄 없는 한 여자의 인생을 망가뜨리는 건 윤리적 행동일까요?'

이런 잡념에서 달아나고 싶다. 약을 한다면, 지금이야말로 마리화나를 찾을 시간이다. 하지만 나는 그런 식으로 일탈하지 않는다. 스트레스가 너무 심해지면 간절히 찾게 되는 또 다른 배출구가 있다.

노아는 내가 첫 데이트에서 남자가 해주는 요리를 먹고 키스만 하는 그런 여자인 줄 알고 있다. 하지만 진 프렌치와의 일이 있고서는 더 이상 그렇지 않다. 어쩌면 내가 그를 너무 믿었기에 지금 남자들에게 감정적으로 단단히 방어벽을 치고 있는 건지도 모른다. 노아가 지금 뉴욕에 있다고 해도 오늘 밤 내게 필요한 사람은 그가 아니다.

대신에 방금 내게 문자를 보낸 남자, 미술관으로 걸어가는 나를 빤히 쳐다보던 그 남자가 떠오른다. 그와 함께라면 나는 그저 익명의 여자가 될 수 있다.

나는 그에게 다시 문자를 보낸다.

'시간 되시면 같이 한잔 어때요?'

행주를 청바지에 찔러 넣고 나를 위해 요리해주던 노아의 모습이 잠깐 스쳐 지나간다.

'노아는 절대 모를 거야.'

그저 몇 시간 이 남자를 만나는 것뿐이다. 다시 연락할 일은 없을 것이다.

# 34

레이나와 티파니를 만났던 것에 대한 당신의 보고 이후로 휴대전
화는 괴로울 정도로 한참이나 잠잠합니다. 오후 9시 4분. 드디어 토
머스에게서 전화가 왔네요. 그때까지 페퍼민트 차를 세 번 새로 따랐
죠. 메모지는 거의 두 페이지를 채웠고요.

"미안해. 당신 문자를 이제야 봤어." 그는 이렇게 말을 꺼냅니다. "크
리스마스 쇼핑하느라 정신없이 돌아다녔는데, 가게에 사람이 너무 많
아서 벨소리를 못 들었어."

토머스는 원래 크리스마스가 닥칠 때까지 미루다 쇼핑을 하는 버
릇이 있죠. 게다가 북적거리는 도시의 소음이 뒤로 들려오네요.

그래도 의심스러워요. 정말 전화기의 진동을 못 느꼈을까요?

그렇지만 나는 그의 평계를 기꺼이 받아줍니다. 그가 아무것도 모
른 채 실험에 들어오는 게 더 중요하니까요.

257

약간의 가벼운 대화가 이어집니다. 토머스는 피곤해서 일찍 자려고 집에 가는 중이라고 말해요. 그러고는 끊기 전에 마지막 한마디를 내뱉는군요.

"내일 봐, 예쁜이."

찻잔이 받침 접시에 쨍그랑 부딪히면서 섬세한 도자기의 이가 빠집니다. 다행스럽게도 그 소리가 터져 나오기 전에 토머스가 전화를 끊었군요.

결혼생활을 하는 동안 토머스는 거리낌 없이 칭찬을 해줬어요. 당신은 아름다워. 놀라워. 눈부셔.

예쁜이라고 한 적은 단 한 번도 없었죠. 하지만 내게 잘못 보낸 문자에서, 그가 불륜 상대라고 고백한 여자를 그렇게 불렀어요.


누구나 감정의 어둡고 밝은 단계를 경험합니다. 건강하고 애정 깊은 동반자 관계는 인생이 하향곡선을 그릴 때 든든한 버팀목이 될 수 있지만, 자매의 죽음이나 남편의 외도 같은 결정적 사건으로 인한 고통은 절대 지워주지 못해요.

젊은 여성 피험자의 자살도.

이 엄청난 비극은 올해 초여름에 일어났습니다. 정확히 말하면 6월 8일에. 우리의 결혼생활은 힘들었어요, 제시카. 누군들 안 그렇겠어요? 전적으로 거기에만 집중할 기력이 없었어요. 나를 간절히 바라보던 그 피험자의 갈색 눈동자가 언제 어디서든 환영처럼 나타나더군요.

"어쩔 수 없는 사람들도 있는 거야, 여보. 당신이 할 수 있는 일은 없었어."

토머스의 위로에도 불구하고 나는 감정적으로나 육체적으로나 움츠러들었습니다.

소원해진 관계는 이 시기에 회복될 수도 있었을 거예요. 하지만 한 가지 사건이 일어났죠.

한 계절이 지나고 9월에, 토머스가 함께 하룻밤을 즐긴 부티크 주인에게 보내려던 문자를 제게 보낸 거예요. 그 맑은 알림 소리가 조용한 내 사무실에 울려 퍼지는 듯했죠. 금요일 오후 3시 51분이었어요.

토머스가 그 시간에 문자를 보낸 건 그때 틈이 나서였을 거예요. 일반적으로 내담자들은 정시보다 10분 전에 나가기 때문에 심리치료사는 다음 내담자를 맞이하기 전까지 비는 그 짧은 시간에 개인 용무를 볼 수 있죠.

속이 시커멓게 타들어가던 그 여름에도 나는 진료시간을 꼭 지켰어요, 제시카. 한 명의 환자도 돌려보내지 않았어요. 이렇게 했던 게 그 어느 때보다 요긴했는지도 몰라요.

문자를 받고 남은 9분 동안만 토머스의 메시지를 노려볼 수 있었으니까요.

'오늘 밤에 봐, 예쁜이.'

그 말이 점점 더 커져서 다른 모든 걸 뒤덮어버리는 것 같더군요.

심리치료사는 헤어나기 힘든 감정을 억누르기 위한 방어기제로 이런저런 핑계를 대며 합리화하는 내담자를 자주 목격합니다. 하지만 나는 그 네 단어를 무시할 수 없었어요.

그도 나도 다음 내담자가 들어오기 전까지 딱 1분 남았을 때 나는 최면에 걸린 것 같은 상태에서 깨어났죠. 그리고 토머스에게 답신을 보냈습니다.

'잘못 보낸 것 같은데.'

그러고 나서 벨소리를 죽였고, 4시에 예약된 내담자, 공격적인 10대 아들 때문에 불안증이 더 심해진 미혼모는 뭔가가 잘못되었다는 걸 전혀 눈치채지 못했어요.

하지만 토머스는 그날의 마지막 상담을 취소했을 거예요. 50분 후 내가 불안증 걸린 어머니를 배웅해줄 때, 그는 내 대기실에서 창백하게 일그러진 얼굴로 구부정하게 앉아 팔꿈치를 무릎에 괴고 있었으니까요.


토머스의 문자를 받은 후 나는 자료를 모았습니다.

몇몇 정보는 토머스가 제공해줬어요. 그녀의 이름은 로렌. 직장은 토머스 사무실 근처에 있는 작은 고급 부티크 매장.

나머지 정보는 내가 직접 수집했죠.

어느 토요일 정오, 매장으로 전화해 그곳에 로렌이라는 사람이 있다는 걸 확인했어요. 가게 안으로 어슬렁어슬렁 들어가 화려한 색의 천들을 열심히 보는 척하는 일은 간단했어요.

그 여자는 고객이 산 옷들을 계산하며 수다를 떨고 있더군요. 매장에는 다른 점원 한 명과 고객 여럿이 있었어요. 하지만 시선을 끈 사람은 그녀였죠. 내 남편과 벌인 일 때문만은 아니었어요. 당신은 그녀를 좀 닮았어요, 제시카. 두 사람은 본질적으로 비슷해요. 왜 행복한 유부남마저 그녀의 유혹에 넘어가는지 금세 알겠더군요.

그녀는 계산을 마친 다음 따뜻하게 미소 지으며 내게 다가왔어요.

"특별히 찾으시는 거라도 있으세요?"

"그냥 둘러보는 중이에요." 나는 이렇게 답했죠. "추천 좀 해주실래요? 남편이랑 주말여행 가는데 새 옷이 필요해서요."

그녀는 얼마 전 인도네시아에서 구입해 왔다는 헐렁한 원피스를 포함해 몇 벌 추천해줬어요.

잠깐 그녀의 여행에 관한 대화가 이어졌죠.

그녀는 생기 넘치고 마냥 즐거운 사람이더군요. 삶에 대한 열정이 넘치는 사람.

로렌이 몇 분간 지껄이게 내버려두다가 불쑥 가게를 나와버렸어요. 물론 아무것도 사지 않았죠.

그 만남으로 몇 가지 의문은 해소되었지만, 다른 의문들이 생기더군요.

로렌은 아직도 내가 찾아간 진짜 목적을 모르고 있어요.


흰 자기 받침 접시에 짙붉은 피 한 방울이 떨어지네요.

작은 상처에 밴드를 붙여요. 깨진 찻잔이 테이블 위에 그대로 남아 있어요.

토머스는 차를 마시지 않아요. 커피를 더 좋아하죠.

찻잔 옆으로 메모장이 놓여 있어요. 노란 괘선지 맨 위에 적힌 질문이 마침내 답을 찾을 수 있겠군요.

'그들은 어디서 만날 것인가?'

매주 일요일, 토머스가 스쿼시를 친 다음 항상 즐기는 단순한 일이 한 가지 있어요. 스포츠 센터에서 두 집 건너 있는 간이식당에서 《뉴욕타임스》를 읽는 것. 가까운 식당이라 자주 가는 척하지만, 실은 버터를 듬뿍 바른 베이글에 기름이 철철 흐르는 베이컨과 달걀 프라이를 먹고 싶어서죠. 서로 겹치는 부분이 참 많은 결혼생활이었지만, 일요일 아침만은 늘 따로 움직였어요.

36시간 후 토머스는 일주일에 한 번 갈망하는 그 일을 마음껏 즐길 거예요.

그리고 제시카, 당신이 가서 또 다른 유혹거리를 제공할 겁니다.

# 35

**12월 16일 일요일**

접시가 달그락거리고 사람들의 대화 소리로 와글거리는 간이식당으로 들어서자마자 실즈 박사의 표적이 눈에 띈다. 그는 오른편 세 번째 칸막이 자리에 혼자 앉아 있고, 얼굴은 신문에 조금 가려져 있다.

어제 실즈 박사가 전화해서 금요일 밤에 한 일에 대한 보수로 천 달러짜리 수표를 준비해놨다고 했다. 그런 다음 이 임무를 주었다. 이 특별한 커피숍에서 특정 남자를 찾은 다음 전화번호를 교환할 것. 호텔 바에서 스콧에게 추근거리는 것도 거북했는데, 어둑한 조명과 알코올도 없이 똑같은 일을 하려니 백배는 더 힘들다. 여행을 갈 수 있게 되었다는 소식을 듣고 우리 가족이 지을 표정을 상상하면서 어쨌든 해내는 수밖에 없다.

연갈색 머리. 188센티미터. 뿔테 안경. 《뉴욕타임스》. 운동 가방. 실즈 박사의 설명을 다시 한 번 머릿속으로 정리해본다.

남자는 모든 기사를 확인하고 있다. 나는 그를 향해 힘차게 걸어가며 첫 대사를 던질 준비를 한다. 내가 그의 테이블에 이르자 그가 고개를 든다. 나는 얼어붙는다.

내 대사는 이렇다.

"방해해서 죄송한데요, 제가 전화기를 놓고 간 것 같아서요."

하지만 말할 수 없다. 움직일 수 없다.

이 남자, 낯선 사람이 아니다.

사흘 전 메트 브로이어에서 택시에 치인 여자를 도와주면서 처음 만났다. 우리는 우연으로 엮인 타인들이었다. 적어도 나는 그런 줄 알았다.

그가 마릴린이 무사하다는 소식을 문자로 보내주고 내가 술 한잔하자고 제안하면서 다시 만났다.

그가 테이블에 신문을 내려놓는다. 나만큼이나 놀란 표정이다.

"제스? 여긴 어쩐 일이에요?"

몸을 돌려 나가버릴까 하는 생각이 본능적으로 제일 먼저 떠오른다. 입안이 바짝 말라서 침을 삼키기도 힘들다.

"저는 그냥, 그러니까……." 나는 더듬더듬 말한다. "그냥 지나가다가 뭐 좀 먹을까 하고요."

그가 눈을 깜빡인다.

"이런 우연이 있나." 그의 시선이 내 얼굴에 머물고 나는 돌연 겁에 질린다. "이 동네에 안 살잖아요. 무슨 일로 왔어요?"

나는 고개를 흔들며 바로 이틀 전 밤 어둑한 술집에서 그가 몸을 앞으로 기울여 손으로 내 허벅지를 훑던 이미지를 머릿속에서 밀어낸다. 세 잔을 마신 후 토머스와 나는 같이 내 아파트로 갔다.

"어, 친구가 여기 맛있다고 꼭 가보라고 해서요."

웨이트리스가 김이 모락모락 나는 커피가 담긴 유리 주전자를 들고 이쪽으로 온다.

"커피 더 드려요, 토머스?"

"네." 그가 이렇게 말하고는 내게 손짓한다. "앉을래요?"

식당 안은 답답하고 지나치게 따뜻하다. 나는 회갈색 숄을 목에서 풀어 재킷 앞으로 쭉 늘어뜨린다. 토머스는 여전히 미심쩍은 눈으로 나를 쳐다보고 있다.

그를 탓할 수는 없다.

미술관에서의 도덕성 시험이 뭐였는지 아직도 모르겠다. 하지만 800만 명이 사는 도시에서 똑같은 사람을 나흘 사이에 두 번이나 우연히 마주칠 확률이 얼마나 될까? 그것도 모두 실즈 박사의 지시로. 모든 것이 뒤죽박죽 혼란스럽게 느껴져 생각을 제대로 정리할 수가 없다. 또 다른 이미지가 머릿속을 밀고 들어온다. 맨살이 드러난 내 배를 입으로 훑어 내리는 그.

내가 여기 있는 이유를 토머스에게 설명할 수는 없다. 그는 실즈 박사와 무슨 관계일까? 왜 그녀는 그를 골랐을까? 겨드랑이에 땀이 나 따끔거린다.

웨이트리스가 다시 온다. 나는 아직도 서 있다. "주문하시겠어요?" 하고 그녀가 묻는다.

토머스와 마주 앉아서 밥을 먹을 순 없다.

"저기, 저는 배가 별로 안 고파서요."

나는 토머스의 얼굴을 조금 더 유심히 본다. 뿔테 안경 뒤의 녹색 눈동자, 올리브색 피부, 갈색이 도는 금발. 그러고 보니 실즈 박사는 내가 전시회에서 얘기를 나눈 남자가 토머스라고 가정했다. 연갈색 머리의 남자라고 했으니까. 그가 아니라는 걸 알자마자 그녀는 흥미를 잃어버렸다.

그러니까 이건 재실험인 것이다.

하지만 내가 오늘 전화번호를 알아내기로 한 남자와 잤다는 사실을 알면 실즈 박사는 뭐라고 할까?

정신을 차리고 보니 내가 숄의 끝자락을 만지작거리고 있다. 토머스에게서 눈을 떼고 숄을 벗어 가방에 쑤셔 넣은 뒤 항상 들고 다니는 책으로 눌러둔다.

"가봐야겠어요."

내가 말한다. 그가 눈썹을 휙 올리며 묻는다.

"지금 스토킹하는 겁니까?"

농담인지 진담인지 구분이 안 된다. 그가 어제 새벽 1시에 내 집에서 나간 후로 나는 그와 연락하지 않았다. 우리 둘 다 서로에게 문자를 보내지 않았다. 우리의 만남이 어떤 것이었는지 명확해 보였다.

"아니, 아니요. 그냥…… 제가 실수했어요."

나는 도망치듯 식당에서 나온다.

내가 할 일은 며칠 전 이미 마쳤다. 토머스의 번호는 내 휴대전화에 저장되어 있다. 그리고 그도 내 번호를 알고 있다.

식당에서 한 블록 지나자 나는 타운하우스로 가는 길이라고 알리기 위해 실즈 박사에게 전화를 건다. 첫 신호음이 다 울리기도 전에 그녀가 전화를 받는다. 그녀의 낭랑한 목소리에 날이 서 있다.

"그 남자를 찾았나요?"

"네, 박사님이 말씀하신 곳에 있더라고요."

지하철역으로 들어가려는데 통화 중 착신 알림이 울리는 바람에 그녀의 다음 질문이 잘 들리지 않는다.

"……전화…… 계획은요?"

"죄송한데, 못 들었어요. 네, 전화번호 교환했어요."

그녀가 시원하게 숨을 내쉬는 소리가 들린다.

"정말 잘했어요, 제시카. 이따 봐요."

심장이 쿵쿵거린다. 실즈 박사와 마주 앉아서 실험 대상인 남자와 잤다고 말해야 한다니. 눈앞이 막막하다. 지난 세션에서 토머스와 만난 얘기를 하려고 했는데, 택시 사고 부분에서 그녀가 내 말을 끊어버렸다고 말할까.

그래야겠다. 거짓말을 하면 그녀가 알아챌 것이다.

나는 숨을 천천히 내쉰다. 바보같이 실즈 박사가 내게 화낼 거라고 생각할 필요 없어. 아무것도 모르고 저지른 실수였잖아. 이 일로 그녀가 나를 나쁘게 볼 리 없어.

그래도 몸의 떨림이 멈추질 않는다.

음성 메시지를 확인해본다. 한 통. 목소리를 듣기도 전에 누군지 알 것 같다.

"안녕하세요, 토머스입니다. 얘기 좀 합시다. 당신을 식당으로 보낸 친구가 누군지 알 것 같군요. 그 여자는…… 저기 최대한 빨리 전화 주세요. 그리고 부탁인데, 그녀한테는 아무 말도 하지 말아요."

그리고 잠시 머뭇거린다.

"위험한 여자니까요. 조심해요."

# 36

**12월 16일 일요일**

드디어 내 남편을 만났군요.

어땠던가요? 그보다, 토머스는 당신을 어떻게 생각했을까요?

식당의 아늑한 칸막이 자리에서 당신들 두 사람이 몸을 서로에게 기울인 모습이 머릿속에 그려지지만 애써 밀어냅니다.

타운하우스에 도착하는 당신을 나는 평소처럼 맞아줘요. 당신의 코트와 숄을 벽장에 걸어두고, 지나치게 큰 핸드백을 그 옆 바닥에 내려놔요. 마실 것을 주겠다고 하니 처음으로 거절하는군요.

나는 당신을 유심히 살핍니다. 평소와 다름없이 매혹적인 모습이에요. 하지만 오늘따라 상태가 안 좋아 보이네요, 제시카.

당신은 내 눈을 계속 쳐다보지 못합니다. 안절부절못하고 반지만 만지작거리는군요.

뭐가 그리 심란하죠? 당신과 토머스의 만남은 완벽하게 진행됐어요. 당신은 내 지시를 잘 따랐죠. 내가 묻자 당신은 얘기하기 시작합니다. 당신은 그에게 접근해 거기에 전화기를 두고 간 것 같다고 말했어요. 대충 찾는 척하다가 그에게 전화를 걸어달라고 부탁했죠. 그는 그렇게 했고, 당신의 핸드백 속에서 벨소리가 울렸어요. 당신이 전화기를 챙기고도 제대로 찾아보지 않은 것처럼 보였겠죠. 당신은 그에게 귀찮게 해서 미안하다고 사과한 뒤 식당에서 나왔어요.

이제 다음 단계로 넘어갈 시간이에요.

그런데 내 지시를 받기도 전에 당신이 소파에서 일어나더니 이렇게 말합니다.

"가방에서 뭘 좀 꺼내 오려고요."

내가 말없이 고개를 끄덕이자 당신은 복도의 벽장으로 가는군요. 잠시 후 작은 튜브를 들고 돌아와요.

당신의 얼굴이 잔뜩 찌푸려져 있어요. 가족의 재정 상태가 걱정되는 거겠죠. 아니면 오늘 임무에 대한 의문들을 억누르고 있거나. 하지만 오늘은 당신의 감정까지 챙겨줄 순 없어요. 훨씬 더 중요한 일들이 목전에 닥쳤으니까요.

"입술이 너무 많이 터서요."

당신은 뷰티버즈 로고가 찍힌 립밤을 입술에 바르며 말합니다. 나는 아무런 반응도 해주지 않아요. 당신은 다시 자리에 앉습니다.

"식당에서 만난 남자한테 문자를 보내서 밖에서 만나자고 해요."

당신은 휴대전화로 시선을 내리깝니다. 그리고 문자를 입력하기 시작해요.

"아니요!"

내가 말합니다. 의도했던 것보다 말이 절박하게 나가버리는군요. 나는 미소로 분위기를 누그러뜨립니다.

"이렇게 쓰세요. '안녕하세요, 식당에서 만났던 제시카예요. 오늘 만나서 반가웠어요. 이번 주에 시간되시면 저랑 같이 한잔하실래요?'"

당신은 얼굴을 또 찡그립니다. 당신의 손가락이 움직이지 않아요.

"왜 그래요, 제시카?"

"아무것도 아니에요. 그냥…… 다들 나를 제스라고 부르거든요. 박사님만 빼고요. 그래서 내가 나를 제시카라고 부르면 이상할 것 같아요."

"좋아요, 그렇게 바꾸죠."

당신은 내 지시를 따른 다음 전화기를 무릎에 내려놓습니다. 이렇게 다시 한 번 기다림이 시작되는군요.

몇 초 후 알림 소리가 울려요. 당신이 전화기를 들어 올립니다.

"뷰티버즈예요. 한 시간 후에 예약이 잡혀 있거든요."

안도감과 실망감이 강하게 충돌합니다.

"오늘 다른 일정을 잡았는지 몰랐네요."

당황한 표정이군요. 당신은 손가락 끝으로 매니큐어를 긁기 시작하다가 갑자기 멈추고 손을 진정시킵니다.

"박사님이 오늘은 한두 시간만 내면 된다고 하셔서……"

당신은 말끝을 흐립니다.

"문자가 제대로 간 건 맞아요?"

당신은 또 전화기를 힐끔 봅니다.

"네, 전송되었다고 나와요."

또 3분이 흐릅니다. 토머스는 분명 문자를 봤을 거예요. 하지만 그러지 않았다면?

다음 요구는 절박한 기색 없이 권위가 느껴지게 해야겠군요.

"그 예약 건은 취소했으면 좋겠어요."

당신은 목이 조이는지 힘겹게 침을 삼키는군요.

"실즈 박사님, 박사님 연구를 위해서라면 뭐든 할게요. 하지만 이분은 우수고객이고, 지금 저만 믿고 있어요." 당신은 머뭇거리다 말해요. "오늘 오후에 큰 연말 파티를 여신대요."

별 대수롭지도 않은 문제를 가지고.

"다른 직원을 보내면 되지 않아요?"

당신은 고개를 젓습니다. 애원하는 눈빛으로.

"뷰티버즈 방침상 그럴 수 없어요. 취소하려면 적어도 하루 전에 통보해야 돼요."

잘못 계산했어요, 제시카. 당신이 지금껏 받은 지나치게 후한 대우에 비하면 우수고객은 댈 것도 아니죠. 당신은 우선순위를 잘못 정했어요.

당신의 해명 후 방 안에 잠깐 정적이 흐릅니다. 당신이 한참이나 몸을 비비 꼬며 가만히 있지를 못하자 나는 당신을 놓아줍니다.

"그렇군요, 제시카. 우수고객을 실망시키면 안 되죠."

"죄송해요."

당신은 이렇게 말하며 얼른 소파에서 몸을 일으킵니다. 하지만 내 말에 다시 주저앉아요.

"토머스에게 답신이 오면 바로 알려줘요."

당신은 흠칫 놀라며 말합니다.

"그럴게요."

그런 다음 당신은 한 번 더 사과하고, 나는 말없이 당신을 문까지 배웅해줍니다.

# 37

**12월 16일 일요일**

타운하우스에서 나와 두 블록을 걸어간 후 토머스에게 전화한다. 실즈 박사와 함께 있는 동안에도 내내 그의 메시지밖에 생각나지 않았다.

'위험한 여자예요. 조심해요.'

한 가지 의문 때문에 머리가 복잡하다. 토머스는 나와 그의 만남을 계획한 사람이 실즈 박사라는 사실을 어떻게 아는 거지?

신호가 가자마자 그가 전화를 받는다. 내가 묻기도 전에 그가 말한다.

"내 아내하고는 어떻게 아는 사이죠?"

다리가 풀려 휘청거리다 나무에 기대어 몸의 균형을 잡는다. 그녀의 서재에 있던 사진 속의 수염 난 검은 머리의 남자, 실즈 박사와 키가 비슷해 보이던 그 남자가 불현듯 떠오른다. 분명 실즈 박사는 그가 자기 남편이라고 했다.

그렇다면 토머스가 그녀의 남편일 리 없잖아? 하지만 실즈 박사가 그를 알고 있는 건 확실하다. 내가 나오기 직전에 그녀는 그의 이름을 말했으니까.

"아내라고요?"

나는 멍하니 그의 말을 따라 한다. 속이 메스껍고 머리가 빙빙 돌기 시작한다. 쓰러지지 않으려 인도를 빤히 내려다본다.

"네, 리디아 실즈." 그 역시 진정하려고 애쓰는 듯 심호흡을 하는 소리가 들린다. "결혼한 지 7년 됐습니다. 지금은 별거 중이지만."

"믿을 수 없어요."

나는 불쑥 말해버린다. 정직을 원칙으로 삼는 실즈 박사가 그렇게까지 공들여 거짓 상황을 만들어냈을 리 없다.

"만납시다, 내가 다 설명해줄 테니." 그가 말한다. "당신 가방에서 삐져나와 있던 그 책……『결혼생활의 도덕』. 리디아가 몇 년 전에 쓴 책입니다. 나도 우리 집 거실에서 그 초고를 읽었었죠. 그걸 보고 알았습니다. 이 일의 배후가 리디아라는 걸."

세차게 몰아치는 바람 때문에 팔로 내 몸을 감싼다. 두 사람 중 한 명은 거짓말을 하고 있다. 누구지?

"당신이 정말 박사님 남편이라는 걸 증명하기 전까지는 안 돼요."

"증거 보여줄게요. 그동안 리디아한테 나를 만난다는 말은 절대 하지 말아요."

그런 약속은 할 수 없다. 어쩌면 이 대화도 시험이 아닐까. 실즈 박사는 내가 충성심을 증명해 보이기를 원하고 있는지도 모른다. 그냥 전화를 끊으려는데 그가 마지막 한마디를 던진다.

"제발이지 제스, 조심해요. 당신이 처음이 아닙니다."

주먹으로 한 방 맞은 듯한 기분이다. 나도 모르게 몸이 움찔한다.

"그게 무슨 소리예요?"

내가 숨죽여 묻는다.

"리디아는 당신 같은 젊은 여자들을 먹잇감으로 삼아요."

나는 그대로 얼어붙는다.

"제스?"

그가 여러 번 내 이름을 부른다. 하지만 입이 떼어지지 않는다.

결국 나는 전화를 끊는다. 천천히 전화기를 내리고 고개를 든다. 실즈 박사가 겨우 두 걸음 정도 떨어진 곳에 있다. 나는 헉 하고 숨을 몰아쉬며 본능적으로 뒷걸음친다.

그녀는 마치 유령처럼 난데없이 나타났다. 이 추운 날씨에 코트도 입지 않고서 미동도 없이 거기 서 있다. 그녀의 머리카락이 바람에 마구 날린다. 그녀는 내 말을 얼마나 들었을까?

온몸에 아드레날린이 솟구친다.

"실즈 박사님!" 내가 큰 소리로 부른다. "거기 계신 줄 몰랐어요!"

그녀가 나를 가늠하듯 아래위로 훑어본다. 그러다가 꼭 쥐고 있던 손을 내밀어 손가락을 천천히 편다.

"립밤을 두고 갔어요, 제시카."

나는 상황을 이해하려 애쓰며 그녀를 빤히 쳐다본다. 립밤 하나 가져다주려고 여기까지 쫓아왔다고?

토머스에게 방금 들은 얘기를 전부 뱉어버리고 싶다. 그 말들이 목까지 치밀어 오른다. 이 모든 일을 그녀가 꾸민 거라면 어차피 다 알고 있는 얘기겠지만.

먹잇감. 토머스가 사용한 이 단어에 소름이 끼친다.

몇 주 전 사무실에서 매 조각상의 정수리를 쓰다듬으며 바로 그 단어를 말하던 실즈 박사의 입술이 눈에 선하다. 그 매를 남편에게 선물로 줄 거라더니.

나는 한 발 앞으로 나간다. 그리고 또 한 발.

이젠 아주 가까워져 그녀 미간에 수직으로 파인 주름이 얼핏 보인다. 너무 연하고 얕아서 마치 유리에 간 금처럼 보인다.

"고마워요."

나는 립밤을 받으며 속삭인다. 추워서 맨손이 꽁꽁 얼어붙었다.

그녀가 내 다른 손에 쥐어져 있는 전화기를 내려다본다. 가슴이 바짝 죄어온다. 숨이 막힌다.

"놓치지 않아서 다행이에요."

그녀는 이렇게 말하고는 몸을 돌려 가버린다.

# 38

**12월 16일 일요일**

당신에게 립밤을 돌려주고 나서 90분 뒤 초인종이 울리더군요.

문 구멍으로 내다보니 토머스네요. 그의 얼굴이 작고 동그란 유리에 너무 가까이 붙어 있어서 일그러져 보여요.

예상치 못한 일이에요. 온다는 연락도 없었는데.

자물쇠를 풀고 묵직한 현관문을 열어젖혀요.

"여보, 당신이 웬일이야?"

그는 한 팔을 등 뒤로 숨기고 있어요. 그가 미소 지으며 팔을 앞으로 돌리니 큼직한 수선화 다발이 나오네요.

"근처에 일이 있어서 왔다가."

"예뻐라!"

나는 그를 안으로 들입니다.

지금쯤은 토머스도 만나자고 한 당신의 문자를 읽었을 텐데요. 몇

275

시간 전에 보냈으니까. 그런데 왜 여기 있는 걸까요?

어쩌면 당신이 보낸 문자를 나한테 보여주면서 자신의 지조를 증명하려고 왔는지도 모르겠어요.

나는 그의 팔에 한 손을 얹고 따뜻한 음료를 권해요.

"아니 됐어. 방금 커피 마시고 왔거든."

우리 둘 모두의 마음을 무겁게 짓누르고 있는 바로 그 주제로 들어가려는 모양이군요.

"그렇네. 당신 테즈 다이너 커피 좋아하지." 나는 가볍게 웃습니다. "달걀 프라이랑 버터 바른 베이글이랑 베이컨도."

"응, 평소랑 똑같지 뭐."

침묵.

어디서부터 말해야 할지 고민되기도 하겠죠. 내가 좀 도와줘야겠어요.

"그래, 아침식사는 좋았어?"

그의 두 눈이 거실을 휙 둘러봅니다. 회피하는 걸까요, 아니면 불안한 걸까요?

"특별할 거 뭐 있나."

그가 이렇게 답하는군요. 이 말은 두 가지로 해석 가능하죠. 당신과의 만남이 대수롭지 않았다거나, 토머스가 그 일을 일부러 숨기고 있다거나.

"그거 물에 안 넣어도 돼?"

토머스는 꽃다발을 빤히 쳐다보고 있어요.

"그래야지."

우리는 주방으로 갑니다. 나는 녹색 줄기를 싹둑 자르고 찬장에서 자기 꽃병을 꺼내요.

"그거 내가 서재에 갖다 놓을까?"

참 뜬금없는 제안이에요. 그도 아는지 얼른 빙긋 웃네요. 하지만 눈까지 웃는 환하고 자연스러운 미소는 아니군요.

그가 꽃병을 집어 들고 서재로 향합니다. 내가 따라가니 그가 멈칫하면서 말해요.

"저기, 커피 마시고 싶어졌는데. 괜찮으면 한 잔 부탁할게."

"잘됐네. 방금 내렸거든."

좋은 징조예요. 토머스가 더 있고 싶어 한다는 뜻이니까.

크림과 황설탕을 조금 타서 그가 좋아하는 커피를 만들어요. 내 휴대전화를 힐끔 보니 토머스에게서 답신이 왔다는 당신의 보고는 아직 들어오지 않았군요.

쟁반을 들고 서재로 가니 토머스는 아직도 꽃병을 스타인웨이 피아노 위에 얹어놓고 이리저리 위치를 보고 있어요.

그가 깜짝 놀란 표정으로 휙 돌아봅니다. 커피 달라고 한 걸 잊어버리기라도 한 표정이군요. 뭣 때문에 이리도 놀랐을까요?

어서 본론으로 들어갈 준비를 해야겠어요.

"참, 토머스. 매 조각상은 어디에 두기로 했어?"

그가 대답에 뜸을 들이네요. 하지만 마침내 나온 그의 답은 만족스럽습니다.

"침실 화장대 위에. 매일 밤 잠들 때마다, 매일 아침 일어날 때마다 보이지."

"잘했네. 좀 앉지 그래?"

토머스는 러브시트 끄트머리에 걸터앉자마자 커피 잔을 집어 들어요. 급하게 한 모금 마시다 몸을 뒤로 움찔하면서 뜨거운 커피를 쏟을 뻔하네요.

"좀 불안해 보이는데? 뭐 하고 싶은 말이라도 있어?"

그가 망설입니다. 그러다가 결단을 내린 듯 보이는군요.

"당신이 걱정할 일은 아니야. 그냥 당신 보고 얼마나 사랑하는지 말해주고 싶어서."

내가 상상했던 그 어떤 결과보다 낫네요.

그런데 토머스가 시계를 힐끔 보더니 벌떡 일어서는군요.

"서류 작업 할 게 쌓여 있어서." 그가 유감스럽다는 듯 말합니다. 청바지에 감싸인 허벅지를 손가락 끝으로 연신 두드리면서. "이번 주 일정은 아직 모르겠는데, 알게 되면 연락할게."

그는 왔을 때만큼이나 빨리, 홀연히 떠나버립니다.

서둘러 떠나는 토머스에게 이상한 점이 두 가지 있어요.

그는 내게 작별 키스를 해주려고 하지도 않았어요. 그리고 그렇게 찾던 커피를 한 모금만 마시고 손도 대지 않았죠.

# 39

**12월 16일 일요일**

나는 센트럴 파크 바로 밖 벤치에 마시지도 못하는 커피를 들고 앉아 있다. 속이 너무 뒤틀려서 이렇게 쓴 음료는 한 모금 이상 못 마시겠다.

그들의 문자 메시지가 거의 동시에 들어온다.

실즈 박사의 메시지. '제시카, 토머스한테 아직 답신 안 왔어요?'

토머스의 메시지. '증거를 보여줄게요. 오늘 밤 시간 괜찮아요?'

나는 실즈 박사의 문자에 답하지 않는다. 데이트에 대한 토머스의 답이 날아올 일은 없으니까. 박사의 타운하우스에서 그녀가 지켜보는 동안 그에게 술 한잔하자는 문자를 입력했지만 보내지는 않았다. 오늘 아침 내가 실즈 박사에게 한 첫 번째 거짓말이었다.

오늘 예약된 뷰티버즈 고객도 사실은 없다. 그저 그녀에게서 빠져나오기 위해 그런 척했을 뿐이다.

나는 토머스의 문자에도 답하지 않는다. 그 전에 우선 만나야 할 사람이 있다.

실즈 박사의 연구 조교 벤 퀵이 웨스트 66번가에 살고 있다. 내가 만난 사람 중에 오로지 그만이 박사에 대한 진실을 알고 있다는 생각이 떠오르자, 그를 찾는 건 식은 죽 먹기였다. 적어도 그의 부모가 소유하고 있는 아파트는 그랬다.

현관의 안내인이 내가 찾아왔다는 걸 인터폰으로 알리자 벤의 30년 후 모습일 것만 같은 한 남자가 엘리베이터에서 나왔다.

"벤은 지금 없어요." 그가 말했다. "번호 남겨주면 왔다 갔다고 전해줄게요."

안내인이 종이 한 장과 펜을 건네주자 나는 내 번호를 적었다. 그러다가 벤이 실즈 박사의 연구에 참여한 그 수많은 여자 중에 나를 기억할 리 없겠다는 생각이 문득 들었다. '52번 피험자예요'라고 적은 다음 종이를 반으로 접었다.

그 후로 한 시간이 더 지났는데 아직도 소식이 없다. 나는 두 팔을 머리 위로 올리고 등을 쭉 펴며 월먼 아이스링크에 흐르는 머라이어 캐리의 '올 아이 원트 포 크리스마스 이즈 유(All I Want for Christmas is You)'를 듣는다. 처음 뉴욕에 왔을 때는 여기 자주 왔었지만, 올해에는 아직 한 번도 스케이트를 타지 않았다.

커피 컵을 쓰레기통에 버리려고 일어나는 순간, 전화가 울린다. 휙 꺼내 보니 화면에 노아의 이름이 떠 있다. 이번 주말에 워낙 많은 일을 겪다 보니 오늘 저녁에 노아와 만나서 같이 식사하기로 했던 약속을 거의 잊어버리고 있었다.

"이탈리아 음식이나 멕시코 음식." 내가 전화를 받자 그가 말한다. "어느 쪽이 좋아요?"

토머스가 침대에 이불과 뒤엉켜 있는 달갑지 않은 이미지가 또 떠올라 선뜻 답할 수가 없다.

죄책감을 느낄 필요는 없다. 노아는 겨우 두 번 만난 사람이니까. 그래도 왠지 꺼림칙하다.

"만나는 건 좋은데 좀 차분하게 보내지 않을래요?" 내가 묻는다. "오늘 정말 힘들었거든요."

그는 아무렇지도 않게 받아들인다.

"그럼 밖에 나가지 말고 집에서 볼까요? 와인 한 병 따고 중국 음식 주문하면 되죠. 아니면 내가 당신 집으로 갈까요?"

지금은 느긋하게 데이트하면서 정상적인 대화를 나눌 여유가 없다. 하지만 이 남자와의 약속을 취소하고 싶지는 않다.

아이스링크에서 굵직한 목소리로 안내방송이 흘러나온다.

"10분간 정빙하는 시간을 갖겠습니다. 핫초코 한 잔씩들 하시고, 곧 뵙겠습니다!"

내가 말한다.

"나한테 좋은 생각이 있어요."


나는 우리 집 근처의 꽁꽁 얼어붙은 호수에서 스케이트를 타며 자랐기 때문에 스케이트를 꽤 잘 탄다. 하지만 노아가 그의 백팩에서 스케이트를 꺼내며 "지금도 주말마다 하키 동호회 경기에 나가요"라고 말한다.

몇 바퀴 돈 후 그가 몸을 빙 돌리더니 뒤로 스케이트를 지쳐 내 손을 잡는다.

"좀 잘 따라와요, 굼벵이 씨."

그의 농담에 스케이트 날로 얼음판을 파고드니 허벅지 근육이 불타는 듯 화끈거린다.

내게 필요한 것이 여기에 다 있다. 가볍게 날리는 눈송이, 몸의 움직임, 쾅쾅 울리는 음악, 온 사방에 보이는 분홍빛 볼의 아이들.

잠깐 쉬며 펜스에 기대어 있을 때 노아가 건네주는 은색 휴대용 술병도 그렇다. 박하향 슈냅스가 가득 채워져 있다. 나는 한 모금, 그리고 또 얼른 한 모금 홀짝인다.

노아에게 술병을 돌려준 다음 펜스에서 멀어지기 시작한다.

"이제 나 잡아봐요."

나는 속도를 올리며 어깨 너머로 말한다. 타원형 링크의 굽이진 곳을 향해 달리는 동안 얼굴은 찬바람을 맞아 얼얼하고 가슴속에서 웃음이 터져 나온다.

어떤 단단한 형체가 나를 들이받는 바람에 넘어질 뻔한다. 나는 휘청거리다가 뭐라도 붙잡으려 본능적으로 두 손을 내뻗는다.

"조심해요."

굵직한 남자 목소리가 내 귀에 대고 말한다. 나는 넘어지려는 찰나 겨우 난간을 붙잡고 꼭 거머쥔다.

숨을 헐떡이고 있는데 금세 노아가 획 다가온다.

"괜찮아요?"

나는 고개를 끄덕이면서도 노아를 보지 않는다. 나를 들이받고 밀어낸 남자를 찾아보지만, 바람에 휘날리는 목도리와 두툼한 외투, 은색 날을 지치는 발들 사이에서 그를 가려낼 수가 없다.

"네."

나는 마침내 노아에게 말하지만, 여전히 숨이 가쁘다.

"좀 쉴래요?"

그가 이렇게 말하며 내 손을 잡고 빙판 밖으로 데려간다. 두 다리는 덜덜 떨리고 발목은 부러질 것만 같다.

사람들에게서 멀리 떨어진 곳에 있는 벤치를 찾자, 노아가 핫초코를 사 오겠다고 한다.

휴대전화를 진동 모드로 설정해놓고 주머니에 넣어놨지만, 벤이 보낸 메시지를 놓쳤을까 봐 걱정된다. 그래서 나는 고개를 끄덕이며 노아에게 고맙다고 말한다. 그가 시야에서 사라지자마자 전화기를 확인해본다. 하지만 화면에 뜬 게 아무것도 없다.

남자와 부딪힌 건 우연한 사고였을 것이다. 단지 그가 토머스와 똑같이 말했을 뿐이다.

"조심해요."

빙판 위에서 노아와 손을 잡고 있을 때 느꼈던 행복은 이제 사라지고 없다.

일회용 컵 두 개를 들고 벤치로 돌아오는 노아에게 빙긋 웃지만, 그도 내 기분의 변화가 느껴지는 모양이다.

"그 남자가 난데없이 튀어나왔어요." 그가 말한다. "다친 거 아니죠?"

나는 노아의 따뜻한 갈색 눈동자를 들여다본다. 지금 나를 둘러싼 세상에서 오직 그의 존재만이 안전하게 느껴진다. 어떻게 금요일 밤에 토머스와 잘 생각을 했을까. 또 의아스러워진다.

그 충동적인 불장난 때문에 얼마나 큰 대가를 치를 수 있는지, 또 앞으로 얼마나 더 치르게 될지 그때는 미처 몰랐다.

그러고 보면 노아는 내 세상에서 실즈 박사가 모르고 있는 유일한 사람이다. 처음 컴퓨터 세션에서 노아와의 첫 만남을 얘기하긴 했지만, 그의 이름을 언급하지는 않았다. 그리고 우리가 아직 연락하고 있다는 사실도 밝히지 않았다. 내 인생의 이 한 조각만이라도 나만의 것이 될 수 있도록 비밀로 하고 싶은 마음이 있었나 보다.

실즈 박사는 베키와 우리 부모님, 리지에 대해서 전부 다 들었다. 나는 내 직장, 내 주소, 내 생일까지 그녀에게 알려주었다. 그녀는 나의 가장 깊은 곳에 있는 불안감과 가장 은밀한 생각을 알고 있다.

이 모든 정보들로 그녀가 무슨 짓을 하든 노아는 얽혀 있지 않다.

나는 순식간에 결정을 내려버린다.

"다치지는 않았는데, 고민이 하나 있어요."

나는 입을 떼기 시작한다. 그리고 핫초코를 한 모금 마신 다음 말을 잇는다.

"업무와 관련해서 곤란한 상황이 생겼어요. 그게 좀 복잡한데……"

어떻게 말해야 할지 몰라 더듬거린다. 노아는 재촉하지 않고 가만히 기다려준다.

"누군가를 정말 믿을 수 있는지 어떻게 알죠?"

마침내 내가 묻는다. 노아가 눈썹을 치켜세우더니 핫초코를 한 모금 마신다. 그러고는 다시 내 눈을 들여다보는 그의 표정이 매우 진지해서 그가 아주 사적인 장소에서 답해주고 있는 듯한 기분마저 든다.

"그런 질문이 필요하다면, 이미 답을 알고 있는 거겠죠."


두 시간 후, 노아와 함께 뜨겁고 끈적거리는 피자를 먹고 집 앞에서 헤어진 나는 침대에 누워 몸을 동그랗게 말고 누워 있다. 슬슬 잠이 들려는데 휴대전화가 윙윙거린다.

내 방은 어둡고, 침대 옆 테이블 위에서 비치는 옅은 푸른색 불빛 말고는 보이지 않는다.

잠이 확 깬다. 전화기를 집는다.

'왜 답장이 없어요?' 토머스가 보낸 문자다. '만나서 얘기합시다.'

문자 밑에 결혼사진이 하나 있다. 사진 속에서 실즈 박사는 레이스 달린 아이보리 드레스를 입고 카메라를 향해 환하게 미소 짓고 있다. 입자가 약간 거친 사진을 빤히 보고 있자니, 지금까지 그녀의 행복한 표정을 한 번도 본 적 없다는 사실이 떠오른다. 그녀는 지금보다 다섯 살이나 열 살 정도 어려 보이는데, 7년 전 결혼했다는 토머스의 말을 따로 확인할 필요도 없겠다.

그녀 옆에 서 있는 신랑, 한 팔로 그녀를 보호하듯 감싸고 있는 남자는 그녀의 다이닝 룸에 있던 사진 속 검은 머리의 남자가 아니다. 토머스다.

# 40

솔직하게 말하고 있는 거 맞아요, 제시카?

당신은 토머스가 당신의 제안에 답하지 않았다는 말만 계속하는 군요.

믿기가 어려워요. 토머스는 메시지가 왔다는 알림 소리가 울릴 때마다 거의 파블로프의 개처럼 반응하고 있거든요. 그가 당신의 제안을 거절했을지도 모르죠. 받아들였을지도 모르고요. 하지만 그냥 무시해버릴 가능성은 거의 없을 텐데요.

월요일 오후 3시. 당신이 내 타운하우스에서 나간 지 24시간이 넘었어요. 마지막으로 연락한 지는 세 시간이 됐고요.

또 전화를 해봐야겠군요.

당신은 받지 않습니다.

"제시카, 별일 없나요? 음…… 연락이 없으니 실망하게 되네요."

당신은 답 전화를 주지 않습니다. 대신 문자를 보내네요.

'아직 어떤 회신도 오지 않았어요. 몸이 좋지 않아서 쉬려고요.'

문자 메시지로 말투를 정확히 파악할 수는 없지만, 왠지 조급함이 느껴지는군요.

당신은 빤히 보이는 핑계를 대며 연락의 리듬을 늦추려 하고 있어요. 당신이 주도권을 잡고 있는 줄로 아나 봐요.

왜 멈추려는 건가요, 제시카? 지금까지 그렇게 열성적이고 협조적으로 나오더니.

나는 당신이 토머스의 관심을 끌 것 같아서 신중하게 당신을 고른 거예요.

당신도 그에게 끌리던가요?

어제 갑작스레 찾아온 후로 토머스는 이번 주 일정을 알아보겠다는 약속을 지키지 않았어요. 잠깐 전화해서 잘 자라는 인사만 하더니 연락도 없군요.

의도적으로 계속 애쓰지 않으면 곧바로 내 호흡은 거칠어집니다. 음식을 삼킬 수가 없어요.

주방 바로 바깥 쪽 바닥판이 약간 헐거워요. 걸을 때마다 작게 삐걱거리죠. 마치 찌르륵거리는 귀뚜라미의 울음처럼 일정하게 반복되는 그 소리를 계속 듣고 있자니 최면에 걸릴 것만 같군요.

삐걱삐걱 백 번. 그리고 또 이백 번.

토머스의 일정은 여전히 애매하지만, 그는 내 일정을 알고 있지요.

매주 월요일 오후 5시부터 7시까지 나는 뉴욕대학의 강의실에 있어야 하죠. 214호실 바로 옆에 있는 강의실에요.

하지만 몇 주 전 유급휴가가 승인 났으니 나 대신 다른 교수가 세미나를 진행할 겁니다.

토머스를 의심하는 건 그의 행동이 초래한, 안타깝지만 어쩔 수 없는 부작용이에요.

하지만 당신을 의심하는 건, 제시카……. 그건 견딜 수가 없군요.


앞일을 생각하지도 않고 과거를 반성하지도 않고 충동적으로 행동하면 처참한 결과를 낳을 수 있지요.

그래도 오후 3시 54분, 나는 다소 경솔한 결정을 내립니다.

누가 주도권을 갖고 있는지 일깨워줄 때가 왔군요, 제시카.

당신은 어디가 아픈지 말해주지 않았지만 치킨 수프는 만병통치약이라고들 하죠.

뉴욕의 모든 델리카트슨에서 그걸 팔아요. 당신의 원룸 아파트에서 바로 한 블록 떨어진 곳에서도요.

큰 용기를 고르고, 짭짤한 크래커 여러 통도 무지 갈색 종이봉투에 넣어요. 플라스틱 숟가락과 냅킨도 함께.

노란색 회반죽이 벗겨지고 있고, 옆면에 금속 비상계단이 구불구불 이어져 있는 아파트 건물을 보니 조금 놀랍군요. 항상 세련되고 매력적으로만 보이는 당신이 이렇게 어울리지 않는 곳에서 나오는 모습은 상상하기 어렵네요.

4C호의 버저를 누릅니다.

답이 없네요. 섣불리 판단할 수는 없죠. 당신이 말했던 대로 쉬고 있을지도 모르니까요.

조금 더 길게 버저를 눌러봅니다. 좁은 원룸에서 그 소리가 시끄럽게 울리고 있겠군요.

여전히 답이 없어요. 설령 잠들었다 해도 지금까지 깨지 않을 리가 없는데.

당신은 계속 묵묵부답이지만, 이대로 가버릴 수는 없어요.

그런데 어쩌다 건물의 정문을 한 번 더 힐끔 보니까 아주 살짝 열려 있네요. 잠겨 있지 않아요.

문을 열고 간단히 안으로 들어가요.

엘리베이터도 안내인도 없어요. 계단은 어둑하니 음산하고, 닳아 문드러진 회색 카펫이 깔려 있어요. 그래도 거주자들이 아마추어 솜씨처럼 보이는 작품들로 복도를 꾸며놨네요. 몇몇 문에는 크리스마스 화환이 걸려 있고, 칠리나 스튜 같은 음식의 향긋한 냄새가 진동을 해요.

당신 집은 복도 끝 쪽에 있어요. 환영 인사가 새겨진 매트가 문 앞에 깔려 있군요.

문을 두드리니 당신이 기르는 개, 보호소에서 입양했다는 그 작은 잡종견이 거의 스타카토 음처럼 날카롭게 짖어대요. 하지만 다른 소리나 움직임의 기색은 전혀 없네요.

어디 있는 거죠, 제시카? 내 남편과 같이 있나요?

봉투를 문 앞에, 당신이 집에 도착하면 바로 볼 수 있는 곳에 내려놓아요. 가끔은 단순한 선물 하나가 유용한 경고 사격의 도구가 되기도 하죠.

하지만 당신이 그걸 받을 때쯤엔 너무 늦을지도 몰라요.

당신의 충성심은 체계적으로 길러져 왔어요. 나는 당신의 봉사에 수천 달러를 지불했습니다. 세심하게 준비한 선물을 줬어요. 당신의 감정 상태를 보살펴주고, 집중 심리치료나 마찬가지인 세션을 무료로 제공해주었죠.

당신은 내게서 벗어날 수 없어요.

# 41

**12월 17일 월요일**

크리스마스 선물 진열장 옆 좁은 틈에 놓인 작은 나무 테이블에 앉아 스타벅스 컵에 씌워준 홀더를 빙빙 돌리며 문이 열릴 때마다 확인한다.

벤은 오늘 5시 반에만 시간이 난다며 여기서 보자고 했다. 하지만 이미 15분이나 지났고, 통화하면서 꺼리던 목소리를 생각하면 아예 안 나오는 건 아닌지 걱정된다.

어퍼웨스트사이드로 다시 오려면 어쩔 수 없이 늦은 오후에 잡혀 있던 예약 건을 취소해야 했다. 실즈 박사에게 회사 방침을 거짓으로 말한 건 아니었다. 예약 담당자가 이번 달에 한 번만 더 통보 없이 예약을 어기면 해고될 거라고 알려주었다.

벤이 혹시 연락했나 싶어 전화기를 힐끔 보지만, 토머스에게 온 또 다른 부재중 전화뿐이다. 오늘만 다섯 번째다. 하지만 벤의 말을 듣기 전까지는 그와 얘기할 생각이 없다.

문이 또 열리면서 얼어붙을 듯 차가운 바람이 휙 들어온다.

이번에는 벤이다.

커피숍은 사람들로 꽉 차 있지만 그는 단번에 나를 찾아낸다.

그는 격자무늬 목도리를 풀며 내 쪽으로 걸어온다. 외투는 벗지 않는다. 그는 인사를 건네는 대신 내 맞은편 의자에 슬그머니 앉더니 이리저리 두리번거리며 다른 손님들을 훑어본다.

"10분밖에 못 있어요."

그가 말한다. 그는 내가 기억하는 그대로다. 마른 몸에 부잣집 아들 같은 차림새. 까탈스러운 분위기. 왠지 마음이 놓인다. 이 연구에서 일관된 것이 적어도 한 가지는 있구나.

나는 어젯밤 토머스가 보낸 결혼사진을 보고서 잠들지 못하고 끼적거린 질문 리스트를 꺼낸다.

"좋아요." 내가 말문을 뗀다. "음, 저는 실즈 박사님의 피험자잖아요. 그런데 상황이 좀 이상해지고 있는 것 같아요."

그는 그저 나를 쳐다보고만 있다. 전혀 협조할 생각이 없어 보인다.

"당신은 박사님의 조교잖아요. 그렇죠?"

그는 팔짱을 낀다.

"이젠 아닙니다. 연구가 종료되면서 제 자리도 없어졌거든요."

나는 몸을 뒤로 움찔한다. 단단한 나무로 척추 한가운데를 맞은 것 같은 기분이다.

"'종료되었다'니 무슨 소리예요?" 내가 소리친다. "나는 연구에 참여 중인데요. 지금도 진행 중이라고요."

벤은 얼굴을 찡그린다.

"저는 그런 얘기 못 들었는데요."

"바로 며칠 전 밤에 당신이 실즈 박사의 예전 피험자들 전화번호를 찾아봤잖아요. 내가 그 사람들한테 메이크업을 해줬다고요."

나는 식식거리며 말한다. 그가 어리둥절한 표정으로 나를 빤히 쳐다본다.

"대체 무슨 소리 하는 거예요?"

진정하려 애써봐도 머릿속이 어질어질하다. 몇 테이블 건너에서 한 아기가 귀청 떨어질 듯 새된 소리로 울기 시작한다. 커피숍 직원이 거대한 전기 그라인더를 틀자 콩들이 시끄럽게 으깨진다. 벤을 설득해 도움을 얻어야 하는데 집중할 수가 없다.

"실즈 박사님 말로는, 당신이 예전 연구에 참여했던 어떤 여자의 번호를 잘못 받아 적어서 내가 엉뚱한 곳에 가게 된 거라던데요. 어떤 마약 중독자 집이었다고요."

나는 높은 목소리로 다급하게 말한다. 우리 옆에 앉은 여자가 고개를 돌려 빤히 쳐다본다. 벤이 내 쪽으로 몸을 기울이며 낮은 목소리로 말한다.

"실즈 박사님과 연락 안 한 지 몇 주 됐습니다."

나를 쳐다보는 그의 눈빛을 보니 내 말을 믿는 건지나 모르겠다.

나는 전화번호 다섯 개가 적혀 있던 노란색 메모지를 떠올려본다. 모두 실즈 박사의 깔끔한 흘림체로 쓰여 있었다.

그녀는 벤이 전화번호의 숫자를 바꿔 썼다고 말했다. 연구 참여자의 신상정보를 처음 기록할 때부터 실수했다는 뜻일 텐데.

하지만 다른 젊은 여자들과 여전히 연구를 진행 중이라면서 왜 벤을 내보낸 걸까?

벤이 노골적으로 손목시계를 힐끔거린다.

나는 내 질문들을 훑어보지만, 실즈 박사가 나를 상대로 진행하고 있는 윤리 시험을 벤이 모르고 있다면 이 질문들은 아무짝에도 소용이 없다.

"실즈 박사님이 지금 하고 있는 일에 대해서 아무것도 몰라요?"

내가 묻는다.

그는 고개를 젓는다. 갑자기 뼛속까지 한기가 스며든다.

"저는 비밀 유지 계약서에 서명했어요. 석사 과정이 끝나가는데 박사님한테 밉보이면 골치 아파진다고요. 당신이랑 이렇게 말하는 것도 안 됩니다."

"그런데 여기 왜 나왔어요?"

내가 속삭인다. 그는 코트 소매에 비어져 나온 보푸라기 실 한 올을 떼어낸다. 그의 두 눈이 커피숍의 손님들을 다시 한 번 훑는다. 그러더니 의자를 뒤로 밀어낸다.

"제발요!"

마치 목을 졸린 채 내지르는 비명처럼 들린다.

벤이 목소리를 낮춰 다시 말한다. 사람들이 웅성거리며 떠드는 소리와 아기의 울음소리 사이로 그의 말이 간신히 들린다.

"당신 이름이 적힌 파일을 찾으세요."

나는 입을 떡 벌린 채 멍하니 그를 쳐다본다.

"그 안에 뭐가 있는데요?"

"박사님은 나한테 모든 피험자의 배경 정보를 수집하라고 하셨어요. 하지만 당신에 관해서는 더 많은 정보를 원하셨죠. 그러더니 모든 피험자들의 파일을 보관하는 캐비닛에서 당신 것만 빼냈어요."

그가 몸을 돌린다.

"잠깐만요!" 내가 부른다. "이대로 가버리면 어떡해요."

그가 문 쪽으로 한 걸음 뗀다.

"저 지금 위험한 상황인 건가요?"

그는 내게 등을 진 채 머뭇거린다. 그러다가 잠깐 돌아선다.

"그건 답할 수 없습니다, 제스."

그는 이렇게 말하고는 가버린다.


세션 초반에 실즈 박사의 책상에는 마닐라지 서류철이 놓여 있었다. 그 안에 뭐가 있다는 거지?

벤이 떠난 후 나는 얼마 동안 가만히 앉아서 허공을 노려본다. 그러다가 마침내 토머스에게 전화한다.

신호가 가자마자 그가 받는다.

"왜 내 전화나 문자에 답을 안 합니까? 내가 보낸 사진은 봤어요?"

"봤어요."

뒤로 물 흐르는 소리가 들리더니 금속이 쨍그랑거린다.

"지금은 통화하기 그래요." 그는 뭐에 쫓기기라도 하듯 허둥지둥 정신없이 말한다. "저녁 약속이 있어요. 내일 아침에 바로 연락할게요. 리디아한테는 아무 말도 하지 말아요."

그는 또 이렇게 경고한 다음 전화를 끊는다.

커피숍에서 나오니 날이 어두워져 있다.

살을 에는 듯 차가운 바람에 몸을 웅크린 채 집으로 걸어가면서 실즈 박사가 가지고 있는 내 파일 안에 어떤 내용이 담겨 있을까 상상해본다. 대부분의 심리치료사들은 상담하는 동안 메모하지 않나? 우리가 나눈 모든 대화가 기록되어 있을 텐데, 왜 벤은 나더러 그걸 찾으라고 한 거지?

그러고 보니 몇 주 전부터 그 파일이 보이지 않았다.

실즈 박사의 깔끔한 책상 한가운데에 놓여 있던 파일이 기억난다.

그 색인표에 활자체로 찍혀 있던 글자를 떠올려본다. 똑똑히 보지는 못했지만, 분명 내 이름이었다. 제시카 패리스.

실즈 박사는 나를 52번 피험자라고만 부르다가 나중에는 제시카라고 불렀다.

하지만 벤은 커피숍에서 마지막으로 말할 때 나를 '제스'라고 불렀다.


아파트 건물에 도착해보니 입구가 조금 열려 있다. 문을 꼭 닫지 않은 무심한 이웃과 고칠 생각이라고는 전혀 없어 보이는 관리인에게 짜증이 솟구친다.

닳아빠진 회색 카펫이 깔려 있는 계단을 오르면서 내 아랫집인 클라인 씨 집에서 나는 카레 향을 들이마신다.

나는 복도 끝에 멈춰 선다. 문 앞에 뭔가가 있다.

더 가까이 가보니 무늬 없는 갈색 종이봉투다.

나는 망설이다가 봉투를 집어 든다. 그윽하고 익숙한 냄새가 풍기는데 뭔지는 모르겠다.

봉투 안에 치킨 누들 스프가 한 통 들어 있다. 아직 따뜻하다.

메모는 없다.

하지만 내가 몸이 안 좋다고 생각하는 사람은 한 명뿐이다.

# 42

**12월 17일 월요일**

갑자기 날카로운 소리가 들리는 걸 보니 타운하우스에 누군가 있나 봐요.

청소하는 아주머니는 월요일에 오지 않는데.

방들은 고요하고 어둠에 잠겨 있어요. 소리는 왼쪽에서 났어요.

뉴욕 시의 타운하우스는 확실한 장점들이 있죠. 넓은 공간. 사생활 보장. 뒤뜰.

물론 한 가지 큰 단점도 있어요. 경비가 없다는 것.

또 한 번 철컥하는 소리가 크게 나네요.

이번엔 무슨 소리인지 알 것 같아요. 6구짜리 바이킹 가스오븐레인지에 냄비를 올렸군요.

토머스는 요리 솜씨가 서툴러요.

그는 지금 월요일 밤의 일과를 따르고 있는 거예요. 그가 집을 나가면서 중단됐던 일과를.

그는 내가 주방 문간에 있는 걸 바로 알아채지 못하네요. 소노스 스피커로 흘러나오는 비발디 협주곡 때문에 내가 움직이는 소리가 묻혔나 봐요.

그는 통밀 파스타 프리마베라에 들어갈 애호박을 썰고 있어요. 그가 만들 줄 아는 몇 안 되는 음식 중 하나예요. 그는 내가 그걸 좋아한다는 걸 알고 있죠.

조리대에는 흰색 시타렐라 식료품점 쇼핑백이 두 개 놓여 있고, 은색 아이스 버킷 안에는 와인 한 병이 들어 있군요.

나는 재빨리 계산을 해봐요. 오늘 토머스의 마지막 내담자는 오후 4시 50분에 사무실을 떠나요. 토머스의 사무실에서 타운하우스까지는 25분 걸리죠. 마트에서 장을 보느라 20분 더 썼을 테고. 지금 만들고 있는 요리도 얼추 완성이 되어가네요.

오늘 저녁 토머스는 당신과 같이 있었을 리 없어요, 제시카. 당신이 집에서 자는 척하면서 어딜 갔는지 몰라도 내 남편을 만나지는 않았군요.

안도감이 걷잡을 수 없이 곧장 밀려와 온몸에서 힘이 쭉 빠져요.

"토머스!"

그가 몸을 휙 돌리며 자기 몸을 지키려는 듯 칼을 앞으로 내밉니다. 그러고는 큰 소리로 어색하게 웃어요.

"리디아! 집에 있었네!"

그래서 불안해한 거야? 안도감이 서서히 사그라지기 시작합니다.

그래도 나는 그에게 다가가 키스로 맞이해줘요.

"강의가 일찍 끝났거든."

나는 이렇게 말하고는 더 이상 설명하지 않습니다. 가끔 침묵은 직접적 질문보다 더 효과적으로 정보를 푸는 도구가 되기도 하죠. 경찰들은 용의자가 잡히면 이 전략을 자주 쓴답니다.

"그냥…… 당신한테 말하진 않았지만, 내가 와서 깜짝 선물로 저녁 식사 준비해봐도 괜찮을 것 같아서."

토머스가 더듬거리며 말하네요.

그는 지난 48시간 동안 두 번이나 연락도 없이 왔습니다. 이건 그의 분별없는 행동 후 암묵적으로 정해진 규칙을 깨는 행위이기도 해요. 토머스는 집에서 나간 후에 갖고 있던 열쇠를 사용한 적이 없거든요.

혹은 그랬나?

이제는 모순되는 증거 때문에 상황 파악이 잘 안 되는군요.

내일 타운하우스에 그가 있다는 걸 감지해줄 새로운 안전장치를 설치해야겠어요. 앞으로 그가 또 사전 허락 없이 집에 들어올지 모르니까요.

"나야 좋지."

내 말투는 분위기에 맞지 않게 조금 쌀쌀맞습니다.

그가 포도주를 한 잔 따라요.

"자, 여보."

"나 코트 좀 벗고."

그가 고개를 끄덕이고 몸을 돌려 파스타를 저어요.

토머스가 당신 문자에 답했다는 보고가 아직 없군요, 제시카.

만약 토머스가 당신의 제안을 거절할 생각이라면 왜 아직 그렇게 하지 않았죠?

어쩌면 뭔가를 숨기고 있는 쪽은 당신일지도 모르겠군요.

토머스를 만나야 계속 연구에 참여할 수 있을 거라 믿고 있을 수도 있겠네요. 토머스는 유혹에 넘어가지 않았는데 당신이 더 강하게 밀어붙이고 있을지도 모르고. 다른 결과를 기대하며 시간을 벌고 있을지도요.

어떻게든 남의 비위를 맞추려 애쓰고 노골적으로 나를 우상시하는 당신이니, 나를 실망시킬 결과를 내고 싶지는 않겠죠.

토머스가 가자마자 나는 당신에게 전화해 내일 아침 만나자고 할 거예요. 어떤 핑계도 용납하지 않겠습니다. 아프다거나 친구와 약속이 있다거나 회사에 일이 있다고 해도 소용없어요.

당신은 내게 솔직하게 말해줄 거예요, 제시카.


주방으로 돌아와 보니 토머스가 파스타의 물기를 빼고 양념한 채소들을 섞어놨군요.

가벼운 대화가 오가요. 와인을 마시고. 비발디 협주곡의 경쾌한 음들이 집 안 가득 울리고. 우리 둘 모두 음식을 깨작거리고.

토머스도 신경이 곤두서 있나 봐요.

식사를 시작한 지 15분 정도 지났을까, 휴대전화가 새된 소리로 쩌렁쩌렁 울려대요.

"당신 전화야."

그가 말합니다.

"받아도 돼? 내담자한테 올 전화가 있어서."

완전히 거짓말은 아니죠.

"어서 받아."

그가 말합니다. 화면에 뜨는 번호를 보니 당신이군요.

차분하고 전문가다운 말투를 유지하는 게 중요해요.

"네, 실즈입니다."

"안녕하세요, 저 제시카인데요······. 많이 좋아져서요. 치킨 수프 정말 잘 먹었습니다."

토머스는 통화 상대를 전혀 눈치챌 수 없어요.

"별것도 아닌데요, 뭘."

당신이 계속 말합니다.

"그리고 커피숍에서 만났던 남자한테 연락이 왔다고 알려드리려고요. 토머스요."

본능적 반응이 일어납니다. 나는 토머스를 휙 쳐다보며 숨을 꿀꺽 삼켜요.

토머스가 나를 빤히 봐요. 내 표정에서 뭘 읽어내고 있는지 알 길이 없네요.

"잠깐만요."

내가 말합니다. 얼른 토머스와의 거리를 늘려요. 휴대전화를 들고 옆방으로 갑니다.

"계속 말해봐요."

내가 지시합니다. 억양과 말투만 들어도 대화 내용을 짐작할 수 있어요. 좋은 소식은 거침없이 줄줄 흘러나오지만, 나쁜 소식은 뜸을 들이는 경우가 많죠.

하지만 당신의 목소리는 이도 저도 아니네요. 뒤에 어떤 말이 이어질지 대비를 할 수가 없습니다.

"만나고 싶대요. 내일 일정이 정해지면 전화할 테니까 그때 약속을 잡자고요."

# 43

12월 18일 화요일

뉴욕에 산 지 수년 됐지만, 이런 한적한 공원이 있는 줄은 몰랐다.

웨스트 빌리지 식물원이라기에 사람들이 엄청 많을 줄 알았다. 여름철에는 그럴지도 모르겠다. 하지만 으스스 춥고 흐린 오후에 청바지로 스며드는 나무의 습기를 느끼며 벤치에 앉아 토머스를 기다리고 있는 지금은 주위에 온통 헐벗은 딸기나무와 나뭇가지들뿐이다. 마치 음산한 하늘에 거대한 거미줄이 쳐진 것처럼 보인다.

실즈 박사는 믿을 수 있는 사람이라 생각했다. 하지만 지난 48시간 사이에 그녀의 수많은 거짓말을 알게 되었다. 벤이 전화번호를 잘못 받아 적은 것도 아니고, 지금은 진행 중인 연구조차 없다. 실즈 박사는 다이닝 룸에 있던 사진 속의 더벅머리 남자와 결혼하지 않았다. 토머스와 결혼했다. 그리고 나는 그녀에게 전혀 특별한 존재가 아니다. 따뜻한 캐시미어 숄이나 그녀의 남편 앞에다 달랑달랑 흔들어 보일

301

반짝이는 물건처럼 그저 유용하게 써먹을 도구일 뿐이다.

내가 오늘 알아내고 싶은 건, 그녀가 내게 이런 짓을 하는 이유다.

"리디아한테는 아무 말도 하지 말아요."

토머스는 이렇게 지시했다. 하지만 나는 그에게 주도권을 쥐어주지 않을 것이다.

무슨 일이 일어나고 있는 건지 상황을 파악하기 전까지는 시간을 끌어야 한다. 그래서 실즈 박사에게 토머스가 내 문자에 답했고 나와 만나고 싶어 한다고 말했다. 하지만 오늘 만날 거라는 말은 하지 않았다. 그녀는 약속 시간이 아직 잡히지 않았고 내가 토머스의 전화를 기다리고 있는 줄 안다.

4시 정각, 토머스가 내 쪽으로 이어지는 작은 길에 나타난다.

미술관에서 처음 만나고 술집에서 다시 만났을 때와 거의 같은 모습이다. 큰 키에 탄탄한 몸, 두터운 파란색 오버코트에 회색 슬랙스 차림의 30대 남자. 머리에는 털모자를 쓰고 있다.

타운하우스 밖에서 토머스와 통화하고 있었을 때처럼 실즈 박사가 또 나타날까 봐 갑자기 두려워져 내 뒤를 힐끔 돌아본다. 하지만 주변엔 아무도 없다.

토머스가 가까이 다가오자 산비둘기 한 쌍이 요란스레 날개를 퍼덕거리며 하늘로 날아오른다. 나는 움찔하며 한 손을 가슴에 댄다.

그가 내 옆에 한 발짝 정도 떨어져 앉는다. 조금 더 떨어지면 좋으련만.

"왜 내 아내가 당신한테 나를 미행하게 시킨 겁니까?"

그가 앉자마자 묻는다.

"나는 당신이 박사님 남편인지도 몰랐어요."

"나랑 잤다고 아내한테 말했습니까?"

그는 실즈 박사한테 들킬 것을 나보다 훨씬 더 두려워하는 것처럼 보인다. 나는 고개를 젓는다.

"나는 돈을 받고 박사님 연구를 도와주고 있어요."

"돈을 받아요?" 그가 얼굴을 찡그린다. "내 아내가 하는 연구에 참여하고 있습니까?"

토머스가 계속 질문을 던져대니 기분이 좋지만은 않지만, 적어도 그가 아는 사실이 거의 없다는 건 알 것 같다.

숨을 내쉬자 하얀 입김이 뿜어져 나온다.

"시작은 그랬죠. 그런데 지금은……."

내가 실즈 박사를 위해 하고 있는 일을 어떻게 설명해야 할지 감도 안 잡힌다. 나는 화제를 바꾼다.

"미술관에서 본 그날, 나는 박사님이 나더러 만나라는 사람이 당신인지 몰랐어요. 식당에서 당신을 보기 전까지는요. 알았으면, 음, 당신한테 연락 안 했을 거예요."

그가 오른쪽 손가락 관절로 이마를 문지른다.

"그 비뚤어진 속은 알 수가 없다니까." 그가 말한다. "난 아내를 떠났어요. 당신이 믿을지 모르겠지만."

내가 실즈 박사의 타운하우스에 처음 갔을 때 그녀가 치우던 커피잔 두 개와 벽장에 걸려 있던 가벼운 남자 재킷이 떠오른다. 그리고 한 가지 더.

"당장 어젯밤에도 박사님과 같이 있었잖아요!"

나는 불쑥 말해버린다.

어제 토머스에게 전화했을 때 전화기 너머로 냄비와 프라이팬이 덜거덕거리고 수돗물 흐르는 소리가 들렸다. 누군가가 요리를 하고 있는 듯했다. 그리고 처음엔 사소해 보였던 또 다른 사실 하나. 클래식 음악. 하지만 어두침침하거나 딱딱하지는 않고…… 경쾌했다. 나중에 실즈 박사에게 전화했을 때 바로 그 밝고 활기 넘치는 음악이 들렸다.

"오해하지 말아요." 그가 말한다. "리디아 같은 사람하고는 헤어지고 싶다고 그냥 헤어질 수 있는 게 아니에요. 그녀가 원하지 않는 이상은."

그의 말에 마치 감전된 것처럼 온몸에 전율이 인다.

"박사님이 나 같은 젊은 여자를 먹잇감으로 삼는다면서요." 나는 침을 꿀꺽 삼킨다. 이제 가장 힘든 질문을 던져야 한다. 내내 나를 갉아먹고 있던 질문을. "그게 정확히 무슨 뜻이죠?"

토머스가 벌떡 일어나더니 주위를 두리번거린다. 벤도 커피숍에서 계속 그랬다. 두 남자 모두 실즈 박사와 밀접한 관계였지만, 지금은 둘 다 그녀와 관계를 끊었다고 주장한다. 그뿐 아니라 그녀를 경계하는 눈치다.

식물원은 거의 정적에 잠겨 있다. 이파리가 바람에 나부끼거나 다람쥐가 이빨을 딱딱 부딪히는 소리조차 없다.

"좀 걸읍시다."

토머스가 제안한다. 나는 공원에서 나가는 방향으로 발을 떼기 시작하는데, 그가 내 팔을 잡아당긴다. 코트 천으로 단단한 악력이 느껴진다.

"이쪽으로 갑시다."

나는 그의 손에서 팔을 빼낸 후 그를 따라 식물원 안으로 더 깊숙이 들어가 밑에 물이 얼어붙어 있는 돌 분수대로 향한다. 분수대를 몇 미터 지나자 그가 멈춰 서서 땅을 내려다본다.

너무 추워서 코끝에 감각이 없다. 나는 떨지 않으려 애쓰며 두 팔로 내 몸을 감싼다.

"또 다른 여자가 있었습니다." 토머스의 목소리가 너무 낮아서 귀를 쫑긋해야 겨우 들린다. "젊고 외로운 여자라 리디아 눈에 들었죠. 두 사람은 함께 시간을 보냈어요. 리디아는 그 여자한테 선물도 주고 집에 초대까지 했습니다. 여동생이라도 되는 것처럼……."

'여동생처럼'이라니, 내 심장이 사정없이 쿵쾅거리기 시작한다.

내 왼쪽에서 뭔가가 딱 부러지는 날카로운 소리가 들린다. 고개를 휙 돌려보지만 아무것도 보이지 않는다.

그냥 나뭇가지가 떨어진 거라고 나는 속으로 중얼거린다.

"그 여자는…… 문제가 좀 있었어요."

그가 안경을 벗고 콧마루를 문지른다. 그의 눈빛은 보이지 않는다.

몸을 돌려 달아나고 싶은 충동이 갑자기 거세게 일지만 꾹 참는다. 토머스의 말을 꼭 들어야 한다.

"어느 날 밤, 그 여자가 리디아를 만나러 왔어요. 둘이서 잠시 얘기를 나눴죠. 리디아가 그녀한테 뭐라고 말했는지는 나도 모릅니다. 집에 없었거든요."

해가 지고 나니 기온이 10도는 뚝 떨어진 것 같다. 또 온몸이 와들와들 떨려 온다.

"그게 나랑 무슨 상관인데요?"

나는 말라붙은 목으로 힘겹게 말을 뱉어낸다. 사실 답 같은 건 들을 필요도 없다. 이 이야기의 결말은 안 들어도 뻔하다.

토머스가 마침내 고개를 돌려 내 눈을 들여다본다.

"바로 여기서 그 여자가 자살했습니다. 5번 피험자가."

# 44

어떻게 감히 나를 속일 수 있죠, 제시카?

오늘 저녁 8시 7분, 당신은 내게 전화해 방금 토머스로부터 전화가 왔다고 보고합니다.

"데이트 약속 잡았어요?"

내가 묻습니다.

"아니, 아니, 아니요."

당신은 곧장 대답하는군요. 그 지나치게 많은 '아니' 때문에 스스로 무덤을 판 거예요. 만성적 불안증 환자처럼 거짓말쟁이들도 과잉 보상을 하는 경향이 있죠.

"이번 주에는 만날 수 없지만 계속 연락하며 지내자고 했어요."

당신이 계속 말합니다. 당신의 목소리는 확신이 넘치면서도 다급하게 들리는군요. 너무 바빠서 대화를 계속하기 힘들다는 신호를 보내려는 것처럼.

우리 대화의 조건을 당신이 정할 수 있을 거라 생각하다니, 참으로 순진하군요, 제시카. 당신 뜻대로 정할 수 있는 건 아무것도 없습니다. 당신이 별로 바랄 것 같지는 않지만, 당신에게 이 교훈을 일깨우기 위해 나는 한참이나 뜸을 들입니다.

"그냥 일이 바빠서 그런 것 같던가요?" 내가 묻습니다. "만나자고 다시 연락이 올 것 같은 느낌이었나요?"

이 심문에 당신은 두 번째 실수를 저지르고 맙니다.

"딱히 이유는 알려주지는 않았어요. 문자로 그렇게만 말했어요."

처음엔 통화했다고 하더니 이젠 문자라니. 어쩌다 잘못 말한 건가요? 아니면 의도적 기만인가요?

만약 당신이 내 사무실 러브시트에 걸터앉아 있다면 당신의 몸짓에서 단서를 얻을 수 있을 텐데요. 머리카락을 비비 꼬거나 은반지들을 만지작거리거나 손톱을 긁어대거나. 전화로는 당신이 보내는 미묘한 신호를 읽을 수가 없습니다.

내가 당신의 모순을 지적할 수도 있겠죠. 하지만 나를 속이려고 작정한 당신에게 꼬치꼬치 따지고 들면 당신은 더 용의주도하게 의도를 감추려 할 겁니다.

그래서 나는 당신을 대화에서 탈출시켜줍니다.

전화를 끊고 나면 뭘 할 건가요?

위험할 수도 있는 대화를 피했다고 우쭐대며 밤마다 하는 일을 계속하겠죠. 개를 산책시킨 다음 한참이나 샤워를 하고. 잘 흐트러지는 곱슬머리를 컨디셔너로 빗어 내리고. 메이크업 케이스를 다시 채우면서 착한 딸답게 부모님에게 전화하고. 전화를 끊은 후에는 얇은 아파트 벽으로 익숙한 소리가 들릴 테죠. 윗집의 발소리, 텔레비전 시트콤

을 약하게 틀어놓은 소리, 바깥 거리에서 택시들이 경적을 울려대는
소리.

아니면 저녁의 일과가 바뀌었나요?

아마 오늘 밤엔 그 소음들이 위로가 되지 않을 거예요. 길고 무기
력하게 울부짖는 경찰 차. 옆집 사람들의 격한 말다툼. 굽도리널을 쏙
석거리고 다니는 쥐들. 건물 정문의 못 미더운 자물쇠를 생각하고 있
을지도 모르겠네요. 외부 사람이든 지인이든 몰래 들어가기가 너무도
쉽더군요.

난 당신을 잘 알아요, 제시카. 당신은 끊임없이 충성심을 증명해 보
였어요. 버건디 매니큐어를 칠하고. 본능적으론 망설여져도 내 지시
에 따르고. 조각상을 전달하기 전에 슬쩍 보지도 않고. 비밀을 말해
주고.

하지만 지난 48시간 사이 당신은 슬그머니 내빼기 시작했어요. 오
늘 만났을 때는 고객의 예약을 더 신경 쓰며 일찍 가버리더군요. 내
전화와 문자를 피하고. 의심할 여지 없이 내게 거짓말을 했습니다.

이 관계를 무슨 거래쯤으로, 속이 꽉 차서 무조건 현금을 뽑아주
는 인출기쯤으로 여기는 것 같군요.

뭐가 변한 거죠, 제시카?

당신도 토머스의 뜨거운 불길을 느꼈나요?

그 가능성을 생각하니 몸이 딱딱하게 굳어버리는군요.

느리고 일정한 호흡으로 되돌아오는 데 몇 분이나 걸리네요.

다시 눈앞의 문제에 집중합니다. 당신의 충성심을 되사려면 어떻게
해야 할까?

위층 연구실에 있는 당신의 파일을 서재로 가져와 커피 테이블 위
에 올려놓습니다. 바로 맞은편 피아노에는 토머스가 가져온 수선화가

놓여 있고, 그 옆에 우리 결혼사진이 있어요. 은은한 향이 방 안에 감도네요.

파일을 열어보니, 첫 페이지에는 당신이 연구에 합류한 날 제시한 운전면허증 사본과 신상 정보가 담겨 있습니다.

두 번째 페이지에는 벤에게 수집하라고 시켰던 인스타그램 사진들이 있네요. 당신과 여동생은 자매처럼 보이긴 해요. 다만 당신은 이목구비가 섬세하고 눈빛이 날카로운 반면, 베키의 얼굴에는 어린 시절의 연약함이 여전히 남아 있지요. 마치 그녀에게 초점을 맞춘 카메라 렌즈 부분에 바셀린이 묻은 것처럼.

베키를 돌보기가 쉽지 않겠어요.

당신의 어머니는 싸구려로 보이는 블라우스를 입고 햇빛 때문에 눈을 가늘게 뜨고 있어요. 아버지는 똑바로 서 있기 힘든지 두 손을 주머니에 찔러 넣고 있네요.

부모님이 지쳐 보이는군요, 제시카. 휴가가 필요하겠어요.

# 45

토머스는 내게 평소와 똑같이 행동하라고, 실즈 박사가 아무 낌새
도 채지 못하게 지금까지 해왔던 그대로 하라고 했다.

"당신이 이 연구에서 무사히 빠져나갈 수 있는 방법을 찾아봅시
다."

공원을 떠나며 그가 말했다. 밖으로 나가자 그는 오토바이에 올라
타 헬멧을 쓰고는 굉음을 내며 가버렸다.

하지만 그와 헤어진 후 24시간이 지나자 식물원에서 엄습해왔던
불안감은 가라앉았다.

어젯밤 집에 왔을 땐 5번 피험자가 계속 궁금했다. 뜨거운 물로 오
랫동안 샤워를 한 뒤에 남아 있던 스파게티와 미트볼을 리오와 나눠
먹었다. 하지만 생각하면 할수록 이해가 되질 않았다. 인정받는 정신
과 의사이자 뉴욕대학교 교수인 실즈 박사가 누군가를 자살로 내몰

았고, 나한테도 그럴 수 있다고 믿으라고?

토머스의 말처럼 그 여자한테 처음부터 문제가 있었겠지. 그녀의 죽음은 실즈 박사나 연구와는 아무런 관계도 없을 거야.

노아가 보낸 문자 메시지도 내 기분을 풀어주었다.

'금요일 저녁에 시간 돼요? 친구가 피치트리 그릴이라는 근사한 식당을 차렸는데, 남부 음식 좋아하면 같이 가요.'

나는 곧장 답장을 보냈다

'좋아요!'

그날 저녁에 실즈 박사가 보자고 해도 상관없다. 바쁘다고 말할 것이다.

가장 편한 잠옷으로 갈아입을 때쯤엔 토머스와 나눴던 대화가 마치 꿈처럼 희미하고 멀게 느껴지기 시작했다. 불안감은 좀 더 확고하고 반가운 다른 무언가로 바뀌고 있다. 분노.

침대로 기어들어 가기 전, 바쁜 하루가 될 내일을 준비하며 메이크업 케이스를 다시 채운다. 반쯤 비어 있는 버건디 매니큐어 병을 감싸 쥐고 머뭇거리다 쓰레기통으로 던져버린다.

내 옆에 기분 좋게 드러누워 있는 리오를 느끼며 두꺼운 이불을 목까지 끌어 올릴 때, 복도 건너편 집에서 열쇠가 짤랑거린다. 실즈 박사가 아빠의 일자리를 구해주겠다고 했던 일이 떠오른다. 그래놓고는 그 일을 새까맣게 잊은 눈치다. 뭐 꽤 많은 돈을 받긴 했지만, 실즈 박사로 인해 파란만장해진 내 인생을 생각하면 몇천 달러로 고마워할 건 아니다.

나는 일곱 시간 동안 푹 잔다.

깨어나니 아주 간단한 해결책이 떠오른다. 끝내자.

일하러 나가기 전 실즈 박사에게 전화를 건다. 내가 먼저 연락해서 만남을 요청하는 건 이번이 처음이다.

"오늘 저녁에 들러도 될까요?" 내가 묻는다. "저번에 못 받은 수표를 받을까 해서……. 돈이 좀 필요해서요."

나는 침대 끄트머리에 앉아 있다가 그녀의 차분한 소리가 들리자마자 벌떡 일어난다.

"연락 줘서 고마워요, 제시카. 6시에 봐요."

이렇게 간단하단 말이야?

기시감이 확 느껴진다. 그녀의 연구에 몰래 끼어드는 데 성공했을 때에도 바로 이런 생각이 들었다.

몇 분 후 아파트를 나서 여섯 명의 예약 고객 중 첫 번째 고객을 만나러 가는데 하늘에 짙은 구름이 무겁게 드리워져 있다. 아홉 시간이면 다 끝나, 라고 나는 중얼거린다.

회사 웹사이트에 올릴 프로필 사진이 필요하다는 여성 사업가, 케이블 뉴스 채널 뉴욕 원(New York One)과 인터뷰한다는 작가, 치프리아니•에서 열리는 연말 파티에 간다는 세 친구들에게 화장을 해준다. 이른 오후 잠깐 집에 들러 리오도 산책시켜준다. 예측 불허의 일은 잘 벌어지지 않는 편안한 옛 생활로 되돌아가고 있는 기분이다.

실즈 박사의 타운하우스에 몇 분 일찍 도착하지만, 6시 정각까지 기다리다가 버저를 누른다. 내가 할 말은 이미 정해져 있다. 코트도 벗지 않을 것이다.

실즈 박사가 얼른 문을 열어주더니 내게 인사하는 대신 집게손가락을 들어 올린다. 휴대전화를 귀에다 붙이고서 "으흠" 하며 그녀가 내게 안으로 들어오라는 손짓을 한다.

---

• 룩셈부르크에 본사를 둔 고급 레스토랑 및 클럽 체인.

그녀가 나를 서재로 데려간다. 따라가는 수밖에 없다.

그녀가 계속 통화 상대의 말을 듣는 동안 나는 방을 둘러본다. 스타인웨이 피아노 위에 흰 꽃이 한 다발 놓여 있다. 꽃잎 한 장이 번들거리는 검은색 뚜껑 위로 떨어져 있다. 실즈 박사가 내 시선을 따라가더니 가서 꽃잎을 떼어낸다.

그녀는 손가락 사이로 꽃잎을 부드럽게 편다. 다른 손은 여전히 전화기를 들고 있다.

그때 오토바이 모양의 청동 조각상이 보인다. 나는 실즈 박사에게 들키기 전에 눈을 휙 돌려버린다.

"도와줘서 고마워요."

실즈 박사가 방에서 잠깐 나가며 말한다. 나는 더 많은 단서를 찾아 두리번거리지만 그림 몇 개, 양장본들이 꽂힌 붙박이 책장, 선명한 색깔의 오렌지가 가득 담겨 있는 커피 테이블 위의 유리 볼이 전부다.

다시 돌아오는 실즈 박사의 손에는 꽃잎도 휴대전화도 없다.

"수표 준비해놨어요, 제시카."

그녀는 이렇게 말하면서도 내게 수표를 주지 않는다. 대신 두 팔을 쭉 뻗는다. 짧은 순간이나마 그녀가 나를 안으려고 하는 건가 하는 생각이 든다. 그때 그녀가 말한다.

"코트 줘요."

"아, 오래 못 있어서요." 나는 이렇게 말하고는 헛기침을 한다. "좀 갑작스럽긴 한데 어렵게 결정을 내렸어요. 가족 상황도 안 좋고 하니까 아무래도 집에 가봐야겠어요. 금요일에 가서 연말까지 쭉 있으려고요."

실즈 박사는 아무런 반응이 없다. 나는 계속 횡설수설한다.

"뭐, 올해는 가족들이 플로리다에도 못 가고. 상황이 정말 안 좋거든요. 많이 생각해봤는데 한동안 집에 가 있을까 봐요. 박사님께는 여러모로 감사드려요."

"그렇군요." 실즈 박사가 소파에 앉아 자기 옆자리를 가리킨다. "큰 결심을 했군요. 여기서 자리 잡으려고 정말 애 많이 썼는데."

계속 서 있기가 힘들다.

"죄송해요. 약속이 있어서……."

"아." 실즈 박사의 낭랑한 목소리가 딱딱하게 굳는다. "데이트라도 있어요?"

"아니, 아니요." 나는 고개를 젓는다. "리지예요."

내가 왜 이 얘기를 하고 있지? 그녀에게 내 속을 드러내 보이는 습관을 깨지 못할 것 같다.

갑자기 내 휴대전화가 울려 움찔한다. 그래도 주머니에서 전화기를 꺼내지 않는다. 2분이면 여기서 나가 다시 전화할 수 있다.

그러다가 토머스일 수도 있겠다는 생각이 퍼뜩 든다.

전화기가 다시 울린다. 그 날카로운 소리가 정적을 가른다.

"받아요."

실즈 박사가 아무렇지도 않게 말한다.

배 속이 죄어든다. 전화기를 꺼내면 박사가 화면을 보거나 대화를 들을 수 있을 텐데?

벨이 세 번째로 울린다.

"우리끼리는 비밀이 없잖아요, 제시카. 안 그래요?"

그녀가 내게 최면이라도 건 걸까. 그녀의 말을 거역할 의지가 도무지 생기지 않는다. 나는 고개를 저으며 재킷 주머니에서 전화기를 꺼낸다.

전화기 화면에 엄마의 작은 사진이 보이자 나는 더 견디지 못하고 실즈 박사의 맞은편 의자에 털썩 앉아버린다.

"엄마."

내 목소리는 거의 쉬어 있다. 실즈 박사의 시선이 못처럼 내 몸에 박히는 듯한 기분이다. 팔다리가 납처럼 무겁다.

"세상에!"

엄마가 외친다. 전화기 너머로 베키가 소리를 질러댄다.

"플로리다! 우리 바다 간다!"

"뭐?"

숨이 턱 막힌다. 실즈 박사가 입가를 올려 미소 짓는다.

"좀 전에 여행사에서 우편이 왔어! 어머, 제스. 너네 상사 정말 좋은 분이구나! 이게 무슨 일이니!"

뭐라고 답할 말을 못 찾겠다. 머리가 너무 느리게 돌아가 내 주위에서 휘몰아치고 있는 사건들을 따라갈 수가 없다.

"난 몰랐는데. 우편물 안에 뭐가 들었어요?"

마침내 내가 묻는다.

"플로리다행 비행기표 세 장이랑 우리가 묵을 리조트 안내 책자." 엄마가 거침없이 말을 쏟아낸다. "정말 멋진 곳이구나!"

비행기표 세 장. 네 장이 아닌.

실즈 박사가 손을 뻗어 우리 사이의 커피 테이블에 놓인 볼에서 오렌지를 하나 집어 든다. 그러고는 그 향기를 들이마신다.

나는 계속 그녀를 빤히 쳐다보고 있다.

"네가 같이 못 가서 아쉬워." 엄마가 말한다. "상사 분이 너는 일해야 한다고, 그래도 크리스마스에 혼자 있지는 않을 거라면서 자기 집에 와서 같이 보낼 거라고 친절하게도 편지를 써주셨더구나."

목이 조여든다. 숨 쉬기가 힘들다.

"상사 분이 널 무지 아끼나 봐." 베키의 행복한 웃음소리 위로 엄마가 말한다. "네가 그렇게 좋은 직장에 다닌다니, 정말 잘됐지 뭐니."

"아쉽지만 당신은 연말에도 여기 있어야겠네요."

실즈 박사가 조용히 말한다. 나는 간신히 말을 뱉는다.

"이제 끊어야겠어요, 엄마. 사랑해요."

실즈 박사가 오렌지를 내려놓는다. 그러고는 주머니에 손을 집어넣는다. 나는 전화기를 내리고 그녀를 노려본다.

"내일 밤 비행기예요." 실즈 박사의 목소리가 너무 또박또박해서 단어 하나하나가 마치 종소리처럼 들린다. "금요일에 집에 갈 일은 없겠군요."

"리디아 같은 사람하고는 헤어지고 싶다고 그냥 헤어질 수 있는 게 아니에요"라고 꽁꽁 얼 것처럼 추운 공원에서 토머스가 말했었다.

"제시카?" 실즈 박사가 주머니에서 손을 꺼낸다. "수표 받아요."

나는 아무 생각 없이 수표를 받아든다. 내 속을 캐는 듯한 그녀의 시선을 피해, 볼에 담겨 있는 선명한 빛깔의 과일들을 본다.

그러고 보니 이 오렌지는 내가 고등학교에 다닐 때 매년 12월 자선모금행사에서 팔았던 바로 그 품종이다. 네이블오렌지. 플로리다 산.

# 46

**12월 19일 수요일**

오늘 밤 당신을 보니 또 에이프릴이 떠오르더군요.

겨우 여섯 달 전 6월의 그날 저녁, 그녀는 의자에 걸터앉아 다리를 꼬고서 위에 있는 다리를 흔들며 와인을 홀짝이고 있었지요.

평소와 다름없이 부산스러웠지만, 처음엔 기분 좋게 들떠 있었어요.

이 자체로는 염려할 이유가 없었죠. 원래 그녀는 화창한 날 갑자기 비바람이 들이닥치거나 쌀쌀한 아침이 순식간에 무더운 오후로 변하듯이 기분이 들쑥날쑥했으니까요. 마치 그녀 안에 있는 기압계가 그녀의 이름대로 4월을 닮은 것처럼.

하지만 그날 저녁, 그녀의 감정 변화는 그 전보다 더 급작스럽게 일어났어요. 모진 말을 하고, 숨도 제대로 못 쉬면서 엉엉 울고.

그날 밤, 그녀는 스스로 목숨을 끊었어요.

모든 이의 인생에는 DNA처럼 사람마다 제각각인 변화의 순간이 있어요.

정전이 되고 어둑한 복도에서 토머스가 나타난 날, 지진이 일어난 것처럼 내 인생이 뒤흔들렸어요.

에이프릴이 사라진 것도 그런 사건이었죠.

그녀의 죽음 그리고 그 직전에 우리가 주고받은 말은 내 인생을 내리막길로 내려보내기 시작했고, 내 감정은 모래 늪에 빠지고 말았어요. 또 하나 수렁에 빠진 게 있죠. 토머스와의 결혼생활.

모든 인생에는, 요행이든 이미 정해진 운명처럼 보이든, 우리의 앞길을 모양 짓고 결국에는 시멘트 바르듯 단단히 굳혀버리는 결정적 순간들이 있답니다.

가장 최근의 것은 바로 당신이에요, 제시카.

지금 사라지면 곤란해요. 그 어느 때보다 당신이 필요하니까.

지금까지의 사실로 보건대 두 가지 가능성이 있어요. 당신이 거짓말을 하고 있고, 따라서 당신과 토머스가 만났거나 만날 작정이라거나. 혹은 당신의 말이 사실이고, 토머스가 흔들리고 있거나. 당신의 문자에 선뜻 답하지 않고 앞뒤 안 맞는 반응을 보이는 건 그가 유혹에 넘어가기 일보직전이라는 뜻일지도 모르죠.

어느 쪽이든 증거가 더 필요해요. '토머스는 뉘우칠 줄 모르는 불륜남'이라는 가설은 아직 제대로 된 시험을 거치지 못했습니다.

하룻저녁 사이에 당신은 52번 피험자로 내 연구에 들어왔던 그 고분고분하고 열성적인 젊은 여자로 돌아올 거예요.

당신은 뉴욕을 떠날 생각이라고 했어요. 그러니까 예정된 업무는 다 마무리했다는 뜻이죠.

당신 친구 리지는 천 킬로미터 더 떨어진 곳에서 자기 가족과 함께 연말을 보낼 거고요.

당신 가족은 해산물 뷔페를 즐기고 따뜻한 해수 풀장에서 물을 튀기며 행복한 시간을 보내고 있을 테죠.

당신은 오롯이 내 차지가 될 겁니다.

# 47

**12월 19일 수요일**

"당신 아내는 완전히 미쳤어요!"

나는 전화기에 대고 식식거린다.

실즈 박사의 타운하우스에서 네 블록이나 떨어져 있지만, 이번에는 그녀의 미행이 없는 것을 확실히 확인했다. 나는 창문에 폐업 딱지가 붙어 있는 어느 옷가게 입구에 몸을 웅크리고 서 있다. 이제 구름은 걷혔지만 겨울 하늘이 자줏빛과 검은빛 사이의 색조를 띠고 있다. 몇 안 되는 사람이 코트 차림으로 고개를 숙여 턱을 옷깃에 묻은 채 몸을 잔뜩 움츠리고서 서둘러 지나간다.

"압니다." 토머스가 한숨을 쉰다. "무슨 일인데요?"

몸이 와들와들 떨리지만 추워서가 아니다. 실즈 박사는 내게 올가미를 씌우고 있다. 마치 중국의 손가락 덫˙ 같다. 빠져나가려고 발버둥칠수록 더 단단히 갇혀버린다.

320

"어떻게든 벗어나야겠어요. 방법을 찾을 수 있게 도와주겠다고 했잖아요. 우리 좀 만나요."

그가 망설인다.

"오늘 밤은 곤란해요."

"내가 그리로 갈게요. 어딘데요?"

"저기…… 실은 리디아를 만나러 가는 중입니다."

두 눈이 번쩍 뜨인다. 등이 뻣뻣하게 굳는다.

"뭐라고요? 이틀 전에도 밤에 박사님 집에 있었잖아요. 매번 같이 있으면서 헤어졌다는 말을 어떻게 믿으라는 거예요?"

"그런 거 아니에요. 이혼 전문 변호사를 만나기로 했어요." 토머스가 이제 달래는 듯한 목소리로 말한다. "내일 어떻습니까?"

숨이 막혀 대화를 계속하기도 힘들다. "좋아요!"라고 말하고는 전화를 끊는다.

잠깐 제자리에 멍하니 서 있는다. 그러다가 산산조각 난 내 인생을 조금이라도 되찾기 위해 내가 할 수 있는 유일한 일을 한다.

가게 입구에서 걸어 나가 왔던 길을 되짚는다. 실즈 박사의 타운하우스까지 30미터 정도 남았을 때 길을 건너 그늘 속에 몸을 숨긴다.

15분이 지나고, 그녀를 놓쳤나 걱정되기 시작한 순간 그녀가 밖으로 나온다.

나는 최대한 멀리 떨어져서 그녀를 뒤따라간다. 그녀는 성큼성큼 두 블록을 걸어가 모퉁이를 돈 다음, 세 블록을 더 간다.

상업 지구에 가까워지면서 사람들이 점점 더 많아지고 있지만 그녀를 놓칠 염려는 없다.

---

• 대나무를 엮어 만든 작은 원통형 장난감으로, 양쪽 끝의 구멍으로 손가락을 집어넣었다가 밖으로 빼려고 하면 더 조이기만 한다.

그녀는 긴 흰색 코트를 입고 붉은 기 도는 금발을 어깨까지 늘어뜨리고 있다. 크리스마스트리 꼭대기에 얹는 도자기 천사 인형 같다.

저 멀리 차양 밑에서 기다리고 있는 토머스가 보인다. 그는 나를 보지 못한 게 분명하다. 나는 옷에 달린 모자를 쓰고 버스 정류장 뒤로 몸을 휙 수그린다.

토머스가 실즈 박사를 찾아낸다. 그의 얼굴에 환한 미소가 번진다. 기대와 즐거움이 뒤섞인 표정이다. 자기에게 다가오고 있는 여자와 이혼하길 원하는 남자처럼 보이지 않는다. 오히려 그녀와의 만남을 간절히 바라고 있는 듯하다.

두 사람은 내가 지켜보고 있다는 걸 모른다. 그들이 변호사를 만나러 들어가기 전까지 얼마나 더 기다려야 할지 모르겠다. 하지만 뭔가 알아낼 수 있는 게 있지 않을까.

그가 그녀에게 손을 뻗으며 다가간다. 그녀가 그의 손을 잡는다.

그 순간, 몸에 딱 맞는 블랙 재킷을 입은 그와 화이트 코트를 입은 그녀를 보고 있으니 다른 순간의 그들을 염탐하고 있는 듯한 기분이 든다. 사진으로만 봤던 순간. 그들의 결혼식.

토머스가 고개를 숙여 그녀의 뒷덜미를 두 손으로 받치더니 키스를 한다. 벗어나고 싶은 여자에게 하는 키스가 아니다.

확실하다. 바로 닷새 전 술집에서 만났을 때 토머스가 바로 저렇게 내게 키스했으니까.


지금 집으로 걸어가면서 우리 셋을 잇고 있는 그 모든 거짓말들을 생각해본다. 이제는 토머스도 나를 속이려 하고 있다는 걸 알게 됐으니까.

빨간 차양 아래에서 실즈 박사와 오래도록 키스한 후, 토머스는 한 팔로 그녀의 어깨를 감싸며 그녀를 다시 가까이 끌어당겼다. 그러고 나서 변호사 사무실이 아니라 낭만적인 분위기의 이탈리아 음식점으로 들어가는 높다란 나무문을 열고서 그녀가 먼저 들어갈 수 있게 옆으로 비켜섰다.

적어도 한 가지 사실은 확실해졌다. 두 사람 다 믿을 수 없다.

이유는 모르겠다. 하지만 지금은 그걸 걱정할 때가 아니다.

답이 필요한 문제는 하나뿐이다. 두 사람 중 누가 더 위험한가.

An
Anorymous
Girl

3부

우리가 가장 가혹하게 평가하는 대상은 우리 자신일 때가 많습니다. 날마다 우리는 우리의 결정과 행동, 심지어 내밀한 생각까지 검열하지요. 동료에게 보낸 이메일의 어투 때문에 오해받을까 봐 걱정합니다. 텅 빈 아이스크림 통을 집어 던지면서 자신의 부족한 자제력을 심하게 꾸짖습니다. 친구의 고민을 참을성 있게 들어주지 않고 급하게 전화를 끊어버린 걸 후회합니다. 가족이 죽기 전 소중한 사람이었다고 말해주지 못한 걸 자책합니다.

누구나 비밀스러운 회한을 안고 살아가지요. 거리에서 보는 타인들, 이웃들, 동료들, 친구들, 심지어는 사랑하는 사람들까지. 그리고 끊임없이 도덕적 선택의 기로에 서게 됩니다. 어떤 선택은 사소하지만, 어떤 선택은 인생을 바꿔놓기도 하죠.

종이에다 이런 평가를 하기란 쉬워 보입니다. 네모 칸에 체크하고 다음으로 넘어가면 되니까요. 실제 상황에서는 결코 그렇게 간단하지 않답니다.

다른 선택을 할 수도 있었는데 하는 생각이 머릿속에서 떠나질 않아요. 며칠, 몇 주, 심지어 몇 년 후에도 우리의 행동에 영향을 받은 사람들이 생각납니다. 우리의 선택에 의문을 품습니다.

그리고 그 대가를 치를 것이냐 말 것이냐가 아니라, 그때가 언제일지를 궁금해하지요.

# 48

**12월 19일 수요일**

실즈 박사의 최근 선물은 유부남을 유혹하거나 고통스러운 비밀을 나누거나 마약 중독자의 집에 갇히는 것보다 더 위험하게 느껴진다.

내 인생이 실즈 박사와 그녀의 실험에 얽힌 것만으로도 힘들었는데, 이젠 그녀가 내 가족에게까지 손을 뻗고 있다. 세 사람이야 이 여행으로 복권이라도 당첨된 것 같은 기분일 것이다. 베키가 꽥꽥 질러대던 소리가 잊히지 않는다.

"우리 바다 간다!"

리키가 내 휴대전화를 움켜쥐고 나를 내려다보며 말했듯이 세상에 공짜가 어디 있어.

실즈 박사를 미행하고 집으로 걸어가는 내내 두 사람이 키스하던 모습이 자꾸 떠오른다. 소믈리에가 레드와인의 코르크를 따는 동안 낭만적인 2인용 테이블에 앉아 있는 그들을 상상해본다. 와인을 맛보

329

며 고개를 끄덕이는 토머스. 그러고는 그녀의 두 손을 따뜻하게 감싸 쥐겠지. 둘이 무슨 말을 주고받는지 알 수 있다면 뭐든 할 텐데.

나를 대화 주제로 삼을까? 나를 속이듯이 서로를 속이고 있을까?

아파트 건물에 도착해 방범용 문을 너무 세게 잡아당겨 닫다가 문에 어깨 관절을 맞고 만다. 나는 얼굴을 찡그리고 어깨를 문지른 다음 계단으로 간다.

4층 층계참까지 올라가 복도로 들어선다. 복도의 중간 즈음, 내 집에서 세 집 정도 떨어진 곳에 작고 푹신하게 생긴 뭔가가 카펫에 놓여 있다. 순간 생쥐처럼 보인다. 그러다 여자용 회색 장갑이라는 걸 깨닫는다.

그 여자 거야, 나는 이렇게 생각하며 얼어붙는다. 색깔도 그렇고 천도 그렇고. 한눈에 봐도 그녀의 스타일이다.

그녀의 독특한 향수 냄새까지 난다. 왜 내 집에 또 왔지?

하지만 가까이 가보니 내 착각이었다. 가죽이 두툼한 싸구려다. 노점에서 팔 만한 장갑이다. 여기 사는 사람의 것이 틀림없다. 찾아가도록 그대로 둬야겠다.

집에 도착해 문을 열고는 입구에서 미적거린다. 집 안을 둘러본다. 모든 것이 내가 나왔을 때 그대로고, 늘 그렇듯 리오가 달려와 나를 맞아준다. 그래도 평소와 다르게 잘 시간까지 기다리지 않고 자물쇠 두 개를 모두 채운다.

날이 어두워지고 나서 집에 오는 날에는 리오를 위해 침대 옆 테이블 위 스탠드를 항상 켜둔다. 이제 더 밝은 천장 등도 켠 다음 욕실에도 불을 켠다. 망설이다가 샤워 커튼을 휙 젖힌다. 원룸을 구석구석 들여다보고 나면 기분이 나아질 것 같다.

주방 쪽으로 걸어가다가 귀찮아서 옷을 벽장에 걸기 싫을 때 걸쳐

두는 의자를 스치고 지나간다. 거기 실즈 박사의 숄이 어제 입은 스웨터 밑으로 삐죽 나와 있다. 나는 눈을 돌리고 찬장으로 가서 유리컵 하나를 꺼내 물을 채운다. 꿀꺽꿀꺽 세 모금 만에 다 마신 다음, 잡동사니 서랍 바닥에서 메모장을 하나 꺼낸다.

그걸 침대로 가져와 이불 위에 책상다리를 하고 앉는다. 메모장에는 숫자들이 쭉 적혀 있다. 생활비를 해결하려고 애썼던 흔적이다. 불과 6주 전만 해도 베키의 작업 치료사인 안토니아에게 치료비를 어떻게 지불할지 걱정하고, 메이크업 케이스를 너무 멀리 끌고 가지 않아도 되는 곳으로 예약이 잡히기를 빌고 있었다는 사실이 믿기지 않는다. 지금 생각해보면 그때의 내 삶은 참 평화로웠고, 고민들도 참 평범했다. 그러다 한순간의 충동으로 테일러의 휴대전화를 집어 들고 벤의 메시지를 재생했다. 그 10초가 내 인생을 바꿔놓았다.

이제 충동적인 행동은 절대 안 된다.

나는 첫 장을 떼어낸 다음 새 페이지의 가운데에 수직선을 하나 그어놓고, 한쪽 맨 위에는 실즈 박사의 이름을, 다른 한쪽에는 토머스의 이름을 적는다. 그러고는 두 사람에 대해 내가 아는 모든 사실을 써나가기 시작한다.

'리디아 실즈 박사. 37세. 웨스트 빌리지 타운하우스. 뉴욕대학교 겸임교수. 미드타운에 사무실이 있는 정신과 의사. 연구자이자 책을 출간한 작가. 명품 옷, 고급스러운 취향. 벤 쿡이라는 조교를 데리고 있었음. 토머스와 결혼함.'

마지막 사항에는 밑줄을 네 개 긋는다. 가능성 있는 다른 내용에는 물음표를 붙인다.

'끗발 좋은 아버지? 내담자 파일? 5번 피험자의 사연?'

나는 메모지에 적힌 몇 안 되는 정보들을 빤히 쳐다본다. 내 비밀을 그렇게나 많이 쥐고 있는 여자에 대해 내가 알고 있는 게 고작 이 정도란 말이야?

이제 토머스로 넘어간다. 노트북으로 토머스 실즈를 검색해보니 결과가 여러 건 뜨지만 내가 찾는 남자는 한 명도 없다. 실즈 박사가 결혼 전 성을 그대로 쓰나 보다.

나는 술집에서 만났을 때의 기억 몇 가지를 떠올려 적어본다.

'오토바이를 탐. 비틀스의 노래 '컴 투게더(Come Together)'의 가사를 전부 앎. 인디아 페일 에일 생맥주를 마심.'

그리고 내 집에서 함께 보낸 덕에 알게 된 몇 가지 사실들.

'개를 좋아함. 몸이 좋음. 어깨에 회선건판 파열 때문에 수술한 자국이 있음.'

나는 잠깐 생각하다가 덧붙여 적는다.

'테즈 다이너에서 《뉴욕타임스》를 읽음. 스포츠 센터에 다님. 안경을 씀. 실즈 박사와 결혼함.'

마지막 내용에 또 밑줄을 네 개 긋는다. 이어서 물음표.

'30대 후반? 직업? 사는 곳은?'

토머스에 대해서는 더 아는 게 없다.

내가 알기로 그들과 연관 있는 또 다른 사람은 두 명뿐이다. 먼저 벤. 그는 더 이상 나와 얘기하려 하지 않는다.

두 번째 사람은 나와 얘기를 하려고 해도 할 수가 없다.

5번 피험자. 그녀는 누구일까?

나는 침대에서 내려가 원룸의 한쪽 끝에서 다른 쪽 끝까지 열 걸음 되는 거리를 왔다 갔다 하며, 식물원에서 토머스가 했던 모든 말을 기억해내려 애쓴다.

그녀는 젊고 외로웠다. 리디아가 그녀에게 선물을 줬다. 그녀는 아버지와 가깝지 않았다. 바로 여기서 그 여자가 자살을 했다.

나는 얼른 침대로 돌아가 다시 노트북을 집는다. '웨스트 빌리지 식물원', '자살', '6월'을 검색해서 찾은 《뉴욕포스트》의 두 단락짜리 기사를 보니 토머스가 적어도 한 가지는 사실대로 말한 모양이다. 한 젊은 여성이 식물원에서 사망했다. 그날 밤 늦게 달빛을 즐기며 산책하러 나온 어떤 부부가 그녀의 시신을 발견했다. 처음엔 그녀가 자고 있는 줄 알았다고 한다.

기사에는 그녀의 실명도 실려 있다. 캐서린 에이프릴 보스.

나는 눈을 감고 속으로 그 이름을 되뇐다.

겨우 스물셋. 평소에는 가운데 이름으로 불렸다. 기사는 그녀의 부모와 그녀보다 훨씬 나이 많은 의붓 형제자매들의 계보를 쭉 읊어놨을 뿐 다른 정보는 거의 없다.

하지만 그 정도로도 그녀의 인생 궤도를 더듬어가면서 실즈 박사의 인생과 어디서 어떻게 교차했는지 알아보기에 충분하다.

나는 이마를 문지르며 다음 단계를 고민한다. 관자놀이 사이로 둔한 맥박이 느껴지는데, 오늘 제대로 끼니를 챙기지 못한 탓일 것이다. 하지만 지금은 속이 너무 쓰려서 뭘 먹을 수가 없다.

정보가 간절하긴 하지만, 슬픔에 잠겨 있을 에이프릴의 부모에게 연락하고 싶지는 않다. 추적할 만한 다른 실마리들이 있다. 대부분의 20대처럼 에이프릴도 소셜미디어를 열심히 했다.

그녀의 인스타그램 계정을 찾는 데 1~2분이 채 안 걸린다. 누구나 팔로할 수 있게 열려 있다.

나는 사진들을 보기 전에 멈칫한다. 처음 온라인에서 실즈 박사를 조사하기 시작했을 때 그랬던 것처럼.

이제 뭘 보게 될지 전혀 알 수 없다. 마치 되돌아올 수 없는 강을 건너는 듯한 기분이다.

그녀의 이름을 클릭하자 작은 사각형 사진들이 컴퓨터 화면을 가득 메운다.

나는 역추적하기로 결정하고, 에이프릴이 마지막으로 올린 사진, 가장 최근의 사진을 확대해본다.

6월 2일. 그녀가 죽기 엿새 전이다.

그녀의 미소 짓는 얼굴에 나는 움찔한다. 내가 리지와 함께 찍을 법한 사진에 불과하지만. 마르가리타 잔을 쨍하고 부딪히며 즐거운 시간을 보내는 두 친구. 이로부터 일주일이 지나기도 전에 일어난 사건을 생각하면 너무 평범해 보인다. 사진에는 '@Fab24-BFFs와 함께!'라는 설명이 붙어 있다. 10여 명의 사람들이 '앙 멋져', '완전 예뻐' 같은 댓글을 달아놨다.

나는 에이프릴의 얼굴을 자세히 들여다본다. 실즈 박사가 정해준 번호 뒤에 있는 여자. 검고 긴 생머리에 창백한 피부. 그리고 말랐다, 아주. 갈색 눈은 작은 얼굴에 비해 너무 크고 동그래 보인다.

나는 새 메모지에 에이프릴을 적고 그 밑에다 '24시간 멋진/가장 친한 친구'라고 적는다.

사진들을 하나씩 내리며 기록할 만한 단서들을 찾아 꼼꼼히 살핀다. 배경 장소. 냅킨에 찍혀 있는 식당 이름. 사진들에 반복적으로 등장하는 사람들.

열다섯 번째 사진까지 보고 알게 된 사실은 에이프릴도 은색 링 귀고리를 하고 블랙 가죽재킷을 갖고 있었다는 것이다. 그리고 나처럼 쿠키와 개를 좋아했다.

나는 에이프릴과 친구의 사진으로 되돌아간다. 내 착각일 리 없다. 에이프릴은 행복해 보인다, 거짓 하나 없이 진심으로. 그리고 그것이 눈에 띈다. 그녀 뒤 위자에 놓인 회갈색 숄의 술 장식.

복도에서 발소리가 들려 나는 고개를 휙 든다.

내 집을 향하고 있는 것 같다.

문 두드리는 소리를 기다려보지만, 아무 일도 일어나지 않는다.

그 대신 부스럭거리는 소리가 들린다.

나는 다리를 풀고 침대에서 내려간다. 양말 신은 발이 나무 바닥을 밟는 소리가 들리지 않게 살금살금 걸어간다.

문에는 조그만 구멍이 뚫려 있다. 거기에 눈을 대려 다가가면서 얇은 유리 반대편으로 실즈 박사의 날카로운 파란 눈동자가 보일까 봐 두려움에 휩싸인다.

구멍으로 내다볼 수가 없다. 숨소리가 너무 거칠어서 문 너머 그녀에게까지 들릴 정도다.

문에 귀를 갖다 대자 아드레날린이 솟구친다. 아무 소리도 들리지 않는다.

만약 그녀가 이곳에 와 있다면, 내가 그녀의 요구를 들어줄 때까지 꼼짝도 하지 않을 것이다. 몇 달 전 나를 컴퓨터로 지켜봤듯이 내 집도 꿰뚫어 볼 수 있지 않을까. 어쨌든 확인해봐야 한다. 나는 억지로 고개를 돌려 구멍 가까이 다가간다. 구멍으로 내다볼 때 가슴이 조여온다.

아무도 없다.

그런데도 신경이 곤두선다. 나는 숨을 헐떡이며 뒤로 물러선다. 내가 미쳐가고 있는 걸까? 실즈 박사와 토머스는 함께 저녁식사를 하고 있다. 내 눈으로 직접 보고 왔다. 그것만큼은 사실이다.

리오가 스타카토처럼 짧고 빠르게 짖어대는 날카로운 소리에 나는 잡념에서 깨어난다. 녀석이 약간 놀란 표정으로 나를 빤히 쳐다보고 있다. "쉿" 하고 내가 리오에게 속삭인다.

발끝으로 가만가만 창으로 걸어간다. 손가락 끝으로 블라인드 살을 내리고 바깥을 살짝 내다본다. 두 눈으로 거리를 훑는다. 택시에 타고 있는 여자들 몇 명, 개를 산책시키는 남자. 아무 문제도 없어 보인다.

나는 블라인드에서 손가락을 떼고 리오를 안아 올려 침대로 데려간다.

곧 산책을 시켜줘야 한다. 밤에 리오를 밖으로 데리고 나가면서 두려웠던 적은 한 번도 없었다. 하지만 지금은 계단을 내려가면서 뭐가 숨어 있을지 모를 모퉁이들을 돌고, 비어 있을지 아닐지 알 수 없는 거리를 걷는다는 생각만 해도 싫다.

실즈 박사는 내가 사는 곳을 정확히 알고 있다. 여기 오기까지 했다. 그리고 내 가족에게 연락을 취할 수도 있다. 내가 짐작했던 것보다 그녀는 나에 대해 훨씬 더 많이 알고 있을지도 모른다.

벤의 말이 맞다. 내 파일을 손에 넣어야겠다.

나는 계속 에이프릴의 사진들을 쭉 훑어보며 어느 거리의 이름을 알아보기 위해 사진 한 장을 확대한다. 그다음은 5월 초에 찍은 사진이다. 벌거벗은 몸에 꽃무늬 이불을 아무렇게나 덮고서 침대에 잠들어 있는 남자. 남자친구?

사진의 각도 때문에 남자의 얼굴이 거의 가려져 아주 조금밖에 보이지 않는다.

나는 남자 옆에 있는 작은 테이블을 살펴본다. 책―제목도 적어둔다―몇 권, 팔찌 하나, 반 정도 채워진 물컵 하나. 그리고 한 가지 더 있다. 안경.

내 몸이 무너져 내리고 있다. 마치 벼랑에서 뛰어내려 걷잡을 수 없이 추락하는 기분이다.

사진을 확대하는 내 손이 덜덜 떨린다.

뿔테 안경.

에이프릴이 아마 자기 침대에서 찍었을 잠든 남자, 그의 얼굴을 집중해서 본다.

말도 안 돼. 리오를 안고서 도망치고 싶다. 그런데 어디로? 부모님은 이해 못 하실 것이다. 리지는 연말 휴가를 보내러 이미 뉴욕을 떠났다. 그리고 노아……. 그와는 잘 아는 사이도 아니다. 이 일에 끌어들일 순 없다.

노트북을 툭 던져버리지만 그의 곧게 뻗은 콧날, 이마로 흘러내린 머리카락에서 눈을 뗄 수가 없다.

사진 속 그 남자는 토머스다.

# 49

오늘 밤 내 타운하우스를 나설 때 무척 겁먹은 표정이더군요, 제시카. 당신에겐 어떤 피해도 없으리란 걸 알 텐데요?

당신은 내게 꼭 필요한 사람이니까요.

남편과의 저녁식사에서는 새로운 정보가 전혀 나오지 않는군요. 오늘 하루는 어떻게 보냈는지, 이번 주 나머지 일정은 어떻게 되는지 물어보니 술술 잘도 받아넘기네요. 오히려 자기가 나한테 질문을 던지다가 대화가 끊긴다 싶으면, 자기가 먹고 있는 볼로네제 파스타가 맛있다느니 우리 둘이 같이 먹으려고 주문한 방울양배추 구이가 어떻다느니 하면서 화제를 돌리죠.

토머스는 스쿼시 실력이 대단해요. 상대의 서브가 어느 각도로 들어올지 예측을 잘하죠. 빠른 몸놀림으로 전략적으로 코트를 누벼요. 하지만 아무리 능수능란한 선수라도 스트레스가 계속되면 지치는 법. 바로 그때 실수를 하게 된답니다.

접시들이 치워지고 디저트로 맛있는 사과 타르트 타탕•이 나오자 토머스가 올해에는 산타가 나무 밑에 특별한 선물을 둘까 어떨까 하며 장난스레 묻습니다.

"모든 걸 가진 여자한테는 뭘 선물해야 할지 항상 고민되지."

날랜 적수인 토머스가 지금 뜻밖의 틈을 보이는군요.

"하나 있긴 한데." 내가 말합니다. "여러 개 겹쳐 끼는 은 실반지 어때?"

토머스의 몸이 눈에 띄게 확 굳네요. 그러고는 아무 말이 없습니다.

"그런 거 본 적 있어?"

그가 접시를 내려다보면서 디저트 부스러기에 갑자기 관심이 생긴 척하는군요.

"아, 그럴걸? 어떤 거 말하는지 알 것 같아."

"어때?" 내가 묻습니다. "당신 생각엔…… 예쁠 것 같아?"

토머스가 눈을 들고 내 손을 잡더니 허공으로 들어 올려요. 그 반지를 끼면 어떨지 생각해보는 것처럼.

그가 고개를 젓습니다. 눈빛이 확고해요.

"그 정도로는 특별하다고 할 수 없지."

계산서가 오고, 토머스는 이 순간을 잘도 빠져 나가네요.

타운하우스 문 앞에서 나는 그를 되돌려 보내요. 조금 사적인 얘기이긴 하지만, 제시카, 우리도 이제 그냥 아는 단계는 지났잖아요. 지난 9월에 배신당한 이후로 토머스와 친밀한 신체 접촉은 중단했어요. 결혼생활이 아직 불안정한 상황에서 오늘 밤 그 일을 재개하지는 않

---

• 프랑스식의 거꾸로 뒤집은 사과 파이.

을 거예요.

토머스는 조심스러운 거절을 점잖게 받아들이네요. 지나치게 점잖은 걸까요?

그는 항상 성욕이 강했어요. 지금은 어쩔 수 없이 부부 관계를 갖지 못하고 있으니 리비도에 불이 붙고 다시 유혹에 넘어가고픈 충동이 커지겠죠.

토머스를 뒤로 한 채 문을 닫고 새로 설치한 자물쇠를 채운 후 타운하우스를 평상시 모습으로 돌려놓아요. 평소라면 당신이 떠난 후 이런 집안일들을 끝냈겠지만, 오늘은 바빠서 시간이 없었어요.

커피 테이블에 놓여 있는 신문을 재활용 분리수거함에 집어넣고, 식기세척기에서 그릇들을 꺼내고, 연구실로 쓰는 방을 살핍니다. 아주 희미한 오렌지 향이 감돌고 있어요. 오렌지가 들어 있는 볼을 들고 주방으로 가요. 그리고 오렌지들을 쓰레기통에 떨어뜨립니다.

나는 원래 감귤류를 좋아하지 않아요.

1층 불을 끄고 계단을 올라가, 연보라색 실크 잠옷과 거기에 어울리는 가운을 골라요. 나이트세럼을 넷째 손가락으로 눈가에 톡톡 찍은 다음 수분 크림을 발라요. 노화는 피할 수 없지만 적절한 무기를 사용하면 품위 있게 대처할 수 있죠.

저녁마다 의례처럼 하는 일들을 다 마치고 물 한 잔을 침대 옆 테이블로 가져오고 나니 한 가지 과제만 남는군요. 침실 바로 옆 작은 연구실로 가서 색인표에 '제시카 패리스'라고 적힌 담갈색 파일을 책상 한가운데서 들어 올리고 열어봐요.

당신 부모님과 베키의 사진을 다시 한 번 유심히 들여다봅니다. 24시간이 가기도 전에 그들은 수백 킬로미터 떨어진 곳으로 향하는 비행기에 오를 거예요. 그들과의 거리가 멀어질수록 그들의 부재가 뚜

렷하게 느껴질까요?

아버지에게서 받은 소중한 선물, 몽블랑 만년필을 꼼꼼한 내용을 담은 노란색 패션 메모지 위로 들어 올려요. 새로운 기입 내용은 12월 19일 수요일, 토머스와의 저녁식사랍니다. 은 실반지를 선물해달라고 했을 때 그가 보인 반응에 특별히 주목해서요.

당신의 파일을 닫고 다시 책상 한가운데에, 다른 피험자 파일 위에 올려놓아요. 이 두 개의 파일은 더 이상 다른 파일들과 같이 보관하지 않습니다. 며칠 전 현관문에 새 자물쇠를 단 후에 집으로 가져왔죠.

당신 것 밑에 있는 파일의 색인표에는 이런 이름이 쓰여 있습니다. 캐서린 에이프릴 보스.

# 50

**12월 20일 목요일**

실즈 박사를 만날 땐 최대한 진실에 가깝게 말해야 한다.

그녀가 얼마나 알고 있는지 몰라서만은 아니다. 그녀가 무슨 짓까지 저지를 수 있는 사람인지 나는 아직 모른다.

어젯밤에는 잠을 거의 못 잤다. 건물의 오래된 바닥널이 삐걱거릴 때마다, 누군가가 계단을 올라와 집 앞을 지나갈 때마다 온몸이 얼어붙어서는 열쇠로 자물쇠 구멍 긁는 소리가 들리나 귀를 쫑긋했다.

실즈 박사나 토머스가 내 집 열쇠를 갖고 있을 리 없잖아, 하며 나 자신을 안심시키려 애썼다. 하지만 새벽 2시쯤 작은 테이블을 끌고 가서 문을 막고, 핸드백에서 호신용 최루 스프레이를 꺼내 쉽게 손이 닿을 만한 베개 밑에 끼워두었다.

오늘 아침 7시, 일이 끝나면 타운하우스로 오라는 실즈 박사의 문자를 받자마자 나는 '알았어요'라고 답신을 보냈다. 반항해봐야 소용

없고, 무엇보다 그녀의 심기를 건드리고 싶지 않았다.

이 덫에서 벗어날 수 없다면, 받아들이고 피해를 줄이는 방법을 찾는 수밖에 없다는 생각이 들었다.

오늘 아침 샤워실에 서서 내 몸을 녹여주지 못하는 것 같은 뜨거운 물살을 맞으며 계획을 세웠다. 내가 할 말에 그녀가 어떻게 나올지는 알 수 없다. 하지만 계속 이런 식으로 지낼 수는 없다.

바쁜 하루를 보낸 뒤 7시 반에 그녀의 타운하우스에 도착한다. 오늘 고객들은 모두 연말 파티를 준비하느라 한껏 들떠 있었다. 마지막 예약 고객은 남자친구의 청혼을 기대하고 있는 젊은 여자였다.

나는 메이크업을 해주며 그들의 얼굴을 보는 둥 마는 둥 했다. 에이프릴의 침대에 있는 토머스의 모습이 환영처럼 보이고, 실즈 박사의 타운하우스로 가서 문이 닫힌 후에 그녀에게 할 말을 생각하느라 정신없었다.

마치 현관에서 서성이며 초인종이 울리기만 기다리고 있었던 것처럼 실즈 박사가 곧장 문을 열어준다. 어쩌면 위층 창가에서 내가 오는 모습을 지켜보고 있었을지도 모른다.

"제시카."

그녀가 인사를 건넨다. 이게 다다. 그저 내 이름만.

그런 다음 그녀는 내 뒤로 문을 잠그고 내 코트를 받는다.

나는 그녀가 코트를 벽장에 거는 동안 옆에 서 있는다. 그녀가 뒤로 물러나다 나와 부딪힐 뻔한다.

"죄송해요."

내가 말한다. 그녀가 이 순간을 기억해둬야 한다. 내가 지어낼 이야기의 밑밥을 깔고 있는 중이니까.

"페리에 괜찮아요?" 실즈 박사가 주방으로 향하며 묻는다. "아니면

343

와인?"

나는 망설이다 답한다. "뭐든 좋아요." 나는 잊지 않고 말투에 고마움을 담는다.

"방금 샤블리 한 병 땄어요. 아니면 상세르가 더 나을까요?"

내가 포도 품종의 차이를 알기라도 하는 것처럼.

"샤블리도 좋아요."

나는 이렇게 말하지만 두세 모금만 마실 생각이다. 말똥말똥한 정신으로 있어야 하니까.

그녀가 가늘고 긴 자루가 달린 크리스털 잔 두 개를 채우고 한 잔을 내게 건넨다. 나는 방을 휙 둘러본다. 이곳에 토머스가 있다는 증거는 전혀 보이지 않지만, 어젯밤 두 사람이 보여준 행동을 생각하면 우리의 대화가 들리는 거리에 그가 없다는 걸 확인해야 한다.

나는 와인을 조금 삼킨 다음 목소리를 낮추며 곧장 본론으로 들어간다.

"말씀드릴 게 있어요."

그녀가 고개를 돌려 나를 똑바로 쳐다본다. 그녀에게도 내 초조함이 느껴질 것이다. 내 몸이 불안감을 마구 뿜어내고 있는 것 같다. 일부러 연기하지 않아도 초조한 기색이 절로 드러난다.

그녀가 의자를 가리키고는 내 옆자리에 앉는다. 우리는 의자를 빙 돌려 서로 마주 보고 평소보다 훨씬 더 가까이 앉아 있다. 나는 방이 잘 보이는 각도로 몸을 조금 비튼다. 이제 누구도 내 뒤로 몰래 다가올 수 없다.

실즈 박사의 눈 밑에 초승달 모양의 아주 옅은 남보라색 그늘이 져 있다. 그녀 역시 잠을 설친 모양이다.

"뭔데요, 제시카? 어떤 얘기든 괜찮으니 어서 해봐요."

그녀가 와인 잔을 들어 올리는데, 그녀의 손이 알아차릴 수 없을 만큼 아주 미세하게 떨리는 것이 보인다. 처음으로 나는 그녀의 연약함을 목격한다.

"박사님한테 솔직하게 말씀 안 드린 게 있어요."

그녀는 침을 꿀꺽 삼킨다. 하지만 나를 재촉하지는 않는다. 내가 입을 열 때까지 기다려준다.

"식당에서 만난 그 남자요……."

나의 말에 그녀의 눈빛이 변한다. 두 눈이 아주 조금 가늘어진다. 나는 단어를 아주 조심스럽게 고르며 말을 잇는다.

"나한테 답신을 보냈을 때 실은 만나고 싶다고 했어요. 날짜와 시간을 정해서 알려달라고."

실즈 박사의 시선은 여전히 내게 고정되어 있다. 그녀는 미동도 없이 앉아 있다. 순간, 그녀가 남편 토머스에게 선물한다던 매 조각상처럼 무라노 유리를 깎아 만든 조각상으로 변한 건 아닌가 하는 생각이 든다.

"근데 답하지 않았어요."

이번에는 내가 그녀를 기다려준다. 와인을 마신다는 핑계로 그녀에게서 눈을 뗀다.

"왜요?"

마침내 실즈 박사가 묻는다.

"박사님 남편일지도 모른단 생각이 들어서요."

나는 속삭이듯 말한다. 심장이 너무 시끄럽게 뛰는 통에 그녀도 들을 것만 같다.

그녀가 숨을 훅 들이마신다.

"흠." 그녀가 나직이 말한다. "왜 그런 생각을 했죠?"

지금 제대로 되어가고 있는 건지 감이 안 잡힌다. 지뢰밭에서 사방치기 놀이를 하고 있는 거나 마찬가진데, 나는 그녀가 얼마나 알고 있는지를 모른다. 그러니 한 가지 진실을 던져줘야겠다.

"테즈 다이너에서 만나고 보니 전에 본 적이 있었더라고요."

이 부분이 고비다. 머리가 어질어질한 느낌을 힘겹게 억누른다.

"왜 미술관에서 어떤 여자가 택시에 치여서 사람들이 몰려들었다고 했었잖아요. 그때 그 남자를 본 기억이 났어요. 거기 있는 사람들도 시험의 일부인가 싶어서 한 명 한 명 유심히 살펴봤거든요. 근데 그 사람은 나를 못 봤을 거예요."

실즈 박사는 아무런 답이 없다. 아무런 표정이 없다. 어떤 기분으로 내 말을 듣고 있는지 속내를 전혀 모르겠다.

"사진을 보면서 같이 대화했던 남자에 대해 얘기했을 때, 박사님이 그 남자의 머리가 연갈색이라고 하시길래 헷갈리더라고요. 박사님 질문을 미술관 앞에서 봤던 남자와 연결시키지도 못했어요. 근데 그 식당에서 그 남자, 토머스를 또 본 거예요."

실즈 박사가 마침내 입을 열어 말하기 시작한다.

"그 사소한 몇 가지 사실로 그런 결론을 내렸다고요?"

나는 고개를 흔든다. 다음에 내가 던질 대사는 오늘 아침에 미리 연습할 때만 해도 그럴 듯하게 들렸다. 하지만 지금은 그녀가 믿어줄지 확신이 안 선다.

"벽장 속에 있는 재킷들이…… 다 너무 크더라고요. 키 크고 어깨 넓은 남자가 입을 만한 것들인데, 다이닝 룸의 사진 속 남자는 그렇지 않잖아요. 저번에 왔을 때 신경 쓰였는데 아까 다시 보니까 역시 그렇더라고요."

"탐정을 해도 되겠어요, 제시카?"

그녀의 손가락이 와인 잔 자루를 쓰다듬는다. 잔을 입술로 들어 올려 한 모금 마신다. 그러고 나서.

"이걸 다 당신 혼자서 알아낸 건가요?"

"그런 셈이죠." 그녀가 내 말을 믿는지 알 수 없으니 계획했던 대로 밀고 나갈 수밖에 없다. "리지가 원래 배우보다 덩치가 훨씬 더 큰 대역 배우 때문에 의상을 추가로 주문한 적이 있다고 하더라고요. 그 얘기를 듣고 생각났어요."

실즈 박사가 갑자기 몸을 앞으로 기울여 나는 움찔한다. 하지만 그녀에게서 눈을 떼지 않는다.

잠시 후 그녀가 아무 말 없이 의자에서 일어난다. 조리대에 놓여 있던 와인 병을 들고 냉장고로 걸어간다. 그녀가 냉장고 문을 열자 페리에 한 줄과 달걀 한 판밖에 보이지 않는다. 이렇게 휑한 냉장고는 처음 본다.

"리지 얘기가 나온 김에, 이거 끝나고 리지 만나서 한잔하려고요. 근처 괜찮은 데 어디 없을까요? 박사님이랑 얘기 끝나면 문자 보내겠다고 했거든요."

핸드백에 들어 있는 호신용 스프레이, 안전한 시야 확보와 더불어 또 다른 안전장치를 생각해두었다.

"어, 리지가 아직 뉴욕에 있어요?"

실즈 박사가 묻는다. 숨이 턱 막힌다. 리지는 어제 떠났지만, 실즈 박사가 무슨 수로 그걸 알지? 우리 부모님에게 접근한 걸 보면 리지에게도 그랬을 가능성이 높다.

내가 실즈 박사에게 리지의 연말 계획을 얘기했었는지 기억나지 않는다. 실즈 박사는 우리의 대화를 전부 기록한다. 나는 한 번도 그런 적이 없다.

나는 중얼중얼 말하기 시작한다.

"네, 원래 일찍 가려고 했었는데, 일이 좀 생겨서 이틀 정도 더 있기로 했대요."

나는 억지로 말을 멈춘다. 실즈 박사는 여전히 조리대 건너편에 서 있다. 나를 유심히 쳐다보며. 마치 그녀의 시선으로 나를 꼼짝 못 하게 붙잡아두려는 듯.

내 뒤로 방이 네 개 더 있고, 그중에는 화장실도 있다. 지금은 실즈 박사가 주방 쪽에 서 있고 나는 그런 그녀를 보느라 다른 방의 문들을 볼 수가 없다.

내 눈에 보이는 거라곤 주방의 단단하고 반짝거리는 물건들뿐이다. 회색 대리석 조리대, 스테인리스 용품들, 그녀가 싱크대 옆에 둔 와인 오프너.

"솔직하게 말해줘서 고마워요, 제시카." 실즈 박사가 말한다. "이젠 내가 말할 차례군요. 당신 말이 맞아요. 토머스는 내 남편이에요. 사진 속 남자는 대학원 은사님이시고요."

나는 참고 있는지도 몰랐던 숨을 내뱉는다. 토머스와 실즈 박사에게 들었던 말, 그리고 내 직감과 일치하는 정보가 드디어 하나 나왔다.

"결혼한 지는 7년 됐어요. 사무실이 같은 건물에 있었어요. 그렇게 만났죠. 토머스도 정신과 의사예요."

"아."

나는 그녀의 말에 장단을 맞추듯 대꾸한다.

"내가 왜 당신을 토머스에게 떠밀었는지 궁금하겠네요."

나는 입을 다문다. 그녀의 신경을 건드릴 만한 어떤 말도 해서는 안 된다.

"토머스가 바람을 피웠죠."

이렇게 말하는 실즈 박사의 눈에 얼핏 눈물이 반짝이는 것 같다가 금세 그 빛이 사라져버린다. 그저 불빛 때문에 착각한 걸까?

"딱 한 번. 하지만 그 배신의 세세한 사항까지 알고 나니 정말 괴롭더군요. 토머스는 다시는 안 그러겠다고 약속했어요. 나도 그를 믿고 싶어요."

실즈 박사가 또박또박 신중하게 말하는 얘기를 듣고 있으니 전부 사실처럼 느껴진다. 그녀는 에이프릴의 침대에서 맨 어깨를 드러낸 채 꽃무늬 이불을 덮고 있는 토머스의 은밀한 사진을 봤을까? 봤다면 얼마나 고통스러웠을까.

내가 저지른 짓을 알면 상황은 훨씬 더 나빠지겠지.

그녀의 얘기를 더 듣고 싶다. 하지만 그녀와 함께 있을 때면 한순간도 경계를 늦춰서는 안 된다.

"내가 당신한테 정말 많은 걸 물어봤지만, 이건 아직 안 물어봤었죠." 실즈 박사의 말이 이어진다. "진정으로 누군가를 사랑해본 적 있어요, 제시카?"

정답이 있는 질문인지 모르겠다. "없는 것 같은데요." 나는 결국 이렇게 말한다.

"사랑을 하면 알게 될 거예요." 그녀가 답한다. "사랑의 환희, 사랑이 주는 충족감은 그 사랑이 끝날 때 느껴지는 고통의 양에 정비례한다는 것을."

그녀가 이렇게 여리고 감정에 휩싸인 모습을 보인 건 처음이다.

내가 그녀의 편이라고 믿게 만들어야 한다. 토머스를 집에 데려갔을 때 나는 그가 그녀의 남편이란 걸 몰랐다. 그래도 그녀가 그 사실을 알게 되면 내게 무슨 짓을 할지 모른다.

생애의 마지막 밤, 공원 벤치에 축 늘어져 있었을 5번 피험자가 갑자기 떠오른다. 분명 경찰은 그녀의 죽음을 조사한 다음 자살이라는 결론을 내렸을 것이다. 그런데 그녀는 죽을 때 정말 혼자였을까?

"정말 안된 일이네요." 내 목소리가 조금 떨리지만 그녀에게는 두려움이 아니라 연민으로 느껴지기를. "내가 어떻게 도와드리면 될까요?"

실즈 박사가 입가를 올리며 공허한 미소를 짓는다.

"그래서 당신을 고른 거예요. 당신을 보니까 조금…… 그녀가 생각났거든요."

나는 참지 못하고 고개를 휙 돌려 뒤쪽을 확인한다. 현관문까지는 20미터도 안 되어 보이지만, 자물쇠가 복잡해 보인다.

"왜 그래요, 제시카?"

나는 마지못해 몸을 다시 앞으로 돌린다.

"아무것도 아니에요. 무슨 소리가 들리는 것 같아서."

나는 와인 잔을 집어 든다. 마시지는 않고 그냥 들고만 있다. 묵직하니 무기로 쓸 만하다.

"우리 둘밖에 없어요." 실즈 박사가 말한다. "걱정하지 말아요."

마침내 그녀가 조리대 뒤에서 나와 내 옆자리에 다시 앉는다. 의자에 앉으며 자세를 잡다가 나와 무릎이 스친다. 나는 움찔하려는 몸을 애써 진정시킨다.

"토머스가 바람을 피운 젊은 여자……." 그냥 묻어두는 편이 좋을지 몰라도 어쨌든 나는 물어볼 수밖에 없다. "나를 보니까 그 여자가 생각났다고 하셨죠?"

실즈 박사가 손을 뻗더니 가느다란 손가락을 내 팔에 댄다. 손등의 파란 핏줄이 심하게 도드라져 보인다.

"본질적인 부분이 비슷했어요."

그녀가 이렇게 말하며 빙긋 웃는다. 마치 유리에 금이 쫙 가는 것처럼 그녀의 눈가에 짙고 작은 주름이 몇 줄 더 나타난다.

"검은 머리에 생기가 넘쳤죠."

그녀의 손은 여전히 내 팔뚝을 붙잡고 있다. 그 손에 미세하게 힘이 더 들어간다. 생기가 넘친다니. 스스로 목숨을 끊은 젊은 여자를 묘사하는 것치곤 참으로 기묘한 표현이다.

나는 박사의 다음 말을 기다린다. 그녀가 에이프릴의 이름을 말할까, 아니면 연구 대상으로 칭할까.

그녀가 나를 쳐다본다. 그녀의 시선이 다시 날카로워진다. 방금 전 내가 봤던, 남편을 갈망하는 어린 여자는 가면 뒤로 숨어버렸다. 예전처럼 그녀의 말에 아무런 감정도 없다. 어떤 추상적인 주제에 대해 강의하는 교수 같다.

"하지만 토머스의 외도 상대는 당신처럼 젊지는 않았어요. 열 살 정도 더 많았죠. 내 나이 정도."

열 살이 많다니. 충격이 내 얼굴에 고스란히 드러나는지 그녀의 표정도 딱딱해진다.

그 인스타그램 속 젊은 여자, 에이프릴이 30대일 리 없다. 게다가 사망 기사에 그녀 나이는 스물세 살로 적혀 있었다. 실즈 박사가 얘기하고 있는 사람은 에이프릴이 아니다.

실즈 박사의 말이 사실이라면 토머스가 결혼 후에 따로 만난 여자가 더 있다는 뜻이다. 나까지 포함하면 세 명. 모두 몇 명이었을까?

"박사님을 두고 그런 짓을 하다니 상상이 안 되네요."

나는 놀라움을 감추기 위해 와인을 조금 홀짝인다. 그녀가 고개를 끄덕인다.

"토머스가 다시는 그런 짓을 저지르지 않을 거라는 확신이 필요해요. 이해하죠?" 그녀는 잠시 멈춘 후 다시 말한다. "그러니까 지금 당장 당신이 토머스에게 답을 해주면 좋겠어요."

나는 술잔을 조리대에 내려놓다가 거리를 잘못 계산해 대리석 끄트머리에 아슬아슬하게 걸쳐놓는다. 술잔이 바닥에 떨어져 산산이 부서지기 직전에 겨우 붙잡는다. 실즈 박사는 이 사고를 지켜보면서도 한 마디도 하지 않는다.

내 계획은 완전히 틀어졌다. 나를 해방해주리라 믿었던 고백이 오히려 올가미가 된 기분이다.

나는 가방에서 휴대전화를 꺼내 실즈 박사가 불러주는 대로 문자 메시지를 입력한다.

"내일 저녁에 만날 수 있을까요? 8시에 데코 바 어때요?"

그녀는 내가 전송 버튼을 누르는 것을 지켜본다. 20초도 지나지 않아 답장이 도착한다. 엄청난 공포가 물밀 듯 밀려든다. 그가 의심스럽게 들릴 만한 문자를 보냈으면 어쩌지?

너무 어지러워서 무릎 사이로 머리를 파묻고 싶다. 하지만 그럴 수 없다. 실즈 박사가 내 생각을 읽기라도 하는 것처럼 나를 빤히 쳐다보고 있다.

나는 목구멍으로 치밀어 오르는 욕을 삼키며 전화기를 내려다본다.

"제시카?"

그녀가 나를 재촉한다. 그 목소리가 마치 저 멀리서 들려오는 듯 희미한 쇳소리처럼 들린다.

나는 덜덜 떨리는 손으로 전화기를 돌려 실즈 박사에게 토머스의 답신을 보여준다.

'거기서 봐요.'

# 51

**12월 21일 금요일**

모든 심리치료사는 진실의 둔갑술을 알고 있어요. 진실은 구름처럼 성기고 손에 잡히지 않아요. 진실을 규정지으려고만 하면 그 주인이라 주장하는 자의 관점에 맞추어 다른 모양으로 변해버리죠.

저녁 7시 36분, 당신에게서 문자가 옵니다.

'몇 분 후에 T를 만나러 나가요. 내가 불러낸 거니 내가 술을 사겠다고 해야 할까요?'

나는 이렇게 답합니다.

'아뇨. 그는 고전적 방식을 좋아해요. 주도권을 그한테 넘겨요.'

저녁 8시 2분, 토머스가 당신이 기다리고 있는 데코 바로 다가갑니다. 입구로 들어가 바 안으로 사라져버려요. 주변의 식당들과 카페들, 바로 거리 건너편 카페도 둘러보지 않고 말이죠.

저녁 8시 24분, 토머스가 바에서 나옵니다. 혼자.

그가 도로변으로 가더니 주머니에 손을 집어넣어 휴대전화를 꺼내요. 다른 손으로는 택시를 부르는군요.

"다른 건 필요 없으십니까, 손님?"

웨이터가 끼어들어 큼직한 판유리 창을 가로막아버려요. 웨이터가 자리를 뜰 때쯤엔 토머스도 사라지고 없어요. 방금 그가 서 있던 그곳에서 노란 택시가 한 대 출발하네요.

그러고는 거의 바로 내 휴대전화가 울립니다. 전화를 건 사람은 토머스가 아니에요. 당신이에요.

"토머스가 방금 나갔어요." 당신이 숨찬 목소리로 말합니다. "전혀 예상도 못했다고요."

당신이 말을 잇기도 전에 통화 중 착신 알림이 울려요. 토머스도 내게 전화를 걸고 있군요.

거북이처럼 기어가던 22분, 분노에서 절망, 실낱같은 희망까지 온갖 감정이 휘몰아치던 그 시간이 지나더니 이제 모든 것이 너무 빨리 몰려들고 있어요.

"잠깐만요, 제시카. 숨 좀 돌리고 있어요."

토머스에게 인사를 건네는 내 목소리엔 권위라고는 눈곱만큼도 느껴지지 않아요.

"응, 나야!"

"어디야, 여보?"

그가 묻습니다. 접시가 달그락거리고 근처 손님들이 대화하는 소리 같은 주변 소음들이 그에게도 들리겠죠. 고민 하나 없이 태평한 건 아니지만, 고단한 하루 끝에 즉흥적 외출을 즐기고 있는 여자의 태도와 말을 한결같이 유지하는 게 중요해요.

"사무실 근처. 간단히 먹고 가려고 들렀어. 이번 주엔 장 볼 시간이 없었거든."

거리 건너편에서 데코 바의 문이 열리더니 당신이 휴대전화를 귀에 대고 나옵니다. 그러고는 인도에 서서 주변을 둘러보는군요.

"집에 오는 데 얼마나 걸려?" 이렇게 묻는 토머스의 목소리가 부드럽고 느긋해요. "보고 싶어. 오늘 꼭 봤으면 좋겠는데."

둘의 만남은 짧게 끝나고 토머스가 갑자기 이런 요구까지 해오다니, 이 단서들만 보면 희망을 가져도 될 것 같네요.

데코 바와 거리 맞은편 카페에서 타운하우스까지는 채 20분도 걸리지 않아요. 하지만 토머스를 만나기 전에 당신의 보고부터 들어야 하니까.

"거의 다 먹었어." 나는 토머스에게 이렇게 말합니다. "택시 타면 전화할게."

그동안 당신은 인도에 계속 남아 추워서 두 팔로 몸을 감싸고 있어요. 너무 멀리 떨어져 있어서 당신의 표정은 읽을 수 없지만, 몸짓을 보니 왠지 불안해 보이는군요.

"좋아."

토머스가 이렇게 답하고 통화는 끝이 납니다.

당신은 여전히 나를 기다리고 있어요.

"오래 걸려서 미안해요." 내가 말합니다. "계속 말해봐요."

"토머스는 데이트를 하려고 나온 게 아니었어요."

당신의 말이 아까보다 느려졌어요. 어떻게 답할지 찬찬히 생각할 여유가 있었던 거죠. 유감스럽게도.

"토머스가 나를 만나자고 한 건 상황이 미심쩍어서 그런 거래요. 미술관에서 나를 봤대요. 식당에서 내가 자기 앞에 나타난 게 우연이 아니라는 걸 알고 있더라고요. 왜 자기를 미행하는 거냐고 물었어요."

"그래서 뭐라고 답했어요?"

나는 날 선 목소리로 물어봅니다.

"내가 망쳐버렸어요." 당신은 힘없이 말합니다. "그냥 우연이었다고 우겼거든요. 믿는 눈치는 아니었어요. 하지만 실즈 박사님, 토머스한테는 분명 100퍼센트 박사님뿐이에요."

결론을 내리는 건 당신의 일이 아니에요. 하지만 무시하고 넘어가기에는 매우 흥미롭군요.

"왜 그렇게 생각하죠?"

"말씀드렸던 대로 난 지금까지 사랑을 해본 적은 없지만 사랑에 빠진 사람들이 어떤지는 나도 봐서 알아요. 그리고 토머스가 자기는 멋진 여자랑 결혼했으니까 귀찮게 굴지 말라던데요."

그런 건가요? 늦은 밤의 통화, 코트를 펄럭이며 예정에도 없이 토머스의 사무실을 찾던 여자, 쿠바 식당에서의 미심쩍은 점심. 이 모든 걱정스러운 신호들이 그저 신기루였군요.

내 남편은 시험을 통과했어요. 그는 나를 속이고 있는 게 아니에요. 토머스는 다시 내 사람이 됐어요.

"고마워요, 제시카."

창밖으로 겨울 풍경이 펼쳐집니다. 블랙 가죽코트를 입고 빨간 목도리의 끝자락을 밤거리에 선명하게 휘날리며 길을 걷고 있는 당신.

"둘이 나눈 얘기는 그게 다예요?"

"네, 핵심만 얘기하자면요."

"즐거운 저녁 보내요. 또 연락할게요."

나는 20달러짜리 지폐 세 장을 테이블 위에 올려놓습니다. 행복한 기분을 주체할 수 없어 거금의 팁을 내기로 했죠.

카페 밖에서 택시를 부를 때 다시 휴대전화가 울립니다. 또 토머스로군요.

"식당에서 나왔어?"

그가 묻습니다. 나는 본능적으로 답해요.

"아니, 아직."

"여기 차가 조금 밀려서. 서둘러 올 필요 없다고."

그의 말투에 왠지 내 안의 경보기가 울리지만 나는 이렇게 말해요.

"말해줘서 고마워."

재빨리 데이터를 검토해봅니다. 데코 바에서의 22분. 낭만적 사건이 벌어지기에는 너무 짧은 시간이죠. 하지만 당신이 토머스와 나눴다고 보고한 대화가 오가기에는 너무 긴 시간 같은데요.

두 블록 앞으로 당신의 모습이 간신히 보여요. 하지만 당신의 아파트와는 정반대 방향으로 가고 있군요. 뭔가 대단한 일이 기다리고 있기라도 한 것처럼 걸음이 점점 더 빨라져요.

서두르고 있군요, 제시카. 어디로 가는 건가요?

토머스가 늦는다고 하니 이 기회에 정보를 조금 더 수집해야겠군요. 차가운 공기를 쐬며 힘차게 걸으면 머리도 맑아지죠.

당신은 한 블록 더 걸어가요. 그러다가 몸을 휙 돌리고 고개를 좌우로 돌리며 주변을 살핍니다. 밤을 뒤덮고 있는 어둠과 우리 사이의 거리, 그리고 우연히도 방패막이를 해주는 출입 통제 건물 때문에 당신은 미행하고 있는 사람을 알아채지 못하네요.

당신은 몸을 돌려 다시 발길을 옮겨요.

몇 분 후 피치트리 그릴이라는 작은 식당에 도착하는군요.

유리문 안에서 기다리고 있던 남자가 당신을 맞아줘요. 검은 머리에 당신 또래처럼 보이고, 빨간 지퍼가 두드려져 보이는 감색 패딩 코트를 입고 있어요. 당신은 두 팔을 활짝 벌린 그에게 몸을 기댑니다.

그가 잠시 당신을 꼭 껴안아주네요.

그리고 식당 안으로 사라지는 두 사람.

모든 걸 솔직하게 이야기하고 있다면서 이 남자는 한 번도 언급한 적 없잖아요.

이 남자는 누구죠? 당신에게 얼마나 중요한 사람이죠? 그 남자한 테 무슨 얘기를 했나요?

또 얼마나 많은 비밀을 품고 있나요, 제시카?

# 52

데코 바에서 나와 토머스가 나눈 대화는 실즈 박사에게 설명한 그 대로였다.

그는 8시 조금 지나 안쪽 테이블에 앉아 있는 나를 발견했다. 나는 샘 애덤스 병을 껴안듯 들고 있었지만, 그는 술 주문은 하지도 않았다. 바는 사람들로 가득했지만 아무도 우리에게 신경 쓰지 않는 듯했다. 그래도 우리는 대본에 충실했다.

"왜 계속 나를 따라다니는 겁니까?"

토머스는 이렇게 묻고, 나는 눈을 크게 뜨며 깜짝 놀란 표정을 지었다.

나는 우연의 일치라고 주장했다. 그는 미심쩍은 표정을 지으며 자기는 멋진 여자와 결혼했으니 귀찮게 따라다니지 말라고 했다.

우리는 옆 테이블의 두 여자가 우리를 빤히 쳐다볼 때까지 이런 식의 대화를 반복했다. 민망한 표정은 일부러 연기할 필요도 없이 절로 나왔다.

모든 것이 순조로웠다. 우리에겐 목격자가 있었다. 그리고 슬쩍 술집을 둘러봤을 때 실즈 박사가 보이진 않았지만, 나는 그녀가 우리의 대화를 추적하거나 하다못해 우리가 대화하는 모습을 지켜볼 방법을 강구해놨을 가능성을 배제할 수 없었다.

토머스와의 만남은 짧게 끝났다. 하지만 실은 오늘만 두 번째 만난 거였다.

데코 바에서 만나기 전 오후 4시, 토머스와 나는 오맬리스 펍에서 만났다. 정확히 일주일 전 우리는 여기서 만난 후 내 아파트로 갔다. 그땐 그가 실즈 박사의 남편인 줄은 꿈에도 몰랐다.

토머스는 오후의 회동을 위해 한 건의 예약을 취소해야 했다. 너무 중요한 이야기라 전화로는 할 수 없었다. 그리고 실즈 박사가 계획한 데이트 전에 꼭 얘기를 나눠야 했다.

내가 먼저 오맬리스 펍에 도착했다. 특별 할인 시간대가 아니라서 손님은 두어 명 정도였다. 나는 그들에게서 최대한 멀리 떨어진 테이블에 앉았다. 술집을 전체적으로 볼 수 있도록 벽을 등지고서.

토머스는 걸어 들어오더니 내게 고개를 끄덕이고는 스탠드바에서 스카치를 주문했다. 길게 한 모금 들이킨 후 앉아서 코트를 벗었다.

"내가 말했잖습니까. 아내는 제정신이 아니라고." 그가 한 손으로 이마를 쓱 훑었다. "당신더러 나한테 데이트 신청을 하라고 시킨 건 또 왜 그런 겁니까?"

우리 두 사람이 서로에게 원하는 건 똑같았다. 정보.

"박사님은 당신이 바람을 피웠다고 했어요." 내가 말했다. "당신이 또 그러나 보려고 나를 이용한 거예요."

그는 작은 소리로 뭐라 중얼거리고는 스카치 잔을 비운 다음 바텐더에게 한 잔 더 달라는 손짓을 보냈다.

"뭐, 그 답은 이미 나온 것 같고. 리디아한테는 아무 얘기도 안 했죠?"

"저기, 좀 천천히 마실래요?" 나는 그의 술잔을 가리키며 말했다. "몇 시간 후에 또 만나는데 멀쩡한 정신으로 있어야죠."

"알아요."

그는 이렇게 말하면서도 일어나 두 번째 잔을 받아 왔다.

"박사님한테 우리가 잤다는 얘기는 안 했어요." 그가 테이블로 돌아오자 내가 말했다. "그 얘긴 끝까지 안 할 거예요."

그는 눈을 감고 한숨을 내쉬었다.

"이해가 안 돼요. 아내가 미쳤고 떠나고 싶다면서요. 그런데 같이 있을 땐 아내를 사랑하는 것처럼 행동하잖아요. 꼭 아내한테 붙들려 꼼짝도 못하는 사람처럼."

그가 눈을 번쩍 떴다.

"나도 뭐라고 설명할 수가 없어요." 마침내 그가 말했다. "하지만 한 가지는 당신이 옳아요. 리디아와 함께 있을 때 내가 하는 행동은 다 연기라는 거."

"전에 바람피운 적 있죠."

나는 이미 답을 알고 있었지만 그가 털어놓게 만들어야 했다. 그는 얼굴을 찡그렸다.

"그게 당신이랑 무슨 상관입니까?"

"당신의 꼬인 여자관계에 말려들었는데 당연히 상관있죠!"

그는 힐끔 뒤를 돌아보더니 내 쪽으로 몸을 기울이며 목소리를 낮추었다.

"이봐요, 단순한 문제가 아니라고요. 알겠어요? 그냥 잠깐 즐긴 거예요."

잠깐 즐겨? 그는 온전히 솔직하지는 않았다.

"당신 아내도 그 여자가 누군지 알아요?"

"뭐라고요? 그냥 별 볼 일 없는 여자였어요."

나는 울컥 화가 치밀었다. 스카치를 그의 얼굴에 확 끼얹어버리고 싶었다.

그 별 볼 일 없는 여자는 바로 나처럼 실즈 박사의 연구에 참여했다. 그리고 그 별 볼 일 없는 여자는 죽었다.

토머스는 내 표정을 보더니 방금 했던 말을 취소했다.

"그런 뜻이 아니라……. 그냥 내 사무실 근처에서 옷가게를 하는 여자였어요. 하룻밤 만났죠."

나는 샘 애덤스 병을 내려다보았다. 그때쯤엔 내 손에 라벨이 거의 다 벗겨져 있었다.

그렇다면 그가 말하고 있는 사람은 에이프릴이 아니다. 적어도 그의 이야기는 이 외도에 관해 실즈 박사에게 들었던 것과 일치하기는 했다.

"박사님은 어쩌다 알게 된 거예요? 당신이 실토했어요?"

그는 고개를 저었다.

"그 여자한테 보내려던 문자를 리디아한테 보냈어요. 이름이 같은 글자로 시작되거든요. 바보 같은 실수였죠."

흥미로운 얘기였지만 내가 알고 싶은 건 그 외도가 아니었다. 5번 피험자는?

그래서 나는 그에게 단도직입적으로 물었다.

"에이프릴 보스와는 어떤 관계였어요?"

그는 헉하고 숨을 몰아쉬었다. 그 자체가 답이나 마찬가지였다.

그는 창백해진 얼굴로 말했다.

"에이프릴을 어떻게 알아요?"

"당신이 먼저 얘기해줬잖아요. 식물원에서 만난 날 저녁에. 5번 피해자였다고."

그의 두 눈이 휘둥그레졌다.

"리디아는 모르죠?"

나는 고개를 끄덕이고는 휴대전화로 시간을 확인했다. 실즈 박사가 알고 있는 우리의 약속 시간까지는 아직 몇 시간 남아 있었다.

토머스는 또 한 번 술을 벌컥벌컥 들이켰다. 그런 다음 내 눈을 똑바로 쳐다보았다. 그 눈빛에서 진짜 두려움이 느껴졌다.

"리디아가 에이프릴에 대해서 절대, 절대 알아서는 안 됩니다."

바로 몇 초 전 우리에 관계에 대해서도 거의 똑같이 말했었다.

그때 술집 문이 너무 세게 열려 벽에 쾅 부딪혔다. 나는 움찔하고, 토머스는 휙 돌아보았다.

"죄송합니다!"

붉은 수염을 기른 뚱뚱한 남자가 문간에 서 있었다.

토머스가 뭐라고 중얼거리고 고개를 젓고는 다시 내 쪽으로 몸을 돌렸다. 그의 표정이 어두웠다.

"리디아한테 에이프릴 얘기는 안 할 거죠?" 그가 물었다. "그랬다가는 정말 큰일 납니다."

마침내 토머스의 약점을 잡았다. 이 기회를 놓칠 순 없다.

"박사님한테 얘기 안 할게요." 그가 내게 고맙다는 인사를 하려고 하자 나는 그의 말을 끊어버렸다. "당신이 아는 걸 전부 다 말해주면요."

"뭘 알고 싶은데요?"

"에이프릴에 대해서요."


토머스는 내게 많은 정보를 주지는 않았다. 그와 두 번째로 만나서 무대 위 배우들처럼 대사를 읊은 뒤, 노아와 함께 늦은 저녁을 먹으러 피치트리 그릴로 걸어가는 동안 토머스에게 들은 이야기를 생각해보았다.

토머스는 지난봄 에이프릴과 딱 한 번 만났다고 했다. 호텔 바에 친구를 만나러 갔다가 친구가 자리를 뜬 후 계산을 하려고 기다리고 있는데, 에이프릴이 맞은편 의자에 슬쩍 앉아 자기소개를 했다는 것이다.

실즈 박사가 내게 서식스 호텔의 바에서 스콧과 재현하게 한 장면이 바로 그거구나. 나는 떨리는 몸을 억지로 가라앉혔다. 하지만 토머스에게 그 사실을 말하지는 않았다. 나중에 그에게 무기처럼 써먹을 만한 정보를 갖고 있어야 한다.

실즈 박사가 에이프릴을 이용해 토머스를 시험했고, 에이프릴은 그 사실을 숨겼을까? 내가 그런 것처럼?

아니면 훨씬 더 지저분한 진실이 숨어 있을까?

토머스의 말에 따르면, 그날 밤 에이프릴의 아파트에 갔다가 자정이 조금 지난 후에 나왔다고 했다. 만난 계기만 빼면 토머스와 내가 했던 데이트와 소름 끼치도록 비슷하다.

토머스는 에이프릴이 죽기 전까지는 아내와 관련 있는 사람이라는 걸 전혀 몰랐다고 주장했다. 하지만 에이프릴 역시 실즈 박사의 피험자였다는 사실을 생각하면 우연한 만남이었을 리 없다.

오늘 밤 토머스와 내가 꾸며낸 이야기로 어느 정도는 시간을 벌 수 있을 거야. 나는 피치트리 그릴로 다가가며 생각한다. 토머스에게는 그녀뿐이라고 말해줬을 때 내게 고맙다고 인사하는 실즈 박사의 목소리에는 안도감이 배어 있었다.

하지만 이것으로 끝이 아니라는 예감이 든다. 실즈 박사는 사람들이 묻어두고 싶어 하는 진실일수록 어떻게든 끌어내는 재주가 있다. 내가 직접 겪어봐서 안다.

'나한테 말해봐요.'

머릿속에서 또 그녀의 목소리가 들리는 것만 같다. 나는 몸을 획돌려 거리를 살펴본다. 하지만 어디에서도 그녀는 보이지 않는다.

나는 다시 걷기 시작한다. 노아와 그가 상징하는 정상적인 세상에 얼른 닿고 싶어 걸음이 더욱더 빨라진다.

비밀은 한 사람이 간직하고 있을 때만 안전하다. 두 사람이 한 가지 비밀을 공유하고, 둘 모두에게 자기보호라는 동기가 있을 때, 한 명은 입을 놀리게 되어 있다. 나는 토머스가 실즈 박사의 남편이라는 사실을 알기 전에 그에게 데이트를 신청하면서 주고받았던 문자들을 전부 삭제했다. 하지만 토머스도 그렇게 했을까?

토머스는 바람둥이에 거짓말쟁이다. 도덕성에 집착하는 여자와 결혼한 사람한테 참 어울리지 않는 기질이다.

그는 이 결혼을 끝내고 싶다고 말한다. 그 목적을 이루기 위해 나를 희생시킬지 누가 알겠는가?

지난봄 세 가지 일이 벌어졌다. 에이프릴이 실즈 박사의 연구에 5번 피험자로 참여했다. 에이프릴이 토머스와 잤다. 에이프릴이 죽었다.

이제 내가 할 일은 에이프릴을 뒤틀린 삼각관계에 먼저 끌어들인 사람이 실즈 박사였는지 토머스였는지를 알아내는 것이다.

나는 그녀의 죽음이 자살이었다는 확신이 서지 않으니까.

# 53

토머스가 타운하우스 계단에서 기다리고 있군요.

데코 바에서 집까지 전혀 막히지 않은 도로를 달려오며 들기 시작했던 의심이 그의 첫마디에 녹아내립니다.

"계획이 틀어졌네."

그가 쓸쓸하게 말하며 나를 감싸 안습니다. 방금 감색 코트의 당신 친구가 당신에게 몸으로 해준 인사와 다르지 않군요, 제시카.

"어?"

"내가 먼저 도착해서 당신 목욕물 받아주고 샴페인 좀 따려 했거든. 그런데 열쇠가 안 들어가잖아. 자물쇠 바꿨어?"

마침 택시를 타고 집으로 오면서 토머스에게 들려주려고 지어둔 이야기가 자물쇠를 바꾼 핑곗거리로 딱이니 운이 좋네요.

"말해준다는 걸 깜빡했어! 와, 얼른 들어가자."

토머스가 벽장에 코트를 겁니다. 당신이 약삭빠르게 알아챈 그 가벼운 재킷들 옆에 말이죠.

나는 그를 데리고 연구실로 들어가요.

샴페인 대신 찬장에 있던 브랜디를 두 잔 따릅니다. 이런 이야기에는 상큼한 맛의 술이 필요하거든요.

"무슨 고민이라도 있나 봐." 토머스가 소파에 앉아 자기 옆자리를 톡톡 칩니다. "뭔데 그래, 여보?"

나는 말을 꺼내기가 쉽지 않다는 듯 가볍게 한숨을 쉽니다.

"내 연구에 들어온 젊은 여자가 있는데. 아마 별일 아닐 거야……."

그가 나를 꾀어 이야기를 끄집어내면 더 좋죠. 토머스는 자기도 관련된 일이라 믿을 거예요.

"그 여자가 뭘 어쨌는데?"

그가 묻습니다.

"아직은 아무것도 안 했어. 그런데 지난주 점심시간에 사무실에서 나갔더니 그 여자가 있더라고. 거리 건너편에 서 있었어. 그냥…… 나를 지켜보면서."

브랜디 한 모금. 토머스의 손이 내 손을 꼭 감싸 쥐고. 나는 조금 망설이듯 몇 마디 덧붙입니다.

"전화가 와서 받으면 바로 끊어진 적도 몇 번 있어. 그리고 지난 일요일에는 집 밖에 와 있더라니까. 우리 집 주소를 어떻게 알았는지 모르겠어."

토머스는 진지한 표정으로 듣고 있어요. 머릿속이 휙휙 돌아가며 그동안 골치 아팠던 어떤 수수께끼의 답이 서서히 떠오르고 있겠죠. 하지만 내가 할 말은 여기서 끝이 아니랍니다.

"비밀 유지 의무 때문에 그 여자에 대해 많이 얘기해줄 수는 없어.

다만 첫 설문조사 때부터 낌새가…… 분명 문제 있는 여자야."

토머스가 얼굴을 찌푸립니다.

"문제? 전에 당신 연구에 참여했던 그 여자처럼?"

나는 고개를 끄덕여 그의 질문에 답합니다.

"이제 이해가 되네." 그가 말합니다. "당신 걱정시키고 싶지는 않은데, 나도 그 여자를 봤을지 모르겠어. 혹시 검은색 곱슬머리야?"

당신이 미술관과 식당에 나타난 이유가 마침내 이리 설명되는군요.

나는 시선을 깔며 눈빛을 감춰요. 승리감에 젖은 눈빛을.

토머스는 내가 직업상 섣불리 말로 표현할 수 없는 온갖 괴로운 감정에 휩싸여 있을 거라 생각하고 있을 거예요. 언제나 말보다 행동이 더 중요한 법. 토머스의 합리적인 아내가 아무런 이유 없이 자물쇠를 바꿀 리 없죠.

토머스의 포옹이 우리가 처음 만났던 밤 어둠 속에서 들리던 그의 목소리처럼 느껴지네요. 그 안전한 느낌이 드디어 돌아왔어요.

"당신 근처에 얼씬도 못 하게 해야겠어."

토머스가 단호하게 말합니다.

"우리 둘 다 조심해야 하는 거 아니야? 그 여자가 당신도 쫓아다녔다면……."

"오늘 밤엔 여기서 자야겠어. 당신이 싫다고 해도 어쩔 수 없어. 난 손님방도 괜찮아."

그의 눈에 기대감이 담겨 있군요. 나는 그의 뺨을 어루만져요. 토머스의 피부는 언제나 따뜻하죠.

수정처럼 맑은 기운이 스며들면서 마치 이 순간이 멈춘 듯한 기분이 들어요.

나는 속삭여 답합니다.

"아니, 당신이랑 같이 있고 싶어."

오늘 밤을 이렇게 만들어준 사람은 바로 당신이에요.

'토머스한테는 분명 100퍼센트 박사님뿐이에요'

제시카, 모든 것이 당신 말에 달려 있어요.

# 54

**12월 22일 토요일**

나를 구해줄 정보를 얻겠다고 죽은 여자와 친구였던 척하는 건 윤리적인 행동일까?

나는 에이프릴이 어릴 때 쓰던 방에 보스 부인과 마주 앉아 있다. 명언이 적힌 포스터들과 이런저런 사진들이 아직도 벽에 붙어 있다. 책장에는 소설들이 꽂혀 있고, 벽장 손잡이에는 오래전 댄스파티에서 달았을 법한 말린 꽃장식이 걸려 있다. 언제든 에이프릴이 걸어 들어올 수 있게 그대로 보존된 공간 같다.

보스 부인—에이프릴의 어머니이자 보스 씨보다 훨씬 어린 그의 두 번째 아내 조디—은 갈색 가죽 레깅스에 조금 탁한 흰색 스웨터를 입고 있다. 보스 가족은 센트럴 파크가 내려다보이는 아파트의 펜트하우스에서 살고 있다. 에이프릴의 방이 내 원룸 아파트보다 더 넓다.

보스 부인은 에이프릴의 퀸 사이즈 침대 끄트머리에 걸터앉아 있고, 나는 책상 옆 연녹색 누비 의자에 앉아 그녀와 마주 보고 있다. 얘기를 나누는 동안 보스 부인의 손가락이 가만있지를 못한다. 주름도 없는 이불을 반듯하게 펴고, 오래된 테디베어를 똑바로 앉히고, 장식용 작은 쿠션들의 위치를 바꾼다.

오늘 아침, 나는 보스 부인에게 전화를 걸어 대학 2학년 때 런던에서 에이프릴과 함께 공부한 친구라고 말했다. 보스 부인은 나를 보고 싶어 했다. 나는 에이프릴보다 다섯 살 많다는 걸 감추기 위해 내 메이크업 도구를 이용했다. 매끄럽고 깨끗한 피부, 분홍색 입술, 갈색 마스카라를 칠하고 위로 말아 올린 속눈썹 덕분에 내 나이보다 두세 살은 어려 보였다. 그리고 높이 올려 묶은 머리와 청바지, 스니커즈로 분장을 마무리했다.

"와줘서 정말 고마워요."

내가 방을 몰래 둘러보는 사이 보스 부인이 두 번째로 이 말을 한다. 나와 몇 가지 점은 매우 닮았지만, 그 외에는 달라도 너무 다른 이 여자에 대한 단서를 어떻게든 더 많이 찾아내야 한다.

그때 보스 부인이 묻는다.

"우리 애랑 있었던 일 좀 얘기해줄래요?"

"아, 그게……"

이마에 땀이 나 따끔거린다.

"우리 애에 대해서 내가 몰랐을 일 같은 거라도 있을까요?"

그녀가 나를 재촉한다. 나는 런던에 가본 적 없지만 에이프릴의 인스타그램에서 본 그 학기에 찍은 사진들이 떠오른다.

마치 기다렸다는 듯이 내 입에서 말이 술술 나온다. 실즈 박사의 실험들 덕분에 이런 연기가 쉬워지긴 했지만, 그래도 속이 메스꺼운 느낌은 사라지질 않는다.

"에이프릴은 계속 버킹엄 궁전의 근위병들을 웃기려고 했어요."

"그래요? 어떻게요?"

보스 부인은 딸의 숨겨진 일화들을 알고 싶은 욕심을 굳이 감추지 않는다. 앞으로 쌓아나갈 추억이 없으니 과거의 추억을 하나라도 더 모아두고 싶은 거겠지.

나는 방구석에 걸려 있는 액자 속 포스터를 힐끔 본다. 거기에 이런 인용구가 유려한 필체로 쓰여 있다.

'아무도 듣지 않는 것처럼 노래하세요. 한 번도 상처받지 않은 것처럼 사랑하세요. 아무도 보지 않는 것처럼 춤추세요.'

보스 부인의 기분을 좋게 만들어줄 이야기를 뽑아내고 싶다. 그녀가 딸의 행복한 순간을 상상할 수 있다면 내가 지금 저지르고 있는 행동의 부도덕함을 조금이나마 상쇄시킬 수 있지 않을까.

"아, 정말 웃긴 춤을 췄어요. 근위병들은 미소도 짓지 않았지만, 에이프릴은 한 명이 입술을 움찔하는 걸 봤다고 우겼죠. 그 일을 잊을 수가…… 계속 웃음밖에 안 나오더라고요."

"그래요?" 보스 부인이 몸을 앞으로 기울인다. "우리 애는 춤추는 걸 싫어했는데! 무슨 바람이 불어서 그랬을까?"

"용기를 내본 거죠."

대화의 방향을 얼른 틀어야 한다. 슬픔에 잠긴 어머니에게 가짜 이야기나 들려주려고 여기 온 게 아니다.

"장례식에 참석 못 해서 죄송해요. 캘리포니아에서 지내다가 이제 돌아왔거든요."

"여기." 보스 부인이 이렇게 말하며 침대에서 나와 내 뒤에 있는 책상으로 걸어간다. "장례식 책자 하나 줄까요? 에이프릴의 사진들을 넣었어요. 런던에서 보낸 학기에 찍은 사진들도."

나는 연분홍색 표지를 가만히 본다. 캐서린 에이프릴 보스라는 이름 위에 비둘기 그림이 볼록하게 튀어나와 있고, 이탤릭체로 한 인용구가 적혀 있다.

'그리고 결국, 당신이 받는 사랑은 당신이 베푸는 사랑과 같아요.'

맨 밑에는 에이프릴이 태어나고 죽은 날짜가 적혀 있다.

"참 아름다운 글귀네요."

나는 이렇게 중얼거린다. 해도 되는 말인지는 모르겠지만. 그래도 보스 부인은 열심히 고개를 끄덕인다.

"에이프릴이 죽기 몇 달 전에 와서는 그런 말을 들어본 적 있느냐고 묻더라고요."

보스 부인은 아련한 눈빛으로 미소 짓는다.

"그래서 내가 당연히 안다고, 비틀스 노래 '디 엔드(The End)'의 가사라고 말해줬어요. 그 애가 태어나기 한참 전 가수니까 알 리가 없죠. 그래서 우리는 에이프릴 아이폰에 그 노래를 다운받아서 같이 들었어요. 이어폰을 한쪽씩 나눠 끼고서."

보스 부인이 눈물을 닦아낸다.

"에이프릴이 그렇게 되고 나서…… 음, 그날이 기억났는데, 그 가사가 잘 어울리겠더라고요."

비틀스. 토머스와 함께했던 그날 밤, 그가 술집에서 '컴 투게더'를 따라 불렀던 일이 기억난다. 그는 분명 비틀스의 열혈 팬이고, 그러니 에이프릴과 만나서 함께 잔 날도 분명 '디 엔드'를 불러줬을 것이다. 몸서리가 쳐진다. 나와 5번 피험자 사이의 소름 끼치는 공통점이 또 하나 나왔다.

나는 책자를 핸드백에 집어넣는다. 딸의 죽음으로 끝난 어떤 얽히

고설킨 무시무시한 인연에 그 가사가 복잡하게 연결되어 있다는 사실을 알면 보스 부인은 얼마나 끔찍한 기분이 들까.

"봄에 우리 애랑 자주 연락했나요?"

보스 부인이 묻는다. 그녀는 이제 침대로 돌아가 작은 쿠션에 달린 부드러운 술 장식을 가느다란 손가락으로 계속 만지작거리고 있다. 나는 고개를 젓는다.

"많이는 못 했어요. 애인 때문에 골치가 아파서 친구들이랑 거의 연락 끊고 지냈거든요."

미끼를 물어요, 라고 나는 속으로 애원한다.

"아, 젊은 애들이란." 보스 부인이 고개를 젓는다. "에이프릴도 연애 운이 별로 없었답니다. 너무 예민했거든요. 늘 상처받았죠."

나는 고개를 끄덕인다.

"관심 있는 남자가 있는 줄도 몰랐어요." 보스 부인이 말한다. "그런데 나중에…… 한 친구가 말해주더라고요. 에이프릴한테……"

나는 그녀의 말이 이어지기를 기다리며 숨을 죽인다. 하지만 그녀는 그저 멍하니 허공만 바라보고 있다.

나는 갑자기 뭔가가 생각난 것처럼 이마를 찡그린다.

"그러고 보니 에이프릴이 좋아하는 남자 얘기를 한 적이 있어요. 나이가 좀 많지 않았나요?"

보스 부인이 고개를 끄덕인다. "그랬던 것 같아요……." 그녀가 말끝을 흐린다. "가장 힘든 건, 도무지 모르겠다는 거예요. 매일 아침 일어날 때마다 생각해요. 대체 왜?"

마구 흔들리는 그녀의 눈빛을 계속 볼 수가 없어 나는 시선을 돌려버린다.

"에이프릴은 늘 너무 감정적이었어요." 보스 부인이 테디베어를 집어 가슴에 끌어안는다. "정신과 상담을 받으러 들락거렸다는 걸 누구나 알고 있었죠."

그녀가 묻는 듯 나를 힐끔 쳐다보자 나는 또 고개를 끄덕인다. 마치 에이프릴에게 그 얘기를 들었던 것처럼.

"하지만 한참 동안 자해 시도를 하지 않았거든요. 고등학생 이후로는 점점 좋아지고 있는 것 같았어요. 새 직장도 찾고 있었고……. 그런데 자살 계획을 세우고 있었나 봐요. 경찰 말로는 마약성 진통제인 바이코딘을 그렇게 많이 삼켰다니까. 난 우리 애한테 그런 약이 있었는지도 몰랐어요."

보스 부인은 두 손에 머리를 묻고 살짝 흐느낀다.

경찰이 조사를 하긴 했구나. 에이프릴이 자해를 시도한 전적이 있다는 사실을 감안하면 아마도 자살이 맞을 것이다. 그렇다면 마음이 놓여야 하는데, 뭔가 앞뒤가 안 맞는다.

보스 부인이 고개를 든다. 그녀의 눈이 충혈되어 있다.

"한동안 못 봤겠지만, 그래도 통화할 때 목소리가 행복하게 들리지는 않았었나요?"

그녀가 절박하게 묻는다. 그녀가 다른 사람과 이렇게 에이프릴에 대해 얘기할 기회가 있기나 할까? 토머스 말로는 에이프릴이 아버지와 가깝지 않다고 했고, 에이프릴의 친구들은 각자 생활로 돌아갔을 것이다.

"네, 행복하게 들렸어요."

나는 이렇게 속삭인다. 울음을 터뜨리며 이 방에서 뛰쳐나가고 싶지만, 내가 얻을 정보가 보스 부인이 찾고 있는 답에도 도움이 될 거라고 나 자신을 설득하며 꾹 참는다.

"그래서 에이프릴이 정신과에 다닌다고 했을 때 깜짝 놀랐어요." 보스 부인이 말한다. "의사가 장례식에 와서 우리한테 자기소개를 하더라고요. 되게 미인이었고, 아주 친절했어요."

심장이 두근거린다. 그 사람이 누군지는 빤하다.

"최근에 그 의사랑 연락해보셨어요?"

나는 차분하고 덤덤한 목소리를 유지하려 애쓰며 묻는다. 보스 부인이 고개를 끄덕인다.

"가을에 내가 연락했었어요. 우리 애 생일인 10월 2일에. 그날은 정말 힘들었어요. 살아 있었다면 스물네 살이 되었을 텐데."

그녀가 테디베어를 다시 내려놓는다.

"우리 애 생일마다 모녀 스파 데이라는 걸 했었어요. 작년에는 흉측하게 새파란 매니큐어를 바르길래 내가 부활절 달걀 같다고 했었죠." 그녀가 고개를 젓는다. "그런 일로 다퉜다는 게 기가 막혀요."

"그래서 그날 그 정신과 의사는 만나셨어요?"

"그녀 사무실에서 만났어요. 전에 에이프릴이 심리치료를 받았을 땐 우리가 늘 알고 있었거든요. 치료비를 대줬으니까. 그런데 이번에는 왜 그러지 않았을까요? 나는 의사랑 에이프릴이 무슨 얘기를 주고받았는지 알고 싶었어요."

"실즈 박사가 말해주던가요?"

말을 뱉자마자 나는 의사 이름을 말해버린 내 실수를 깨닫는다. 보스 부인이 알아챌까 눈치 보며 주춤한다.

뭐라고 변명하지? 몇 달 전 에이프릴에게 들은 정신과 의사의 이름을 지금까지 기억하고 있다고 말할 수는 없다. 보스 부인은 믿지 않을 것이다. 에이프릴과 연락이 끊겼다고 말한 게 불과 몇 분 전이다.

내가 사기꾼이란 걸 들키겠지. 보스 부인은 노발대발할 테고, 나는 할 말이 없다. 어떤 정신 나간 사람이 죽은 여자와 친구 사이였던 척

속일까?

하지만 보스 부인은 내 실수를 눈치채지 못한 모양이다.

그녀는 고개를 천천히 젓는다.

"에이프릴의 상담 기록을 볼 수 있느냐고 물었어요. 그걸 보면 에이프릴이 왜 그런 짓을 했는지 알 수 있을 것 같았거든요."

나는 숨을 죽인다. 실즈 박사는 아주 꼼꼼한 사람이니 에이프릴을 처음 만난 날을 상세히 기록해놨을 것이다. 그걸 보면 에이프릴을 끌어들인 사람이 토머스인지 실즈 박사인지 알 수 있을 것이다. 만약 실즈 박사가 먼저 에이프릴과 접촉했다면, 그녀는 내가 생각했던 것보다 훨씬 더 위험한 사람이다.

"기록을 보여주던가요?"

내가 묻는다. 너무 무리하게 밀어붙였는지 보스 부인이 이상하다는 표정으로 나를 쳐다본다. 그렇지만 그녀는 계속 말한다.

"아니요. 내 손을 잡으면서 딸을 잃은 건 정말 유감이라고 다시 한 번 말했어요. 내가 그런 부탁을 하는 건 당연하지만, 내가 답을 얻지 못하리란 사실을 받아들이는 것도 치유의 한 과정이라고 하더군요. 내가 아무리 고집을 부려도 보여주지 않았죠. 비밀 유지 의무를 어기게 된다면서요."

나는 조금 큰 소리로 한숨을 내쉰다. 물론 실즈 박사가 쉽게 기록을 내놓을 리 없다. 하지만 에이프릴의 비밀을 지키기 위해서였을까, 아니면 자기 자신 혹은 남편을 지키기 위해서였을까.

보스 부인이 일어나 스웨터를 부드럽게 편다. 이제 그녀는 내 눈을 똑바로 쳐다보고 있다. 눈물의 흔적은 사라지고 없다.

"다시 한 번 말해줄래요? 에이프릴이랑 같은 교환학생 프로그램에 있었다고요? 미안해요. 딸애한테 이름을 들은 기억이 없어서."

나는 고개를 숙인다. 지금 내가 짓고 있는 이 창피한 표정은 연기가 아니다.

"에이프릴한테 더 좋은 친구가 되어주지 못한 게 후회스러워요. 멀리 떨어져 있어도 연락은 계속했어야 했는데."

부인이 내게 걸어와 마치 내 죄를 용서해주듯 내 어깨를 토닥인다.

"난 포기 안 했어요."

그녀가 말한다. 나는 고개를 뒤로 젖혀 그녀의 표정을 살핀다. 여전히 슬픔이 깃들어 있지만, 이젠 결연함이 뒤섞여 있다.

"실즈 박사는 좋은 치료사 같았지만, 분명 자식은 없을 거예요. 있다면 자식을 잃은 상처는 치유될 수 없다는 걸 알 테니까요. 그래서 난 아직도 답을 찾고 있어요."

그녀는 몸을 펴며 더 강한 목소리로 말한다.

"앞으로도 계속 찾을 거예요."

# 55

**12월 22일 토요일**

마침내 답을 얻었어요. 토머스는 진실해요.

침대 왼편 베갯잇에 다시 그의 샴푸 향이 감돌아요.

햇살의 따뜻한 빛이 방 안을 가득 메워요. 거의 아침 8시가 다 됐네요. 놀라운 일이에요.

안도감은 많은 생리적 변화를 가져오죠. 불면증이 사라지고. 몸이 젊음을 되찾은 것처럼 느껴지고. 식욕이 돌아오고.

토머스의 새로운 지조 과시가 치유하고 있는 건 우리의 상처받은 결혼생활만이 아니에요.

거의 20년 전 내가 당했던 또 하나의 엄청난 배신. 내 여동생 대니엘이 연루된 이 배신은 내 감정에 흉한 흉터를 남겼죠. 오늘은 그 흉터가 좀 옅어진 느낌입니다.

침대 옆 테이블 위에 쪽지 하나가 작은 텐트 모양으로 접혀 있어요.

읽기도 전에 미소가 지어지네요.

'여보, 아래층에 커피 내려놨어. 베이글이랑 훈제 연어 사서 20분 안에 돌아올게. 사랑해. T.'

그 말은 아주 평범하면서도 마법 같죠.


여유로운 아침식사 후, 토머스는 스포츠 센터로 떠납니다. 나중에 다시 와서 나를 데리고 다른 부부와의 저녁식사에 갈 거예요. 나는 주말 일과를 그대로 따르지만, 미용실에서 머리를 한 후 근처의 새 부티크에 들리는 건 전에 없던 일정이지요. 진열창의 마네킹이 앞쪽이 V자로 파인 분홍색 테디*를 입고 있어요. 당신이 고를 란제리보다 좀 더 섬세하지만, 제시카, 부드러운 실크와 높이 파인 다리 부분이 매혹적이죠.

나는 충동적으로 이 테디를 구매합니다.

라벤더 향의 거품 목욕을 한 후 란제리 위에 입을 원피스를 골라요. 토머스는 오늘 밤 늦게 이 란제리를 발견하게 될 거예요.

원피스를 입기도 전에 땡 하는 소리와 함께 문자 메시지가 들어와요. 당신이 보낸 거군요.

'안녕하세요. 저번 임무와 관련해서 제가 더 할 일이 있나 확인하려고요. 없으면, 리지가 크리스마스에 자기 집으로 가자고 초대해서 비행기 표를 예약할까 해요.'

정말 흥미로워요.

당신의 행방을 내가 확인도 안 해보고 그냥 넘어갈 거라고 진심으로 믿는 거예요, 제시카? 리지와 그녀의 가족은 애스펀의 호화로운

---

* 슈미즈와 팬티로 된 원피스형의 여성용 내의.

콘도에서 연말을 즐기는 중이라고요.

당신에게 보낼 답을 지어내기 전에 연구실 책상에서 당신의 파일을 꺼내 날짜를 다시 확인해봅니다. 맞아요, 리지는 콜로라도에 있는 부모님을 만나러 어제 떠났어요.

초인종이 울리네요. 당신 파일을 에이프릴 파일 위에 다시 올려놓습니다. 책상 한 가운데에, 아버지에게 선물 받은 만년필 옆에.

"토머스! 일찍 왔네!"

나는 그에게 오래도록 키스해줍니다.

그가 시계를 힐끔 쳐다봐요.

"몇 분 더 필요해?"

"1분만 더."

위층에서 귀 뒤에 향수를 톡톡 두드리고 토머스가 좋아하는 하이힐을 골라요.

토머스는 아직도 문 앞에서 기다리고 있어요.

"워렌이 조금 늦을 것 같다길래 걱정하지 말라고 했어. 우리가 제시간에 도착해서 테이블 잡아놓겠다고."

"너무 늦게 끝나진 않았으면 좋겠는데." 내가 말합니다. "좀 일찍 들어왔으면 해서. 당신한테 줄 깜짝 선물이 있거든."

# 56

**12월 22일 토요일**

열쇠가 구멍 안으로 미끄러져 들어간다.

나는 덜덜 떨리는 손으로 열쇠를 돌린다. 그런 다음 문을 밀어서 연다.

실즈 박사의 타운하우스로 들어서자 약하게 삐 하는 소리가 들린다. 나는 내 뒤로 문을 닫아 바깥벽에 달린 두 개의 작은 촛대 조명에서 들어오는 불빛을 차단한다. 그러자 복도가 너무 어두워져 입구 왼편에 있는 경보기 키패드가 간신히 보인다.

집 안에 진흙이나 먼지를 남기지 않기 위해 신발은 벗고, 빨리 빠져나가야 할 때를 대비해 코트는 그대로 입고 있다.

토머스가 오늘 전화해서 보안번호를 알려주었다. 복사한 열쇠는 문간 매트 밑에 두겠다고 했다.

"아래 건 은색 열쇠로, 위의 건 사각형 열쇠로 열어요. 11시까지 리디아를 밖에 붙잡아둘게요."

그는 또 30초 안에 경보장치를 해제해야 한다는 말도 했다.

나는 키패드로 다가가 숫자 네 개를 누른다. 0-9-1-5. 하지만 서두르다가 어둑한 불빛 속에서 6을 5로 착각하고 만다.

나는 순식간에 내 실수를 깨닫는다.

새된 소리가 길게 한 번 울린 다음 삐 소리가 다시 시작된다. 이번에는 속도가 더 빠르다. 쿵쿵대는 내 심장박동과 뒤섞여 거의 발광하는 소리처럼 들린다.

몇 초나 흘렀을까? 15초? 얼른 제대로 잡지 않으면 보안업체가 경찰에 신고할 것이다.

나는 숫자를 하나하나 조심스럽게 누른다. 경보기가 높고 날카로운 소리를 마지막으로 한 번 더 내지르더니 조용해진다.

나는 장갑 낀 손을 키패드에서 떼어내며 한숨을 내쉰다. 토머스가 내게 알려준 것이 진짜 보안번호가 맞는지 확신이 없었다.

다리에 힘이 없어 벽에 기대어 몸을 가눈다. 1분을 꼬박 그대로 서 있는다. 1분 더. 토머스와 실즈 박사가 바로 위층의 연구실에 숨어 있을지도 모른다는 두려움을 떨쳐버릴 수가 없다.

그냥 가버릴 수도 있다. 신발을 신고, 경보장치를 켜놓고, 열쇠를 있던 자리에 돌려놓으면 된다. 하지만 그렇게 하면 실즈 박사가 나중에 무엇으로 나를 협박할지 알 수 없게 되어버린다.

"오늘 아침, 위층에 있는 리디아 책상에서 당신 파일을 봤어요." 토머스는 이렇게 말했다. "에이프릴 파일 위에 있더군요."

세션 초기에 실즈 박사의 사무실 책상에서 보이다가 어느덧 사라져버린 그 마닐라지 서류철이 지금 어디에 있는지 드디어 알게 됐다. 벤은 내게 그 파일을 꼭 찾으라고 했다.

"파일 열어봤어요?"

"그럴 시간이 없었어요. 리디아가 잠들긴 했어도 언제 깨어날지 모르니까."

나는 그의 말에 좌절하며 두 눈을 질끈 감았다. 실즈 박사가 내 파일을 어디에 두고 있는지 알아봐야 손에 넣을 수가 없는데 무슨 소용이지? 그때 토머스가 말했다.

"내가 그 집에 들어갈 수 있게 해줄게요."

그의 말투만 듣고도 그저 순수한 호의만은 아니구나 싶었다.

"단, 에이프릴 파일 속 내용을 다 찍어서 나한테 보내줘요. 나는 그 파일이 필요해요, 제스."

전화를 끊고 나서야 토머스가 실즈 박사를 여전히 사랑하는 척하는 이유가 이 때문일지 모른다는 생각이 들었다. 그는 에이프릴의 파일을 손에 넣기 위해 실즈 박사의 곁을 맴돌고 있는 것이다.

실즈 박사의 집에 들어온 지 몇 분밖에 안 되었지만, 훨씬 더 오래 복도에 얼어붙어 있었던 것 같은 기분이다. 나는 마침내 앞으로 열 걸음 걷는다. 이제 계단 옆이다. 하지만 올라갈 용기가 안 생긴다. 설령 이것이 함정이 아니더라도 한 걸음 뗄 때마다 점점 더 수렁 속으로 깊이 빠져들게 되는 것이다.

근처에 있는 라디에이터가 약하게 쉿쉿거리는 소리 말고는 쥐 죽은 듯 고요하다.

계속 이러고 있을 수는 없으니 첫 계단에 발을 올린다. 삐걱거리는 소리가 난다.

나는 움찔한 다음 천천히 계단을 오른다. 눈이 어둠에 적응됐지만, 미끄러지지 않으려고 한 발 한 발 조심스럽게 내려놓는다.

마침내 끝까지 다 올라와서는 어디로 몸을 틀어야 할지 몰라 가만히 서 있는다. 복도가 왼쪽과 오른쪽으로 뻗어 있다. 토머스는 실즈 박사가 연구실로 쓰는 방이 2층에 있다고만 말했다.

왼쪽에서 불빛이 흘러나온다. 나는 그쪽으로 향하기 시작한다.

그때 내 휴대전화가 울리며 숨 막힐 듯한 정적을 깨트린다. 심장이 입 밖으로 튀어나올 것만 같다. 코트 주머니 속을 더듬거리지만 전화기의 매끄러운 면에 장갑이 자꾸 미끄러지는 바람에 단단히 쥘 수가 없다.

또 전화기가 울린다. 뭔가 문제가 생긴 거야. 내 머릿속이 미쳐 날뛴다. 토머스가 집에 일찍 온다고 알려주려고 전화했나 봐.

겨우 전화기를 꺼내 보니, 토머스 이름의 마지막 세 글자를 뒤집어서 만든 암호명 샘 대신에 조그만 원 안에서 미소 짓고 있는 엄마 얼굴이 보인다.

장갑 낀 손으로 거절 버튼을 눌러보지만 터치스크린이 작동하지 않는다.

전화가 또 울리자 나는 장갑의 손가락 끝을 이로 물고 장갑을 벗기려 애쓴다. 손이 땀으로 축축해서 가죽이 피부에 찰싹 들러붙어 있다. 나는 더 세게 장갑을 잡아당긴다. 위층에 누가 있다면 지금쯤은 내가 집에 있다는 걸 알고도 남는다.

겨우 전화기를 진동 모드로 바꾼다.

꼼짝 않고 서서 귀를 쫑긋 세워보지만, 다른 사람의 기척은 느껴지지 않는다. 세 번 심호흡을 한 다음 덜덜 떨리는 다리를 억지로 다시 움직인다.

어둑한 불빛을 향해 계속 걷다가 그 빛이 뿜어져 나오는 곳에 도착한다. 실즈 박사의 침대 옆 테이블, 아니 토머스와 실즈 박사의 침대지, 하고 나는 문간에 서서 누비 모양의 강청색 침대 헤드와 주름 하나 없는 이불을 가만히 바라보며 바로잡는다. 작은 스탠드 옆에 『미들마치』한 권과 조그마한 아네모네 다발이 놓여 있다.

오늘 두 번째로 사적인 공간을 침범했다. 처음엔 에이프릴의 옛 방, 지금은 이 침실.

여기를 샅샅이 뒤져서 실즈 박사에 대해 알려줄 단서들, 일기장이나 옛 사진들, 편지들을 찾고 싶은 마음이 굴뚝같다. 하지만 계속 걸음을 옮겨 옆방으로 향한다.

연구실이다.

토머스가 오늘 아침에 봤다는 바로 그곳에 서류철들이 놓여 있다.

나는 얼른 책상으로 가서 위에 있는 서류철, 색인표에 내 이름이 찍혀 있는 서류철을 조심스럽게 집어 든다. 열어보니 내 운전면허증의 복사본과 쉽게 돈을 벌어보겠다고 태평스럽게 연구에 끼어든 첫날 벤에게 알려줬던 신상 정보가 나온다.

나는 전화기를 꺼내 첫 페이지를 찍는다.

그러고는 다음 페이지로 넘기는데 숨이 턱 막힌다.

두 번째 페이지에서 부모님과 베키가 미소 짓는 얼굴로 나를 올려다보고 있다. 실즈 박사가 프린트한 이 사진이 어디서 나왔는지 알겠다. 작년 12월에 내가 인스타그램에 올린 사진이다. 이미지가 약간 흐리지만 부모님 집 거실에 있던 크리스마스트리가 언뜻 보인다.

머릿속에서 온갖 질문들이 불타오른다. 왜 실즈 박사가 이 사진을 가지고 있지? 나를 만나고 나서 얼마나 빨리 이 복사본을 만들었을까? 내 인스타그램 계정은 비공개인데 어떻게 접속했지?

하지만 그런 생각을 하고 있을 시간이 없다. 실즈 박사는 늘 나보다 한발 앞서 있는 듯하다. 내가 여기 있는 걸 들키고 말 거라는 두려움을 떨칠 수가 없다. 언제든 그녀가 집에 올 수 있다.

나는 페이지의 순서가 바뀌지 않도록 확인하면서 계속 사진을 찍는다.

두 번째 컴퓨터 설문조사 때 작성했던 내용들도 프린트되어 있다. 질문들이 휙휙 스쳐 지나간다.

[양심의 가책 없이 거짓말을 할 수 있습니까?]

[살면서 어떤 부정행위를 해봤는지 이야기해보세요.]

[아끼는 사람에게 큰 상처를 준 적이 있습니까?]

그리고 실즈 박사가 내게 연구에 더 깊이 참여할 생각 있느냐고 묻기 전에 나왔던 마지막 두 질문.

[반드시 범죄에 합당한 처벌이 내려져야 할까요?]

[피해자들은 자신의 손으로 직접 복수할 권리가 있을까요?]

그다음엔 줄 처진 노란색 메모지에 깔끔하고 우아한 글씨로 적힌 메모들이 있다.

'저항하지 말고 그냥 내려놔요. ……당신은 내게서 벗어날 수 없어요. ……변함없이 아름답지만…….'

욕이 치밀어 오르지만 마치 로봇이 된 기분으로 종이를 계속 넘기며 한 장 한 장 사진으로 남겨둔다. 내가 지금 보고 있는 것들의 의미까지 곱씹고 있을 시간이 없다.

창을 덮고 있는 나무 블라인드의 살들 사이로 자동차 전조등 불빛이 휙 지나간다. 나는 얼어붙는다.

차 한 대가 거리를 천천히 지나가고 있다. 운전석에서 내 아이폰 카메라의 번쩍이는 플래시가 보일까?

나는 전화기를 내 다리에 눌러 화면 불빛이 새어나가는 걸 막고는 차가 지나갈 때까지 꼼짝도 하지 않는다.

이웃 사람이었을지도 몰라. 이렇게 생각하니 더 불안해진다. 심지어 한 시간 전에 토머스와 리디아가 함께 나가는 모습을 본 이웃 사람일지도. 그들이 뭔가 이상한 낌새를 챘다면 곧장 경찰에 신고할 수도 있다.

하지만 아직은 떠날 수 없다. 파일 속 페이지들을 다 찍기 전까지는. 나는 최대한 빨리 종이를 넘기면서 누군가 타운하우스에 다가오는 기미를 놓치지 않으려 신경을 곤두세운다. '토머스한테는 분명 100퍼센트 박사님뿐이에요'라는 내 말에 밑줄이 여러 번 그어져 있는 마지막 페이지까지 넘긴 다음, 종이들을 정리해 가장자리를 책상에 톡톡 쳐 가지런히 다듬는다. 그러고는 마닐라지 서류철에 도로 집어넣는다.

이제 에이프릴의 파일을 집는다. 내 파일보다 조금 얇은 것 같다.

열어보기가 겁난다. 밑에 타란툴라가 숨어 있다는 걸 알면서 돌을 옆으로 치우는 기분이다. 하지만 내가 이 파일을 찍으려는 건 토머스가 정보를 원해서만은 아니다. 나 역시 이 안에 담긴 내용을 알아야 한다.

첫 페이지는 내 파일과 똑같아 보인다. 에이프릴의 입자 거친 운전면허증 사진이 나를 빤히 쳐다보고 있다. 눈이 너무 커서 마치 깜짝 놀란 표정을 짓고 있는 것 같다. 사진 밑에 신상 정보가 있다. 이름, 생일, 주소.

나는 사진을 찍고 다음 페이지로 넘긴다.

거기, 실즈 박사의 유려한 파란 글씨로 내게 필요한 답이 적혀 있다. 에이프릴은 5월 19일에 실즈 박사의 연구에 참여해 5번 피험자가 되었다.

에이프릴이 그녀의 침대에 누워 있는 토머스의 사진을 인스타그램에 올린 5월 4일보다 15일 늦다. 사진을 올리기 며칠 전이나 몇 주 전에 찍었을 수도 있다. 어쨌든 에이프릴이 토머스와 만난 건 실즈 박사의 연구에 들어가기 전이다.

에이프릴을 끌어들인 사람은 토머스다.

나는 숨을 훅 들이마신다. 내 직감이 틀렸다. 실즈 박사보다 토머스가 더 위험하다.

나는 날짜를 다시 보며 내가 사실을 제대로 파악하고 있는지 확인한다. 이제 확실한 한 가지는 나와 에이프릴의 상황이 서로 다르다는 것이다. 실즈 박사는 나를 이용했던 것처럼 에이프릴을 이용해 토머스를 시험할 수 없었을 것이다.

게다가 에이프릴은 실즈 박사의 피험자로 오래 활동하지도 않았다. 그저 설문조사 질문 몇 개에 답만 하고 2차 세션에는 참여하지도 않았다. 왜 그만뒀을까?

내가 이 집에 있다는 사실을 아는 사람은 토머스밖에 없다. 그리고 만약 에이프릴의 죽음으로 이어진 사건들을 꾸민 자가 토머스라면 난 안전하지 않다.

여기서 나가야 한다. 파일을 훌훌 넘기며 최대한 빨리 사진을 찍는다. 끝에서 두 번째 페이지의 제목은 '조디 보스와의 대화, 10월 2일'이다. 그리고 단 한 장이 남아 있다.

에이프릴의 생일에 실즈 박사가 보스 부인을 만나고 겨우 일주일 지난 날짜의 등기 우편이다.

휴대전화 카메라의 초점이 맞춰지기를 기다리는 사이 몇 줄이 내 눈을 파고든다.

'죽음을 조사…… 캐서린 에이프릴 보스…… 가족이 기록의 자발적인 공개를 요청…… 소환 가능성…….'

보스 부인이 계속 답을 찾을 거라고 한 것은 이를 두고 한 말이었을 것이다. 부인은 답을 찾을 수 있게 도와줄 사설탐정을 고용했다.

나는 파일을 닫고, 실즈 박사가 뒀던 대로 내 파일 바로 밑에 놓는다. 내게 필요한 건 다 손에 넣었다. 이런 기회가 또 없을 테니 둘러보면서 단서를 더 찾고 싶지만, 이제 가야 한다.

나는 계단으로 돌아가 아까 올라왔을 때보다 훨씬 더 빨리 움직인다. 입구에서 신발을 신고, 경보장치를 다시 켜고, 문을 살짝 연다. 문간 매트 밑에 열쇠를 집어넣은 뒤 일어선다. 동네 사람은 한 명도 보이지 않는다. 그들이 나를 얼핏 본다 해도 검정 코트에 모자를 쓰고 앞계단을 내려오는 어떤 사람으로 보일 뿐이다.

나는 숨도 제대로 못 쉬고 모퉁이를 돌아간다.

그러고는 주머니 속 휴대전화를 여전히 움켜쥔 채 가로등의 차가운 금속으로 쓰러지듯 기댄다. 내가 이 일을 해냈다는 걸 믿을 수가 없다. 나는 어떤 증거도 남기지 않았다. 불은 하나도 켜지 않았고, 추적 가능한 지문 하나 남기지 않았다. 내가 그 집에 몰래 침입한 사실을 실즈 박사에게 들킬 리 없다.

그래도 혹시나 하는 마음에 머릿속으로 내 움직임을 자꾸 되새겨본다.

집에 무사히 도착해 문을 테이블로 막아놓은 뒤 나는 보스 부인을 생각하기 시작한다. 그녀는 딸의 자살에 관한 진실이 그 파일에 담겨 있을 거라 믿고 있다. 그걸 얻고 싶은 마음이 간절해 사설탐정까지 고용했다.

하지만 에이프릴과 한 번 잤을 뿐이라고 주장하는 토머스도 그 파일을 보고 싶어 혈안인 것 같다.

파일 사진들을 익명으로 탐정에게 보내버리고 결과를 지켜볼까 하는 마음도 든다. 그렇다고 해도 해결되는 건 아무것도 없고, 토머스는 누가 파일을 넘겼는지 알 것이다.

'결국 내가 의지할 사람은 나밖에 없으니까요.'

설문조사 첫 세션 때 내가 쓴 말이다. 지금처럼 이 말이 와닿은 적도 없다. 그러니 에이프릴 파일의 사진들을 토머스에게 이메일로 보내기 전에 내가 먼저 꼼꼼히 살펴봐야겠다.

토머스가 5번 피험자와의 관계를 그토록 숨기고 싶어 하는 이유를 알아내야 한다.

# 57

**12월 22일 토요일**

이 저녁을 어떻게 보내고 있나요, 제시카? 어젯밤 식당 앞에서 껴안 았던, 빨간 지퍼 달린 감색 코트의 미남과 함께 있나요?

아마도 그 남자가 마침내 당신에게 진정한 사랑을 경험시켜주겠죠. 동화책에 나오는 그런 사랑이 아닌. 빛으로 돌아가기 전 어둠의 시기 를 지나야 하는 현실적 사랑.

식당에서 다른 연인의 맞은편에 그와 나란히 앉아 완전한 만족감 을 누리는 기분이 어떤지 이미 알고 있을지도 모르겠군요. 아마 그는 세심하게 당신을 챙겨주겠죠. 토머스가 내게 그러는 것처럼. 당신의 잔이 비자마자 웨이터에게 손짓해서 다시 잔을 채우게 하고. 그의 손 은 별 이유 없이 당신을 어루만지고.

이런 건 외부적 행동이죠. 눈에 쉽게 보이는. 하지만 한 남자와 수 년을 지내다 보면 그의 복잡한 속내가 느껴진답니다.

392

저녁식사 동안 그게 나타나 새로이 찾은 평정을 잠식하기 시작합니다. 마치 일식 때 달이 천천히 해를 가리듯이.

토머스는 한눈을 팔 때, 마음이 다른 곳에 가 있을 때 과잉 보상을 하는 버릇이 있어요.

조금은 지나치다 싶게 소란스레 웃죠. 다른 부부의 휴가 계획과 그들의 쌍둥이를 위해 고려 중인 사립학교에 대해 이것저것 많이도 물어요. 겉으로 보기엔 이 자리에 몰입하고 있는 듯 보이지만, 실은 대화의 틈을 메워야 할 상황을 만들지 않으려는 거죠.

그는 저녁식사에 열중합니다. 미디엄 레어 스테이크, 그다음엔 감자, 마지막으로 그린빈을 차례로 주문해요.

누군가를 속속들이 알면 그의 습관과 버릇을 해독하기 쉬워져요.

오늘 저녁 토머스의 생각은 딴 곳에 가 있어요.

새까만 초콜릿 케이크를 먹는 도중에 토머스가 진동하는 휴대전화를 꺼내요. 화면을 힐끔 보고는 얼굴을 찡그리네요.

"정말 미안한데." 그가 말합니다. "내 진료 환자 한 명이 방금 벨뷰 병원에 입원했다는군요. 이렇게 가버리긴 싫은데, 가서 담당의들과 얘기를 해야 할 것 같아요."

자리의 모든 이들이 양해해줍니다. 직업 특성상 이런 방해를 받는 건 자연스러우니까요.

"최대한 빨리 들어갈게." 토머스가 신용카드를 테이블에 내려놓으며 말합니다. "그렇지만 이런 일이 어떻게 돌아가는지는 당신도 알잖아. 기다리지 말고 먼저 자."

그의 입술이 스쳐 지나가니 달곰쌉쌀한 초콜릿 맛이 나네요. 그리고 내 남편은 가버려요.

마치 그를 도둑맞은 기분이군요.

타운하우스는 어둡고 고요해요. 몇 년간 그랬듯이 맨 아래 계단을 밟으니 약하게 삐걱거리네요. 예전엔 이 소리가 위안이 됐었죠. 토머스가 문단속을 끝내고 침대로 오고 있단 신호였으니까.

위층의 빈 침실에는 은은한 불빛이 커져 있습니다.

이 순간은 아주 다를 예정이었어요. 촛불이 켜지고. 잔잔한 음악이 흐르고. 내 원피스가 천천히 흘러내려 유혹적인 분홍색 실크가 넌지시 보이고.

대신에 나는 구두를 벽장에 도로 집어넣어요. 그런 다음 귀고리와 목걸이를 서랍장 맨 위 칸 벨벳함에 다시 넣어둡니다. 오늘 아침 토머스가 남겼던 메모가 보석들 옆에 또 다른 귀중품처럼 놓여 있어요.

너무 평범해서 외려 위로가 되었던 그의 메시지는 이미 다 외우고 있죠.

그래도 펴서 다시 읽어봅니다.

작은 잉크 방울 세 개가 묻어 있어요. 이 얼룩을 보니 갑자기 명쾌해지는 사실이 하나 있네요. 펜촉을 너무 오래 종이에 대고 있으면 얼룩이 생기는 특정 만년필로 썼다는 것.

이 만년필은 항상 같은 곳에 있죠. 바로 내 연구실의 책상.

재빠른 열두 걸음으로 침실을 가로질러 연구실로 들어갑니다.

베이글을 사러 나가기 전 책상 위의 펜을 집으면서 토머스는 거기서 겨우 몇 센티미터 떨어져 있는 파일 두 개를 봤겠죠. 색인표에 이름이 똑똑히 찍혀 있는 당신과 에이프릴의 파일.

서류철을 집어 그 내용물을 확인하고픈 충동이 걷잡을 수 없이 일어나지만, 억눌러야 합니다. 공황 상태는 실수를 불러오니까.

책상에는 다섯 개의 물건이 있어요. 펜, 컵 받침, 티파니 시계, 두 개의 서류철.

언뜻 보기엔 모든 것이 원래대로군요. 하지만 아주 미세하게 뭔가가 잘못돼 있어요.

밀려드는 불안감과 싸우며 물건들을 하나씩 살펴봅니다.

펜은 있어야 할 곳, 책상 왼편 구석 위쪽에 그대로 있어요. 그 반대편인 오른편 구석 위쪽에는 시계가 있죠. 컵 받침은 시계 아래에 있어요. 메모를 할 수 있게 컵을 항상 오른손에 들고 있으니까요.

1분도 채 되지 않아 달라진 점을 발견합니다. 90퍼센트의 사람들에게는 보이지 않을 거예요. 대다수인 오른손잡이들은 소수인 우리 왼손잡이들이 익숙하게 여기는 불편함을 거의 인지하지 못하죠. 가위, 아이스크림 스쿱, 깡통 따개 같은 단순한 가정용품들은 전부 오른손잡이용으로 디자인되어 있어요. 분수식 식수대 버튼, 자동차의 컵 거치대, 현금입출금기. 다 말하자면 끝이 없죠.

오른손잡이는 글을 적을 때 자연스럽게 종이를 몸의 오른편에 둬요. 왼손으로 적는 사람은 왼편에 두죠. 무의식적 버릇이에요. 의식적인 생각이 필요 없어요.

서류철들이 평소 자리에서 몇 센티미터 오른쪽으로 옮겨져 있군요. 그래서 지금은 오른손잡이의 뇌가 정해놓을 만한 자리에 놓여 있어요.

눈앞이 어찔해져 서류철들이 잠시 흐려 보이네요. 그러다 이성이 다시 위력을 발휘하기 시작합니다.

아마 토머스가 펜을 내려놓을 때 서류철들을 살짝 건드렸다가 다시 제자리로 돌려놓으려 했을 거예요.

설령 토머스가 호기심에 혹은 책상 맨 위 서랍에서 메모장을 찾기 전에 메모할 종이를 찾으려고 서류철을 들어 올렸다 해도 내담자의 파일이라는 걸 알아챘을 거예요. 심리치료사들은 비밀 유지 의무에

묶여 있죠. 토머스는 이 직업적 의무를 지키는 사람이고요. 둘이 내 담자에 관해 얘기를 나눌 때에도 이름은 절대 언급하지 않아요. 5번 피험자 같은 특별한 내담자라 할지라도.

토머스는 나와 5번 피험자의 첫 만남, 그녀가 첫 컴퓨터 설문조사 도중에 울면서 강의실을 뛰쳐나간 이야기를 들었죠. 5번 피험자가 내 조수 벤에게 설문조사 질문들 때문에 감정이 격해졌다고 밝혔을 때, 토머스는 그녀에게 전문적 도움을 제공하는 것이 도덕적 조치라는 데 동감했어요. 나와 5번 피험자 사이에 있었던 일들을 귀 기울여 들어줬죠. 내 사무실에서 오간 대화, 선물들, 토머스가 업무로 바빴던 저녁에 그녀를 집에 초대해 치즈와 와인을 대접했던 일까지.

토머스는 그녀가…… 특별해졌다는 걸 이해했어요.

하지만 우리는 그녀의 이름을 절대 입에 올리지 않았죠. 단 한 번도. 심지어 그녀가 죽은 후에도. 그녀가 죽은 후에는 더욱더.

하지만 토머스는 보스 가족이 고용한 사설탐정이 내게 보낸 이메일을 봤어요. 만약 5번 피험자의 이름이 캐서린 에이프릴 보스라는 걸 그때까지 몰랐다면, 그 순간 정확히 알았겠지요.

사고 과정이 진행되면서 안정을 찾아가니 긴장으로 굳어 있던 근육이 살짝 풀어집니다.

만약 토머스가 당신 파일에 담긴 내용을 전부 다 봤다면, 제시카, 우리가 나눈 대화, 내가 당신에게 맡긴 임무의 구체적 사항, 당신이 토머스와 있었던 일을 설명한 내용까지 전부 다 봤다면 그의 행동은 분명 달라졌을 거예요. 아침 먹을 땐 별다른 기색이 없었어요. 오늘 저녁 집에 도착했을 때도 마찬가지였고.

그런데…… 저녁식사 때 그의 태도가 변했어요. 점점 더 산만해졌죠. 그러다 뜬금없이 가버렸어요. 아쉬움보다는 의무감이 느껴지는 작별 키스를 남긴 채.

맑은 머리로 생각하기가 어렵군요. 오늘 저녁에 마신 피노누아 두 잔 때문에 확실한 결론을 도출하는 내 능력에 문제가 생겼어요.

고려해야 할 다른 사항들이 머릿속을 휘젓고 다니네요. 똑같이 비밀 유지 원칙을 적용하긴 했지만, 당신과 에이프릴은 내 사무실에 들어선 나머지 사람들과는 달라요. 엄밀히 따지면 둘 다 내담자가 아니었죠. 그리고 토머스는 두 사람이 한 가지 차별점을 갖고 있다고 생각해요. 내 아내에게 엄청난 정신적 고통을 안겨주었다고.

에이프릴은 사라져가고 있어요. 그녀가 또다시 내 고통의 원인이 될 일은 없을 겁니다.

하지만 제시카, 토머스는 내가 현관문의 자물쇠를 바꾸게 만든 당신을 잠재적 위험인물로 믿고 있죠. 그래서 아내를 지켜줄 정보를 무시하기보다는 직업윤리를 어기는 편이 낫다고 생각했을지도 몰라요.

이 가능성을 인정할 수밖에요. 토머스는 당신의 파일을 본 거예요.

마치 세게 얻어맞은 것 같은 충격이 오는군요. 책상 가장자리를 꼭 붙잡고 흔들리는 몸을 겨우 가눠요.

파일을 안 본 척하기로 했다면, 동기가 뭘까요? 어떤 명확한 답도 떠오르지 않아요.

소통은 건강한 동반자 관계의 필수적 요소예요. 심리치료에서뿐 아니라 애정관계에서도 꼭 필요한 기본적 측면이죠.

하지만 배우자를 맹목적으로 신뢰하기보다는 나 자신을 지키는 일이 더 중요해요. 배우자가 과거에 미덥지 못한 모습을 보인 적이 있다면 더더욱.

24시간의 감정적 평온은 끝났습니다. 모든 결론이 뒤집혔거든요. 그 어느 때보다 토머스를 면밀히 지켜봐야겠어요.

서류철을 자물쇠 달린 서류 캐비닛에 집어넣습니다. 연구실 문을 단단히 닫아요. 그런 다음 토머스에게 문자를 보냅니다.

'나 일찍 좀 자야겠어. 내일 얘기할래?'

답을 보낼 시간도 주지 않고 전화기를 꺼버립니다. 침실로 돌아와 평소와 똑같은 밤을 보내요. 원피스를 벽장에 걸고, 세럼을 바르고, 잠옷을 고르고.

새로 산 란제리는 동그랗게 뭉쳐 서랍 구석으로 밀어 넣어요.

# 58

**12월 23일 일요일**

나와 에이프릴의 파일을 꼼꼼히 읽어보느라 거의 뜬눈으로 밤을 새웠다.

내가 아는 한, 실즈 박사가 자기 집 주방에서 손을 떨고 눈물을 글썽이며 얘기해준 토머스의 외도는 부티크 주인과 있었던 일이다. 그 사건을 계기로 그녀는 그런 일이 또 일어나지 않도록 하기 위해 나를 이용해서 남편을 시험하기로 한 것이다.

토머스가 내 블랙 레이스 끈 팬티를 옆으로 치우며 입술로 내 배를 따라 내려가던 기억이 갑자기 떠올라 나는 움찔한다.

지금은 그런 생각을 할 여유가 없다. 왜 토머스가 부티크 주인과의 관계는 투명하게 밝히면서 에이프릴과의 관계를 밝히는 건 그리도 두려워하는지 알아내는 데 집중해야 한다.

그 두 번의 불륜이 어떻게 달랐기에 그런 걸까?

그래서 나는 오늘 아침 블링크라는 부티크로 걸어 들어가며 가게 주인을 찾고 있다. 토머스와 잔 여자, 로렌.

그녀가 누구이고 어디서 일하는지 찾아내기란 어렵지 않았다. 단서들이 있었다. 그녀의 이름은 리디아와 똑같이 L로 시작한다. 그리고 매장이 토머스 사무실 근처에 있다.

가능성 있는 곳은 세 군데였다. 웹사이트를 확인해서 문제의 매장을 찾았다. 블링크 웹사이트에 로렌의 사진과 그녀가 부티크를 시작하게 된 사연이 실려 있었다.

실즈 박사가 왜 나를 보면 로렌이 떠오른다고 했는지 조금은 알 것 같네. 밝고 파격적인 분위기의 가게로 들어가며 나는 이렇게 생각한다. 웹사이트에서 그녀의 사진을 봤을 땐 몰랐지만, 직접 보니 나와 약간 닮기는 했다. 검은 머리에 옅은 색 눈동자. 실즈 박사의 말대로 나이는 열 살 많아 보이지만.

그녀는 어떤 손님을 상대하느라 바쁘고, 그래서 나는 색깔별로 걸려 있는 블라우스를 살펴본다.

"특별히 찾으시는 거라도 있으세요?"

한 직원이 나를 맞이하며 묻는다.

"그냥 좀 볼게요."

가격표 하나를 뒤집어 보고 나는 움찔하며 놀란다. 속이 비치는 긴 팔 상의가 425달러다.

"입어보고 싶은 옷 있으면 말씀 주세요."

나는 고개를 끄덕이고 블라우스를 고르는 척하면서 로렌을 계속 주시한다. 하지만 그녀가 상대하는 손님이 막판 크리스마스 쇼핑으로 선물 여러 개를 사느라 로렌을 독차지하고 의견을 물어보고 있다.

내가 작은 가게를 천천히 한 바퀴 돌고 나자 마침내 그 손님이 계산대로 향한다. 로렌이 계산하기 시작한다.

나는 액세서리 코너에서 그나마 덜 비싸 보이는 스카프 하나를 집어 든다. 로렌이 가게의 로고— 길고 풍성한 속눈썹이 달린 한 쌍의 감긴 눈을 큼직하게 그린 스케치였다 —가 찍힌 번들번들한 흰색 쇼핑백을 손님에게 건넬 때쯤 나는 계산대 앞에서 기다리고 있다.

"선물 포장 해드릴까요?"

그녀가 묻는다.

"네."

몇 분 더 벌면서 용기를 그러모아야 한다.

그녀가 목도리를 박엽지에 집어넣고 예쁜 리본으로 묶는 사이 나는 신용카드를 긁어 195달러를 지불한다. 내가 원하는 정보를 얻을 수 있다면 그리 큰 금액은 아니다.

로렌이 내게 가게 전용 쇼핑백을 건넬 때 그녀의 손에 결혼반지가 보인다.

나는 헛기침을 한다.

"저기 좀 죄송한데요, 잠깐 따로 얘기 좀 할 수 있을까요?"

내가 묻는다.

내 반지의 차가운 금속이 느껴져서 정신을 차려보니 나도 모르게 엄지손가락으로 반지를 문지르고 있다. 실즈 박사가 기록한 내 파일에 따르면, 내 불안한 심리를 보여주는 신호 중 하나다.

로렌의 미소가 사라진다. "그래요." 마치 질문인 것처럼 그녀의 말이 길게 늘어진다.

로렌이 나를 가게 안쪽으로 데려간다.

"무슨 일이시죠?"

그녀가 본능적으로 보이는 첫 반응을 눈여겨봐야 한다. 대개는 그

것이 가장 정직한 반응이라는 걸 실즈 박사에게 배웠다. 그래서 나는 아무 말도 않고 휴대전화를 꺼내 토머스가 보내준 결혼사진에서 잘라낸 그의 사진을 로렌에게 보여준다. 7년 전 사진이지만 선명하고, 그때나 지금이나 그의 얼굴은 거의 변함없다.

나는 그녀에게 시선을 고정한다. 그녀가 내게 아무 말도 안 해주거나 그냥 나가라고 한다면 그녀의 첫 반응밖에는 얻지 못할 것이다. 그녀의 표정을 읽고 죄책감이나 슬픔, 애정의 흔적을 찾아내야 한다.

내 예상과는 다르다. 그녀의 얼굴에는 어떤 강한 감정도 드러나지 않는다. 살짝 찌푸리는 이마와 어리둥절한 눈빛뿐.

토머스의 얼굴을 알아보기는 하는데, 어디서 본 사람인지는 기억하지 못하는 것 같다.

"어디서 본 것 같기는 한데……."

마침내 그녀가 말한다. 내 눈을 바라본다. 내가 뒷말을 이어주길 기다리면서.

"이 남자랑 바람피웠잖아요." 나는 불쑥 말해버린다. "바로 두 달 전에!"

"뭐라고요?"

그녀가 깜짝 놀라며 너무 크게 소리를 지르는 바람에 다른 직원이 돌아본다.

"괜찮아요, 로렌?"

"죄송해요." 나는 다급하게 떠들어댄다. "이 남자가 그렇게 말했거든요. 제게 말하기를……."

"괜찮아."

로렌이 직원에게 큰 소리로 답한다. 화가 난 것처럼 목소리에 날이서 있다. 나는 정신을 바짝 차리려 애쓴다. 금세 그녀에게 쫓겨날 것이다.

"어디서 본 것 같다고 하셨죠. 아시는 사람이긴 해요?"

나는 쉰 목소리로 말하며 눈물을 참는다. 로렌은 나를 미친 사람 취급하며 뒷걸음질 치기는커녕 누그러진 표정으로 묻는다.

"괜찮으세요?"

나는 고개를 끄덕이고 손등으로 눈을 문지른다.

"왜 내가 이 남자랑 바람을 피웠다고 생각하시는 거죠?"

지어낼 말이 딱히 생각나지 않아 사실대로 말한다.

"누가 그러더라고요. 당신이……." 나는 망설이다가 힘을 내 작은 목소리로 말을 잇는다. "몇 주 전에 이 남자를 만났는데…… 위험한 사람일까 봐 걱정되어서요."

로렌이 몸을 뒤로 젖히며 말한다.

"이봐요, 누구신지 모르겠지만 정말 어이가 없네요. 내가 이 남자랑 바람을 피웠대요? 나 유부녀예요. 결혼해서 잘살고 있다고요. 누가 그런 거짓말을 하던가요?"

"제가 오해했나 봐요." 이 모든 일을 그녀에게 구구절절 설명할 길이 없다. "사과드릴게요. 욕되게 할 생각은 없었어요……. 그냥 한 번만 사진 더 보시고 전에 본 적 있는지만 확인해주시면 안 될까요?"

이제 로렌이 나를 빤히 쳐다보고 있다. 나는 또 눈을 닦은 뒤 힘겹게 그녀와 시선을 마주친다.

마침내 그녀가 손을 뻗는다.

"이리 줘봐요."

사진을 가만히 보더니 그녀의 얼굴이 환해진다.

"이제 기억나네요. 손님이었어요."

그녀는 천장을 올려다보며 아랫입술을 깨문다.

"맞아요, 확실히 기억나요. 몇 달 전에 왔었어요. 가을 상품을 막 꺼내던 참인데, 아내한테 특별한 옷을 선물하고 싶다고요. 꽤 많이 사 갔어요."

문 위의 종이 울리며 새 손님의 도착을 알리자 로렌이 그쪽을 힐끔 본다. 내게 허용된 시간은 여기까지다.

"그게 다인가요?"

내가 묻는다. 로렌이 눈썹을 추켜세운다.

"음, 다음 날 전부 반품했었죠. 그래서 기억나나 봐요. 아주 미안해 하면서 자기 아내 스타일이 아니라고 했어요."

그녀가 또 가게 앞쪽을 본다.

"그러고는 못 봤어요. 위험하다는 느낌은 전혀 없던데. 오히려 아주 친절해 보였는데요. 어쨌든 나는 그 남자와 시간을 보낸 적도 없어요. 바람은 더더욱 말도 안 되고요."

"고맙습니다. 귀찮게 해드려서 정말 죄송해요."

그녀가 몸을 돌리다가 다시 나를 쳐다보며 말한다.

"저기, 그 남자가 그렇게 무서우면 경찰한테 가봐요."

# 59

'보이지 않는 고릴라'라는 심리 실험이 있어요. 피험자들을 농구 코트에 모아놓고 선수들이 패스를 얼마나 주고받는지 세어보라는 과제를 주었습니다. 하지만 실은 다른 걸 시험하고 있었죠. 고릴라 분장을 한 남자가 코트에 들어왔는데, 대부분의 피험자들은 공이 왔다 갔다 하는 횟수를 세느라 정신이 팔려서 알아채지 못했어요. 한 가지 요소에 너무 집중한 나머지 큰 그림을 보지 못한 거예요.

나는 토머스의 지조 혹은 불륜에만 과도하게 초점을 맞추는 바람에 내 사례 연구의 예기치 않은 충격적 측면을 간과했을지도 몰라요. 당신에게도 당신만의 행동 노선이 있다는 것 말이에요.

미술관에서, 테즈 다이너에서, 그리고 가장 최근엔 데코 바에서, 당신이 내 남편과 만났을 때 생긴 일을 보고하는 건 오로지 당신 몫이었죠. 토머스에게 들킬 위험 때문에 나는 토머스와 당신이 주고받는 대화나 몸짓을 지켜볼 수 없었어요.

당신은 모험처럼 보이는 수를 써서 내 연구에 몰래 들어왔지만, 실은 사기를 친 거예요.

당신이 내게 던진 이야기들을 이제 다른 각도로 재검토해보죠. 당신은 베키의 사고 정황에 대해 부모님에게 거짓말을 했어요. 잘 알지도 못하는 남자와 같이 잠을 자고요. 유명한 연극 연출가가 당신에게 성적으로 도를 넘는 짓을 했다고 주장하죠.

충격적인 비밀을 참 많이도 품고 있네요, 제시카. 이 비밀들이 알려지면 당신 인생은 끝장날 수도 있어요.

모든 걸 솔직하게 털어놓기로 약속해놓고, 당신은 52번 피험자가 된 후에도 계속 거짓말을 했어요. 테즈 다이너에서 토머스를 만난 직후 데이트를 하자는 문자를 보냈을 때, 토머스가 바로 답장을 보냈지만 그 정보를 내게 말하지 않았다고 실토했죠. 그리고 데코 바에서 내 남편과 22분 동안 만나면서 5분짜리 대화를 나눴다는 것도 미덥지 않아요, 제시카.

무슨 얘기를 생략했나요? 그리고 그 이유는요?

고향에서 연말을 보내고 거기 계속 있고 싶다는 당신의 바람은 꽤 뜬금없어 보였어요.

그 시도가 실패로 돌아가자 리지의 가족과 함께 크리스마스를 보낼 거라고 했죠. 하지만 이것도 거짓말이었어요. 리지가 당신을 아이오와에 있는 가족 농장으로 초대했다는 건 터무니없는 말이었죠.

뭔가가 심하게 어긋나 있어요, 제시카. 당신이 자꾸 달아나려고 하는 동기를 조사해봐야겠어요.

맨 처음 설문조사에서 당신은 꽤 인상적인 답변을 했죠. 노트북 카메라를 통해 감시당하고 있다는 사실도 모르고 당신이 자판을 두드렸을 때 화면에 나타나던 단어들이 하나씩 떠오르네요.

'결국 내가 의지할 사람은 나밖에 없으니까요.'

자기보호는 강력한 동기 유발 요인이죠. 돈이나 공감이나 사랑보다 더 확실한.

이제 가설을 세워보죠.

당신과 내 남편의 만남은 당신의 설명과는 완전히 달랐을 수도 있어요.

토머스가 당신을 탐내고 있을지도 모르고요.

당신은 이 실험에서 당신이 맡은 역할이 뭔지 잘 알고 있잖아요.

그런데 왜 결과를 망쳐놓으려 하죠?

당신은 훨씬 더 많은 요구를 받게 되리라는 걸 알면서도 내 도덕성 연구에 계속 참여하기로 결정했어요. 하지만 너무 지나치다 느끼고 있을지도 모르겠군요.

당신이 우리의 얽히고설킨 관계에서 벗어나고 싶어 한다는 건 확실해요. 내 마음에 들 법한 답을 주면, 거짓 이야기를 꾸며내면 달아날 수 있을 줄 알았나요? 그러면 앞으로 영영 나와 엮일 일이 없을 줄 알았나요?

선물, 돈, 심지어 가족의 호화로운 플로리다 여행까지 배부르게 챙겨 먹고는 교활하게 당신 삶으로 되돌아갈 방법을 궁리하며 자축하고 있을지도 모르겠네요. 당신 자신의 이익에만 집중한 나머지 당신이 망가뜨리고 있는 상황은 무시해버린 채.

어떻게 그럴 수 있죠, 제시카?

20년 전 내 여동생 대니엘은 도덕적 유혹에 직면했어요. 좀 더 최근엔 캐서린 에이프릴 보스가 그랬죠. 이 두 명의 여자는 형편없는 선택을 했답니다.

둘의 죽음은 윤리적 타락의 직접적 결과일 수도 있어요.

나는 내 남편의 도덕성을 시험할 요량으로 당신을 받아준 거예요, 제시카.

하지만 시험을 통과하지 못한 사람은 당신인 것 같군요.

# 60

**12월 23일 일요일**

한 가지 질문으로 계속 되돌아가게 된다. 그 핵심에 묻혀 있는 비밀을 캐낼 때까지 계속 풀어헤쳐야 할 것 같은 느낌이 든다. 왜 토머스는, 에이프릴과의 진짜 외도는 그토록 필사적으로 숨기면서 부티크 주인 로렌과의 외도를 꾸며냈을까?

내 파일을 손에 넣긴 했지만 이 의문에서 벗어날 수가 없다. 실즈 박사는 내게 볼일이 다 끝나기 전까지는 나를 놓아주지 않을 것이다. 나 자신을 지키기 위해 할 수 있는 일이라고는 에이프릴에게 일어난 일을 알아내서 그런 일을 당하지 않도록 조심하는 것뿐이다.

로렌은 내게 토머스가 두려우면 경찰에 신고하라고 했다. 하지만 내가 무슨 말을 할 수 있을까?

"유부남을 쫓아다녔어요. 같이 자기까지 했고요. 아, 그의 아내가 나를 고용했어요. 그녀도 그 일을 어느 정도는 알고 있더라고요. 그건 그렇고 두 사람 중 한 명이 다른 여자의 자살에 연루된 것 같아요."

황당무계하게 들린다. 경찰은 나를 미친 사람으로 볼 것이다.

그래서 나는 경찰에 신고하는 대신 다른 전화를 몇 통 한다.

먼저 토머스의 휴대전화 번호를 누른다. 나는 다짜고짜 그를 다그친다.

"로렌의 가게에서 옷만 샀으면서 왜 그 여자랑 잔 척한 거예요?"

그가 숨을 꿀꺽 삼키는 소리가 들린다.

"이봐요, 제스. 나는 에이프릴의 파일을 얻었고, 당신은 당신 파일을 챙겼어요. 그러니까 이제 우리 서로 빚진 거 없는 겁니다. 당신 질문에 내가 답할 의무는 없어요. 잘 지내요."

그러고는 전화를 끊어버린다. 나는 곧바로 재통화 버튼을 누른다.

"실은 에이프릴의 파일에서 처음 열세 페이지만 보냈어요. 마지막 다섯 장은 빼고. 그러니까 내가 묻는 말에 답해요. 단, 직접 만나서."

그의 표정도 읽어야 한다.

그가 또 끊어버렸나 걱정될 정도로 너무 조용하다. 마침내 그가 말한다.

"지금 내 사무실에 있어요. 한 시간 후에 여기서 만나죠."

그에게 주소를 듣고 통화 종료 버튼을 누른 후 이리저리 서성이며 골똘히 생각한다. 말투로는 그의 기분을 파악하기가 어려웠다. 화가 난 것 같지는 않았다. 그의 목소리에는 어떤 강한 감정도 배어 있지 않았다. 하지만 차분해 보일 때 가장 위험한, 그런 남자일지도 모른다. 천둥이 울리기 직전은 항상 고요하듯이.

사무실이라면 꽤 안전한 장소 같다. 나를 해칠 생각이 있다면 자기와 관련 없는 다른 장소를 고르지 않았을까? 하지만 일요일이니 건물이 비어 있을지도 모른다.

로렌은 토머스가 좋은 남자처럼 보였다고 했다. 미술관에서 그리고 그와 함께 보낸 밤에 내가 느낀 인상도 그랬다. 하지만 좋은 사람처럼 보이던 남자와 사무실에 단둘이 있었을 때 일어났던 일을 결코 잊을 수가 없다.

그래서 이번에는 노아에게 전화해 90분 후에 토머스의 사무실이 있는 건물 밖에서 만나자고 말한다.

"별일 있는 건 아니죠?"

그가 묻는다.

"잘 모르겠어요." 나는 솔직하게 말한다. "잘 모르는 사람이랑 약속이 있는데, 당신이 데리러 와주면 좋겠어요."

"누군데요?"

"쿠퍼 박사라고, 일 비슷한 용건으로 만나는데. 나중에 다 설명해줄게요. 괜찮죠?"

노아는 조금 미심쩍어하면서도 내 요청에 응한다. 나는 지금까지 내가 그에게 했던 행동을 생각해본다. 가짜 이름을 알려주고, 이상하고 힘든 하루였다고 몇 번이나 둘러대고, 남을 신뢰하기 어렵다고 토로했다. 이번에야말로 그에게 전부 다 털어놔야겠다. 사실을 알 자격이 있는 사람이기도 하지만, 그것 때문만은 아니다. 지금 벌어지고 있는 일을 아는 사람이 또 있다면 더 안전하게 느껴질 것 같다.


오후 1시 30분, 내가 걱정했던 대로 토머스의 사무실로 가는 내내 복도가 텅 비어 있다.

114호실은 복도 끝이다. 문 옆에 그의 이름인 토머스 쿠퍼와 몇몇 다른 심리치료사들의 이름이 적힌 명판이 있다.

나는 손을 들어 올린다. 내가 문을 두드리기도 전에 문이 휙 열린다. 나는 본능적으로 한 걸음 물러선다.

그의 덩치가 얼마나 큰지 잊고 있었다. 그의 몸이 입구를 거의 꽉 채우며 그의 뒤에 있는 창으로 약하게 흘러들어오는 겨울 햇빛을 막아버린다.

"들어와요."

토머스가 옆으로 비켜서며 그의 개인 사무실인 듯한 곳을 향해 고개를 까딱한다.

나는 그가 먼저 발을 뗄 때까지 기다린다. 그가 내 뒤에 있는 건 싫다. 하지만 그는 꼼짝도 하지 않는다.

몇 초 후, 그가 내 불안감을 이해했는지 갑자기 몸을 돌려 성큼성큼 대기실을 지나간다. 내가 그의 사무실로 들어가자마자 그가 문을 닫는다.

공간이 내 주위로 좁혀드는 것 같다. 극심한 공포가 치솟으며 온몸에 바짝 힘이 들어간다. 토머스가 위험한 짓을 해도 나를 도와줄 사람은 아무도 없다.

나와 바깥세상 사이에는 문이 세 개 있다. 진의 사무실에서 그랬던 것처럼 나는 갇혀 있다.

모두 가버린 고요한 극장의 그날 밤으로 돌아갈 수 있다면 어떻게 할까. 수도 없이 상상해봤다. 진이 나의 나약함과 두려움을 즐기는 동안 나는 얼어붙은 채 그저 서서 자책만 하고 있었다.

지금 나는 소름 끼치도록 비슷하게 느껴지는 상황 속에 있다. 그리고 또 얼어붙어 있다.

하지만 토머스는 그저 자기 책상을 빙 돌아가 바퀴 달린 가죽 의자에 앉을 뿐이다.

내가 계속 서 있자 그는 놀란 표정을 짓는다.

"앉아요."

그가 맞은편 의자를 가리키며 말한다. 나는 의자에 털썩 앉아 호흡을 가라앉히려 애쓴다.

"남자친구가 밖에서 기다리고 있어요."

나는 목멘 소리로 간신히 말한다. 토머스가 한쪽 눈썹을 획 올린다. "그렇군요" 하는 어리둥절해하는 목소리를 들으니 나를 해코지할 계획은 없는 것 같다.

토머스의 모습을 살피는 동안 내 두려움은 썰물처럼 계속 빠져나간다. 그는 진이 다 빠진 사람처럼 보인다. 플란넬 셔츠는 바지 밖으로 삐져 나와 있고, 면도도 하지 않았다. 그가 안경을 벗고 눈을 문지를 때 보니 눈이 충혈되어 있다. 내가 잠을 제대로 못 잤을 때 항상 그런 것처럼.

그가 안경을 도로 쓰고는 두 손의 손가락 끝을 서로 맞대어 뾰족탑을 만든다. 그의 입에서 예상치 못한 말이 나온다.

"저기, 나를 믿어달라는 말은 안 할게요. 하지만 맹세컨대, 나는 당신을 리디아한테서 지켜주려고 이러는 겁니다. 당신은 이미 너무 깊숙이 들어와 있다고요."

나는 그에게서 눈을 떼고 사무실 안을 획 둘러보며 토머스의 실체를 알려줄 만한 단서를 찾아본다. 실즈 박사의 사무실과 타운하우스는 그녀 자신처럼 차갑고 초연한 우아함을 풍긴다.

토머스의 사무실은 아주 다르다. 발밑에는 보드라워 보이는 양탄자가 깔려 있고, 나무 책장에는 온갖 모양의 크기와 책들이 넘쳐흐르듯 꽂혀 있다. 책상에 놓인 투명한 유리병에는 노란색 포장지에 싸인 버터스카치 캔디가 가득 차 있다. 그 옆에는 명언이 가로로 쭉 박힌 머그잔이 하나 있다. 나는 그 글귀의 한가운데에 있는 세 단어를 빤히 쳐다본다.

'당신이 받는 사랑.'

질문이 하나 번뜩 떠오른다.

"아내를 사랑하기는 해요?"

토머스는 고개를 숙인다.

"그런 줄 알았어요. 그러고 싶었죠. 그러려고 노력했는데……." 그의 목소리가 조금 거칠게 들린다. "안 되더군요."

거짓말은 아닐 것이다. 나도 처음 실즈 박사를 만났을 때 그녀에게 홀렸으니까.

내 주머니 안에서 휴대전화가 가늘게 떨린다. 나는 그냥 무시해버리지만, 실즈 박사가 매끈한 은색 전화기를 귀에 대고서 내가 받기를 기다리는 모습이 보이는 것만 같다. 흠집 하나 없는 흰 대리석을 깎은 듯 아름다운 얼굴에 작은 주름들이 깊게 지고 있겠지.

"이혼이 드문 일도 아닌데. 그냥 끝내버리면 되잖아요?"

내가 묻는다. 그러고 보니 그가 했던 말이 기억난다.

'리디아 같은 사람하고는 헤어지고 싶다고 그냥 헤어질 수 있는 게 아니에요.'

"시도해봤죠. 하지만 리디아는 우리의 결혼이 완벽하다고 생각했어요. 우리한테 문제가 있단 걸 인정하지 않으려 했다고요. 당신 말대로, 부티크 주인 로렌과의 외도는 내가 지어낸 겁니다. 그녀를 고른건 거의 즉흥적이었어요. 내가 자고 싶어 할 만한 여자처럼 보였으니까. 일부러 리디아한테 문자를 보내놓곤, 원래는 로렌한테 보내려고 했던 것처럼 연기했죠."

"아내한테 거짓 문자를 보냈다고요?"

어지간히도 필사적이었나 보다. 토머스는 손을 내려다본다.

"바람피우면 리디아가 나와 헤어질 줄 알았어요. 쉽게 벗어날 수 있을 거라 생각했죠. 리디아가『결혼생활의 도덕』이란 책도 썼잖아요. 그런 사람이 우리 관계를 회복하려고 애쓸 리 없다고 생각했어요."

그는 근원적인 질문에는 아직 답하지 않았다. 왜 에이프릴과의 외도는 인정하지 않는 것일까?

나는 그에게 묻는다. 그가 머그잔을 들어 커피를 한 모금 홀짝이자 그의 손가락들에 글귀가 거의 다 가려진다. 아마 시간을 벌려는 수작이겠지.

그가 머그잔을 내려놓는다. 그러면서 그가 컵의 위치를 비트는 바람에 이제 다른 글자들도 보인다.

'베푸는 사랑과 같아요.'

퍼즐 조각이 딱딱 맞춰지듯 전체 글귀가 내 머릿속에 확 펼쳐진다.

'그리고 결국, 당신이 받는 사랑은 당신이 베푸는 사랑과 같아요.'

내 생각이 맞았다. 틀림없이 토머스는 에이프릴과 만난 밤에 비틀스의 그 노래를 불렀다. 그래서 에이프릴이 그 노래를 알게 되고 엄마와 함께 들은 것이다.

"에이프릴은 너무 어렸어요." 토머스가 마침내 입을 연다. "내가 스물세 살짜리 여자애를 만났다는 걸 알면 리디아가 힘들어할 것 같았어요."

내가 여기 처음 들어왔을 때보다 그의 표정이 훨씬 더 슬퍼 보인다. 눈물을 참는 것 같기도 하다.

"처음엔 에이프릴이 그렇게 정신적으로 불안정한 사람인 줄 몰랐습니다. 그녀도 나처럼 그저 하룻밤 즐기는 걸 원하는 줄 알았는데……."

그가 나를 의미심장한 눈빛으로 쳐다본다. 그가 입 밖에 내지 않은 뒷말을 나는 안다.

'당신과 내가 그랬던 것처럼.'

뺨이 화끈거린다. 주머니 안에서 휴대전화가 또 가늘게 떨린다. 왠지 아까보다 더 집요하게 느껴진다.

"어쩌다가 에이프릴이 5번 피험자가 됐죠?"

나는 다리에 느껴지는 진동을 애써 무시하며 묻는다. 그 떨림이 온몸으로 퍼져나가는 것처럼 피부가 따끔거린다. 마치 날 잡아먹으려는 듯이.

나는 왼쪽을 힐끔 본다. 토머스의 사무실 문이 닫혀 있다. 그가 문을 잠그는 건 보지 못했다. 나를 114호실로 들여놓은 후 그가 걸쇠를 건 기억도 없다.

이젠 토머스가 위협적으로 느껴지지 않는다. 하지만 근처에 도사리고 있는 위험이 느껴진다. 마치 점점 더 다가오는 불길에서 연기가 소용돌이치며 뿜어져 나오는 것처럼.

"무슨 까닭인지 에이프릴이 나한테 심하게 집착하기 시작했어요." 토머스가 말을 잇는다. "몇 번이나 전화하고 문자를 보내고. 상처받지 않도록 조심스레 밀어냈는데……. 에이프릴은 내가 유부남이라는 걸 처음부터 알고 있었어요. 그러다가 2주 후에 연락이 뚝 끊기더라고요. 그 모든 것이 시작되었을 때만큼이나 돌연히. 나는 그녀가 홀홀 털고 다른 사람을 만나는 줄로 알았죠."

그는 머리가 아픈 듯 엄지와 검지로 이마를 꼬집는다.

빨리 좀 말해요, 나는 속으로 다급하게 생각한다. 왠지는 모르겠지만 여기서 얼른 나가야 할 것 같은 느낌이 든다.

토머스가 커피를 또 한 모금 마신 후 말을 잇는다.

"그런데 리디아가 집에 와서는 연구에 참여한 새 피험자 얘기를 하더라고요. 젊은 여잔데 외상성 반응을 보인다고. 우리는 설문조사 때문에 억압된 기억 같은 것이 되살아났을 거라는 얘기를 나눴어요. 내가 리디아한테 그 사람을 직접 만나서 도와주라고 부추겼고. 그 피험자가 설마 에이프릴일 줄은 몰랐습니다. 리디아는 그녀를 5번 피험자라고만 불렀으니까."

토머스는 복잡하게 마구 뒤엉킨 심정을 그대로 드러내듯 거친 웃음을 내뱉는다.

"사설탐정이 파일 건으로 리디아한테 연락하기 전까지는 에이프릴과 5번 피험자가 같은 사람이라는 걸 몰랐어요."

나는 거의 숨소리도 내지 않는다. 그를 방해하고 싶지 않다. 그가 아는 사실을 전부 들어야 한다. 하지만 내 다리에 닿아 있는 전화기에도 자꾸 신경 쓰인다. 언제든 또 윙윙거리기 시작할 것만 같다.

"그래서 조각을 좀 맞춰봤습니다." 마침내 토머스가 말한다. "내 생각에는 에이프릴이 내 아내가 누군지 알아봤던 것 같아요. 그런 후에 연구에 참가 신청을 한 거죠. 그게 나와의 연결고리니까. 아니면 리디아를 경쟁자로 생각하고 그녀에 대해 더 알아내려고 했든가."

나는 오른쪽 창으로 고개를 휙 돌린다. 내 주의를 끈 건 뭐지? 작은 소리, 아니면 인도나 바깥 거리의 움직임일지도 모른다. 블라인드 살들이 비스듬히 기울어져 있어 창밖이 단편적으로만 보인다. 노아가 와 있는지 어떤지 알 수가 없다.

내가 느끼는 위험의 진원지는 토머스가 아닌 것 같다. 나는 그의 말을 믿는다. 에이프릴이 죽기 전 몇 주 동안 토머스는 그녀와 연락하지 않았다.

맹목적인 믿음이나 내 직감 때문은 아니다. 나는 에이프릴의 파일을 여섯 번은 읽어봤다. 그리고 실즈 박사와 에이프릴의 관계에 대한 중요한 정보를 하나 얻었다. 에이프릴이 죽은 날 밤 그들 사이에 있었던 일을 조금은 알고 있다.

실즈 박사는 평소의 우아한 글씨체보다는 다소 들쭉날쭉한 필체로 그 일에 대해 썼다. 내가 온라인에서 봤던 에이프릴의 사망 기사 바로 앞 페이지에 그들의 마지막 만남이 기록되어 있었다. 그리고 내 주머니 안에서 비정상적으로 뜨끈뜨끈한 열을 내고 있는 휴대전화. 언제든 또 울릴 것만 같은 그 안에 모든 내용이 사진으로 담겨 있다.

실즈 박사는 이렇게 썼다.

정말 실망스럽군요, 캐서린 에이프릴 보스. 당신을 안다고 생각했어요. 내가 얼마나 당신을 따뜻하게 챙겨주고, 얼마나 열심히 당신의 정신건강에 관심을 기울여줬는데요. 어느 날 밤엔 당신이 내 집에 찾아와 주방 의자에 걸터앉아서 와인을 마셨죠. 내가 당신에게 준 가느다란 금팔찌를 손목으로 미끄러트리면서.

나는 당신을 집 안으로 들어오게 했어요. 그랬더니 당신은 모든 걸 산산이 부숴버리는, 당신을 완전히 다른 시각으로 보게끔 하는 비밀을 폭로했죠.

"실수한 게 있어요. 술집에서 만난 어떤 유부남이랑 잤어요. 딱 한 번."

당신의 큼직한 두 눈에 눈물이 가득 고이더군요. 아랫입술은 바르르 떨리고. 마치 그런 죄를 저지르고도 동정받을 자격이 있다는 듯.

당신은 용서를 구하고 있지만, 나는 그렇게 해주지 않았어요. 어떻게 그럴 수 있겠어요? 도덕적 사람과 비도덕적 사람 사이에는 장벽이 존재하는데요. 아주 명확한 법칙이에요. 나는 당신이 그 장벽을 넘었으니 다시는 우리 집에 들어올 수 없다고 말했죠.

당신은 결함 있는 본모습을 드러냈어요. 처음의 그 순진해 보이던 젊은 여자가 아니었어요.

대화가 계속됐죠. 마지막에 나는 작별 인사로 당신을 안아줬어요.

20분 후, 당신의 흔적은 전부 사라졌어요. 와인 잔은 씻어서 닦은 후 찬장에 넣어놓고. 남은 브리 치즈와 포도는 쓰레기통에 버리고. 당신이 앉았던 의자는 원래 자리로 돌아가고.

당신이 아예 여기 있지도 않았던 것처럼. 더는 존재하지 않는 것처럼.

실즈 박사의 메모를 처음 봤을 땐 대충 훑어보지도 않았다. 그녀가 집에 오기 전에 나가야 한다는 생각에만 사로잡혀 있었다. 하지만 나중에 내 아파트로 무사히 돌아와서는 읽고 또 읽어보았다.

실즈 박사의 기록만 보면, 에이프릴이 잤다고 고백한 유부남이 토머스라는 사실을 그녀가 안다는 증거는 없다. 그녀는 에이프릴이 다른 속셈 없이 연구에 참여했다고 믿는 것 같다. 에이프릴이 토머스에게 집착한 나머지 실즈 박사의 연구 프로젝트에까지 들어간 사실이 내 눈에는 딱 보이지만. 그러다가 에이프릴이 실즈 박사에게 애착을 갖게 된 모양이다. 에이프릴은 방황하고 있었다. 의지할 사람이나 무언가를 찾고 있었겠지.

에이프릴이 이름 모를 어떤 유부남과의 불륜을 밝히고 폭탄급 폭로 직전까지 갔다는 게 이상하다. 하지만 자석처럼 사람을 끌어당기는 실즈 박사를 생각하면 이해가 안 가는 것도 아니다.

아마도 에이프릴은 용서를 구하고 있었을지도 모른다. 내가 실즈 박사에게 비밀을 털어놓을 때 그랬던 것처럼. 평생 도덕적 선택을 연구해온 여자에게 용서를 받는다면, 그렇게 큰 잘못을 저지른 건 아닐 거라고 생각했을 것이다.

"나머지 페이지도 문자로 보낼게요." 내가 토머스에게 말한다. "한 가지만 더 물어봐도 돼요?"

그가 고개를 끄덕인다. 빨간 차양 아래에 서 있는 두 사람을 지켜봤던 밤이 떠오른다.

"어느 저녁에 당신이 아내랑 같이 있는 걸 봤는데, 정말 사랑에 빠진 사람처럼 여겨졌어요. 왜 그렇게 행동하는 거죠?"

"에이프릴의 파일. 집에 들어가서 그걸 보고 싶었거든요. 에이프릴이 나를 연관시킬 말을 했다면 리디아가 나중에 그걸 알아채고 미쳐버릴까 봐 걱정됐어요. 계속 못 찾다가 리디아의 책상에 있는 걸 본 거죠."

"당신이랑 에이프릴을 연결시킬 만한 내용은 없던데요."

"고마워요."

그가 속삭인다. 하지만 그렇지 않을지도 모른다. 잡힐 듯 말 듯 내 신경을 건드리는 뭔가가 있다. 높은 천장에 둥실둥실 떠 있는 헬륨 풍선처럼. 아무리 애를 써도 손에 잡히지 않는다. 에이프릴과 관련된 무언가. 이미지나 기억, 아니면 사소한 정보 한 조각.

나는 또 한 번 창문을 힐끔 보며 주머니에서 휴대전화를 꺼낸다. 여기서 나가는 대로 집에 돌아가서 에이프릴의 파일을 다시 살펴봐야겠다. 어쨌든 지금은 여기서 나가야 한다.

나는 에이프릴의 파일 사진들 중 마지막 다섯 장을 불러오기 위해 전화기를 내려다본다. 그때 뷰티버즈에서 온 부재중 전화들이 보인다. 네 통이고, 그중 두 통은 음성 메시지다.

내가 잊어버린 일이 있나? 하지만 분명 오후 5시까지는 일정이 비어 있다. 왜 이렇게 내게 연락을 못해서 안달이 났지?

나는 얼른 나머지 사진들을 토머스에게 문자로 보낸다. "그게 다예요." 나는 일어나며 말한다. 그는 이미 휴대전화를 들여다보며 사진들을 유심히 살피고 있다.

나는 뷰티버즈에서 남긴 음성 메시지를 틀어본다. 내 눈이 다시 창

쪽으로 향한다. 지나가는 사람들의 그림자가 또 보이는 것 같지만 확실치는 않다.

일정 관리자가 남긴 메시지일 줄 알았는데, 아니다. 지금껏 한 번도 통화해본 적 없는 사장이다.

"제시카, 바로 전화해줘요."

그녀의 목소리가 딱딱하다. 화난 것처럼.

재생 버튼을 눌러 두 번째 메시지를 틀어본다.

"제시카, 오늘부로 당신은 해고입니다. 메시지를 받으면 최대한 빨리 연락 주세요. 입사할 때 서명했던 겸업금지조항을 위반했더군요. 얼마 전 뷰티버즈 명의로 두 고객을 개인적으로 유인했지요. 당장 멈추지 않으면 우리 측 변호사들이 중지 명령을 신청할 겁니다."

나는 고개를 들어 토머스를 쳐다본다.

"당신 아내 때문에 직장에서 잘렸어요."

나는 속삭이듯 작은 소리로 말한다. 실즈 박사가 뷰티버즈에 전화해 레이나와 티파니에 대해 얘기한 것이 틀림없다.

일주일 안에 내야 할 집세, 안토니아에게 지불할 치료비, 아버지의 실직이 머릿속을 스친다. 태어나 지금까지 살았던 유일한 집이 곧 사라질 거란 사실을 알면 베키의 귀엽고 순진한 얼굴이 어떻게 변할까.

또다시 벽들이 좁혀들며 나를 죄어오기 시작한다. 실즈 박사는 내가 자기 생각대로 움직여주지 않으면 나를 고소당하게 만들까?

그녀가 나에 관해 썼던 메모가 생각난다.

'당신은 내게서 벗어날 수 없어요.'

목이 메고 눈이 맵다. 당장이라도 목구멍에서 비명이 터져 나올 것 같다.

"무슨 일인데요?"

토머스가 의자에서 일어나며 묻는다. 하지만 나는 답할 수 없다. 사무실 문을 벌컥 열고 텅 빈 대기실로 나간 다음 복도를 정신없이 달린다. 뷰티버즈 사장에게 전화해서 해명해야 한다. 부모님에게 연락해 무사한지 확인해야 한다. 실즈 박사가 부모님한테까지 무슨 짓을 했으면 어떡하지? 아마 우리 가족의 여행비를 대줄 생각은 애초에 없었는지도 모른다. 내 신용카드 번호를 알아내서 그걸로 계약금을 냈을지도.

베키까지 건드리면 죽여버릴 거야. 나는 미친 듯 생각한다.

나는 숨을 헐떡이고 울면서 건물의 정문을 획 열고 밖으로 뛰쳐나간다. 얼음장 같은 겨울바람이 내 얼굴을 찰싹 때려대는 것 같다.

나는 인도에 선 채 몸을 빙 돌리며 정신없이 노아를 찾는다. 주머니 속의 전화기가 또 떨어대기 시작한다. 끄집어내 바닥에 내던지고 싶다.

어디에도 노아는 보이지 않는다. 눈물이 더 줄줄 흘러내린다. 그에게 의지할 수 있겠구나, 이렇게 생각하고 있었다.

하지만 아닌가 보다.

몸을 돌리려는 찰나, 한 블록 너머에 파란 패딩 코트가 얼핏 보인다. 심장박동이 치솟는다. 노아. 뒤통수만 봐도 안다. 걸음걸이만 봐도.

나는 사람들 사이를 누비며 달리기 시작한다.

"노아!"

나는 큰 소리로 그를 부른다. 그가 돌아보지 않아서 나는 계속 달린다. 숨이 차서 산소를 폐 속으로 들여보내기도 힘들지만 억지로 두 다리를 더 빨리 움직인다.

"노아!"

더 가까워지자 나는 또 소리친다. 그의 단단한 품으로 쓰러져 전부

다 말해주고 싶다. 그는 나를 도와줄 것이다. 분명.

그가 몸을 획 돌린다. 그의 표정을 보고 나는 마치 벽에 부딪힌 것처럼 뚝 멈춰 선다.

"당신한테 빠져들기 시작했는데." 그는 한 단어 한 단어 씹듯이 말한다. "이제 당신의 실체를 알았어요."

내가 한 발짝 다가서자 그가 한 손을 들어 올린다. 그의 입매가 딱딱하게 굳어 있다. 그의 부드러운 갈색 눈동자가 매섭다.

"그만해요." 그가 말한다. "다시는 보고 싶지 않으니까."

"네?"

숨이 턱 막힌다.

노아는 그냥 몸을 돌려 계속 걸으며 내게서 점점 더 멀어져간다.

# 61

**12월 23일 일요일**

어젯밤 평소보다 이른 시간에 잠들어서 오늘 아침엔 유독 일찍 일어났어요. 바쁜 하루가 될 거예요.

전화기를 켜보니 토머스로부터 문자가 한 통 와 있군요. 어젯밤 11시 6분, 벨뷰 병원의 환자가 안정을 찾았다며 짧게 끝나버린 저녁 데이트를 다시 한 번 사과했네요.

나는 오전 8시 2분에 답장을 보냈어요.

'괜찮아. 오늘 일정은 어떻게 돼?'

그는 스쿼시를 치고 테즈 다이너에서 아침을 먹을 거라 했어요.

'오후에는 서류 작업을 할 거고. 밤에 영화 한 편 어때?'

나는 이렇게 답했죠.

'좋아.'

오늘 아침 토머스의 행적은 그가 말한 대로예요. 스포츠 센터를 나

424

와서 테즈에서 아침을 먹고 곧장 사무실로 향합니다.

그런데 정확히 오후 1시 34분, 모든 것이 바뀝니다. 손에 쇼핑백을 들고 인도를 성큼성큼 걸어오는 당신이 보이거든요. 당신도 토머스의 사무실 건물 안으로 사라지는군요.

아, 제시카. 당신은 중대한 실수를 저질렀어요.

[피해자들은 자신의 손으로 직접 복수할 권리가 있을까요?]

두 번째 컴퓨터 세션에서 당신은 이 질문에 긍정적으로 답했어요, 제시카. 망설이는 기색도 없이. 반지를 만지작거리거나 천장을 올려다보면서 생각에 잠기지도 않았죠. 얼른 손가락을 자판으로 가져가 답을 썼어요.

이제 이 질문에 대해 어떻게 생각하나요?

당신의 엄청난 배신행위에 대한 구체적 증거가 드디어 나왔네요. 거기서 내 남편과 뭘 하고 있는 거죠, 제시카?

두 사람이 육체적 관계를 맺고 있는가는 이 시점에서 별로 중요하지 않아요. 둘이 내 뒤에서 공모를 하고 있었군요. 당신이 끊임없이 보여준 기만을 경고 신호로 받아들여야 했어요.

당신은 너무 다양한 수준의 기만, 너무 다층적인 사기를 저지른 탓에 이제는 돌이킬 수 없는 추잡한 거짓 속에 갇혀버렸어요.

"괜찮아요?"

한 행인이 냅킨을 내밀어요. 나는 얼떨떨한 표정으로 그걸 빤히 쳐다봐요.

"입술을 베이신 것 같아서요."

그가 말합니다. 잠시 후 나는 냅킨을 받아들여요. 피의 쇳내가 입

안에 맴도는군요. 나중에 얼음을 대서 붓기를 빼야겠어요.

하지만 지금은 내 파우치에 립밤이 들어 있답니다. 지난주 당신이 내 집에 두고 갔던 립밤과 똑같은 제품이지요. 튜브에 뷰티버즈 로고가 찍혀 있어요. 당신네 회사에서 만든 제품이에요, 제시카.

그 회사의 전화번호는 찾기가 아주 쉽군요. 당신이 내 남편과 음모를 꾸미는 동안 나는 전화를 겁니다.

위압적 목소리로 말하면 사람들은 귀 기울여 듣죠. 안내 데스크 직원이 내 전화를 관리자에게 연결해주고, 관리자는 사장에게 곧바로 그 사실을 전달하겠다고 약속해요. 보아하니 뷰티버즈는 경업금지조항을 아주 중요하게 생각하는 모양이군요.

당신은 여기를 떠나 다른 곳에서 연말을 보내고 싶다는 말을 계속하고 있죠.

당신은 어디에도 못 가요, 제시카.

하지만 어쨌든 생각지도 못한 휴직을 즐길 수 있게 됐네요.

[반드시 범죄에 합당한 처벌이 내려져야 할까요?]

실직은 그렇게 가혹한 처벌이 아니에요. 더 합당한 처벌이 곧 내려질 겁니다. 당신이 여전히 내 남편 사무실에 편안히 앉아 있는 사이에.

빨간 지퍼의 파란 패딩 코트를 입은 젊은 남자가 다가오더니 토머스의 사무실 건물 옆 모퉁이에 멈춰 서네요. 누군가를 기다리고 있는 듯 주위를 두리번거려요.

한눈에 알아보겠군요. 요전 날 밤 당신이 아주 따뜻하게 안아주던 그 남자네요. 당신이 계속 내게 숨겼던 남자.

당신이 내 남편과 밀회를 하는 동안 토머스의 사무실 밖 인도에서도 예정에 없던 은밀한 대화가 오갑니다.

공평하지 않나요?

"리디아 실즈 박사라고 해요."

내가 그에게 인사를 건넵니다. 진지하고 프로다운 말투와 표정을 유지하는 게 관건이죠. 이런 지경까지 와버려서 유감이라는 기색과 함께.

"혹시 제시카 패리스의 치료 중재 건으로 오셨나요?"

제시카, 당신 애인이 꽤 놀랐나 봐요. "네?" 하고 물어요.

당신을 만나러 이곳에 왔다는 걸 보니 자격은 충분하군요. 나는 그에게 내 명함을 건네요. 그래도 그는 아직 뭔가 미심쩍은 눈치군요.

나는 그에게 다른 참석자들은 이미 돌아갔고, 당신의 오랜 심리치료사인 토머스 쿠퍼 박사가 아직 사무실에 남아 당신을 설득하려 애쓰고 있다고 설명합니다.

"제시카의 편집증과 불안증은 대체로 치료 효과를 보고 있는 중이에요. 안타깝게도 파괴적 행동이 몸에 밴 듯 끊이질 않아서 일반적인 환자 비밀 보장 원칙을 깰 수밖에 없네요. 다른 사람들이 피해를 입을지도 모르니까."

노아가 당신한테 얼마나 빠져 있는지, 당신의 기만적인 성격 세 가지를 구체적 사례로 들어주고 나서야 내가 말하고 있는 여자가 바로 당신이라는 걸 겨우 믿기 시작하는군요. 당신은 최근 회사 조항 위반으로 직업을 잃었어요. 마약 거래상의 집에 위험한 방문도 했지요. 상습적으로 하룻밤 섹스를 즐기죠. 유부남과도 자주, 그것도 가짜 이름을 사용해서.

노아가 마지막 얘기에 움찔하는 걸 보니 앞으로의 대화 방향이 분명해지는군요.

노아는 상처받았어요. 이제 치명타를 날려야죠.

거짓 주장으로 무시해버리면 그만인 일화적 증언보다는 확실한 증거가 더 설득력 있는 법이에요.

이번 달에 당신이 내게 보낸 문자를 찾아 노아에게 보여줍니다.

'실즈 박사님, 그 남자에게 추파를 던져봤지만 거절당했어요. 아내와 잘 지낸대요. 남자는 자기 방으로 올라갔고, 저는 호텔 로비에 있어요.'

"제스가 왜 이런 걸 당신한테 보냅니까?"

노아는 넋이 나간 표정을 짓고 있어요. 부정 단계에서 계속 맴돌고 있는 거예요. 다음 단계는 분노가 되겠죠.

"제 전문 분야는 강박 충동인데, 거기에는 성적 충동도 포함되어 있거든요. 제시카의 이러한 인격적 측면에 대해서 쿠퍼 박사와 계속 의견을 주고받고 있었습니다."

노아는 아직도 완전히 믿지 못하고 있어요. 그래서 다른 문자를 찾아내 그에게 보여줍니다. 이틀 전 밤, 데코 바에서 토머스를 만나러 가기 직전에 당신이 내게 보낸 문자. 당신이 피치트리 그릴에서 노아를 만나기도 했던 바로 그날 밤.

'몇 분 후에 T를 만나러 나가요. 내가 불러낸 거니 내가 술을 사겠다고 해야 할까요?'

문자가 전송된 요일이 똑똑히 보여요. 금요일. 나는 노아가 읽을 수 있도록 전화기를 내밀면서 당신과 내가 주고받은 문자의 나머지 내용은 엄지손가락으로 가려요.

노아의 얼굴이 창백해지는군요.

"제스를 만난 날인데. 그날 밤에 데이트를 했어요."

나는 놀란 척 연기합니다.

428

"아, 피치트리 그릴에서 만났다는 그분? 그 얘기도 제시카한테 들었어요. 당신을 만나러 가기 전 다른 남자를 만나고 가서 조금 죄책감이 느껴진다고 하더군요."

이 말을 듣기가 무섭게 그의 분노가 드러나요.

"제시카는 자기파괴 충동이 아주 강한 젊은 여성이에요." 내가 이렇게 말하자 그의 표정이 변하네요. "그리고 안타깝게도 자기도취적 인격은 처음엔 매혹적이지만, 결국엔 그녀를 구제 불능 상태로 몰아가버리죠."

노아가 고개를 저으며 떠나는군요.

2분도 지나지 않아 당신이 토머스의 사무실에서 뛰쳐나와 노아를 뒤쫓아 갑니다.

그에게 퇴짜 맞은 후 당신은 인도에 선 채 쓸쓸히 그의 뒷모습을 바라보고 있어요. 손에는 여전히 쇼핑백을 들고서.

감긴 눈꺼풀의 로고가 이제 보이네요. 놀랄 정도로 눈에 익어요.

아, 제시카. 어쩜 이리도 부지런한가죠. 당신도 블링크에 가봤군요.

당신은 자신이 굉장히 약삭빠르다고 생각하고 있겠죠. 토머스가 지어낸 이야기 말고 로렌에 대한 진실까지 알아냈을지도 모르겠네요.

내 남편이 로렌과 불륜을 저지르지 않았단 사실을 알고 놀랐나요?

토머스를 가장 잘 아는 사람, 7년을 함께 산 사랑하는 아내가 그 한심한 거짓말을 받아들였다니, 믿기지가 않겠죠?

나는 토머스의 문자가 '실수로' 내 전화기에 날아온 지 일주일도 지나지 않아서 부티크 주인과의 불륜은 날조된 이야기란 결론을 내렸답니다. 로렌을 찾아가 주말여행을 위한 의상을 골라달라 했을 때, 그녀가 몇 벌 골라준 옷에는 얼마 전 인도네시아에서 구해 왔다는 헐렁한 원피스도 있었거든요.

그 인도네시아 여행에 관해 짧게 대화를 주고받았죠. 그녀는 발리에서 한 주, 자카르타에서 한 주 보낸 후 겨우 사흘 전에 미국으로 돌아왔다고 했어요.

그러니 내 남편이 그녀와 만날 약속을 했을 리가 없죠. 그가 '오늘 밤에 봐, 예쁜이'라는 문자를 보낸 날에도, 호텔 바에서 그녀가 다가와 맞은편 자리에 앉아 슬그머니 앉은 후 불륜 관계가 시작되었다고 그가 주장하는 그날 밤에도.

하지만 나는 그의 거짓말을 눈감아줬어요. 그 거짓말을 그대로 지켜줘야 했거든요.

토머스는 다른 여자와의 불장난 같은 만남을 지어내서라도 에이프릴과의 하룻밤을 덮어야 할 더없는 이유가 있었죠. 물론 그의 아내는 가짜 외도와 에이프릴과의 진짜 외도를 알고도 모른 척할 훨씬 더 중요한 이유가 있었답니다.

내가 남편과 5번 피험자의 관계를 처음부터 알고 있었다면 당신은 놀랄까요?

제시카, 당신이 모든 걸 알았다고 생각하나요? 하지만 52번 피험자가 된 후 한 가지는 배웠을 거예요. 섣부른 추측은 금물이라는 것.

그렇게 힘들어하는 모습을 보니 애석하군요. 하지만 당신이 자초한 일이에요.

지금 당장은 완전히 혼자가 된 기분이겠죠.

걱정 말아요. 곧 나와 함께하게 될 테니.

# 62

'가족들과 연락은 해봤어요, 제시카? 플로리다에서 즐거운 시간 보내고 있대요?'

문자 메시지를 노려보고 있자니, 이 질문들이 내 살을 지지는 듯한 느낌이 든다.

실즈 박사는 내 직장을 빼앗아 갔다. 내 남자친구를 빼앗아 갔다. 부모님과 베키에게는 무슨 짓을 한 거지?

나는 침대에서 무릎을 가슴으로 당긴 채 리오 옆에 앉아 있다. 노아가 모퉁이에 나를 버려두고 떠난 후 전화도 하고 문자도 보내봤지만 그는 답이 없었다. 그래서 나는 내가 할 수 있는 유일한 일을 했다. 집에 돌아와 펑펑 울었다. 울음이 더 조용한 흐느낌으로 가라앉을 즈음 실즈 박사로부터 문자가 왔다.

어젯밤 실즈 박사의 타운하우스에 몰래 들어갔을 때 엄마가 전화를 했는데 안 받았지. 나는 허리를 펴고 꼿꼿이 앉으며 생각한다. 엄마는 메시지를 남기지 않았다.

나는 두려움과 싸우며 곧장 엄마의 전화번호를 누른다. 음성 메시지를 남겨달라는 응답이 나온다.

"엄마, 바로 전화해줘요."

나는 이렇게 내뱉는다.

이번에는 아빠에게 전화를 건다. 결과는 마찬가지다. 호흡이 가빠지기 시작한다.

실즈 박사는 내게 리조트의 이름도 말해주지 않았다. 엄마는 도착하자마자 내게 전화해 바다가 내다보이는 방과 해수 풀장에 대해 시시콜콜 얘기하면서도 어디서 묵고 있는지 자세히 말해주지 않았다. 나는 내 복잡한 사정 때문에 정신이 없어 물을 생각도 하지 못하고.

어쩜 그리 경솔했을까?

나는 다시 부모님에게 차례로 전화를 건다.

그런 다음 코트를 집고 부츠를 신은 후 문을 벌컥 열고 나간다. 계단을 뛰어 내려가다가 슈퍼마켓 봉투를 들고 있는 이웃 사람을 밀어젖힌다. 그녀가 흠칫 놀라는 표정으로 나를 쳐다본다. 마스카라는 번지고 머리카락은 마구 헝클어져 있겠지만, 이제 실즈 박사에게 어떻게 보이든 상관없다.

나는 거리를 있는 힘껏 달리며 미친 듯이 손을 흔들어 택시를 부른다. 한 대가 와서 서자 나는 뒷자리에 펄쩍 올라탄다.

"빨리 가주세요."

나는 기사에게 실즈 박사의 집 주소를 알려주며 말한다.

15분 후 도착하지만 아직 아무런 계획도 없다. 그저 손이 얼얼해질 때까지 문을 쾅쾅 두드려댄다.

실즈 박사가 문을 열고는, 기다리고 있었다는 듯이 놀라는 기색도 없이 나를 쳐다본다.

"우리 가족한테 무슨 짓을 한 거예요?"

나는 악을 쓰며 묻는다.

"뭐라고요?"

실즈 박사가 답한다. 도브그레이 상의에 맞춤 블랙 슬랙스를 입은 그녀는 평소처럼 완벽한 모습이다. 그녀의 어깨를 붙잡고 마구 흔들고 싶다.

"잡아떼지 말아요! 부모님과 연락이 안 되잖아요!"

그녀가 뒤로 물러선다.

"제시카, 심호흡 한번 하고 진정해요. 이런 식의 대화는 곤란해요."

꾸짖는 말투다. 마치 터무니없는 짓을 하는 아이를 대하는 것처럼. 그녀에게 비명을 질러댄다고 해결되는 건 아무것도 없다. 그녀에게 답을 얻어내려면 모든 것이 그녀 생각대로 진행되고 있다고, 그녀가 주도권을 갖고 있다고 믿게 해야 한다.

그래서 나는 분노와 두려움을 잠시 제쳐둔다.

"들어가서 얘기할 수 있을까요?"

내가 묻는다. 그녀가 문을 더 넓게 열어주자 나는 그녀를 따라 안으로 들어간다.

클래식 음악이 흐르고 있고, 그녀의 집은 언제나 그렇듯 티 하나 없이 깔끔하다. 입구의 번지르르한 나무 테이블을 장식하고 있는 싱싱한 피튜니아 위에 경보장치가 달려 있다. 나는 지나가면서 그걸 보지 않으려 시선을 돌린다.

실즈 박사가 나를 주방으로 데려가 의자를 가리킨다.

의자에 슬며시 앉으니, 화강암 조리대에 놓인 큰 접시에 적포도 한

송이와 부드러운 치즈가 담겨 있다. 손님이 오기로 되어 있었던 것처럼. 그 옆에는 옅은 황금빛 액이 채워진 크리스털 와인 잔이 달랑 하나 있다.

이 모든 것이 매우 품위 있고 빈틈없으며 광적이다.

"우리 가족 어디에 있어요?"

나는 침착한 말투를 유지하려 무던히 애쓰며 말한다.

실즈 박사는 곧장 답하지 않고 느긋하게 찬장으로 걸어가 이미 나와 있는 잔과 한 짝인 크리스털 유리잔을 꺼낸다. 처음으로 내게 뭘 주면 좋겠냐고 묻지 않는다. 그저 냉장고로 가서 샤르도네 한 병을 꺼내 잔을 채운다. 그러고는 마치 비밀 얘기를 나누려는 친구처럼 내 앞에 앉는다.

악을 쓰며 따지고 싶지만, 내가 몰아붙이면 그녀는 자기가 내 위에 있다는 걸 증명하기 위해 훨씬 더 오래 침묵할 것이다.

"가족 분들은 플로리다에서 즐거운 시간을 보내고 있잖아요, 제시카." 그녀가 마침내 입을 연다. "왜 다른 생각을 하죠?"

"나한테 그런 문자를 보냈잖아요!"

나는 무심코 말해버린다. 실즈 박사가 한쪽 눈썹을 획 올린다.

"가족 분들이 휴가를 잘 보내고 있는지 물어본 거잖아요. 그게 그렇게 이상한 일인가요?"

진심처럼 들리지만 내 눈은 못 속인다.

"리조트로 전화해봐야겠어요."

나는 떨리는 목소리로 말한다.

"그래요, 그럼. 전화번호는 알고 있죠?"

"나한테 안 알려줬잖아요."

내가 쏘아붙인다. 그러자 그녀가 얼굴을 찡그리며 말한다.

"리조트 이름은 알려줬잖아요, 제시카. 가족 분들 거기 가신 지 사흘이나 됐어요."

"제발요." 나는 애원하듯 말한다. "그냥 통화만 할 수 있게 해주세요."

실즈 박사는 아무 말 없이 일어나 조리대에서 휴대전화를 집는다.

"리조트 예약 정보가 여기 있어서요."

그녀가 이렇게 말하며 이메일들을 쭉 내린다. 지나치게 오래 걸리는 것 같다. 그러다가 그녀가 한 번호를 읊어준다.

나는 곧장 그 번호로 전화를 건다.

"즐거운 연말 보내십쇼. 윈스테드 리조트 앤 스파의 티나입니다."

한 여자가 단조로운 목소리로 전화를 받는다.

"패리스 가족과 연락하고 싶은데요."

나는 다급하게 말한다.

"네, 알겠습니다. 객실 번호를 알려주시겠습니까?"

"모르는데요."

나는 나지막이 말한다.

"잠시만 기다려주십쇼."

내가 실즈 박사를 빤히 쳐다보자 그녀가 담청색 눈으로 나와 시선을 마주친다. 전화 연결을 기다리는 동안 황당할 정도로 유쾌한 크리스마스 음악이 대기음으로 흐른다.

'산타 할아버지는 우는 아이에겐 선물을 안 주신대.'

그때 실즈 박사가 와인 잔을 내 쪽으로 살짝 밀어준다.

술을 마실 엄두가 나지 않는다. 나는 강하게 밀려드는 기시감을 물리친다. 바로 며칠 전 여기서 토머스가 그녀의 남편이란 걸 안다고 실토했다. 하지만 지금 내 온몸을 휘감고 있는 이 불안감은 그것 때문이 아니다.

노래가 갑자기 뚝 끊긴다.

"그런 이름의 손님은 안 계십니다만."

리조트의 전화 교환원이 말한다. 몸에서 힘이 쭉 빠진다. 눈앞이 빙빙 돌고 헛구역질이 난다.

"없다고요?"

내가 소리 지른다. 실즈 박사는 술잔을 들어 우아하게 와인을 또 한 모금 마시고, 나는 그녀의 태평한 몸짓에 또다시 분노가 확 치밀어 오른다.

"우리 가족 어딨어요?"

나는 그녀의 눈을 똑바로 쳐다보며 다시 다그치고, 의자를 넘어뜨릴 듯 뒤로 밀치며 일어난다. 그녀가 술잔을 내려놓는다.

"아, 아마 내 이름으로 예약되어 있을 거예요."

"실즈요." 나는 전화기에 대고 다급하게 말한다. "그 이름으로 알아봐주세요, 빨리요."

전화기 너머 정적이 감돈다. 귀 사이로 쿵쿵 뛰어대는 맥박이 느껴진다.

"아." 리조트 직원이 말한다. "계시네요. 지금 연결해드리겠습니다."

신호가 두 번째로 울릴 때 엄마가 전화를 받는다. 매우 익숙하고 무탈한 목소리에 나는 또 눈물이 터질 뻔한다.

"엄마! 괜찮아요?"

"어머나 세상에, 애, 여기 정말 최고야. 해변에 있다가 방금 들어왔어. 베키는 돌고래도 쓰다듬었다니까. 여기 정말 괜찮은 프로그램 있더라. 네 아빠가 사진 정말 많이 찍었어!"

가족은 무사하다. 실즈 박사가 가족에게는 손대지 않았다. 적어도 아직까지는.

"아무 일 없는 거 확실하죠?"

"당연하지! 뭐 일이 있겠니? 네가 없어서 아쉽긴 하지만. 그래도 상사 분이 참 고맙지 뭐니. 이런 걸 다 해주시고! 그분이 너를 참 예뻐하시나 보다."

이제는 머릿속이 너무 뒤죽박죽 되어버려서, 내일 다시 전화하겠다는 약속과 함께 간신히 통화를 끝낸다. 온갖 상상으로 끔찍이 걱정하며 달려왔는데, 엄마의 행복한 목소리를 들으니 정신이 하나도 없다.

나는 전화기를 내려놓는다. 실즈 박사가 미소 짓는다.

"봤죠?" 그녀가 차분하게 말한다. "잘만 지내고들 있잖아요. 그냥 잘 지내는 정도가 아닌 것 같은데."

나는 손가락을 쫙 벌려 단단하고 차가운 조리대를 짚고서 몸을 앞으로 기울인 채 생각에 집중하려 애쓴다.

실즈 박사는 내가 전부 나만의 착각이라고, 내 정신 상태가 불안정하다고 생각하기를 원하고 있다. 하지만 직장을 잃고 노아를 잃은 건 내 상상이 아니다. 엄연한 사실이다. 내 휴대전화에는 뷰티버즈 측에서 남긴 음성 메시지가 여전히 남아 있다. 그리고 노아는 내 연락에 답하지 않았다. 두 가지 일 모두 내가 토머스의 사무실에 있는 동안 벌어졌다. 이건 분명 우연의 일치가 아니다. 증명할 수 없지만, 실즈 박사는 내가 그와 함께 있었다는 걸 알고 있다. 어쩌면 내가 그와 잤다는 것까지 알아냈을지도 모른다. 자기만 살겠다고 토머스가 그녀에게 고해바쳤을지도 모른다.

그녀는 내게 벌을 주고 있는 것이다.

그녀의 손이 내 등을 살살 토닥인다. 나는 몸을 획 돌린다.

"그만해요! 당신 때문에 해고당했어요. 당신이 뷰티버즈에 전화해 내가 회사 몰래 레이나랑 티파니한테 접근했다고 말했잖아요!"

"진정해요, 제시카."

실즈 박사가 명령하듯 말한다.

그녀가 다시 의자에 앉아 길고 늘씬한 다리를 꼰다. 나는 내가 뭘 해야 하는지, 그녀가 내게 원하는 역할이 뭔지 안다. 그래서 그녀 옆 의자에 앉는다.

"실직했다는 얘기는 안 해줬잖아요."

모르는 사람이 보면 그녀가 진짜로 염려하는 줄 알 것이다. 이렇게 이마를 찡그리며 자상한 목소리로 말하고 있으니.

"네, 내가 경업금지조항을 위반했다고, 누가 고발했다네요."

나는 그녀를 비난하듯 말한다.

"흠……."

실즈 박사가 집게손가락으로 입술을 톡톡 친다. 최근에 다친 것처럼 아랫입술이 살짝 부어 있다.

"마약 중독자라는 그 남자친구가 당신을 의심했다고 하지 않았어요? 그 남자가 고발한 건 아닐까요?"

그녀가 살짝 능글맞게 웃는다. 이 세상에 자기가 모르는 건 없다는 듯이.

하지만 나는 그녀의 짓이라는 걸 알고 있다. 레이나와 티파니의 이름은 알려주지 않았을지 몰라도 내가 꼬드긴 고객인 척하고 익명으로 전화를 걸었겠지. 그녀가 걱정해주는 척 가식적인 목소리로 "아, 좋은 사람 같던데 큰 문제 안 생기면 좋겠네요"라고 말하는 모습이 눈에 보이는 것만 같다.

그런데 내가 티파니의 손에 화장품을 쥐어주고 달아나기 전에 리키가 집요하게 던져대던 질문들이 기억난다. 분명 그 화장품에 뷰티버즈 로고가 찍혀 있다. 내 립글로스와 립밤들 전부 다 그렇다. 회사 전화번호는 쉽게 알아낼 수 있을 것이다.

"제시카, 실직했다니 정말 안됐어요." 실즈 박사가 말한다. "하지만 내가 손쓴 건 절대 아니에요."

나는 관자놀이를 문지른다. 몇 분 전만 해도 모든 것이 아주 명확했다. 지금은 뭘 믿어야 할지 모르겠다.

"이런 말 좀 그렇지만, 상태가 별로 안 좋아 보여요." 실즈 박사가 이렇게 말하며 접시를 내 쪽으로 슬쩍 밀어준다. "뭘 좀 먹기는 한 거예요?"

그러고 보니 제대로 먹은 게 없다. 금요일 밤에 피치트리 그릴에서 노아를 만났을 때, 그가 닭튀김과 비스킷으로 내 식욕을 돋우려 애썼지만 나는 겨우 몇 입만 먹었다. 그 후로는 커피와 에너지바 한두 개 먹은 게 전부다.

"그럼 노아는요?"

나는 거의 혼잣말처럼 중얼거린다. 그의 이름을 말하는 내 목소리가 갈라진다.

오늘 아침에 그는, 내 부탁을 이상하게 여겼을지 몰라도 어쨌든 반갑게 전화를 받아주었다. 그가 손을 장벽처럼 들어 올리며 나를 가까이 오지 못하게 막던 모습을 잊을 수가 없다.

"누구요?"

"내가 만나고 있는 남자요. 그 사람은 어떻게 찾았어요?"

실즈 박사가 치즈를 한 조각 잘라서 얇고 동그란 크래커에 올린 후 내게 건넨다. 나는 크래커를 내려다보고는 고개를 젓는다.

"만나는 사람이 있다는 얘기 없었잖아요." 실즈 박사가 말한다. "그런 사람이 있는 줄도 몰랐는데 내가 무슨 수로 만나겠어요?"

그녀는 마치 자신의 말에 구두점을 찍듯이 잠시 정적이 감돌게 내
버려둔다.

"이 말은 해야겠네요, 제시카. 아까부터 나를 자꾸 비난하는데 슬
슬 기분이 나빠져요. 당신은 할 일을 했고, 나는 그 대가를 지불했어
요. 토머스가 충실한 남편이라고 당신이 확인을 해줬죠. 그런데 왜 내
가 당신 인생에 간섭하겠어요?"

정말 그럴까? 두 손에 머리를 묻고 지난 며칠을 돌이켜보지만, 모든
것이 뒤죽박죽이다. 어쩌면 나를 속이고 있었던 사람은 토머스일지도
모른다. 내 직감이 틀렸을지도 모른다. 전에도 어긋난 적 있으니까. 믿
지 말았어야 할 진 프렌치를 믿었다. 이번에는 정반대의 실수를 저질
렀을지도 모른다.

"잠은 좀 잤어요? 딱해라."

나는 고개를 든다. 눈이 따끔거리고 무거운 느낌이 든다. 내가 제대
로 먹지 못했다는 것도, 잠을 제대로 자지 못했다는 것도 그녀는 알
아챈다. 굳이 묻지 않아도 훤히 보이니까.

"잠깐 기다려요."

실즈 박사가 의자에서 미끄러지듯 나가더니 사라진다. 그녀의 발걸
음이 너무 가벼워서 그녀가 집 안 어디에 있는지 알 수가 없다.

나는 완전히 녹초가 되었다. 이렇게 피곤한데도 오늘 밤 잠을 푹 자
기는 글렀다. 머릿속은 안개가 낀 것처럼 흐리멍덩한데 몸은 신경이
곤두서 있다.

실즈 박사가 뭔가를 손에 들고 돌아오는데, 그게 뭔지는 모르겠다.
그녀가 다시 주방으로 걸어 들어와 어떤 서랍을 연다. 덜거덕 하는
소리가 작게 들리더니 실즈 박사가 병에 든 타원형의 작은 흰색 알약
하나를 지퍼락 봉투로 옮겨 담고 있다.

그녀가 봉투 끝을 닫은 후 내 쪽으로 걸어온다.

"당신이 이 지경이 된 건 분명 내 잘못이에요." 그녀가 상냥하게 말한다. "우리가 나누는 대화도 힘든데 그런 실험들까지. 내가 당신을 너무 심하게 몰아붙였어요. 내 사생활에 당신을 끌어들이지 말걸 그랬어요. 프로답게 굴지 못했네요."

그녀의 말이 그녀의 캐시미어 숄처럼 내 몸을 휘감는다. 보드랍고 위안이 되고 따뜻하다.

"당신은 아주 강한 사람이에요, 제시카. 하지만 스트레스에 너무 시달리고 있었죠. 아버지의 정리 해고, 연극 연출가와의 불쾌한 일 이후로 계속되는 외상 후 스트레스 장애, 돈 걱정……. 물론 여동생한테 느끼는 죄책감도 있고요. 지칠 만도 해요."

그녀가 봉투를 내 손에 쥐어준다.

"연말에는 아주 외로워질 수 있어요. 이 약을 먹으면 오늘 밤엔 푹 잘 수 있을 거예요. 처방전이 있어야 하지만, 마지막 선물로 생각해요."

나는 약을 내려다보며 아무 생각 없이 "고맙습니다" 하고 말한다. 마치 그녀가 대본을 쓰고, 난 그 대사들을 그대로 읊고 있는 것 같다.

실즈 박사가 거의 가득 차 있는 내 와인 잔을 집어 남은 술을 싱크대에 쏟는다. 그런 다음 치즈와 포도를 쓰레기통 속으로 쓸어버린다. 거의 손도 대지 않았는데.

텅 빈 유리잔. 치즈 껍데기.

그녀를 가만히 지켜보고 있다가 정신이 번쩍 든다.

그녀는 나를 보고 있지 않다. 주방을 치우느라 정신이 없다. 아마도 내 표정을 본다면 일이 단단히 틀어졌다는 걸 알아차렸을 것이다.

그녀가 에이프릴의 파일에 썼던 메모 내용이 내 머릿속을 둥둥 떠

다닌다.

'당신의 흔적은 전부 사라졌어요. 와인 잔은 씻어서……. 브리 치즈와 포도는 쓰레기통으로……. 당신이 아예 여기 있지도 않았던 것처럼. 더는 존재하지 않는 것처럼.'

나는 작은 알약이 들어 있는 투명한 지퍼락 봉투를 내려다본다. 얼음같이 차디찬 공포가 온몸에 확 퍼진다.

'당신, 에이프릴한테 뭔 짓을 한 거야?'

여기서 나가야 해, 지금 당장. 내가 눈치챈 걸 그녀에게 들키기 전에.

"제시카?"

실즈 박사가 나를 똑바로 쳐다보고 있다. 내 얼굴에 어린 감정을 절망으로 오해하기를.

그녀는 나를 달래려는 듯 낮은 목소리로 말한다.

"약간의 도움을 줄 땐 부끄러워 말고 받아들일 줄도 알아야 해요. 누구나 가끔은 탈출구가 필요하잖아요."

나는 고개를 끄덕인다. 그러고는 떨리는 목소리로 말한다.

"저기, 나는 이제 좀 쉬어야겠어요."

나는 알약을 핸드백에 집어넣는다. 그런 다음 의자에서 몸을 일으켜 코트를 집고, 두려움을 숨기려 억지로 천천히 움직인다. 실즈 박사는 나를 배웅해줄 마음이 없는지 주방에 남아 깨끗한 화강암 조리대를 스펀지로 닦는다. 나는 몸을 돌려 현관 쪽으로 걸어간다.

걸음을 뗄 때마다 어깨뼈 사이가 따끔따끔 쑤신다. 마침내 현관에 이르자 문을 당겨서 열고 밖으로 나가면서 살살 닫는다.


집에 도착하자마자 비닐봉투를 꺼내 작은 타원형 알약을 더 자세히 들여다본다. 약에 찍힌 번호가 잘 보여서 약 식별 웹사이트로 확인해본다. 바이코딘. 보스 부인이 말했던, 에이프릴이 공원에서 과다 복용했다는 그 처방약이다.

누가 왜 그 약을 에이프릴에게 줬는지 이제 확실히 알았다.

실즈 박사는 토머스가 에이프릴과 잤다는 사실을 틀림없이 알고 있다. 그렇지 않으면 에이프릴 손에 그 약을 쥐어주었을 리 없다. 내가 알아내야 할 건 실즈 박사가 어떻게 에이프릴을 꼬드겨 그 약을 삼키게 했느냐는 것이다.

웨스트 빌리지 식물원에 다시 가서 얼어붙은 분수대 근처의 그 벤치를 찾아야겠다. 에이프릴이 죽을 장소로 택한 곳에 어떤 의미가 있을 테니까.

실즈 박사는 로렌과의 외도는 토머스가 지어낸 것이라는 사실도 알고 있을까? 나도 알아냈는데, 매 같은 눈으로 사소한 것도 놓치지 않는 실즈 박사라면 당연히 그랬을 것이다.

내 마음대로 토머스를 만나고 그녀에게 수많은 거짓말을 했다는 사실을 그녀는 언제쯤 알게 될까?

그리고 내가 그녀의 남편과 잤다는 사실을 알면 내게 무슨 짓을 할까?

# 63

당신에게 절실하게 필요한 깊고 편안한 수면을 취하고 있나요, 제시카?

그 무엇도 방해하지 않을 거예요. 당신은 철저히 혼자입니다.

신경 쓸 직장도 없고, 리지는 멀리 있고. 아마 크리스마스이브를 노아와 함께 보낼 작정이었겠지만 그는 가족이 있는 웨스트체스터로 가 버렸죠.

가족과도 연락이 안 될 거예요. 오늘 아침 호텔 컨시지어가 그들에게 전화해 당일치기 요트 여행을 깜짝 선물로 제안했거든요. 바다에서는 휴대전화 수신이 어렵죠.

당신의 새로운 친구 토머스도 바쁠 거예요.

하지만 가족과 함께 크리스마스 기분을 한껏 내고 있는 사람들도 외롭긴 마찬가지랍니다.

그 장면을 보죠. 뉴욕 시에서 90분 떨어진 코네티컷 주 리치필드에 있는 실즈 가족 사유지의 크리스마스이브.

호화로운 거실의 벽난로에서 불길이 활활 타오릅니다. 예수의 탄생을 묘사한 섬세한 리모주 도자기˙ 조각상들이 벽난로 선반에 놓여 있어요. 올해 어머니의 인테리어 디자이너는 흰색 조명과 완벽한 솔방울로 크리스마스트리를 장식했어요. 무척 아름다워 보이지 않나요?

아버지는 돔페리뇽을 한 병 따셨어요. 캐비아를 얹은 크로스티니˙와 훈제 연어가 테이블을 쭉 돌아갑니다.

트리 밑에는 크리스마스 양말들이 놓여 있어요. 여기 있는 사람은 넷이지만 양말은 다섯 개랍니다. 해마다 그래 왔듯이, 나머지 한 개에는 대니엘을 위한 선물이 채워져 있어요. 대니엘의 이름으로 의미 있는 자선단체에 기부하는데, 수표가 든 봉투를 양말 안에 넣어두는 게 우리 집 관례가 되었죠. 보통은 음주운전에 반대하는 어머니 모임이 수표를 받아요. 예전에는 안전운전협회와 파괴적 결정에 반대하는 학생모임도 선택되었었죠.

다음 주가 대니엘의 20주기이니만큼 이번에는 액수가 참 커요.

동생이 살아 있다면 서른여섯이겠네요.

대니엘은 이 거실에서 1킬로미터도 채 떨어지지 않은 곳에서 죽었어요.

어머니가 두 잔째 채운 샴페인이 줄어들수록 어머니가 아끼던 작은딸에 대한 이야기도 점점 더 과장되기 시작합니다. 이것도 우리 가족의 또 다른 크리스마스 관례죠. 대니엘이 컨트리클럽의 1일 캠프에서 지도원으로 일했던 어느 여름에 대한 장황한 이야기가 마무리되

---

• 프랑스의 중남부 도시 리모주에서 제작되는 도자기.
• 작은 크기의 빵을 바삭하게 구워서 갖가지 토핑을 올려 만든 이탈리아 전채요리.

는 중이에요.

"대니엘은 애들을 정말 잘 다뤘지." 어머니가 무의미한 사실을 곱씹습니다. "정말 좋은 엄마가 됐을 텐데."

대니엘이 아버지의 고집으로 어쩔 수 없이 그 일을 하기로 했고, 아버지가 컨트리클럽 이사와 골프를 치는 사이라서 채용되었단 사실은 어머니의 머릿속에서 싹 지워졌죠.

평소에 나는 어머니의 비위를 잘 맞춰준답니다. 하지만 오늘은 가만히 듣고 있을 수가 없네요.

"어, 나는 대니엘이 그 아이들을 정말 좋아했는지 잘 모르겠는데요. 병가를 너무 자주 내서 해고당할 뻔하지 않았어요?"

나는 다정하게 말한다고 했지만, 어머니의 얼굴은 딱딱하게 굳어지네요.

"대니엘은 그 아이들을 좋아했어."

어머니가 되받아쳐요. 뺨까지 붉히면서 말이죠.

"샴페인 더 드릴까요, 장모님?"

토머스가 묻습니다. 갑자기 방 안에 감도는 긴장감을 풀려는 시도죠. 나는 입을 다물고 어머니를 이 대화의 승자로 만들어주지만, 어머니가 틀렸어요.

어머니가 끝내 모르는 척하려는 사실은 대니엘이 뼛속까지 이기적인 아이였다는 거예요.

대니엘은 내 것들을 훔쳤어요. 내가 아끼던 캐시미어 스웨터. 대니엘이 한 사이즈 커서 늘어나버렸죠. 고등학교 3학년 영어 수업에서 A 플러스를 받은 과제. 집 컴퓨터에 저장해놨는데, 다음 해 가을 자기 이름으로 다시 제출해버리더군요.

그리고 언니에게 진정한 사랑을 맹세했던 남자친구.

대니엘은 처음 두 가지 죄, 아니 그 전에 저지른 수많은 죄에 대해서도 아무런 대가를 치르지 않았어요. 아버지는 일하느라 정신없었고, 어머니는 예상대로 너그럽게 넘어가줬죠.

만약 동생이 자신의 악행들에 책임을 졌다면 아직까지 살아 있을 겁니다.

토머스가 거실을 가로질러 가 어머니의 잔을 다시 채워줍니다.

"어떻게 해가 갈수록 더 젊어지세요, 장모님?"

토머스가 어머니의 팔을 토닥이며 이렇게 말합니다. 평소에는 분위기를 풀려는 토머스의 노력이 사랑스럽게 느껴지죠. 오늘은 또 다른 배신으로 다가오네요.

"나는 물 좀 마셔야겠어요."

실은 이 자리에서 벗어날 핑계가 필요했어요. 주방은 피난처처럼 느껴지거든요.

지난 20년 동안 이 주방은 많이도 변했어요. 새 냉장고에는 얼음이 나오는 정수기가 붙어 있어요. 단단한 나무 바닥은 이탈리아제 타일 바닥으로 바뀌었죠. 유리문 달린 찬장 안에는 파란색 테두리가 둘러진 흰색 정찬용 접시들이 들어 있어요.

하지만 옆문은 예전 그대로죠. 밖에서 문을 열려면 열쇠를 넣고 돌려야 해요. 주방 안에서는 조그만 타원형 손잡이를 돌리기만 하면 방향에 따라 자물쇠를 풀거나 잠글 수 있어요.

당신은 이 이야기를 들어본 적이 없죠, 제시카. 아무도 모르는 일이니까요. 토머스조차.

하지만 당신은 내가 당신을 특별하게 여겼다는 걸, 우리가 단단하게 연결되어 있다는 걸 알았을 거예요. 그런 만큼 당신의 행동은 내게 크나큰 상처가 됐죠.

당신이 처신을 제대로 하기만 했다면 우리의 관계는 지금과 아주 달랐을 거예요. 나이, 사회경제적 지위, 교육 수준. 이런 표면적 부분은 다 다를지 몰라도 우리 인생에서 가장 중요한 결정적 순간들은 소름 끼치도록 닮았거든요. 마치 우리가 함께할 운명인 것처럼. 마치 우리의 이야기가 거울처럼 서로를 비춰주는 것처럼.

당신은 8월의 그 비극적인 낮에 여동생 베키를 방 안에 가뒀죠.

나는 12월의 그 비극적인 밤에 여동생 대니엘을 집 밖에 가뒀답니다.

대니엘은 툭하면 남자를 만나러 몰래 빠져나갔어요. 주방 문을 잠그지 않고 나갔다가 들키지 않고 다시 들어오는 수법을 즐겨 썼죠.

그 애가 무슨 속임수를 쓰건 내 알 바 아니었어요. 내 남자친구를 쫓아다니기 전까지는.

대니엘은 내가 가진 것들을 탐냈고, 라이언도 예외는 아니었어요.

남자들은 항상 대니엘에게 넘어갔죠. 예쁘고, 생기 넘치고, 성적 경계선이라는 게 거의 없는 애였으니까.

하지만 라이언은 달랐어요. 자상하고, 대화와 조용한 밤을 좋아했죠. 여러모로 그는 내게 첫 경험을 안겨줬어요.

내 마음을 두 번이나 산산이 부서냈죠. 처음엔 나를 떠났을 때. 그다음엔 일주일 후 내 여동생과 사귀기 시작했을 때.

단순하기 그지없는 결정이 나비효과를 일으킬 수 있다는 건 정말 놀라운 일이에요. 별로 대수롭지 않아 보이는 행동이 쓰나미를 불러오기도 하죠. 바로 지금 주방에서 채워지고 있는 이 평범한 물 한 잔이 20년 전 12월 밤에 일어난 모든 사건의 시작이었답니다.

대니엘은 부모님 몰래 밖에서 라이언과 데이트 중이었죠. 늦은 귀가를 감추기 위해 주방 자물쇠를 풀어놓고 나갔어요.

대니엘은 자기가 저지른 행동에 대한 대가를 치른 적이 한 번도 없었어요. 한참 전에 그랬어야 했는데 말이에요.

자물쇠가 어쩌다 한 번 살짝 돌아가기만 하면 대니엘은 초인종을 울려 부모님을 깨워야 할 테죠. 아버지는 노발대발하실 거예요. 성미가 급하신 분이니까.

그날 밤엔 잠이 오지 않았어요. 매우 달콤한 기대감에 들떴거든요.

새벽 1시 15분. 위층 창문에서 내려다보니, 구불구불 기다랗게 이어진 우리 집 차도 중간 즈음에서 라이언의 지프가 전조등을 끄더군요. 대니엘이 잔디밭을 가로질러 주방 문으로 살금살금 오는 모습이 보였어요.

온몸에 전율이 일었죠. 문손잡이가 안 돌아가면 쟨 어떤 기분이 들까? 보나마나 곧 초인종이 울리겠지.

그런데 1분 후에 대니엘이 허둥지둥 라이언의 차로 돌아가더군요. 그리고 지프는 대니엘을 조수석에 태운 채 후진하며 차도를 빠져나갔어요.

대니엘이 이번 일을 어떻게 빠져나갈까? 아마 아침에 나타나 몽유병에 걸렸다는 등 터무니없는 핑계를 대겠지. 이번엔 어머니라도 대니엘의 거짓말을 그냥 넘기시진 못할 거야.

당신들의 작은딸이 이불 밑에 베개들을 잔뜩 집어넣어 교란 작전을 썼다는 사실도 모른 채 부모님은 계속 주무셨답니다.

그런데 몇 시간 후 경찰관이 집으로 찾아왔어요.

라이언이 술을 마셨대요. 나와 함께였을 때는 그러지 않았는데. 그의 지프가 우리 동네의 길고 구불구불한 도로 밑에 있는 나무를 들이받은 거예요. 그 사고로 두 사람 모두 죽었어요. 대니엘은 그 자리에서, 라이언은 병원에서 엄청난 내부 손상으로.

대니엘의 수많은 잘못된 선택이 그 사고를 일으킨 거예요. 내 남자 친구를 훔치고. 법적 음주 허용 연령이 되기까지 5년이나 남았는데 보드카를 마시고. 집에서 몰래 빠져나가고. 초인종을 울려 부모님한테 자기 잘못을 말하지도 않고.

주방 문을 잠그면서 그런 결과를 기대한 건 아니었어요. 그건 대니엘을 죽음으로 이끈 일련의 요인들 중 하나에 불과했습니다. 대니엘이 하나라도 다른 선택을 했다면, 어머니가 그토록 원하시는 손주들과 함께 지금 거실에 있을지도 모르죠.

당신의 부모님과 마찬가지로, 제시카, 우리 부모님도 사건의 내막을 전부 다 아시진 못한답니다. 우리가 이 두 건의 비극으로 단단히 묶여 있다는 걸 안다 해도 당신은 내게 토머스에 대해 거짓말을 했을까요?

당신과 남편의 관계에 대해서는 여전히 의문이 남아 있어요. 하지만 내일 그 답을 알 수 있을 겁니다.

당신 부모님께는 당신이 나와 함께 크리스마스를 보낼 테니 연락이 없어도 걱정 말고 즐기시라고 말씀드렸죠.

어차피 우리도 아주 바쁜 하루를 보내게 될 테니까요.

# 64

**12월 24일 월요일**

일주일 전쯤 여기서 토머스와 만났을 때는 벤치에 붙어 있는 좁고 가느다란 명판을 알아채지 못했다. 그땐 너무 어두웠다.

하지만 지금은 오후 중반의 햇빛에 반사되어 반짝이는 추모 명판이 보인다. 그녀의 이름과 태어나고 죽은 날짜가 우아한 서체로 새겨져 있고, 그 뒤로 한 줄의 글귀가 이어져 있다. 내 머릿속에서 실즈 박사의 낭랑한 목소리가 비문을 읽는다.

'캐서린 에이프릴 보스, 너무 빨리 내려놓다.'

실즈 박사가 이 명판을 여기 설치한 것이다. 빤하다. 그녀의 특징이 고스란히 담겨 있다. 절제되고 우아하며 위협적이다.

웨스트 빌리지 식물원 속의 깊고 깊은 이 고요한 곳은 동심원들로 이루어져 있다. 얼어붙은 분수대가 그 중심점이다. 그 주변으로 나무 벤치 여섯 개가 원을 그리고 있다. 그리고 산책로가 그 벤치들을 빙

에워싸고 있다. 나는 에이프릴이 죽은 벤치를 가만히 바라보며 서서 내 몸도 두 팔로 에워싸고 있다.

어젯밤에 실즈 박사의 타운하우스에서 나온 후 나와 에이프릴의 파일을 세세히 읽고 또 읽어보았다. 실즈 박사가 나에 대해 쓴 말이 기억난다.

'이 시험을 통해 자유로워질 수 있습니다. 저항하지 말고 그냥 내려놔요.'

명판에 적힌 메시지와 달라 보이지 않는 글씨로.

낮에는 이 얼어붙은 정원도 그리 으스스하지 않은데 몸서리가 쳐진다. 산책 나온 사람들이 여럿 지나갔고, 그리 멀지 않은 곳에서 아이들의 웃음소리가 상쾌한 바람을 타고 실려 온다. 저 멀리서 진녹색 털모자를 쓴 한 할머니가 작은 쇼핑 카트를 밀고 있다. 내가 있는 쪽으로 천천히 움직이면서.

그래도 불안하고 완전히 나 혼자인 것처럼 느껴진다.

실즈 박사의 메모에 답이 있을 거라 확신했다. 하지만 퍼즐의 빠진 한 조각, 에이프릴의 파일에서 분명 본 것 같은데 정확히 짚어낼 수 없는 그 조각이 여전히 오리무중이다.

할머니가 이제 더 가까이 있다. 느리고 묵직한 발걸음으로 어느덧 벤치 근처까지 왔다.

나는 눈을 문지르며 벤치의 유혹에 굴복하고 만다. 하지만 에이프릴의 벤치는 택하지 않는다. 그 옆 벤치에 앉는다.

이렇게 피곤했을 때가 있나 싶다. 어젯밤엔 두세 시간밖에 못 잤다. 뒤숭숭한 상태로 잠들었다가 악몽에 시달렸다. 내게 달려드는 리키. 플로리다의 수영장에서 익사하는 베키. 멀어져 가는 노아.

하지만 실즈 박사가 준 약을 먹을 생각은 전혀 없다. 그녀가 주는 선물은 이제 사절이다.

나는 머리가 지끈거려 관자놀이를 문지른다.

녹색 털모자를 쓴 할머니가 내 옆 벤치에 앉는다. 에이프릴의 벤치. 그녀가 카트 속을 뒤져 밝은색 물방울무늬 포장지에 싸인 빵 하나를 꺼낸다. 그러곤 빵을 잘게 찢어 땅바닥에 던진다. 그러자마자 기다리고 있었다는 듯 새들 십수 마리가 날아 내려온다.

나는 빵을 쪼아 먹으며 돌아다니는 새들에게서 눈을 뗀다.

실즈 박사의 메모 안에 단서가 없다면, 에이프릴의 종적을 되짚어보면 되지 않을까. 이 식물원에 오기 직전 에이프릴은 실즈 박사의 주방에서 의자에 앉아 그녀와 대화를 나누었다. 어젯밤에 내가 그랬던 것처럼.

우리의 행적이 교차했던 다른 곳들을 머릿속에 그려본다. 에이프릴과 나는 뉴욕대 강의실에서 컴퓨터 자판을 두드리며 실즈 박사에게 우리의 가장 깊은 속내를 내보였다. 어쩌면 같은 책상에 앉았을지도 모른다. 그런 다음 실즈 박사의 사무실로 초대받아 러브시트에 앉아 우리의 비밀을 폭로했다.

그리고 에이프릴과 나는 술집에서 토머스를 만나 그의 뜨거운 시선을 느끼고 그를 우리의 집으로 데려갔다.

할머니는 계속 새들에게 빵을 던져주고 있다.

"산비둘기들은 한 번 짝을 맺으면 평생을 함께한다우."

주위에 다른 사람은 없으니 내게 하는 말이 틀림없다. 나는 고개를 끄덕인다.

"먹이 줘볼라우?"

할머니가 내게 와서 신선한 빵조각을 내밀며 묻는다. 나는 "네" 하고 멍하니 답하며 빵을 받아 더 잘게 찢어 땅에 흩뿌린다.

에이프릴과 나 모두 있었던 또 다른 장소들. 그녀의 부모님 집에 있는 그녀의 침실, 이불 위에 여전히 낡은 테디베어가 놓여 있던 그 방. 그리고 그녀가 인스타그램에 올린 암스테르담 애비뉴 근처에 있는 인섬니아 쿠키스의 정면 사진. 나도 전에 거기 가서 스니커두들•이나 더블 초콜릿 민트 쿠키를 먹은 적이 있다.

우리 둘 다 이 정원에 온 것도 확실하다.

토머스가 자기 아내에 대해 경고해주겠다고 나를 이곳에 데려오지 않았다면 나는 에이프릴의 존재도 몰랐을 것이다.

토머스. 나도 모르게 얼굴이 찌푸려진다. 토머스의 책상에서 그와 마주 앉아 그가 지어낸 부티크 여자와의 가짜 외도에 대해 듣고 있다가 내 직업, 노아와의 관계까지 너무 많은 게 망가져버렸다.

토머스의 사무실은 우리 둘 중 나만 가본 곳이다. 토머스는 에이프릴의 집에 갔던 그날 밤에만 그녀를 만났다고 했다. 하지만 만약 그녀가 정말 그에게 집착했다면 그의 사무실이 어디에 있는지 찾아봤을 것이다.

나는 마지막 빵을 던진다. 뭔가가 자꾸 걸린다. 토머스의 사무실과 관련된 무언가가.

산비둘기 한 마리가 날개를 퍼덕이며 내 옆으로 날아가는 바람에 생각이 끊어져버린다. 그 작은 새는 에이프릴의 벤치에 앉은 할머니 옆으로 날아내려 은색 명판 위에 앉는다.

나는 명판을 뚫어져라 쳐다본다. 온몸에 아드레날린이 솟구치면서 피로감이 확 달아난다.

저 유려한 글씨로 쓰인 에이프릴의 이름. 그녀가 태어나고 죽은 날

---

짜. 비둘기. 이 모든 걸 전에도 본 적 있다.

나는 숨을 가쁘게 쉬며 몸을 앞으로 구부린다. 어디서였는지 알겠다. 보스 부인이 내게 줬던 장례식 책자.

내내 찾아 헤매던 것을 손에 거머쥔 듯한 기분이다. 맥박이 제멋대로 춤을 춘다.

항상 이상하게 느껴졌던 한 가지 사실을 되돌아보는 사이 내 몸은 안정을 찾는다. 토머스는 에이프릴과의 만남을 감추기 위해 엉뚱한 여자와의 외도를 지어냈다. 또 에이프릴의 파일을 어떻게든 손에 넣으려 혈안이 돼 있었다. 오죽했으면 나를 타운하우스에 몰래 들어가게 해주려고 실즈 박사의 주의를 딴 데로 돌려주기까지 했을까.

내 의식의 변두리에서 내내 얼쩡거리고 있던 단서는 파일 속에 있지 않았다.

나는 핸드백에 손을 넣어 보스 부인에게 받았던 장례식 책자를 꺼낸다. 에이프릴의 이름과 비둘기 그림이 담겨 있는 책자.

나는 책자를 부드럽게 펴며 천천히 넘긴다. 책자와 바로 옆 벤치의 풍경 사이에 한 가지 중요한 차이점이 있다. 내가 서식스 호텔에서 두 남자에게 말을 걸었을 때처럼. 그들의 미세한 차이점, 결혼반지가 있고 없고가 가장 중요한 사안이었다.

벤치에 붙은 비문은 장례식 책자에 실린 인용구와 다르다. 나는 책자의 인용구를 다시 읽어본다. 비틀스의 그 노래 가사는 이미 외우고 있지만.

'그리고 결국, 당신이 받는 사랑은 당신이 베푸는 사랑과 같아요.'

만약 토머스가 에이프릴을 만난 밤에 그 노래를 불렀다면, 그녀는 어머니에게 그 글귀를 들어본 적 있느냐고 물어볼 필요도 없었을 것이다. 노래 가사라는 걸 알았을 테니까. 하지만 나처럼 에이프릴도 그

가사를 토머스의 머그잔으로만 봤다면 호기심이 생겼을 것이다.

나는 눈을 감고 토머스의 사무실을 정확히 머릿속에 그려보려 애쓴다. 의자가 몇 개 있었다. 어디에 앉든 그의 책상은 잘 보이게 놓여 있었다.

에이프릴도 거기에 있었던 것이다. 인섬니아 쿠키스에서 멀지 않은 그곳에.

하지만 그를 스토킹하러 간 건 아니다.

생각할 수 있는 다른 이유는 하나뿐이다. 왜 토머스가 그들의 하룻밤을 그토록 숨기려고 안간힘을 쓰는가, 왜 아직도 들킬까 봐 그토록 겁먹고 있는가 하는 의문에 대한 답이 되기도 한다.

보스 부인은 에이프릴이 심리상담소를 들락날락했다고 말했다.

에이프릴이 토머스를 처음 만난 곳은 술집이 아니다. 심리치료를 받으러 가서 내담자로 토머스를 만난 것이다.

# 65

차를 타고 맨해튼으로 돌아오는 90분 동안 나는 토머스와의 대화를 피하기 위해 자는 척합니다.

아마 그도 다행이라고 여기겠죠. 웬일로 라디오를 켜지 않고 정적 속에서 앞만 바라보며 운전을 하네요. 그의 두 손이 운전대를 꽉 움켜잡고 있어요. 이런 꼿꼿한 자세는 그답지 않아요. 장거리 운전을 할 때는 보통 노래를 따라 부르고 허벅지를 톡톡 치며 박자를 맞추는데.

그가 타운하우스 앞에 차를 세우자 나는 잠에서 깨어나는 척합니다. 눈을 깜박이고 조용히 하품을 해요.

오늘 밤 토머스의 잠자리는 의논할 필요가 없어요. 암묵적 합의에 의해 그는 임대 아파트에서 계속 지낼 거니까.

형식적 키스와 함께 짧은 작별 인사를 주고받습니다.

그의 차가 점점 멀어질수록 윙윙거리는 엔진 소리도 희미해지네요.

그리고 타운하우스 안은 오로지 깊고 쓸쓸한 정적뿐입니다.

새로 단 자물쇠를 밖에서 열려면 열쇠가 있어야 해요. 하지만 집 안에서는 타원형 손잡이를 돌리기만 하면 잠금이 풀리죠.

1년 전의 크리스마스이브는 아주 달랐답니다. 리치필드에서 돌아온 후 토머스는 벽난로에 불을 피우더니 각자 선물을 풀어보자고 졸랐죠. 그가 소년처럼 눈을 반짝이며 포장된 선물을 내 손에 올려줬어요. 그의 포장은 정성은 많이 들어갔지만, 스카치테이프와 리본이 지나치게 많이 붙어 지저분했어요.

그는 항상 진심 어린 선물을 해줬어요. 이번 선물은 내가 좋아하는 이디스 워튼의 소설 초판이네요.

사흘 전 밤, 토머스가 데코 바에서 당신의 유혹을 거절했다는 보고를 들었을 땐 희망이 솟았죠. 이 달콤한 의식이 계속될 수 있을 것 같았어요. 그래서 토머스에게 줄 선물로 론 갈렐라°가 찍은 비틀스의 원본 사진을 사서 액자에 넣고 박엽지와 밝은색 종이로 겹겹이 쌌답니다. 지금은 거실에 흰 포인세티아와 나란히 놓여 있어요.

연말연시는 혼자 있기에 가장 비참한 시간이죠.

한 아내는 오늘 밤 포장이 풀리지 않을 납작한 사각형 선물을 가만히 바라봅니다.

한 어머니는 딸이 열어보지도 못할, 대니엘이라는 이름이 적힌 양말을 빤히 쳐다보고 있어요.

또 다른 어머니는 유일한 자녀가 6개월 전에 스스로 목숨을 끊은 탓에 처음으로 딸 없는 크리스마스를 보내고 있죠.

---

• '파파라치의 원조'로 불리는 뉴욕의 유명 사진가.

정적 속에서 회한은 더 짙어지게 마련이랍니다.

그래서 손가락 끝으로 컴퓨터 자판을 몇 번 두드려요. 그런 다음 보스 부인에게 문자 한 통을 보내요.

'크리스마스를 맞아 에이프릴을 추모하는 뜻으로 미국자살예방기금에 기부를 했습니다. 부인 생각이 나서요. 실즈 박사 드림.'

캐서린 에이프릴 보스의 이름이 붙은 파일을 보고 싶어 혈안이 된 보스 부인을 달래려고 이런 선물을 하는 게 아니에요. 기부는 그저 마음에서 우러나온 행동일 뿐이에요.

에이프릴의 생애 마지막 몇 시간 동안 어떤 일이 있었는지 알고 싶어 하는 사람은 그녀의 어머니뿐만이 아니랍니다. 한 조사관이 공식적으로 내 기록을 요구하면서 소환장이 날아올지도 모른다고 협박했지요. 토머스 역시 보스 가족이 사설탐정을 고용했다는 소식을 듣더니 에이프릴의 파일에 비상한 관심을 보이더군요.

하지만 우리의 마지막 만남에 관한 기록이 전혀 없다면 의심을 살테니, 아주 짧게 생략한 메모를 만들어냈죠. 거기에는 진실이 담겨 있어요. 만에 하나 에이프릴이 죽기 전에 친구에게 전화를 하거나 문자를 보냈을지도 모르니 당연히 그래야 했지만, 우리 사이에 있었던 일이 훨씬 더 부드럽고 덜 상세하게 적혀 있답니다.

'정말 실망스럽군요, 캐서린 에이프릴 보스. …… 나는 당신을 집 안으로 들어오게 했어요. 그랬더니 당신은 모든 걸 산산이 부숴버리는, 당신을 완전히 다른 시각으로 보게끔 하는 비밀을 폭로했죠. "실수한 게 있어요. 술집에서 만난 어떤 유부남이랑 잤어요. 딱 한 번." …… 다시는 우리 집에 들어올 수 없다고 말했죠. …… 대화가 계속됐죠. 마지막에 나는 작별 인사로 당신을 안아줬어요.'

대체 기록은 5번 피험자의 장례식이 끝나자마자 만들어졌어요.

그녀의 어머니가 기록을 탐내는 건 당연한 일이에요.

하지만 그날 저녁 일어난 일의 진짜 기록은 영영 아무도 볼 수 없답니다.

에이프릴처럼 그 기록도 이 세상에 더 이상 존재하지 않거든요.

불붙은 성냥개비 하나가 나의 노란색 메모지들을 집어삼켰죠. 불길이 파란 잉크로 쓰인 필기체를 핥으며 내 글을 먹어 치웠어요.

재로 변하기 전, 그 메모지들에는 이런 내용이 담겨 있었답니다.

5번 피험자. 6월 8일. 오후 7시 36분.

약속시간보다 6분 늦게 에이프릴이 문을 두드린다.

역시 그녀답다. 원래 시간을 잘 지키는 사람이 아니다.

나는 주방에서 샤블리와 적포도 한 송이 그리고 브리 치즈 한 조각을 차려준다.

에이프릴은 어느 작은 홍보회사에서 보게 될 면접에 대해 의논하고 싶다며 의자에 걸터앉는다. 이력서를 내게 보여주고, 우여곡절 많은 자신의 이력을 어떻게 해명해야 할지 조언을 해달라고 부탁한다.

몇 분 동안 격려의 대화가 오간 후, 나는 에이프릴이 몇 번이나 넋을 잃고 보던 내 가느다란 금팔찌를 그녀의 손목에 채워준다. "이거 끼고 자신감을 가져요"란 말과 함께.

저녁의 분위기가 급변한다. 에이프릴이 내 눈을 피하더니 자기 무릎을 내려다본다. 언뜻 보기에는 긍정적 감정에 만취된 것 같다. 하지만 그녀의 목소리가 흔들린다.

"여기에 취직하면 새 출발 할 수 있을 것 같아요."

"당신은 그럴 자격이 있어요."

나는 이렇게 말하며 그녀의 와인 잔을 다시 채워준다.

그녀는 팔뚝을 따라 팔찌를 올렸다 내렸다 한다.

"박사님은 저한테 너무 잘해주세요."

하지만 그녀의 말투에 담긴 건 고마움이 아니다. 좀 더 미묘한 뭔가가 스며들어 있다. 그게 뭔지 곧장 파악이 안 된다.

내게 생각할 틈도 주지 않고 그녀는 두 손에 얼굴을 묻으며 흐느끼기 시작한다.

"죄송해요." 그녀가 눈물을 흘리며 말한다. "제가 저번에 말씀드린 그 남자요……."

몇 주 전 바에서 만나 집으로 데려갔다가 집착하게 되었다는 나이 많은 남자를 말하고 있는 것이 틀림없다. 이미 여러 시간의 허물없는 상담을 통해 에이프릴의 불건전한 집착을 간신히 해결했는데 이런 퇴보를 보이다니, 실망스럽다.

하지만 성급한 모습을 보여서는 안 된다.

"그 문제는 다 극복한 줄 알았는데요."

"그랬어요."

에이프릴이 눈물로 얼룩진 얼굴을 여전히 숙인 채 말한다.

분명 해결되지 않은 어떤 작은 부분 때문에 그녀가 벗어나지 못하고 있는 것이다. 이제는 그걸 파헤쳐야 할 시간이다.

"원점으로 되돌아가서 그 남자를 완전히 털어내 버리죠. 당신은 바에 들어갔다가 거기 앉아 있는 그를 봤어요. 그렇죠?" 나는 그녀가 입을 열도록 유도한다. "그다음엔 어떻게 됐죠?"

에이프릴의 발이 프로펠러처럼 빙빙 돌기 시작한다.

"실은……. 박사님께 말씀 안 드린 게 있어요." 그녀가 더듬거리기 시작하더니 와인을 쭉 들이킨다. "실은 상담 받으러 갔다가 그 사람 사무실에서 처음 만났어요. 그러고 나서는 상담 받으러 안 갔어요. 그때 한 번으로 끝났어요."

정말 충격적이다. 에이프릴을 아주 잠깐 치료했다 해도 내담자와 같이 자는 심리치료사는 면허를 박탈당해야 한다. 분명 도덕성을 상실한 이 남자는 그에게 도움을 구하러 온 감정적으로 나약한 여자를 이용해먹었다.

에이프릴이 주먹 쥔 내 손을 보더니 얼른 말한다.

"제 잘못도 있어요. 제가 쫓아다녔거든요."

나는 에이프릴의 팔을 어루만지며 힘주어 말한다.

"아니, 당신 잘못이 아니에요."

자기 탓이라는 믿음에서 벗어나려면 더 도움을 받아야 할 것이다. 힘의 불균형이 있었고, 그녀는 성적으로 착취당했다. 하지만 지금 당장은 그녀를 무겁게 짓누르고 있는 이야기를 계속 풀어놓게 내버려둔다.

"그리고 바에서 우연히 만난 게 아니에요. 첫 상담을 받고 너무 좋아하게 되어버려서. 그래서…… 어느 날 밤에 그가 퇴근할 때 몰래 뒤쫓아갔어요."

심리치료사와의 만남에 대한 나머지 이야기는 그녀가 처음 말했던 내용과 일치한다. 그녀는 어느 호텔 바에서 2인용 테이블에 혼자 앉아 있는 그를 보고 접근했다. 결국 그들의 밤은 그녀 집 침대에서 마무리되었다. 다음 날 그녀는 그에게 전화하고 문자를 보냈지만, 24시간 동안 그는 답이 없었다. 마침내 답이 왔을 때 그는 더 이상 만날 생각이 없음을 분명히 밝혔다. 그녀는 몇 번 더 전화하고 문자를 보내면서 만나자고 졸랐다. 그는 정중했지만 전혀 흔들리지 않았다.

에이프릴은 한 단어 한 단어 아주 신중하게 고르는 것처럼 말을 뚝뚝 끊어가며 이야기를 다시 들려준다.

"그 남자는 혐오스런 인간이에요." 내가 말한다. "누가 시작했는지는 중요하지 않아요. 그는 당신을 이용하고 당신의 신뢰를 깨뜨렸어요. 범죄에 가까운 짓이에요."

에이프릴은 고개를 저으며 속삭인다.

"아니요, 나도 잘못했어요." 그녀는 목멘 소리로 겨우 말을 뱉는다. "화내지 마세요. 박사님한테 이 얘기는 한 번도 안 했는데. 너무 창피했거든요. 그런데요…… 사실은 그 사람 유부남이에요."

이 끔찍한 폭로에 나는 숨을 훅 들이마신다. 나를 속이다니. 우리가 직접 만나기도 전에 에이프릴이 제일 먼저 한 일은 솔직하게 임하겠다는 약속이었다. 5번 피험자가 될 때 그런 취지의 합의서에 서명했거늘.

"이 이야기는 훨씬 전에 해줬어야죠, 에이프릴."

나는 그녀의 집에 가서 같이 자고 그녀를 걷어찬 남자가 미혼이라는 가정하에 에이프릴에게 상담을 해주었다. 그 많은 시간을 허비한 것이다. 그들 관계의 시작과 그의 결혼 여부에 대해 그녀가 처음부터 솔직하게 밝혔다면, 나는 아주 다른 방식으로 접근했을 것이다.

몇 분 전만 해도 에이프릴이 피해자라고 믿었는데 이젠 아니다. 그녀에게도 책임이 있다.

"제가 박사님한테 거짓말한 건 아니잖아요. 그 부분만 뺀 거지."

그녀가 따지듯 말한다. 기가 막히게도 이제 그녀는 방어적 태도를 보이고 있다. 자신이 저지른 일을 책임질 생각도 않고.

에이프릴이 앉은 의자 밑에 과자 부스러기들이 흩뿌려져 있다. 크래커를 먹을 때 떨어지는 걸 분명 봤을 텐데. 하지만 그녀는 이 쓰레기도 다른 누군가가 대신 치워주길 바라며 그냥 내버려두었다.

나는 손가락을 에이프릴의 턱 밑에 대고 살짝 힘을 줘 그녀의 얼굴을 들어 올리고 그녀와 시선을 맞춘다.

"아주 중요한 부분을 빼먹었잖아요. 당신한테 정말 실망했어요."

"죄송해요, 죄송해요." 에이프릴이 불쑥 말하고는 또 울기 시작하며 소매로 코를 문지른다. "오래전부터 말씀드리고 싶었는데…… 박사님을 이렇게 좋아하게 될 줄은 몰랐어요."

마치 경보가 울리듯 온몸에 전율이 인다. 그녀의 말은 비논리적이다. 나에 대한 감정을 어떻게 예상했든 같이 잔 남자에 대해 얘기하는 데 영향을 미쳤을 리 없다. 둘 사이에 무슨 연관이 있는 거지?

몇 년 전 토머스가 내게 지어준 별명, '매'가 이 순간 중요한 의미를 띤다.

"당신은 내담자가 별 뜻 없이 던진 것처럼 보이는 말 한 마디를 딱 집어서 그들이 심리치료를 받으러 온 근원적 이유를 추적해낼 줄 알지. 내담자 자신들도 모르는 이유까지."

한번은 그가 감탄 어린 목소리로 이렇게 말했다.

"당신 눈은 엑스레이 같다니까. 사람들을 꿰뚫어 보잖아."

매는 풀밭에서 일어나는 아주 미세한 움직임도 포착해낸다. 그것을 신호 삼아 휙 날아내려가 먹잇감을 와락 덮친다.

에이프릴의 앞뒤가 안 맞는 말은 초원에서 아주 살짝 흔들리는 풀이다.

나는 그녀를 더 유심히 살핀다. 뭘 숨기고 있는 거지?

겁먹으면 에이프릴은 입을 다물어버릴 것이다. 괜찮다고 착각하도록 잘 구슬려야 한다.

나는 이제 상냥한 말투로 일부러 그녀의 말을 그대로 되풀이한다.

"나도 당신을 이렇게 좋아하게 될 줄은 몰랐어요." 그녀의 술잔을 다시 채워주며 그녀를 부추긴다. "내 말이 심했다면 미안해요. 갑작스럽게 그런 정보를 들어서 그래요. 이제 그 남자에 대해 더 얘기해봐요."

"정말 친절하고 잘생겼어요." 그녀가 말을 시작하며 어깨가 올라갈 정도로 숨을 크게 들이마신다. "머리는, 음, 붉은색이고……."

첫 번째 단서가 나타난다. 그녀는 남자의 외모에 대해 거짓말을 하고 있다.

영화나 드라마에서 되풀이되는 흔한 오해가 있는데, 거짓말하는 사람들이 보이는 특정 행동 방식이 있다는 것. 이야기를 지어내려고 할 때 고개를 들어 왼쪽으로 들어올린다. 말하면서 상대의 시선을 피하거나, 아니면 과도하게 시선을 맞춘다. 불안감으로 인한 잠재의식적 증상으로 손톱을 깨물거나 입을 가린다. 하지만 모든 사람에게 해당되는 내용은 아니다.

에이프릴의 경우에는 좀 더 미묘한 부분에서 증거를 찾을 수 있다. 먼저 호흡이 달라진다. 숨을 더 크게 들이마시고 있다는 신호로 어깨가 눈에 띄게 올라가고, 목소리는 살짝 얕아진다. 이는 심장박동 수와 혈류의 변화 때문이다. 그녀는 이런 생리적 변화로 인해 숨이 가빠지는 것이다. 전에도 이런 증상을 보인 적이 있다. 아버지가 툭하면 여행을 떠나고 곁에 잘 있어주지 않는데도 고통스럽지 않은 척했을 때 한 번, 고등학교 시절 인기 있는 여학생들에게 따돌림당한 경험이 이제 전혀 신경 쓰이지 않는다고 주장했을 때 또 한 번. 3학년 때 따돌림으로 인한 상처 때문에 약을 먹고 자살 시도까지 했으면서.

하지만 이 두 경우는 그녀 자신에게 한 거짓말이었다. 나에게 거짓말을 한다면 사정은 달라진다. 바로 지금처럼 나를 속이려 든다면 말이다.

말하기 힘든 진실을 그렇게 많이 털어놓고 왜 남자의 외모에 대해서는 거짓말을 하려는 걸까?

에이프릴은 그 남자를 계속 묘사하면서 평균 키에 호리호리한 몸매라고 말한다. 나는 격려의 뜻으로 가볍게 고개를 끄덕이고 그녀의 손목에 손을 댄다. 거짓말의 또 다른 신호인 맥박 수 증가를 확인하려는 목적도 있다.

"자고 아침에 가라고 했더니 안 된다고, 집에 있는 아내한테 가봐야 한다고 했어요."

에이프릴은 말을 이으며 코를 훌쩍이고 냅킨으로 눈물을 닦는다.

섬뜩한 의심이 고개를 들기 시작한다. 그 남자는 심리치료사다. 그리고 결혼했다. 에이프릴은 이 사실이 내내 괴로웠기 때문에 털어놓으려는 듯하다. 하지만 그 남자의 생김새를 속이며 그의 정체를 숨기려 애쓰고 있다.

그 남자는 누구지?

그때 에이프릴이 한 손을 가볍게 턴다. 별 의미 없이 툭 던지는 말이라는 듯.

"그 남자가 떠나기 전에 나를 안아주면서 자기한테 빠지면 안 된다고 했어요. 나는 더 나은 사람을 만나야 한다면서. 언젠가 내 진정한 빛이 되어줄 사람을 찾을 거라고."

단 5초 만에 인생이 바뀌기도 한다. 키스로 결혼 서약을 다짐하고. 복권을 긁었는데 당첨 번호가 나오고. 지프가 나무를 정면으로 들이받고.

아내는 남편이 정신적으로 불안한 젊은 여자와 바람을 피웠다는 사실을 발견하고.

'그대는 나의 진정한 빛.'

나와 토머스의 결혼반지에 새겨진 글귀. 둘이서 함께 선택했던 그 글귀.

5초 전만 해도 우리만의 것이었다. 넷째 손가락에 항상 그것이 닿아 있어 행복했다. 지금은 그 글자들이 내 살갗을 태우고 백금 반지를 녹일 것만 같다.

에이프릴과 토머스는 같이 잤다. 바로 그가 신비에 싸인 유부남 심리치료사다.

이런 충격적인 폭로라니. 무슨 소리라도 나야 하는 것 아닌가. 하지만 타운하우스는 쥐 죽은 듯 고요하다.

에이프릴이 와인을 또 한 모금 마신다. 죄책감을 덜고 내 남편과 잔 것을 은밀히 사과하기 위해 부분적 고백을 한 후 더 차분해진 것 같다.

그녀는 토머스와 잠만 잔 게 아니다. 그에게 집착했다.

그래서 내 연구에 들어온 걸까? 토머스의 아내에 대해 더 알아보려고?

충격이 너무 크면 감각이 없어지는 것처럼 느껴질 수 있다. 지금 바로 그런 일이 벌어지고 있다. 상황이 완전히 바뀌었다는 것도 모르는지 에이프릴은 계속 재잘거린다.

에이프릴은 나와 만난 순간부터 자기가 내 남편과 잤다는 사실을 알고 있었다.

이제는 우리 둘 다 알고 있다.

나는 에이프릴과 토머스에게 뼈아픈 배신을 당했다. 하지만 지금 당장은 둘 중 한 명만 처리할 수 있다.

아마 에이프릴은 오늘 밤 타운하우스에서 유유히 나가 계속 살아갈 수 있으리라 생각하고 있을 것이다. 내게 또 다른 쓰레기, 간단히 쓸어버릴 수 없는 쓰레기를 남긴 채.

내 남편의 입술이 그녀의 입술에 닿았다. 내 남편의 손이 그녀의 몸을 더듬었다.

안 돼.

"우리 산책할까요." 내가 에이프릴에게 말한다. "당신에게 보여주고 싶은 특별한 곳이 있어요." 잠깐 멈춘 후 다음 결정을 내린다. "와인 마저 다 마셔요. 나는 위층에 올라가서 챙겨 올 게 있어요."

15분 후, 우리는 웨스트 빌리지 식물원의 분수대에 도착해 벤치에 나란히 앉는다. 조용한 곳이라 대화를 나누기에 더할 나위 없이 좋다. 여기서 일어나는 일은 그것뿐이다. 진심 어린 대화.

내가 에이프릴에게 마지막으로 한 말은 이랬다.

"너무 어두워지기 전에 여기서 나가요."

그때 그녀는 아직 살아 있었다. 내 앞에서는 약을 한 알도 먹지 않았다. 내가 떠난 후 달빛 속 산책을 즐기러 나온 어느 부부에게 시신이 발견되기 전 두 시간 사이에 약을 먹은 것이 틀림없다.

# 66

나와 벤, 토머스까지 모두 실즈 박사를 두려워하고 있다. 분명 에이프릴도 그랬을 것이다.

하지만 실즈 박사를 당황시킬 수 있을 만한 사람이 딱 한 명 있다. 사설탐정 리 캐리. 보스 부인이 말했던 사람. 실즈 박사에게 에이프릴의 파일을 요청하는 등기 우편을 보냈던 그 사람.

나는 그에게 모든 걸 말하기로 마음먹었다. 어쩌면 실즈 박사는 그의 조사에 휘말리면 내 인생을 끝장내려는 시도를 멈출지도 모른다. 지금 내 상황은 좋지 않다. 빠져나갈 길을 찾지 못하면 훨씬 더 나빠질 수 있다.

나는 실즈 박사의 타운하우스에 몰래 들어갔을 때 찍어 온 캐리 씨의 등기 우편 사진에서 그의 연락처를 찾는다.

크리스마스니까 아침 9시까지 기다렸다가 전화를 건다. 네 번 신호

468

음이 울리더니 음성 메시지를 남기라는 응답으로 넘어간다. 기운이 쭉 빠진다. 받지 않을지도 모른다는 예상을 했어야 하는데.

"제시카 패리스라고 하는데요, 캐서린 에이프릴 보스에 관해 꼭 아셔야 할 것 같은 정보를 좀 갖고 있어서요."

나는 망설이다가 "급한 일이에요"라고 덧붙인 뒤 내 전화번호를 남긴다.

그런 다음 노트북을 열고 우리 가족에게 가기 위해 플로리다행 항공편을 검색하기 시작한다. 가족이 매우 보고 싶기도 하고, 내가 사설탐정에게 에이프릴이 토머스의 내담자이자 실즈 박사의 연구 대상이었다고, 실즈 박사가 내게 그랬던 것처럼 에이프릴의 손에도 바이코딘을 쥐어줬을 거라고 알려준 사실을 실즈 박사와 토머스가 눈치챘을 때쯤엔 이 도시에 있고 싶지 않다.

찾아보니 가장 빠른 네이플스행 비행기는 내일 아침 6시에나 출발한다. 천 달러가 넘지만 곧바로 예약한다.

델타 항공사로부터 예약 확인 이메일이 날아오니 왠지 마음이 놓인다. 리오를 캐리어에 넣어 데려가고, 만약 뉴욕으로 돌아오는 것이 위험해 보이면 앨런타운 집에 가서 지낼 수도 있으니 옷을 충분히 챙겨야겠다.

리조트로 찾아간다는 얘기는 부모님에게도 하지 않을 작정이다. 혹시라도 실즈 박사가 알아낼지 모르니까.

안전해진 기분이 들면 뉴욕으로 돌아와 전에 그랬던 것처럼 내 인생을 다시 만들어나갈 것이다. 실즈 박사로부터 받은 돈으로 얼마 동안은 버틸 수 있다. 그리고 다른 직장도 찾을 수 있을 것이다. 10대 때부터 계속 일해 왔으니까.

하지만 노아를 대신할 사람은 쉽게 찾을 수 없겠지.

내 문자와 전화는 받지 않을 테니 그에게 연락할 다른 방법을 찾아야 한다. 나는 잠시 생각하다가 메모장을 꺼낸다.

내가 가짜 이름을 가르쳐주면서 우리 관계는 거짓말로 시작되었다. 지금은 그에게 온전히 솔직하게 얘기해야 한다.

실즈 박사가 어떻게 그에게 연락을 취했는지, 무슨 말을 했는지 나는 모른다. 그래서 테일러의 아파트에 갔다가 의자에 놓여 있는 그녀의 전화기를 집었던 순간부터 수목원에서 에이프릴이 토머스의 내담자였다는 사실을 깨달은 순간까지 전부 다 말한다.

토머스와 잔 일도 쓴다.

'그때 우리는 겨우 두 번 만났고, 진지하게 사귀는 사이도 아니어서……. 하지만 후회해요. 토머스의 정체 때문만은 아니에요. 당신이 내게 정말 중요한 사람이 되었거든요.'

결국 편지는 여섯 장이 된다. 나는 편지를 봉투에 넣은 다음, 코트를 입고 리오의 목에 맨 줄을 움켜쥔다.

복도를 걸어가다 보니 정말 조용한 게 느껴진다. 이곳의 셋집들은 대다수가 원룸이거나 침실이 한 개짜리인 아파트다. 가족들이 들어와 살 만한 곳이 아니다. 대부분의 거주민들은 아마 연말연시를 맞아 친척들을 찾아갔을 것이다.

나는 정문을 나서다가 길을 잃은 듯한 느낌에 멈춰 선다.

뭔가가 이상하다. 거리가 완전한 정적 속에 잠겨 있다. 불협화음을 내던 소음들이 사라졌다. 마치 뉴욕 전체가 연극 막간의 휴식을 위해 멈춘 것 같다. 커튼이 올라가고 다음 막이 시작되기를 기다리며.

물론 도시에 나 혼자 남겨진 건 아니다. 하지만 그렇게 느껴진다.

노아의 아파트에 가서 경비에게 편지를 맡긴 후 집으로 걸어가고 있는데 휴대전화가 울린다.

누군지 알 수 없다. 연락처마다 다른 벨소리를 지정해놓지 않았다. 하지만 화면을 보지 않아도 알 것 같다. 거절.

화면에서 실즈 박사의 이름이 사라진다. 크리스마스에 나한테 뭘 원하는 거야?

10분 후, 집에 거의 다다랐을 때 또 전화기가 울린다.

이제 남은 하루 동안 내가 할 일은 문단속을 단단히 하고 여행 짐을 싸는 것이다. 내일 아침 일찍 우버를 불러 공항으로 직행해야지. 실즈 박사의 전화는 받지 않을 것이다.

또 거절 버튼을 누르려는데 이번에는 화면에 낯선 번호가 떠 있다. 사설탐정인가 보다.

"여보세요, 제시카 패리스입니다."

나는 열성 어린 목소리로 전화를 받는다. 감지하기 어려울 정도로 아주 잠깐 흐르는 침묵에 심장이 덜컥 내려앉는다.

"메리 크리스마스, 제시카."

본능적으로 주위를 둘러보지만 아무도 보이지 않는다.

집까지 한 블록 남았다. 리오를 안고 달리는 거야, 나는 생각한다. 할 수 있어.

"6시에 같이 저녁 먹어요." 실즈 박사가 말한다. "차 보내줄까요?"

"네?"

나는 아찔한 머리로 상황을 파악하려 애쓴다. 그녀는 분명 선불 전화기를 썼을 것이다. 어쩌면 레이나와 티파니에게 전화하라며 내게 줬던 그 전화기일지도. 그래서 내가 번호를 알아보지 못한 것이다.

"내가 당신 부모님한테 우리 둘이 크리스마스를 같이 보낼 거라고 말씀드렸잖아요."

"안 가요!" 나는 소리를 지른다. "오늘 저녁에도, 앞으로도 안 가요!"

전화를 끊으려는 순간 그녀가 낭랑한 목소리로 말한다.

"당신한테 줄 선물이 있어요, 제시카."

그녀의 말투에 온몸의 피가 얼어붙는다. 전에도 들어본 적 있다. 이럴 때의 그녀가 가장 위험하다.

"필요 없어요."

목이 조여온다. 아파트 건물에 거의 다 왔다. 그런데 방범용 문이 열려 있다.

나올 때 꼭 안 닫았나? 도시의 갑작스러운 정적에 심란해져 깜박 잊었을 수도 있다.

집 안에 있는 게 더 안전할까? 아니면 여기 거리에 있어야 하나?

"음, 아쉽네요."

실즈 박사가 말한다. 다친 생쥐를 가지고 노는 고양이처럼 그녀는 이 상황을 즐기고 있다.

"당신이 와서 내 선물을 받아주지 않으면 경찰에 넘겨야 할 것 같은데요."

"그게 무슨 소리예요?"

나는 속삭이듯 묻는다.

"디지털 기록이요. 당신이 내 집에 무단 침입하는 장면이 녹화된."

그녀의 말이 망치처럼 나를 때려댄다. 토머스가 나를 함정에 빠뜨린 게 분명하다. 내가 그곳에 몰래 들어간 사실을 아는 사람은 토머스뿐이다.

"내 다이아몬드 목걸이가 없어진 걸 방금 알았지 뭐예요." 실즈 박사가 대수롭지 않다는 듯이 말한다. "다행히도 최근에 설치한 보안

카메라가 생각나서 확인해봤어요. 당신한테 돈이 얼마나 절실한지는 나도 알아요, 제시카. 하지만 이런 방법을 쓸 줄은 정말 몰랐어요."

나는 아무것도 훔치지 않았지만, 만약 그녀가 녹화 기록을 경찰에 넘기면 체포될 것이다. 그녀의 남편인 토머스에게 열쇠를 받았다는 내 말을 믿어줄 사람은 아무도 없다. 실즈 박사는 내가 그 집에 갔을 때 그녀가 입력하는 보안 코드를 봤다며 완벽한 거짓말을 지어낼 수 있다.

나는 변호사를 구할 형편도 못 되고, 그래 봐야 무슨 소용 있을까? 앞으로도 계속 그녀에게 허를 찔릴 텐데.

내 생각이 틀렸다. 상황이 더 나빠질 수도 있다. 훨씬 더.

그녀를 달래줄 말을 해야 한다. 나는 눈을 감으며 쉰 목소리로 묻는다.

"제가 어떡하면 돼요?"

"그냥 6시에 저녁 먹으러 와요. 아무것도 가져올 필요 없어요. 그럼 이따 봐요."

나는 몸을 빙 돌려 텅 빈 거리를 가만히 바라본다. 호흡이 가빠지기 시작한다. 체포되면 나뿐 아니라 가족의 인생까지 망가진다.

갑자기 거센 바람이 불어 방범 문이 조금 더 휙 열린다. 나도 모르게 몸이 뒤로 움찔한다.

실즈 박사는 여기 없어, 나는 속으로 중얼거린다. 그녀는 내가 저녁 시간에 그녀의 집에 나타나리란 걸 알고 있다.

그래도 나는 리오를 부둥켜안고 입구를 휙 지나 계단을 뛰어 올라간다. 집에 있는 층에 도착하기 한참 전에 열쇠를 꺼낸다. 집에 도착할 때까지 계속 달린다.

안에 들어오자마자 집 전체를 살펴본 다음 리오를 내려놓는다. 그러고는 숨을 헐떡이며 침대에 푹 쓰러진다.

11시가 조금 지났다. 나 자신을 구할 방법을 일곱 시간 안에 생각해내야 한다. 그렇지만 불가능하리란 사실을 인정할 수밖에 없다.

나는 눈을 감고 부모님과 베키의 얼굴을 머릿속에 그리며 수년 동안 쌓여온 추억을 되새긴다. 내가 열이 있다는 보건교사의 연락을 받고, 비서 일을 하면서 입는 보기 좋은 파란 정장 차림 그대로 학교 양호실로 급하게 달려 들어오는 엄마. 뒷마당에 서서 축구공을 회전시키며 던지는 법을 내게 가르쳐주느라 팔을 굽히고 있는 아빠. 소파에 나와 마주 누워 내 발바닥을 간질이는 베키.

내가 이 세상에서 유일하게 사랑하는 사람들의 모습만 계속 떠올리다 보니 호흡이 마침내 진정된다. 이제 내가 뭘 해야 할지 알겠다.

일어나 휴대전화를 집는다. 오늘 아침 일찍 가족이 내게 전화에 크리스마스 잘 보내라는 메시지를 남겨놓았다. 나는 전화를 받을 수 없었다. 내 목소리에 밴 긴장감을 들킬 게 빤하니까.

하지만 이제 15년 동안 숨겨온 비밀을 밝힐 때가 왔다. 부모님이 당연히 알아야 할 사실을 말씀드릴 기회가 다시는 없을지도 모른다.

나는 떨리는 손가락으로 엄마에게 전화를 건다. 바로 엄마가 전화를 받는다.

"우리 딸! 메리 크리스마스!"

목이 메어 말이 잘 안 나온다. 이 일을 쉽게 할 수 있는 방법은 없다. 바로 뛰어드는 수밖에.

"아빠와도 통화할 수 있어요? 베키는 빼고요. 두 분하고만 얘기해야 돼요."

나는 손가락이 아프도록 전화기를 꽉 쥔다.

"잠깐만. 아빠도 바로 옆에 있어."

엄마의 목소리를 들으니 뭔가 아주 안 좋은 일이 있다는 걸 눈치챈 모양이다.

전에 이 대화를 상상할 때마다 첫 한마디를 넘어간 적이 없다.

'베키한테 어떤 일이 있었는지 사실대로 말씀드릴게요.'

이제 아빠의 굵직하고 걸걸한 목소리가 들린다.

"제시? 네 엄마랑 나 둘 다 연결돼 있다."

그런데 나는 한 마디도 입 밖에 내지 못한다. 목이 너무 갑갑하게 조인다. 마치 소리 하나 내지 못하는 악몽을 꾸는 듯. 곧 기절할 것처럼 너무 어지럽다.

"제스? 무슨 일이니?"

엄마의 걱정스러운 목소리에 결국 나는 입을 열기 시작한다.

"베키가 떨어졌을 때 저 집에 없었어요. 베키를 혼자 집에 내버려뒀어요." 목멘 소리로 간신히 말한다. "베키를 방에 가둬놨어요."

지독한 침묵이 흐른다. 내 몸이 부서지는 느낌이다. 그 오랜 세월 비밀이 접착제처럼 붙여놓고 있던 내 몸이 이제 산산조각 깨어지는 것 같다. 나처럼 부모님도 축 늘어진 베키의 몸이 구급차 들것에 실리던 모습을 떠올리고 있을까?

"죄송해요." 나는 몸이 아프도록 흐느끼며 말한다. "그러지 말았어야 했……."

"제시." 아빠가 단호하게 말한다. "아니. 내 잘못이다."

나는 깜짝 놀라 고개를 획 쳐든다. 아빠의 말이 이해가 안 된다. 내 말을 잘못 들으셨나 보다.

아빠의 말이 이어진다.

"그 창문의 방충망, 몇 달째 망가져 있었어. 그런데도 나는 바꿔야지, 바꿔야지 하고만 있었지. 내가 그것만 고쳐났어도 베키가 그 문

못 열었을 거다.”

나는 머리가 어질어질해 침대로 푹 쓰러진다. 온 세상이 뒤집힌 느낌이다. 아빠도 자책하고 있었던 거야?

“내가 잘 챙겼어야 했어요!” 나는 울부짖는다. “두 분이 저 믿고 베키를 맡기신 거잖아요!”

“하, 제스.” 엄마가 쉬어서 이상하게 들리는 목소리로 말한다. “여름 내내 베키를 너한테만 맡긴 게 잘못이지. 다른 방법을 찾았어야 했는데.”

나는 부모님이 화를 내거나 더 심한 반응을 보일 줄 알았다. 부모님도 나만큼이나 큰 고통과 죄책감에 시달리고 있는 줄은 꿈에도 몰랐다.

엄마가 계속 말한다.

“제스, 어느 한 가지 이유 때문에 베키가 다친 건 아니란다. 누구의 잘못도 아니야. 그냥 끔찍한 사고였어.”

엄마의 온화한 말이 파도처럼 거세게 밀려든다. 어릴 때처럼 두 분 사이로 비집고 들어가 두 분에게 꼭 안길 수만 있다면. 이렇게 부모님과 가까운 느낌이 드는 것도 참으로 오랜만이다.

하지만 내 안에 비밀이 자리 잡고 있던 그 공간에 공허함이 남아 있다. 이렇게 찾은 가족을 또다시 잃어버릴지도 모른다.

“더 빨리 말씀드릴걸 그랬어요.”

내 뺨이 축축하지만, 이제는 눈물이 더 천천히 흘러내린다.

“그러게나 말이다, 제시.”

아빠가 말한다.

그때 리오가 낮게 으르렁거린다. 문을 노려보면서.

나는 바짝 경계하며 얼른 다시 일어난다. 복도 끝에 사는 연인의 친숙한 목소리를 들은 후에도 내 자세는 계속 굳어 있다.

엄마는 우리 자신을 용서해야 한다며 계속 얘기하고 있다. 아빠가 고개를 끄덕이며 엄마의 등을 문지르는 모습이 그려진다. 부모님에게 할 말이 아직도 많이 남아 있다. 마음이야 굴뚝같지만, 1분이라도 더 전화기를 붙들고 있을 수 없다. 곧 실즈 박사를 만나야 하는데, 어떻게 나 자신을 지킬지 여전히 막막하다.

나는 부모님한테 사랑한다고 다시 한 번 말하고 통화를 마무리하기 시작한다.

"저 대신 베키 좀 꼭 안아주실래요? 나중에 다시 전화할게요."

나는 망설이다가 통화 종료 버튼을 누른다. 이 약속을 지킬 수 있게 되길 바라며.

전화를 끊고 나니 이불 밑에 몸을 동그랗게 말고 누워서 방금 일어난 모든 일을 되새기고 싶다. 내 인생의 많은 부분을 잘못된 생각 위에 지어 올리고 있었다. 나만의 억측 속에 갇힌 채 말이다.

하지만 지금은 이렇게 곱씹고 있을 여유가 없다.

나는 진한 커피를 한 잔 내리고 이리저리 서성이며 집중하려 애쓴다. 오늘 밤 이 도시를 떠야 할까 보다. 크리스마스에도 문을 여는 렌터카 매장이 있을 것이다. 차를 몰고 플로리다로 출발하면 된다.

아니면 남아서 실즈 박사에 맞서 싸우거나.

이 두 가지 중 하나를 선택해야 한다.

실즈 박사처럼 생각해보자. 논리적이고 체계적으로.

1단계. 녹화 기록을 봐야 한다. 그게 정말 있기나 한지 어떻게 알아? 그리고 만약 있다고 해도 과연 그 영상에서 나인 것을 알아볼 수 있을까? 나는 검은 옷을 입었고, 그 집의 불을 하나도 켜지 않았다. 그렇다 해도 그녀의 집에 가는 건 위험할지도 모른다. 그녀가 무슨 꿍꿍이를 꾸미고 있는지 알 수가 없으니.

2단계. 안전장치를 만들어놔야 한다. 이미 몇 가지는 준비되어 있다. 노아는 내 편지를 읽으면 일의 전모를 알게 될 것이다. 그리고 사설탐정한테도 연락했으니, 만약 궁지에 몰리면 내 휴대전화에 남은 그의 번호를 실즈 박사에게 보여주면 된다. 설마 그녀가 폭력을 휘두를까 싶지만, 만약의 경우를 대비해야 한다.

가장 중요한 사실은, 내가 실즈 박사의 비밀 몇 가지를 알고 있다는 것이다.

이 정도면 충분할까?

# 67

**12월 25일 화요일**

정확히 제시간에 왔군요, 제시카.

하지만 나는 타운하우스의 버저가 울린 후 꼬박 90초간 당신을 문밖에 세워둡니다.

문을 열자 나타나는 당신의 모습이 놀랍고도 별로 반갑지 않네요. 지금쯤은 신경쇠약 직전의 상태로 허둥대고 있어야 하는데요. 오히려 당신은 그 어느 때보다 자신감 넘치고 매력적인 분위기를 풍기며 성큼성큼 들어오는군요.

당신은 머리부터 발끝까지 검은색으로 맞춰 입었어요. 잠그지 않은 코트 밑으로 몸매가 그대로 드러나는 하이넥 원피스와 무릎 위까지 올라오는 가죽 부츠가 보여요. 그래서 키가 8센티미터 정도 더 커져서 나와 눈높이가 같아졌죠.

당신도 내 모습을 눈여겨보는군요. 새하얀 모직 니트 원피스에 다이아몬드 귀고리와 목걸이.

상징성을 알아차렸나요? 우리가 선택한 색은 음과 양이에요. 세례식이나 결혼식 같은 시작과 장례식 같은 끝을 나타내죠. 검은색과 흰색은 체스 게임에서 서로 싸우는 적이기도 하고요. 곧 일어날 일에 무척 어울리는 색의 조합이에요.

이제부터 어떻게 할지 내 신호를 기다리지도 않고 당신은 몸을 앞으로 기울여 내 뺨에 입을 맞춥니다.

"초대해주셔서 고마워요, 리디아. 작은 선물을 하나 가져왔어요."

계속 나를 놀라게 하네요? 분명 당신한테 뭔가 꿍꿍이가 있어요. 실즈 박사님이라 하지 않고 내 이름을 부르는 건 주도권을 잡아보겠다는 빤한 시도죠.

나를 당황시키는 게 목적이라면 이 정도로는 안 돼요.

당신의 입술이 곡선을 그리며 미소 짓지만, 아주 살짝 떨리는군요. 센 척은 하고 있는데 별로 그렇지 못하네요.

이렇게 받아넘기기 쉬운 공격이라니 실망감이 들려고 하네요.

"들어와요."

당신은 코트를 벗어 내게 건넵니다. 내가 받아줄 거라고 기대하는 듯이.

당신 손에는 빨간 리본으로 묶은 은색 상자가 여전히 들려 있어요. 무슨 속셈인지는 잘 모르겠지만, 어쨌든 얼른 당신을 당신 자리에 앉혀야겠어요.

"서재로 가요. 음료랑 전체 요리를 준비해놨어요."

"네." 당신은 태연하게 말합니다. "거기서 선물 풀어보세요."

당신을 잘 모르는 사람이라면 당신의 이 허세를 꿰뚫어보지 못할 거예요.

나는 당신이 앞장서게 내버려둡니다. 그러면 당신은 주도권을 잡았다고 착각할 테고, 다음에 벌어지는 일이 내게 더 큰 통쾌함을 안겨주겠죠.

당신은 서재의 문턱을 넘으며 헉하고 숨을 몰아쉽니다.

오늘 놀라움을 선사할 사람은 당신만이 아니랍니다, 제시카.

당신은 가만히 서서 못 볼 거라도 본 사람처럼 눈만 깜빡이고 있군요. 러브시트에 앉은 남자도 아연실색해서는 아무 말도 못 하고 당신을 빤히 쳐다봅니다. 설마 내가 남편도 없이, 당신 주장에 따르면 100퍼센트 나밖에 모른다는 그 남편도 없이 크리스마스를 보낼 줄 알았나요?

"저 여자가 여긴 웬일이야?"

토머스가 겨우 말을 뱉으며 당신에게서 내게로 고개를 휙 돌리며 일어나요.

"여보, 내 피험자 제시카도 올 거라고 내가 말하지 않았어? 가엾게도 크리스마스를 같이 보낼 사람이 없다잖아. 가족이 이 친구만 혼자 남겨놓고 여행을 가버렸대."

안경 뒤로 토머스의 두 눈이 휘둥그레지네요.

"토머스, 내가 이런 젊은 여자들을 얼마나 아끼는지 당신도 잘 알잖아."

그가 움찔하며 말합니다.

"이 여자한테 시달리고 있다면서!"

당신은 토머스보다 훨씬 더 빨리, 감탄스러울 정도로 재빨리 충격에서 벗어나는군요. 이제 당신은 눈에 띄게 신경을 곤두세우고 있어요, 제시카.

"내가 그랬어?" 잠깐 뜸을 들이고. "잠깐, 당신을 따라다니던 여자가 제시카야?"

토머스의 얼굴이 하얗게 질리네요. 이제 대화의 방향을 바꿔야겠어요.

"무슨 오해가 있는 모양이네. 좀 앉을까?"

작은 러브시트 하나와 수직 등받이 의자 두 개가 반원을 그리고 있어요. 커피 테이블이 러브시트와 같은 방향으로 놓여 있고요.

당신이 선택하는 자리는 중요한 정보가 될 거예요, 제시카. 당신이 처음 내 사무실에 왔던 그날처럼.

그런데 당신은 움직이지 않아요. 당장이라도 현관으로 뛰쳐나갈 사람처럼 여전히 문 바로 곁에 서 있어요. 당신이 턱을 내밀며 말합니다.

"아니죠?"

"뭐가요?"

"내가 이 집에 들어오는 게 찍혔을 리 없어요."

이렇게 나올 줄 알았어요, 제시카.

나는 방을 가로질러 가서 피아노 위에 놓은 얇은 은색 노트북을 열어요. 버튼을 하나 누르니 디지털 기록이 재생되기 시작합니다.

새 자물쇠를 단 바로 그날 구입해서 현관에 숨겨둔 카메라에 당신이 집으로 들어와 몸을 구부리며 신발을 벗는 모습이 잡혔답니다. 어렴풋한 영상이지만 당신의 독특한 머리를 한눈에 알아보겠군요.

나는 노트북을 탁 닫아버립니다.

"됐나요?"

당신은 비난하듯 토머스를 쏘아보고, 토머스는 보일 듯 말 듯 살짝 고개를 저어요.

당신은 잠시 망설입니다. 머릿속으로 이런저런 계산을 해보고 있는 거겠죠. 그러다가 다른 수가 없다는 걸 깨달았는지 당신의 어깨가 축

처져요. 당신은 커피 테이블을 빙 돌아가 내 남편에게서 가장 멀리 떨어진 의자를 선택합니다. 그러고는 발 옆에 선물을 내려놓지요.

당신이 그 자리를 선택한 데에는 여러 이유가 있을 수 있어요. 예전에 당신이 토머스를 동지로 생각했건 어쨌건, 지금은 아니라는 것도 하나의 이유겠죠.

토머스는 이미 자기 앞 테이블 쪽에 스카치 한 잔을 두고 있고, 아이스 버킷에는 부르고뉴 화이트와인 한 병이 들어 있어요. 나는 와인병을 꺼내 두 잔을 따릅니다. 와인 맛은 상큼하니 청량하고, 묵직한 크리스털 잔이 손에 잡히는 느낌이 좋군요.

"원하는 게 뭐예요?"

시비조에서부터 아침까지, 아주 다양한 방식으로 던질 수 있는 질문이죠. 당신의 말투에는 순전한 체념만 담겨 있네요.

당신은 무릎 위로 팔짱을 낀 채 방어 태세를 갖추고 있어요.

"진실을 알고 싶어요." 내가 말합니다. "내 남편이랑 정확히 무슨 관계죠?"

당신의 눈이 또 노트북으로 휙 날아가네요.

"다 알잖아요. 당신 남편이 바람을 피웠고, 그래서 또 그러는지 보려고 날 이용했잖아요."

토머스가 움찔하며 당신을 노려보는군요.

만약 당신과 토머스가 62번가에 있는 내 사무실로 상담을 받으러 온 부부라면 화목한 관계를 회복해주는 것이 내 목표가 되겠죠. 서로에 대한 비난을 저지하고 대립을 능숙하게 풀어줄 거예요.

하지만 지금은 정반대의 목적을 달성해야 하죠. 당신들이 어떤 공모를 했건 그걸 깨려면 둘을 갈라놔야 하니까.

난로에서 불이 타닥거려요. 갑작스럽고 날카로운 소리에 당신과 토

483

머스 모두 움찔합니다.

"미니 키시* 좀 먹을래요?"

내가 전채 요리 접시를 내밀지만, 당신은 보지도 않고 고개를 젓는 군요.

"토머스?"

그가 손을 뻗더니 기계적으로 보일 만큼 재빠른 동작으로 하나를 입 속에 쓱 집어넣고는 내가 건네는 냅킨을 받아요.

토머스가 스카치를 크게 한 모금 마십니다. 당신은 술을 입에도 안 대는군요. 정신 바짝 차리고 있어야겠다 싶겠죠.

이제 분위기가 만들어졌으니 우리의 저녁을 제대로 시작해봐야겠 군요. 우리를 만나게 해준 설문조사처럼 도덕성과 관련된 질문으로 시동을 걸어볼까요.

"하던 얘기로 돌아가서, 두 사람한테 질문이 있어요."

당신이 고개를 휙 치켜들어요. 토머스도 마찬가지고. 앞으로 무슨 일이 벌어질지 경계하면서 두 사람 모두 바짝 긴장하고 있어요.

"어느 작은 건물의 로비를 담당하는 경비원이라고 생각해봐요. 그 런데 어떤 여자가 몸이 좋지 않다면서 택시를 불러달라고 해요. 그 여자의 남편이 이 건물에 사무실을 내서 서로 아는 사이예요. 그러면 담당 구역을 벗어나서 그 여자를 도와주겠어요?"

완전히 어리둥절한 표정이군요, 제시카. 그렇기도 할 거예요. 당신 과 전혀 상관없는 질문처럼 들릴 테니까. 하지만 토머스는 아주 살짝 이마를 찌푸리네요.

"그렇겠죠."

---

• 달걀과 우유에 고기, 야채, 치즈 등을 섞어 만든 파이의 일종.

당신은 이렇게 답합니다.

"당신은?"

나는 토머스를 재촉해요.

"글쎄…… 나도 자리를 벗어나서 도와주겠지."

"재미있네! 당신 사무실 건물의 경비원이 딱 그렇게 했거든."

그가 의자 팔걸이 쪽으로 조금 움직여요. 내게서 더 멀리. 그리고 손바닥으로 카키색 바지를 문지르면서 내 시선을 따라가 노트북 밑에 끼워져 있는 종이 한 장을 봅니다.

에이프릴이 죽고 나서 이틀 후, 토머스의 사무실 건물 로비에서 경비원이 관리하는 방문자 명부에서 이 종이 한 장이 사라졌어요. 물론 토머스도 모르게 이루어진 일이죠.

심리 상담을 받으러 온 젊은 여자와 같이 잔 사실이 알려지면 그의 직업적 평판은 무너져 내릴 거예요. 면허도 잃겠죠.

나는 토머스가 에이프릴과 하룻밤을 보낸 후 둘의 관계가 드러날 만한 증거들을 재빨리 치웠을 줄 알았어요. 아이캘린더에 표시된 예약 일정이나 컴퓨터에 남긴 상담 내용 같은 전자 기록을 지워야죠.

하지만 토머스는 사소한 부분까지 꼼꼼히 신경 쓰는 사람이 아니에요. 경비실을 그냥 지나치는 데 익숙해져서 외부인은 건물 안으로 들어가려면 반드시 서명을 해야 한다는 사실을 잊었을지도 몰라요. 두툼한 가죽 장정 명부에 에이프릴의 본명과 방문 시각이 기록되어 있을 텐데 말이에요.

에이프릴의 상담 시간은 대강 짐작할 수 있어요. 내 연구에 합류하기 직전에 토머스를 만났으니까.

내가 그녀의 깔끔하고 동글동글한 서명이 담긴 종이를 찢어서 핸드백에 집어넣은 후 한참이 지나서야 경비원이 택시를 잡았죠. 비 오는 평일 오후 5시 30분에는 원래 택시가 잘 안 잡혀요.

이제 나는 노트북 밑에서 종이를 빼내 토머스에게 건넵니다.

"캐서린 에이프릴 보스가 당신한테 상담 받으러 간 날의 방문자 명부 페이지야. 두 사람이 그 여자 집에서 같이 자기 몇 주 전의."

토머스는 오랫동안 종이만 뚫어지게 보고 있어요. 자기가 보고 있는 게 뭔지 이해가 안 된다는 듯이. 그러더니 허리를 구부리고 냅킨에다 헛구역질을 하기 시작해요. 토머스는 스트레스를 잘 감당하는 편이 아니랍니다.

그가 나를 휙 올려다보며 말해요.

"아니, 리디아, 아니야. 당신이 생각하는 그런……."

"그게 뭔지 정확히 알고 있어, 토머스."

토머스가 떨리는 손으로 스카치 잔을 들어 올릴 때 나는 두 사람에게 도전장을 내밉니다.

"두 사람에게 꼭 필요한 걸 내가 가지고 있네요. 디지털 테이프와 방문자 명부. 이것들이 경찰 손에 들어가면, 음, 해명하기 어려울 텐데. 하지만 그럴 필요까진 없잖아요. 두 사람 다 원하는 걸 가질 수 있어요. 내게 진실만 말해준다면요. 시작해볼까요?"

486

# 68

**12월 25일 화요일**

실즈 박사의 서재에서 토머스를 보는 순간, 나는 내 계획이 다 틀어졌음을 깨닫는다.

이번에도 그녀는 나보다 한 발 앞서 있다.

그녀의 전화를 받고 경찰서에 갈까 생각했지만, 내가 가진 정보로는 부족하다는 생각이 들었다. 실즈 박사는 내가 그녀의 보석을 훔친 정신적 문제가 있는 여자라는 그럴 듯한 이야기를 지어내서 어떻게든 상황을 뒤집을 테고, 그러면 체포당하는 사람은 내가 될 것이다.

그래서 그녀의 호출에 응하기 몇 시간 전, 문을 연 전자제품 매장을 찾아 녹음 기능이 있는 얇은 검은색 시계를 샀다. "크리스마스 당일에 선물 준비하시는 거예요?"란 점원의 물음에 나는 "그렇죠, 뭐"라고 답하고 서둘러 가게에서 나왔다.

실즈 박사에게 선물을 주긴 할 테지만, 이건 아니었다. 훨씬 더 개인적이고 의미심장한 걸 준비했다.

시계로는 그녀가 선물을 열어볼 때 하는 말을 녹음할 작정이었다. 이런 아이디어가 떠오른 건 실즈 박사 덕분이다. 내게 레이나와 티파니의 집을 찾아가도록 시키면서 대화를 몰래 엿듣는 전략을 사용한 사람이 바로 그녀였으니까.

나는 망연자실한 표정으로 선물을 내려다보는 그녀에게 연타를 날리는 내 모습을 상상해보았다.

'에이프릴이 과다 복용한 바이코딘, 당신이 줬다는 거 알아요.'

그녀는 불같이 화를 내겠지만 나를 건드리지는 못할 터였다. 내가 토머스와 보스 부인, 벤 퀵, 그리고 사설탐정에게 날아갈 이메일을 작성해뒀다는 얘기도 해줄 거니까. 실즈 박사가 내게 준 알약을 찍은 사진을 비롯해 내가 수집한 증거들을 첨부해서.

'당신을 보러 가는 길이라고 썼어요. 내가 집에 가서 지우지 않으면 그 메일들은 오늘 밤 자동으로 전송될 거예요.' 이렇게 말할 계획이었다. '당신이 내 약점을 계속 거머쥐고 있을 생각이라면, 나도 당신 약점을 쥐고 절대 놓지 않겠어요.'

마지막 부분은 거짓말이다. 어떻게든 실즈 박사를 경찰에 넘길 방법을 찾을 생각이었으니까. 하지만 만약 그녀가 충격을 받은 와중에 자백이 될 만한 소리를 내뱉고 내가 그 말을 몰래 녹음할 수 있다면, 그녀가 무슨 이야기를 지어내든 거기에 반하는 증거를 갖게 되는 셈이었다.

지금 나는 서재에 앉아 냅킨으로 입을 닦는 토머스를 지켜보고 있다. 새로운 전략을, 그것도 빨리 찾아내야 한다.

믿을 수 없는 일이지만, 방금 실즈 박사는 토머스가 에이프릴과 잤고 에이프릴이 그의 내담자였다는 사실을 알고 있다고 말했다.

토머스는 미술관 밖에서 택시에 치인 노부인에게 재킷을 벗어 덮어 주던 그 자신만만하고 결단력 있는 남자와는 완전히 다른 사람처럼 보인다.

내가 안다고 생각했던 모든 사실을 재구성하려니 머릿속이 빙빙 돈다. 내 생각대로 에이프릴은 심리치료를 받기 위해 토머스를 찾아 갔다. 하지만 실즈 박사는 내가 이 사실도, 토머스가 에이프릴과 잤다는 사실도 이미 알고 있다는 걸 모른다. 이 엄청난 비밀이 알려지면 그들은 모든 걸 잃을 수도 있다. 그런데 왜 이러한 정보를 내 앞에서 아무렇지도 않게 발설하는 거지?

실즈 박사는 모든 수를 미리 계획해두었다. 그러니까 이건 실수가 아니다. 고의로 그런 것이다.

그녀는 내가 아무에게도 말하지 못하리라고 이미 확신하고 있다. 이런 깨달음과 함께 내 배 속이 아프게 죄어든다.

비밀은 한 사람이 간직하고 있을 때나 진정한 비밀이다. 내가 비밀을 폭로하지 못하게 하기 위해 그녀는 무슨 짓을 할까? 공원 벤치 위에 축 늘어진 에이프릴의 환영이 보이는 것만 같다.

나는 떨리기 시작하는 몸을 뒤로 기대 움츠린다. 입이 비쩍 말라 침도 삼킬 수가 없다.

실즈 박사가 앞으로 흘러내린 머리카락을 귀 뒤로 넘기자 관자놀이에 불거진 핏줄이 드러난다. 대리석처럼 완벽하게 흰 피부에 묻은 청록색 얼룩처럼 보인다.

고상한 전채 요리 접시, 타닥거리는 난롯불, 책장에 가죽 장정의 책들이 꽂혀 있는 우아한 서재. 부럽기만 한 이런 환경에서 심각한 일이 벌어지리라고 누가 상상이나 했을까?

집중해, 나는 스스로에게 명령한다.

실즈 박사는 완력을 쓸 사람은 아니야, 하고 나는 속으로 되뇐다. 그녀의 가장 날카로운 무기는 그녀의 지능이다. 그녀는 그 무기를 무자비하게 휘두른다. 두려움에 휩싸여 허둥지둥하다가는 그녀에게 지고 만다.

내가 억지로 힘을 내 그녀를 노려볼 때 토머스가 헐떡이며 말한다.

"리디아, 미안해. 그러지 말았어야……."

실즈 박사가 그의 말을 끊어버린다.

"유감이야, 토머스."

그때 그녀의 말과 말투 사이에 괴리가 느껴진다. 이런 순간에 보통의 아내라면 격분하거나 신랄하게 빈정거릴 텐데, 그녀의 말은 그렇게 들리지 않는다.

오히려 그녀의 목소리에는 연민이 넘쳐흐른다. 마치 그녀와 토머스가 불륜이라는 불상사에 함께 맞서는 동지라도 되는 것처럼. 둘 모두 결백한 것처럼.

두 사람을 번갈아 보다가 나는 실즈 박사가 왜 그냥 토머스를 떠나버리지 않았는지 그 이유를 깨닫는다. 그럴 수가 없는 것이다.

그를 지독하게 사랑하니까.

그녀가 에이프릴에게 약을 준 건 질투와 분노 때문만은 아니었다. 토머스를 지키기 위해서였다. 에이프릴이 자기가 그의 내담자였다는 사실을 절대 발설하지 못하도록. 전에 내가 실즈 박사에게 사랑에 빠진 사람들이 어떤지는 봐서 안다고 말한 적이 있다. 이제 보니 정말 그런 것 같다. 남편에 대해 얘기하거나 남편을 바라보는 그녀의 얼굴에서 사랑이 보인다. 지금조차도.

하지만 그녀의 다른 면모들처럼 토머스에 대한 사랑도 비뚤어져 있다. 강박적이고 유해하고 위험하다.

실즈 박사가 방문자 명부를 다시 노트북 밑에 끼운다. 그러고 나서 내 맞은편 의자에 앉는다.

"시작해볼까요?"

그녀는 사람들 앞에서 강의하는 교수처럼 아주 차분해 보인다.

그녀가 두 손을 펴며 말한다.

"자, 다시 물을게요. 이번엔 둘 모두한테. 두 사람의 관계에 대해서 내게 털어놓을 거 없어요?"

토머스가 무슨 말인가 하려 들자 실즈 박사가 바로 잘라버린다.

"잠깐. 신중하게 잘 생각한 다음 대답해. 서로의 답에 영향을 주면 안 되니까 한 사람씩 따로 얘기해야겠어. 2분 줄 테니까 어떻게 할지 결정해요."

그녀가 자신의 손목시계를 내려다보자 나도 소매를 올려 내 시계를 확인한다.

"이제부터 시작이에요."

실즈 박사가 말한다. 나는 토머스가 어떻게 답할지 짐작해보려고 그를 쳐다보지만, 그는 눈을 질끈 감고 있다. 또 구역질이라도 할 것처럼 안색이 형편없다.

나 역시 속이 메스껍지만, 모든 시나리오와 그 뒤에 따라올 결과를 머릿속으로 하나씩 따져본다.

우리 둘 다 진실을 고백한다. 같이 잤다고.

우리 둘 다 거짓말을 한다. 우리가 지어낸 대본을 끝까지 고수해서.

나는 거짓말을 하고 토머스는 진실을 말한다. 방문자 명부를 얻기 위해 그가 나를 팔아넘길 수도 있다.

토머스는 거짓말을 하고 내가 진실을 폭로한다. 토머스가 나를 쫓아다녔다고 그에게 뒤집어씌우면 된다. 실즈 박사의 말대로라면, 이렇게 답하면 나는 디지털 녹화 기록을 얻어낼 수 있다. 하지만 그런다고 정말 끝날까?

아니. 나는 깨닫는다. 정답은 없다.

실즈 박사가 와인을 한 모금 마시며 유리잔 테두리 너머로 나를 빤히 쳐다본다.

죄수의 딜레마구나. 지금 그녀는 바로 그것을 재현하고 있는 것이다. 페이스북에서 관련된 글을 읽은 적 있다. 용의자들을 따로 가둬놓고 서로를 밀고하도록 유인책을 쓰는 건 흔한 전략이다.

실즈 박사가 와인 잔을 내려놓자 크리스털 받침대에 부딪혀 은은한 소리가 울린다.

이제 남은 시간이 별로 없다.

머릿속에서 이런저런 이미지들이 충돌한다. 프랑스 식당의 2인용 테이블에 혼자 앉아 있는 실즈 박사. 매 조각상의 머리를 쓰다듬는 그녀. 내가 그녀의 사무실에서 흐느낄 때 내 어깨를 따뜻하게 감싸주던 캐시미어 숄. 그녀가 꼼꼼하고 우아한 글씨로 '당신은 심리학 연구 분야의 선구자가 될 수도 있습니다'라고 쓴 메모 한 줄.

그녀가 내게 가르쳐준 교훈들을 이용해 오늘 밤 그녀를 함정에 빠트릴 생각이었다. 그런데 시작하기도 전에 그녀에게 허를 찔렸다.

하지만 아직 포기하기엔 이르다. 마침내 그녀의 약점을 잡았으니까. 토머스. 그가 바로 그녀를 무너뜨릴 수 있는 열쇠다.

내 호흡은 얕고 머릿속에서는 거친 소음이 윙윙거린다.

실즈 박사가 늘 그렇듯 나도 몇 발 앞서 생각해야 한다. 우리가 어떻게 대답하든 실즈 박사는 절대 토머스를 경찰에 고발하지 않고, 무슨 수를 써서라도 내 탓으로 돌릴 것이다. 에이프릴에게도 그렇게 한 뒤 정당하다는 듯이 바이코딘을 줬겠지.

실즈 박사의 연구에 참여한 순간부터 그녀에게 속속들이 관찰당했지만, 나 또한 그녀를 쭉 관찰해왔다. 그러고 보면 나는 그녀에 대해 참 많은 걸 알고 있다. 그녀가 어떤 걸음걸이로 걷는지, 그녀의 냉장고에 뭐가 들어 있는지. 그리고 무엇보다 그녀의 생각이 어떤 식으로 돌아가는지.

이 정도면 충분할까?

"시간 다 됐어요." 실즈 박사가 말한다. "토머스, 다이닝 룸으로 같이 갈까?"

두 사람이 사라지는 모습을 지켜보며 나는 모든 변수를 토머스의 시각에서 헤아려본다. 그에게 중요한 문제는 뭘까. 미남 심리치료사와 부유하고 정신적으로 불안한 젊은 여자와의 불륜. 그녀의 자살이 알려지면 타블로이드 신문들이 바로 달려들 것이다. 그러면 그는 아마 면허를 잃을 테고, 보스 가족은 그를 고소하겠지.

나는 토머스에 대해서도 제법 알고 있다. 미술관, 바, 내 집, 식물원, 그리고 마지막으로 그의 사무실에서 가진 우리의 만남을 돌이켜본다.

갑자기 명쾌한 답이 떠오른다. 그가 어떻게 답할지 알 것 같다.

1분도 지나지 않아서 실즈 박사가 혼자 돌아온다. 그녀의 표정만 봐서는 무슨 일이 있었는지 도통 짐작할 수가 없다. 가면이라도 쓰고 있는 것 같다.

그녀는 내 의자와 가장 가까운 러브시트 끝에 앉는다. 그러고는 손을 뻗더니 내 부츠와 원피스 밑단 사이에 드러난 맨다리를 살짝 건드린다. 나는 움츠러들려는 몸을 억지로 버틴다.

"제시카, 내 남편과의 관계에 대해 나한테 털어놓을 거 없나요?"

나는 그녀를 똑바로 쳐다본다.

"당신 생각이 맞아요. 전에 완전히 솔직하게 말한 건 아니에요. 토머스랑 잤어요." 목소리가 떨릴까 봐 걱정했는데 차분하게 나온다. "당신 남편이라는 걸 알기 전에 일어난 일이에요."

그녀의 눈빛이 변한다. 홍채의 연푸른색이 짙어지는 것 같다. 그녀는 잠시 미동도 없이 가만히 있다가 이미 알고 있는 걸 확인받았다는 듯 힘차게 고개를 끄덕인다. 그러고는 일어나서 원피스를 부드럽게 펴고 다이닝 룸으로 다시 향하기 시작한다.

"토머스, 이리로 와주겠어?"

그녀가 큰 소리로 말한다. 그가 천천히 걸어 들어온다.

"당신이 방금 한 말 제시카한테도 말해줄래?"

그녀가 토머스를 재촉한다. 나는 무릎 위로 두 손을 꽉 움켜쥐고는 억지로 미소를 지어보지만 입이 너무 딱딱하게 굳어 있다. 내 다리를 만지던 그녀의 차가운 손길이 아직도 느껴지는 것만 같다.

토머스가 내게로 눈을 돌린다. 그의 눈에는 패배감밖에 보이지 않는다.

"우리 사이에 아무 일도 없었다고 말했어요."

토머스가 멍하니 말한다. 그는 거짓말을 했다. 내 짐작이 맞았다. 자기 자신이 아니라 나를 지켜주기 위해서 그런 것이다. 방문자 명부를 손에 넣을 기회를 놓치면서까지.

실즈 박사는 도덕성과 정직에 집착한다. 하지만 토머스는 윤리적 선택의 미묘함을 이해하고 있다. 그래서 자기 자신을 희생하게 되더라도 나를 구할 수 있다는 생각에 거짓말을 한 것이다. 결함도 많지만 기본적으로 선한 사람이다. 아마도 실즈 박사가 그를 그토록 지독하게 사랑하는 이유 중 하나일 것이다.

실즈 박사의 분노가 핏발을 세우고 무섭게 부풀어 오르면서 나를 짓누르고 내 숨을 빼앗아가는 느낌이다.

잠시 무거운 정적이 흐른 후 실즈 박사가 말한다.

"제시카, 나한테 했던 말 그대로 다시 해줄래요?"

나는 침을 꿀꺽 삼킨다.

"우리 둘이 같이 잤다고 했어요."

토머스가 흠칫하며 몸을 움츠린다.

"자, 두 사람 중 한 명은 분명 거짓말을 하고 있단 얘긴데." 실즈 박사가 이렇게 말하며 가슴 위로 팔짱을 낀다. "누가 봐도 당신이잖아, 토머스. 제시카는 거짓 자백을 해서 얻을 게 없으니까."

나는 고개를 끄덕인다. 맞는 말이니까.

이제 그녀가 어떻게 나오는지 보면 된다. 그러면 내가 위험을 무릅쓴 보람이 있는지 알게 될 것이다.

실즈 박사가 피아노로 걸어가 노트북을 톡톡 두드린다.

"제시카, 당신한테 녹화 기록을 줄게요. 우선 당신이 훔쳐간 내 물건부터 돌려주면요."

그녀의 시선이 토머스에게로 향하고, 나는 그 의도를 정확히 알고 있다. 그녀는 목걸이를 말하고 있는 게 아니다. 그녀는 나와 진 프렌치 사이에 있었던 일을 그녀만의 비뚤어진 방식으로 재현하고 있는 것이다. 내게 최대한의 고통을 주기 위해 내 비밀을 이용하고 있다.

"어떻게 돌려줘요. 내가 당신 보석을 훔치지 않았다는 건 당신도 알잖아요."

"제시카, 실망이군요."

그녀가 말한다. 토머스가 방 안으로 한 발짝 더 들어온다. 내게 더 가깝게.

"리디아, 이 불쌍한 여자는 보내줘. 당신한테 사실대로 말했잖아.

거짓말을 한 건 나야. 이제 우리 둘 사이의 문제를 풀어야지."

실즈 박사가 슬픈 표정으로 고개를 젓는다.

"그 목걸이가 얼마나 소중한 건데."

"리디아, 이 여자가 훔쳤을 리 없어."

토머스가 말한다. 나는 바로 이걸 노리고 진실을 말한 것이다. 내가 그녀의 원칙을 따른다 해도 그녀가 어떻게든 구실을 찾아 나를 무너뜨릴 거라는 사실을 그에게 보여줘야 한다.

그녀가 내게 상냥하게 미소 짓는다.

"내일 아침까지는 기다렸다가 신고할게요. 오늘은 크리스마스니까." 그녀가 잠깐 말을 끊는다. "그 사이 부모님께 먼저 연락해요. 어쨌든 베키에 대한 진실을 아시고 나면 당신한테 왜 그리 돈이 절실했는지 이해해주실 거예요. 당신의 죄책감 때문이었다는 걸요."

에이프릴에게도 바로 이렇게 한 거야. 나는 두 손에 머리를 묻고 어깨를 떨며 생각한다. 실즈 박사는 에이프릴을 구슬려 비밀을 캐내고는, 그 비밀을 칼처럼 휘둘러 완전한 절망감에 빠뜨렸다. 그녀가 사랑하는 모든 걸 잃은 것처럼, 살아갈 이유가 더는 없는 것처럼. 그런 다음 실즈 박사는 그녀의 손에 약을 쥐어주었다.

실즈 박사는 나 역시 모든 걸 잃었다고 믿고 있다. 직장. 노아. 자유. 가족. 그녀는 내게 에이프릴과 똑같은 최후를 안겨주려고 이 밤에 나 홀로 남게 만든 것이다.

나는 조금 더 기다린다. 그러다가 고개를 들어 올린다.

방 안의 아무것도 바뀌지 않았다. 실즈 박사는 피아노 옆에 서 있고, 토머스는 내 맞은편 의자 뒤에서 맴돌고 있고, 테이블 위에는 접시가 놓여 있다.

나는 실즈 박사를 바라본다.

"좋아요." 나는 온순한 목소리로 말한다. "가기 전에 하나만 물어봐도 될까요?"

그녀가 고개를 끄덕인다.

"정신과 의사가 처방전 없이 내담자한테 바이코딘을 주는 건 윤리적으로 문제가 없나요?"

실즈 박사가 빙긋 웃는다. 내게 준 알약을 떠올리고 있는 것이다.

"친구가 힘든 시기를 보내고 있다면 한 알 정도 주는 건 괜찮아요. 물론 공식적으로는 용납할 수 없는 일이지만."

나는 등을 뒤로 기대며 다리를 꼰다. 토머스는 어리둥절한 표정으로 나를 빤히 쳐다보고 있다. 갑자기 내가 왜 이렇게 태연하게 구는지 의아할 것이다.

"네, 그런데 5번 피험자한테는 한 알 넘게 줬잖아요." 나는 그녀의 눈을 바라보며 말한다. "먹고 죽을 만큼 많이."

토머스가 헉하고 숨을 들이마신다. 그러고는 내게 한 발짝 더 다가온다. 아직도 나를 지켜주려 애쓰고 있다.

실즈 박사가 얼어붙는다. 숨도 안 쉬는 것처럼 보인다. 하지만 내 비난을 뒤엎을 새로운 이야기를 지어내느라 그녀의 머리가 바쁘게 돌아가는 것이 느껴진다.

마침내 그녀가 방을 가로질러 와서 내 맞은편 의자에 앉는다.

"제시카, 대체 무슨 소리를 하는 거예요. 내가 에이프릴한테 바이코딘을 처방해줬다는 말이에요?"

"당신은 정신과 의사잖아요. 처방전이야 쓸 수 있죠."

나는 그녀를 도발한다.

"맞아요. 하지만 내가 처방전을 썼다면 기록이 남아 있어야죠." 그녀가 두 손을 벌리며 말한다. "난 그런 적 없어요."

"보스 부인한테 확인해볼 수도 있어요."

"지금 당장 물어봐요."

"에이프릴한테 약 준 거 맞잖아요."

나는 이렇게 말하지만 점점 불리해지고 있다. 그녀는 내가 던지는 모든 공격을 다 막아내고 있다.

토머스가 손을 올려 왼쪽 어깨를 만진다. 반사적인 동작 같다.

"내가 먹어본 적도 없는 약을 남한테 어떻게 주겠어요?"

실즈 박사의 말은 논리적으로 들린다. 자기는 노아에게 접근하지 않았다고, 내 실직과 아무런 관계가 없다고 나를 설득하려 했을 때처럼.

내 시계가 모든 걸 녹음하고 있지만, 실즈 박사는 자신의 죄를 인정하는 듯한 말을 하지 않았다. 게다가 나는 그녀의 화를 돋우고 말았다. 가늘게 뜬 그녀의 눈이 번득이고 말투가 차갑다. 이 싸움에서 내가 지고 있다.

"당신은 안 먹었지."

토머스가 묘한 말투로 단조롭게 말한다. 실즈 박사와 나는 고개를 돌려 그를 쳐다본다. 그는 여전히 손을 왼쪽 어깨에 올리고 있다. 회선건판 수술로 인해 흉터가 있는 어깨.

"하지만 나는 먹었잖아."

실즈 박사의 얼굴에서 은은한 미소가 사라진다. "토머스." 그녀가 나직이 말한다.

"몇 알 먹고 말았어. 더는 안 먹어도 되어서." 그가 느릿느릿 말한다. "남은 약을 버리진 않았는데. 에이프릴이 죽던 날 밤 여기 왔었지, 리디아. 에이프릴이 당신을 보러 왔는데 상태가 안 좋았다고 했잖아. 내가 먹던 약을 에이프릴에게 준 거야?"

올라가서 확인해보려는 듯 그가 몸을 돌린다.

"잠깐." 실즈 박사가 말한다. 그녀는 잠시 돌처럼 굳어 있다가 얼굴을 일그러뜨리며 울부짖는다. "당신을 위해서 그런 거야!"

토머스가 휘청거리더니 러브시트에 풀썩 주저앉는다.

"당신이 에이프릴을 죽였어? 내가 그 여자랑 자서?"

"토머스, 난 아무 짓도 안 했어. 에이프릴이 스스로 그 약을 삼킨 거야!"

"무기만 준다고 살인이 되나요?"

내가 묻는다. 두 사람이 나를 휙 돌아본다. 이번만은 실즈 박사도 아무런 답이 없다.

"그게 끝이 아니었잖아요." 내가 말을 잇는다. "대체 무슨 말을 해서 에이프릴을 벼랑 끝으로 몰고 갔어요? 고등학교 때 자살 시도까지 한 사람이라는 거 알고 있었잖아요."

"에이프릴한테 뭐라고 했어?"

토머스가 쉰 목소리로 똑같이 묻는다.

"내 남편이 어떤 여자와 하룻밤 잤는데, 그 일을 후회한다고!" 실즈 박사의 입에서 말이 급류처럼 쏟아져 나온다. "내 남편이 그 여자는 아무것도 아니라고 했다고. 인생의 가장 큰 실수였고, 그 일을 지워버릴 수만 있다면 뭐든 할 거라고 했다고."

토머스가 망연한 표정으로 고개를 젓는다.

"모르겠어?" 실즈 박사가 애원하듯 말한다. "정말 멍청한 애였다고! 누군가에게 당신 얘기를 할 수도 있었어!"

"얼마나 여린 사람인지 당신도 알고 있었잖아. 어떻게 그럴 수가 있어?"

실즈 박사의 얼굴이 굳는다.

"어차피 별 볼 일 없는 여자였어. 오죽했으면 자기 아버지한테까지 외면당했을까." 실즈 박사가 토머스에게 손을 뻗지만 그는 야멸차게 손을 빼버린다. "에이프릴이 우리 집 수납장에서 약을 가져갔다고 하면 돼. 우리는 아무것도 몰랐다고."

"경찰이 믿어줄 것 같지 않은데요."

내가 말한다. 실즈 박사는 나를 쳐다보지도 않는다. 애원하는 눈빛으로 토머스만 빤히 바라보고 있다.

"경찰은 제시카 말 안 믿을 거야. 여기 몰래 들어왔고 당신을 스토킹했고 나한테 집착했으니까. 제시카가 전에도 도둑질한 적 있단 거 알아? 그것 때문에 유명 연출가한테 해고도 당했어. 문란하게 아무 남자하고나 자고, 가족도 속이고. 정서적으로 아주 불안정한 젊은 여자야. 내가 가지고 있는 설문조사 답변이 그걸 증명해줄 거야."

토머스가 잠깐 안경을 내려 콧마루를 문지른다.

"안 돼."

마침내 실즈 박사에게 정면으로 맞설 용기가 생긴 것이다. 이제는 가짜 문자와 날조된 이야기로 그녀를 회피하지 않는다.

"우리 둘이 말만 잘 맞추면 되잖아." 실즈 박사가 절박하게 말한다. "존경받는 전문가 둘이 정서 불안인 여자 하나 못 이기겠어?"

토머스는 한참이나 그녀를 쳐다보고만 있다.

"토머스, 정말 사랑해." 그녀가 속삭인다. "제발."

그녀의 눈에 눈물이 글썽인다. 토머스가 고개를 저으며 일어난다.

"제스, 무사히 집에 갈 수 있게 해줄게요."

그가 내게 말한다.

"리디아, 내일 아침에 다시 올게. 그때 같이 경찰에 신고하자." 그가 잠깐 말을 멈춘다. "만약 당신이 녹화 영상을 들먹이면, 내가 제스한테 집 열쇠를 주고 뭘 가져다 달라고 부탁했다고 말할 거야."

내가 의자 옆에 선물을 둔 채 일어나는 바로 그 순간, 실즈 박사가
바닥으로 푹 쓰러진다.

그녀는 카펫에 드러누운 채 토머스를 올려다본다. 원피스의 흰 천
이 잔뜩 주름진 채 그녀의 다리를 감싸고 있다. 마스카라 때문에 새
까매진 눈물이 그녀의 뺨을 타고 흘러내린다.

"잘 있어요, 리디아."

내가 말한다.

그런 다음 몸을 돌려 방에서 걸어 나간다.

# 69

**12월 25일 화요일**

오늘 밤 내가 잃은 것들 중에 중요한 건 오로지 토머스뿐이에요.

당신의 일은 그가 내게 다시 돌아올 수 있도록 그를 시험하는 거였어요. 그런데 오히려 내게서 그를 영원히 떠나보냈군요.

이젠 아무것도 없어요. 당신이 남기고 간 선물 말고는.

책 한 권 크기지만, 책이 들어 있다기엔 너무 얇고 가볍네요. 반짝이는 은색 포장지가 뒤틀린 거울처럼 내 얼굴을 일그러뜨리는군요.

빨간 리본을 한 번 잡아당겨 풀어요. 포장지를 벗기니 납작한 흰색 상자가 나와요. 안에 사진을 끼운 액자가 들어 있네요.

이미 최절정의 고통을 맛본 것 같은데, 또 다른 정점이 찾아올 수도 있군요. 이 사진이 나를 험악한 벼랑으로 내몰고 있어요.

벌거벗은 몸통에 헝클어진 꽃무늬 이불을 덮은 채 엎드려 자고 있는 토머스. 하지만 배경은 낯설어요. 우리 집 침대가 아니에요.

그가 당신 침대에 있었나요, 제시카? 아니면 에이프릴의 침대? 아니면 또 다른 여자?

이젠 아무래도 상관없어요.

결혼한 후 불면증에 시달릴 때마다 그의 존재가 항상 위안이 됐죠. 든든하니 따스한 그의 몸과 안정적인 호흡은 끊임없이 요동치는 내 마음을 달래주는 약이었어요. 평온하게 잠든 그에게 내가 얼마나 많이 "사랑해"라고 속삭였는지 그는 전혀 몰랐죠.

마지막 질문.

[누군가를 진정으로 사랑한다면 그 사람을 위해 당신의 인생을 희생할 수 있습니까?]

답은 간단하답니다.

메모지에 마지막 기록을 남겨요. 완전하고 상세하며 정확한 자백. 보스 부인의 모든 의문이 마침내 풀릴 거예요. 토머스와 에이프릴의 관계는 빼고 말이죠. 이 정도면 토머스는 무사히 빠져나가겠죠.

메모지들을 쉽게 찾을 수 있도록 현관 테이블에 올려둡니다.

여기서 그리 멀지 않은 곳에 24시간 하는 약국이 있어요. 크리스마스에도 예외 없죠.

서랍장 맨 위 서랍에서 토머스의 처방전 묶음을 하나 꺼내요. 근무 시간 이후 발생하는 위급 상황에 대비해서 그가 집에 둔 거예요.

이제 바깥은 완전히 어두워졌어요. 끝없이 펼쳐진 하늘에 별 하나 떠 있질 않네요.

토머스 없이는 내일이 와도 빛이 없을 거예요.

그래서 나는 나 자신에게 바이코딘을 30알 처방합니다.

에필로그

**3월 30일 금요일**

유리 속에서 나를 빤히 쳐다보고 있는 젊은 여자의 모습이 왠지 낯설다.

하지만 곱슬곱슬한 머리, 블랙 가죽재킷, 무거운 메이크업 케이스는 지난 몇 달 동안 변함이 없었다.

실즈 박사라면 누군가의 겉만 보고 내면을 판단할 수는 없다고 말하겠지. 옳은 말이다.

설사 진정한 변화가 일어나더라도 항상 눈으로 보이는 건 아니다.

뷰티버즈의 직원으로 일할 때처럼 팔이 아프지는 않지만, 메이크업 케이스를 왼손으로 옮겨 든다. 오프오프브로드웨이 연극의 분장사로 취직해서 이제는 웨스트 43번가에 있는 극장까지만 케이스를 들고 가면 된다. 의상 디자이너 어시스턴트로 일하고 있는 리지 덕분에 면접을 볼 수 있었다.

진 프렌치의 작품은 아니다. 그의 경력은 끝났다. 나는 그가 성범죄자라는 사실을 그의 아내에게 알릴 것이냐 말 것이냐 하는 도덕적 선택을 할 필요도 없었다. 카트리나와 두 명의 여자가 그에게 성적으로 학대당한 일을 언론에 알렸다. 그의 추락은 빨랐다. 더 이상 그런 짓을 저지르고도 무사히 빠져나갈 수 있는 시대가 아니다.

나는 카트리나가 내게 연락하는 이유를 알았다. 하지만 그때는 진에게 맞설 준비가 안 되어 있었던 것 같다. 실즈 박사에게 고마워할 일은 별로 없지만, 적어도 그녀 덕분에 다시 누군가의 먹잇감이 될 일은 없을 것이다.

나는 유리에 더 가까이 다가가 차가운 창에 이마를 짓누르며 안을 들여다본다.

자정이 다 된 시간인데도 브렉퍼스트 올 데이는 빨간 가죽을 씌운 좌석들과 카운터의 의자들이 거의 다 찰 정도로 북적북적하다. 노아의 말이 맞았다. 수많은 사람이 금요일 저녁 외출이 끝나면 프렌치토스트와 에그 베네딕트를 갈망한다.

노아는 보이지 않지만, 그가 주방에서 행주를 허리에 찔러 넣은 채 아몬드 오일의 양을 재서 믹싱볼에 넣고 있는 모습이 그려진다. 나는 눈을 감고 말없이 그의 행복을 빌고는 계속 걷는다.

크리스마스 다음 날, 내가 가족과 함께 플로리다에 있을 때 노아로부터 전화가 왔다. 그때는 실즈 박사가 자살했다는 사실을 아직 모르고 있었다. 그날 밤 늦게 토머스로부터 소식을 들었다.

노아와 나는 거의 두 시간 동안 얘기를 나누었다. 노아는 실즈 박사가 토머스의 사무실 밖에서 그에게 접근했다고 알려주었다. 나도 그의 모든 질문에 답해주었다. 노아는 내 말을 믿었지만, 전화를 끊기도 전에 나는 그의 연락을 다시는 받지 못하리란 걸 알았다. 누가 그를 탓할 수 있을까? 내가 토머스와 잤기 때문만은 아니다. 다시 시작하기에는 우리에게 너무 많은 일이 있었다.

하지만 짐작했던 것보다 노아 생각이 더 많이 난다. 노아 같은 남자는 그렇게 자주 찾아오지 않는 법이다. 하지만 언젠가는 또 그런 행운이 오겠지. 그때까지는 나 스스로 운을 만들어나가는 수밖에 없다.

나는 휴대전화를 힐끔 내려다보며 시간을 확인한다. 이달의 마지막 금요일 오후 11시 58분. 지금쯤 나의 당좌예금 계좌에 돈이 들어와 있을 것이다.

'당신에게는 돈이 아주 중요합니다. 도덕률을 받쳐주는 토대처럼 보일 정도로 말이지요.'

첫 컴퓨터 설문조사 때 실즈 박사가 나에 관해 쓴 글이다.

'돈과 도덕성이 교차할 때 인격에 관한 흥미진진한 진실이 밝혀지기도 하지요.'

실즈 박사는 편안히 앉아 나와 돈의 관계를 판단하고 추측하기 쉬웠을 것이다. 차고도 넘칠 만큼 가진 게 많은 사람이었으니까. 수백만 달러짜리 타운하우스에 살면서 비싼 명품 옷을 입고, 리치필드의 사유지에서 자랐다. 그녀의 서재에서 말에 탄 그녀의 사진을 본 적 있다. 그녀는 좋은 와인을 마시고, 자기 아버지를 '영향력 있는 분'으로 설명했다. 즉 부자라는 뜻이다.

그녀가 몰두해 있던 학문적 활동은 동물병원에 한 번 가거나 갑자기 집세가 오르기만 해도 재정적 도미노 효과가 일어나 지금껏 쌓아올린 인생이 와르르 무너져 내릴 수도 있는, 하루 벌어 하루 사는 인생과는 완전히 동떨어져 있었다.

'사람들은 여러 가지 원초적 이유로 도덕적 기준을 어깁니다. 생존, 증오, 사랑, 시기심, 치정. 그리고 돈.'

506

그녀의 연구는 종료되었다. 앞으로 더 이상의 실험은 없을 것이다. 52번 피험자의 파일은 완료되었다.

그래도 나는 여전히 실즈 박사와 연결되어 있는 느낌이다.

그녀는 모든 것을 다 아는 것처럼 보였다. 마치 내 속을 들여다보는 듯이. 내가 말해주지 않는 것들을 이미 아는 것 같았고, 내게 있는지도 몰랐던 생각과 감정을 이끌어냈다. 그래서인지 그녀가 치사량의 약을 삼키고 난 몇 주 후 내가 토머스를 마지막으로 만난 날을 그녀라면 어떻게 기록할지 계속 상상하게 된다.

가끔 밤에 눈을 감고 리오를 옆에 꼭 끌어안고 있으면, 노란 메모장에 쓰인 그녀의 우아한 필기체가 보이고, 둥글게 구부러진 그 글자들을 따라 그녀의 낭랑한 목소리가 내 머릿속에서 흘러 다닌다.

만약 실즈 박사가 살아서 그 만남을 기록했다면, 메모장에는 이런 내용이 담겨 있을 것이다.


1월 17일 수요일.

오후 4시 55분, 당신은 토머스에게 전화합니다.

"만나서 한잔할래요?"

그는 얼른 그러자고 합니다. 자기 외에 사건의 내막을 아는 유일한 사람과 그 모든 일에 대해서 얘기하고픈 마음이 간절하겠죠.

그는 청바지와 블레이저코트 차림으로 오맬리스 펍에 도착해 스카치를 한 잔 주문합니다. 당신은 이미 작은 나무 테이블에 앉아 샘 애덤스 한 병을 앞에 두고 있어요.

"견딜 만해요?"

천천히 의자에 앉는 그에게 당신이 묻습니다. 그는 한숨을 푹 내쉬며 고개를 저어요. 살이 빠진 것 같고, 눈 밑에 거뭇하게 진 그늘을 안경도 가려주지 못하는군요.

"모르겠어요, 제스. 아직도 그 모든 게 안 믿겨요."

현관에서 자백서를 발견한 뒤 경찰을 부른 사람은 바로 그였답니다.

"네, 나도 그래요." 당신은 이렇게 말하고는 맥주 한 모금 마시고 잠시 뜸을 들입니다. "실직해서 생각할 시간이 아주 많았거든요."

토머스가 얼굴을 찡그려요. 그의 사무실에서 마주 앉아 있었을 때 당신이 "당신 아내 때문에 직장에서 잘렸어요"라고 나직이 말했던 일이 기억나는 거겠죠.

"그건 정말 유감이에요."

마침내 그가 말합니다. 당신은 핸드백에서 연분홍색 책자를 꺼내 테이블 위에 올려놓고 손바닥으로 문지르며 주름을 폅니다.

토머스가 책자를 바라보는군요. 그로서는 처음 보는 책자일 거예요. 볼 이유가 없었죠.

"내 일자리는 별로 걱정 안 돼요." 당신이 말합니다. "찾게 될 거예요. 사실 실즈 박사님이 우리 아버지 일자리도 찾아주겠다고 약속했거든요. 우리 가족이 의료비로 쓰는 돈이 많아서요."

당신이 또 종이를 부드럽게 펴며 손을 천천히 내리자 맨 위에 있는 비둘기 그림이 보입니다. 토머스는 또 한 번 그걸 힐끔 보고는 스카치 잔 안에서 깐닥대는 얇은 칵테일 빨대를 만지작거려요. 단순히 사교적 만남을 위한 자리가 아니라는 걸 눈치채기 시작한 모양이군요.

"내가 도와줄 일은 없어요?"

"뭐든 도와주시면 고맙죠."

당신은 이렇게 답하며 손을 몇 센티미터 더 내립니다. 이제 예쁜 글씨로 적힌 캐서린 에이프릴 보스의 이름이 보여요. 토머스는 움찔하면서 몸을 뒤로 젖힙니다. 그는 당신의 눈을 올려다본 다음 술을 크게 한 모금 들이켜요.

당신의 손이 또 움직입니다. 이제 그 인용구의 노래 가사가 나오네요.

'그리고 결국, 당신이 받는 사랑은 당신이 베푸는 사랑과 같아요.'

"에이프릴이 죽기 얼마 전에 어머니한테 이 글귀가 뭐냐고 물어봤대요." 당신은 이렇게 말한 뒤 토머스가 상황을 이해할 수 있도록 잠시 시간을 줍니다. "아마 어딘가에서 봤겠죠. 머그잔이라든가."

그가 하얗게 질린 얼굴로 속삭입니다.

"우리는 서로 신뢰할 수 있는 사이인 줄 알았는데요, 제시카. 아닙니까?"

당신은 어깨를 으쓱합니다.

"한 친구가 그러더라고요. 누군가를 믿을 수 있을지 물어봐야 한다면 이미 답은 나온 거라고."

"그게 무슨 소립니까?"

그가 경계하는 목소리로 물어요.

"난 그저 내가 받아야 할 걸 받으려는 것뿐이에요. 별일 다 겪었으니까요."

그가 스카치를 쭉 들이켜자 유리잔 속에서 얼음이 쨍그랑거립니다.

"일자리를 구할 때까지 집세를 대주는 건 어떻습니까?"

그가 기대에 찬 표정으로 당신을 쳐다보는군요. 당신은 미소를 지으며 살짝 고개를 저어요.

"고맙지만 나는 더 큰 걸 생각하고 있거든요. 아마 실즈 박사님도 내가 이 정도는 받아야 된다고 생각하실 거예요."

당신은 장례식 책자를 뒤집습니다. 뒷면에 달러 표시와 숫자가 나란히 적혀 있군요. 토머스가 숨을 헉 몰아쉽니다.

"지금 장난해요?"

물론 토머스는 수백만 달러짜리 타운하우스를 비롯해 아내의 재산을 혼자 다 상속받게 돼요. 직업도 면허도 명성도 온전하게 남아 있고. 호기심 많고 부지런한 당신이 이 사실을 미리 확인해보지 않았다면, 그게 더 놀랄 일이죠. 그리고 당신은 당신 가족의 행복을 위해 그 정도 액수를 지불하는 것쯤은 그에게 대수롭지 않은 일이라고 믿고 있고.

"다달이 나눠서 주시면 좋겠어요."

당신은 책자를 토머스 쪽으로 밀며 말합니다. 토머스의 어깨가 축 처지는군요.

패배를 인정한 거예요.

당신은 몸을 앞으로 기울여 그의 얼굴 바로 앞까지 다가갑니다.

"어쨌든 신뢰도 돈으로 살 수 있으니까요."

당신은 말을 끝내기가 무섭게 자리에서 일어나 문을 열고 인도로 성큼성큼 걸어

나가요. 곧 사람들에 둘러싸여 도시 속 수많은 익명의 여자 중 하나가 됩니다.

아마도 당신의 결정에 자신이 있겠죠.

그렇지 않다면 한 가지 질문이 집요하게 당신을 따라다닐 거예요.

'그 모든 게 가치 있는 일이었나요, 제시카?'

옮긴이 **이영아** 서강대학교 영어영문학과를 졸업하고 성균관대학교 사회교육원 전문 번역가 양성 과정을 이수했다. 현재 전문 번역가로 활동 중이며, 옮긴 책으로《나의 친절하고 위험한 친구들》,《누군가는 거짓말을 하고 있다》,《걸 온 더 트레인》등 심리스릴러 소설을 비롯해,《스티븐 프라이의 그리스 신화》,《마음의 문을 닫고 숨어버린 나에게》,《쌤통의 심리학》등 인문서가 있다.

# 익명의 소녀

초판 1쇄  2019년 11월 5일
초판 4쇄  2020년 10월 30일

지은이 │ 그리어 헨드릭스·세라 페카넨
옮긴이 │ 이영아

발행인 │ 문태진
본부장 │ 서금선
책임편집 │ 김혜연

기획편집팀 │ 이정아 박은영 김예원 정다이 오민정 허문선 송현경 박지영 김다혜
마케팅팀 │ 김동준 이주형 김혜민 김은지 정지연
저작권팀 │ 정선주   디자인팀 │ 김현철
경영지원팀 │ 노강희 윤현성 정헌준 조샘 김기현 최지은
강연팀 │ 장진항 조은빛 강유정 신유리

펴낸곳 │ ㈜인플루엔셜
출판등록 │ 2012년 5월 18일 제300-2012-1043호
주소 │ (04511) 서울특별시 강남구 도산대로 156 제이콘텐트리빌딩 7층
전화 │ 02)720-1034(기획편집) 02)720-1024(마케팅) 02)720-1042(강연섭외)
팩스 │ 02)720-1043   전자우편 │ books@influential.co.kr
홈페이지 │ www.influential.co.kr

한국어판 출판권 ⓒ ㈜인플루엔셜, 2019
ISBN 979-11-89995-41-6 (03840)